酒事江湖

丁帆　舒晋瑜　主编

作家出版社

目　录

把酒问青天

酒事江湖　别样人生（代序）

丁　帆

　　各个饮者走入酒事的第一回，想必都有一段动人的故事，而一个饮者一生所经历的饮酒故事就数不胜数了，尽管故事会以各种喜怒哀乐的不同形式登场，然而，毕竟都是一场场人生中最真切的人性释放话剧。人生如酒，酒如人生，记录下人生中最有灵魂感触的这一刻，也许就是饮者对世界一个最好的交代。这个想法立刻得到了《中华读书报》的认同，于是我约了一帮饮者朋友进入这个"酒事江湖"栏目，专写自己经历过的各种酒事，无论是写自己还是写他人，无论是写喜剧还是悲剧，甚而抑或是闹剧，都是有意味的江湖人生中的别样酒事。

　　苏东坡说"诗酒趁年华"，这大抵是有点道理的。我们这一代少年男孩饮酒多数是幼稚的英雄主义作祟的结果。小时候除了被正统的英雄主义教育熏陶外，更多的是在阅读侠客小说和聆听评书中获得冲动的，江湖上那些义薄云天的侠客精神在我们的灵魂中打下了深深的烙印。一看到和听到大侠们豪饮的场景，便热血沸腾、肃然起敬，尤其是在《水浒传》中看到了那些草莽英雄大碗喝酒、大块吃肉和痛杀奸人的英雄壮举，便心潮澎湃，武松十八碗过景阳冈打虎和醉打蒋门神的故事情节，花和尚鲁智深和黑旋风李逵痛饮黄龙的壮举，让一颗少年之心激动不已。不知道那"酒壮英雄胆"的东西究竟是个什么滋味，于是，十一岁那年便几口喝下了四两金奖白兰地，没有醉意，只有激动，少不更事的我，从此便偷偷地爱上了这酒后藐视群雄的逞强催发剂。

十六岁下乡插队后，除了囊中羞涩的时日外，便有了不受任何约束饮酒的自由，有酒的日子就是节日。十九岁那年便有了第一次与人拼酒称雄的壮观场面：一口喝一小瓶二两五的宝应荷花牌大曲，连喝两瓶，叫作连掼两个"手榴弹"，从此酒名远播乡里。第二次拼酒却没有什么好运了，一斤乙种白酒在十口之内喝完，我只用了九口便干了一大茶缸，嘴一抹，略有微醺地吆喝弟兄们去打四十分了，让围观者们啧啧称奇，满足了一个少年饮者自尊自信的英雄情结，哪知子夜时分却迎来了一场惊心动魄的胃出血，一连一个星期闻到酒味就想吐。

也是那一年，我偷偷地读了"黄色书籍"《红楼梦》，便领悟到了酒事原也是浪漫主义精神的滥觞，情窦初开的青少年便也从中领悟到了酒与情的关系，一个酒令让人陷入无边的遐想和沉思："滴不尽相思血泪抛红豆，开不完春柳春花满画楼，睡不稳纱窗风雨黄昏后，忘不了新愁与旧愁，咽不下玉粒金莼噎满喉，照不见菱花镜里形容瘦。展不开的眉头，挨不明的更漏。呀！恰便似遮不住的青山隐隐，流不断的绿水悠悠。雨打梨花深闭门。"从此便知酒也是需要慢慢品尝的情事橄榄，因为那里面是有人生的另一番况味和景象的。

那年月我有一个切磋唐诗宋词的知青朋友，我们时常模仿着套写创作许多幼稚的古诗词，在那个读书无用和没有书读的时代，这是一种奢侈的精神生活，其中也让我寻觅到了古人对酒事江湖的别样人生解读。一切人生的喜怒哀乐、悲欢离合尽在酒事的表达之中，这让我度过了一人一户独居水乡、日夜艰辛劳作的悲愁岁月。

我喜欢韩愈的"今日到君家，呼酒持劝君"的诗句，他让我沉浸在盼望着"朋友来了有好酒"的日子里，朋友相聚，谈诗论道，大有陶渊明"故人赏我趣，挈酒相与至""悠悠迷所留，酒中有深味"的快活。因为那个时候知青中最喜欢的是"海内存知己，天涯若比邻"的诗句，来了朋友，尤其是可以对饮的朋友，便是喜不自禁的快事，所以，白居易的"何处难忘酒，天涯话旧情"则是最好的友情注释了。虽然那些岁月里白脸曹操"对酒当歌，人生几何"的诗句是在《红灯记》反面人物日本宪兵队长鸠山口中说出来的，却是我们私下喝酒的座右铭。

那时的我们喜欢关心国家大事，最喜欢打听各路的小道消息，这种饮酒时的"下酒菜"皆是文人士大夫留下来的家国情怀，终生挥之不去。那陆游"家祭无忘告乃翁"的情结深深地植入了一代饮者的灵魂深处，于是老陆的"方我汲酒时，江山入胸中"便成为一种隐喻。宋人陈与义有诗曰："醉中今古兴衰事，诗里江湖摇落时。两手尚堪杯酒用，寸心唯是鬓毛知。"正是这种心态的写照。

年轻时轻狂，读了古诗，便怀才不遇，饮酒之后，冥冥之中，觉得自己的人生一定会有"远大前程"，所以总是沉湎于李太白的放荡不羁的诗意人生之中，但是，一年又一年的蹉跎岁月，让我们陷入了"抽刀断水水更流"的酒后失意之中，却不能一销万古愁。

再后来，渐入中年后，饱尝世间冷暖和学术道路的艰辛，也看淡了仕途之中的种种险恶，便深知古代文人归隐的真伪，就在陶诗中觅得酒后顿悟人生之真谛，亦如金朝庞铸所诗："我爱陶渊明，爱酒不爱官。弹琴但寓意，把酒聊开颜。自得酒中趣，岂问头上冠。谁作漉酒图，清风起笔端。"在中国文化语境当中，选择归隐才是酒者文人的最高境界，否则便会自掘大坑，落入无边的烦恼之中，还会陷入污泥之中难以自拔。亦如元好问所诗："紫芝虽吾友，痛饮真吾师。一饮三百杯，谈笑成歌诗。"还是做学问、写随笔更是饮者最好的归属。哈哈，"惟有饮者留其名"，其文名酒名尽在其中也。这也是苏东坡被贬之后的心境吧，"日啖荔枝三百颗，不辞长作岭南人"不如改成"日饮刘伶三十杯，不辞长做贬谪人"更有人生归隐之快意也。正所谓："有道难行不如醉，有口难言不如睡。先生醉卧此石间，万古无人知此意。"或许，只有明智的饮者才解其中味。

说实话，我喜欢黄庭坚的理由不仅是他的诗和书法有个性，更是他看待人生的一种姿态，"桃李春风一杯酒，江湖夜雨十年灯"和"黄菊枝头生晓寒，人生莫放酒杯干"曾经被我抄录后悬挂于书房的墙上，以此来悟出饮者人生的色空境界。当然，晏殊的"劝君莫作独醒人，烂醉花间应有期"也是一种人生境界，但却不是吾辈力所能及的况味也，即便知晓"红酥手"的寓意，也难为人生。于是苏舜钦的"读书百事人不知，地下刘伶吾与归"就可以解释闲适饮酒的郁闷和取道的无奈了。

书生饮酒多数不是逞口舌之快，更是用这种方式来消除胸中的块垒。向往"李白斗酒诗百篇"成为一种精神的炫技，而"天子呼来不上船，自称臣是酒中仙"才是文人追求做得意臣子的最高境界，所以官至左拾遗的杜甫的"白日放歌须纵酒，青春作伴好还乡"与"潦倒新停浊酒杯"才是文人向往仕途的一种下意识的精神归属的正反写照；李白只有在得意的时候才能唱出"人生得意须尽欢，莫使金樽空对月"的诗句来；苏轼只有在迷茫的时候才会"把酒问青天"，问苍天、问苍生、问鬼神成为一种人生的追问，天上人间两重天，唯有饮者反躬自问心灵中的那一片净土，不过也只能把一切美好的希望寄托于天上的人间。

到了老年，参透了人生百态，便将饮酒导入了无境之境之中，所以白居易的"小酌酒巡销永夜，大开口笑送残年"的诗句便成为饮者的最高境界，无欲之饮，无求之饮，随心所欲，皆成酒局。一人独饮也好，二人对饮也好，高朋满堂欢饮也好，都褪去了少年时的豪气，抹去了中年时的沉着。无论晴也罢、雨也罢，月也罢、阳也罢，雷也罢、雪也罢，心如止水的慢饮细啜成为饮者的饮酒方式，更是一种饮酒心态的表现。那种来源于民间的单纯追求饮酒的口舌之快的本能欲望平静显露，正是饮者"见山是山，见山不是山，见山还是山"的升华过程。于是，老白的"绿蚁新醅酒，红泥小火炉。晚来天欲雪，能饮一杯无"则是一种最最平淡的饮酒原始冲动。我虽不相信那种"天人合一"的神神道道的说法，但是，我却相信在寒冷的雪天之中，酒后一定是看见了人间所看不见的"只应天上有"的最奇葩美景。

"酒干倘卖无"是一段十分凄美的人生故事，它让我每每在饮酒时想起了这一句发自人性灵魂里的吆喝。喝完了一瓶酒以后，我望着那空空的酒瓶，反反复复地思考着：这一瓶酒里还剩下了什么样的人生味道呢？巷口有无那一声"酒干倘卖无"的灵魂呼喊的吆喝声传递过来呢？

李白的酒诗中最让我沉思的句子却是："但得酒中趣，勿为醒者传。"我则希望各位酒友握笔写下最为精彩的那一段关于酒的别样人生故事。这才是"酒事江湖"约稿的初衷。

结庐在人境

"曾因酒醉鞭名马"

王彬彬

中国现代作家中，若论嗜酒者，郁达夫应该排得上号。中国现代文人中，若论旧体诗作得好者，郁达夫肯定也榜上有名。郁达夫之成为著名作家，主要因为小说创作。但早有人指出，他的散文，尤其是游记，艺术成就远超其小说。而更有人认为，郁达夫的旧体诗，比他的散文还要好。2013年11月，上海古籍出版社出版了《郁达夫诗词笺注》，笺注者詹亚园。据詹亚园先生在《绪言》中说，现存郁达夫旧体诗六百首，想来这《郁达夫诗词笺注》，是迄今将郁达夫旧体诗词搜集得最完备的版本了。

我不懂诗，尤其不懂旧体诗。现代文人的旧体诗，见到了也读一读。就我读过的来说，鲁迅、柳亚子、郁达夫这几位，旧体诗是自成一格的。鲁迅写得少，一生就写了那么几十首，但其中一部分，可谓大笔如椽，掷地作金石声。柳亚子呢，我以为平生最可取的，就是旧体诗了，尤其是以议论入诗而又诗意盎然，却又让人觉得写来毫不费力，真是天生的诗人。郁达夫的旧体诗，刚柔相济，端庄而流丽，劲健而婀娜。詹亚园在《郁达夫诗词笺注》的《绪言》中说，郁达夫的几个友人，刘海粟、郭沫若等，都盛赞郁达夫的旧体诗。刘海粟说，郁达夫诗词第一，散文第二，小说第三，评论文章第四。郭沫若则说，郁达夫的小说，条畅通达，每每一泻无余，而旧体诗词却十分耐人寻味。

郁达夫嗜酒。他的旧体诗中，我最爱诵读的，往往是那种与酒有关者，是散发着酒香者。

郁达夫的小说代表作《沉沦》，其中的主人公作过两首诗。一首是主人公在一个秋天的晚上离开东京，乘车往名古屋，车过横滨后写下的。一首是主人公到名古屋后在一酒楼醉后吟唱。这两首诗，都非郁达夫在写小说时临时替主人公所作，而是将自己先前写好的诗安在小说主人公名下，所以，这两首诗，在詹亚园的《郁达夫诗词笺注》中，都能找到。两首诗都与酒有关。

第一首诗的产生，小说中是这样写的："火车过了横滨，他的感情方才渐渐儿的平静下来。呆呆地坐了一忽，他就取了一张明信片出来，垫在海涅（Heine）的诗集上，用铅笔写了一首诗寄给东京的朋友。"诗曰：

> 蛾眉月上柳梢初，又向天涯别故居。
> 四壁旗亭争赌酒，六街灯火远随车。
> 乱离年少无多泪，行李家贫只旧书。
> 夜后芦根秋水长，凭君南浦觅双鱼。

小说里，主人公写完这诗，在朦胧的灯光中坐了一会儿，又翻开了海涅的诗集。在《郁达夫诗词笺注》中，诗前面有题记曰："八月初三夜发东京，车窗口占别张、杨二子。"詹亚园解释说，这是1915年9月11日所作，当时寄给上海《神州日报》，于10月6日发表于《神州日报·神皋杂俎·文苑》。其时郁达夫在东京第一高等学校预科毕业，再到名古屋第八高等学校就读，从题记看，应该是一张姓一杨姓的两个友人到月台送行，车开动前吟就的。"四壁旗亭争赌酒"，诗中有酒。正如詹亚园解释的，这用的是唐代诗人王昌龄、高适、王之涣在长安旗亭以诗赌酒的典故。某天寒微雪日，三位诗人来到一旗亭，贳酒御寒。忽有梨园伶官十数人也来饮酒，三位诗人躲到一边，围着炉火，静静地看着这些伶人作乐。不一会儿，又有四名歌伎到来，衣装华丽，浑身富贵气。歌伎来后，便奏乐、歌唱，唱的都是当时的名曲。三位诗人平时在作诗上谁也不服谁，都认为自己写得最好。歌伎唱的曲儿，多以当时流行诗歌为词。王昌龄便向其他二人提议，看今天谁的诗被唱得多，谁就是优胜者。到头来，三人的诗歌都被歌伎唱了，于是三人"大谐笑"，诸伶不解其故，好生纳闷。待听到三人解释后，便怀着十分的敬意请三人"俯就筵席"，于是"三子从之，饮醉竟日"。郁达夫的这首诗，虽然没有写自己饮酒，但用了这么一个散发着浓郁诗意和酒香的典故，所以也让人喜爱。

《沉沦》中第二首诗，是主人公到名古屋后，心情郁闷，到酒家买醉后产生。"痛饮了几杯新拿来的热酒，他更觉得快活起来，又禁不得呵呵地笑了一阵。他听见间壁房间里那几个俗物，高声地唱起日本歌来"，于是，他也放大了嗓子唱道：

> 醉拍栏杆酒意寒，江湖寥落又冬残。
> 剧怜鹦鹉中州骨，未拜长沙太傅官。
> 一饭千金图报易，五噫几辈出关难。
> 茫茫烟水回头望，也为神州泪暗弹。

高声地念了几遍，他就在席上醉倒了。

在《郁达夫诗词笺注》中，此诗题为《席间口占》，据詹亚园解释，诗题又作《冬残一首题酒家壁》，作于1916年冬，看来真是郁达夫自己在名古屋酒家醉后所作。诗中用典多，不一一解释。好在尾联明白如话，让人知道整首诗表达的是一个异国游子对祖国的思念和担忧。整首诗酒香袭人。

郁达夫旧体诗中，我最喜欢的，还是1931年1月23日作于沪上的那首感时忧世的诗了。此诗前面有题记曰："旧友二三，相逢海上，席间偶谈时事，嗒然若失，为之衔杯不饮者久之。或问昔年走马章台，痛饮狂歌意气安在耶？因而有作。"詹亚园解释说，诗题又作《钓台题壁》。诗曰：

> 不是樽前爱惜身，佯狂难免假成真。
> 曾因酒醉鞭名马，生怕情多累美人。
> 劫数东南天作孽，鸡鸣风雨海扬尘。
> 悲歌痛哭终何补，义士纷纷说帝秦。

郁达夫在散文《钓台的春昼》中，说自己在水边酒楼上偶遇几位做了党官的朋友，背诵了这首诗。《钓台的春昼》是名篇，所以这首诗知道的人不少。颔联"曾因酒醉鞭名马，生怕情多累美人"，特别有名，但其实我也十分喜欢颈联"劫数东南天作孽，鸡鸣风雨海扬尘"。全诗用典也多。总之，是感寓伤时、飘零忧国之作。

上海古籍出版社出版的《郁达夫诗词笺注》，收入了郁达夫的《赠鲁迅》，作于1933年1月，诗曰：

> 醉眼朦胧上酒楼，彷徨呐喊两悠悠。
> 群盲竭尽蚍蜉力，不废江河万古流。

"醉眼朦胧上酒楼"，詹亚园笺注曰："鲁迅是绍兴人，喜喝黄酒，故以戏语。上酒楼，鲁迅有小说《在酒楼上》，这里亦暗用小说名。"这理解可能是错的。鲁迅于1927年10月到上海，便遭到创造社的攻击。冯乃超在《文化批判》创刊号上发表文章，说："鲁迅——若许我用文学的表现——是常从幽暗的酒家的楼头，醉眼陶然地眺望窗外的人生。"鲁迅马上写了《"醉眼"中的朦胧》予以反击。"醉眼朦胧上酒楼"，应该典出于此，与绍兴黄酒和小说《在酒楼上》没有关系。

醉忆今生

肖　鹰

童　年

我已记不得我多大时开始喝酒的。我对于酒的初始记忆，是伴随着童年时代的乡村生活朦胧开始的。

我儿童时代生活在四川威远县的乡下，由爷爷、奶奶抚养成长。我半岁时被送到爷爷、奶奶家中，当时他们已是年逾六旬的老人了。爷爷、奶奶儿孙满堂，在数以十计的孙子辈中，我是几个年龄较小中的一个。在故乡那个贫寒的山村老家，逢年过节、亲友往来，总是有热闹酒席的。农村人家，酒杯很少用，喝酒常用的是一种小土碗。现在回想起来，那粗糙的小土碗是非常亲切的样子。

我记忆中第一次酒醉，就是不知喝了几小碗白酒。这是在爷爷家附近一家人的喜宴上，我被几位堂兄哄着喝酒，喝得非常豪迈，赢得无数喝彩。我很快就大醉，冲出酒席，奔向山野，狂奔乱跑，呼啸腾跃。多位堂兄费尽力气，才把我捉住，簇拥到池塘边，按住头，用池水浸后脖颈多时，促我醒酒。

我记得那是一个早春的日子，清晨下过一场小雨，土地松软、湿润。我狂醉至极，在那片崎岖陡峭的山坡上，逢岩跳岩，遇沟跃沟，上蹿下跳，竟然毫发无损。首先是这场春雨滋润泥土，佑护了狂醉而年幼的我。上大学后读到《庄子》，书中讲到，数人乘车，车翻后唯有醉者不伤，因醉者具有"乘亦不知，坠亦不知"的精神完整性。因此，我在狂奔乱跳中手脚无损，也当是得于酒的"保全"。

那个春天，我可能八九岁。古希腊的酒神节，是发生于春天的，是关于春天的故事。冬去春来，万物复苏，男女奔驰于山野，歌舞啸叫，通宵达旦。"在狄奥尼索斯的神力下，不仅人与人重新联合起来，而且疏远、敌对或被奴役的自然再次庆祝她与迷失的儿子——人类——的和解。"（尼采《悲剧的诞生》）多年以后，我虽然无法确认这是哪一年，但我清晰地记得那个喜宴的场景，记得那个人家的场院，更记得那片湿润的午后山野，山野上出土禾苗的青嫩景色。在我成年后的记忆中，这第一次酒醉，犹如酒神节的庆典，具有仪式意义。或者，这个春天就是我饮酒史的真正开篇？

我的童年时代，是"文革"年代。在那个时代，因为社会的普遍贫困，对于大众而言，饮酒是一种奢侈行为。我对于第一次酒醉记忆的特别书写，不仅因为这是我所能追溯到的自己饮酒的最早记忆，而且因为这个记忆保存了我童年时代对于"酒席"的神秘渴望。在贫困岁月中，酒席不仅满足了山村孩子平日饥渴的食欲，更让寂寞的山村孩子享受到极具仪式感的热闹欢乐。

我爷爷于1986年去世，享年八十六岁；我奶奶于1990年去世，享年九十岁。上大学后，我很少回老家。我最近一次回老家，是2018年阳春季节。老屋已成残垣断壁，没有人居，四围树朽草深，一片荒废之景。山野上的春色很浓，环映着颓败的老屋，如一座废弃百年的戏台。爷爷、奶奶埋葬在老屋背后的山坡上。我父亲1998年病逝，享年六十五岁。他也埋葬在这片山坡上。

少　年

　　根据现代医学，未成年人饮酒是有害健康成长的。在《红楼梦》中，贾宝玉第一次酒醉，是在薛姨妈一家借居的梨香院喝酒，因为林黛玉的怂恿和薛姨妈的纵容而大开酒禁。饮酒后回到自己的房中，他便醉意大发，摔杯撵人，一改平日"神瑛侍者"的殷勤体贴之态。当时宝玉大约十一岁，也未达到医学认可的成人年龄。我八九岁开始饮酒史，实在严重过早了——现在想来，也许我的身高和智力都受到这次"早醉"的伤害。在我的记忆中，第二次酒醉，已是1980年夏天了。这距离我童年时代的"早醉"，已近十年了。

　　1980年夏，高考结束后，我在学校招待毕业生的聚餐晚会上喝了大量的酒。在奔腾不息的金沙江畔，在那个校舍简陋的中学的夏日夜景中，我往来奔走，出出进进，话语滔滔，满怀宣泄不尽的莫名兴奋。餐后参加校方组织的一个宣誓仪式，我或者是把手举错了，或者是根本没有举手，印象中是多次被提醒或批评。似乎是三天之后，我酒醉的感觉才完全消除。

　　1962年晚秋，我出生于云南金沙江畔绥江县城。我高考时的绥江一中，是我的出生地。半岁后，我被一位伯父接回爷爷、奶奶家；1979年春，我离开生活了六年多的内江市，告别父亲，回到出生地，在母亲身边度过高中生活的后半期。1981年夏，大学一年级暑假中，我与一个高中同学结伴，在因大洪水停航的金沙江畔，从小城安边出发，徒步两天，负笈逆流而行一百九十华里，返回我的出生地。途中第一日晚，歇宿于一江畔小镇，遇一位在当地工作的高中同学，三人痛快夜饮，喝玉米酒，食辣椒炒腊肉，酣醉之后，三人枕稻草而眠。第二天黄昏时分，抵达我绥江县城，当夜自然豪饮。午夜之后，乘醉夜游县城，山影耸立，月色高朗，江风送爽，酒酣意畅中无限少年慷慨。这是我最后一次返回我的出生地。

我的母亲是怀着我的时候，以一个师范大学毕业生的身份被分配到绥江一中做教师的。她在这里生活的时间，前后两度，总共不过四五年。我考上大学后不久，她调离了这里。我母亲1988年因心脏病猝然辞世，享年五十五岁。到今年（2020年）深秋，我母亲已经去世三十二年了。

我出生的地方，那个绥江一中的原址，现在淹没在被大坝拦截的金沙江水域下。它是历史上的绥江县城。

成　年

我自1980年秋进京入学，辗转南北，岁月蹉跎，已近四十载春秋。当年的一个愣头小子，在岁月打磨下变成为一个年近六旬的老夫了——不几年，就要到我爷爷、奶奶收养那个半岁婴儿的年岁了。这四十年间，记忆中也有几次酒醉之事，现择两例叙说如下。

1985年下半年，我自昆明回母校北大访学。深冬某日，在一同学家聚会。该同学的兄长为我们做菜，为表谢意，我陪这位好饮的兄长畅饮，推杯换盏，你来我往，一夜甚是欢快。聚会散后，与一同学返北大，午夜至白石桥，我忽然酒力发作，浑身瘫软，卧于路边。此时已无公共汽车，同行同学力图劝说我起身、步行返校，我死活不从。忽有两位青年蹬一平板三轮车至，主动允诺把我们俩拉回北大，并说车费随便付与。至北大，入南门，两青年索要十五元钱。搜索再三，我和同学身上共计仅有八元钱，悉数付与，两青年嫌少不收。我躺在板车上，厉声说道："就这八元，不行，把我拉回去！"两青年收下八元钱，风行而去。

2012年京中，冬日某晚，二十余人会饮于校外一酒家。友朋十余位，学生十余位。我是召聚者，友朋在座时，我一则张罗应酬，一则竭力自控，力免自己饮酒过量。然而，朋友们悉数散去之后，我放松警惕，被众学生轮番敬酒，不料严重过量。出餐馆，与学生们分手时，我尚神志清醒，自骑车入校园归家。但不知为何，入校后竟被数人围殴致倒地。当晚回家，已过午夜，妻儿均已入睡，故未得见我之狼狈之状，免去许多口舌。次日自视腰身，多处瘀血。所幸未伤及筋骨，不日即自然痊愈。酒后遭遇如此不测，始感郁闷，后再细思而释然：酒醉，遭群殴，虽伤无碍，何须愧怍。这次酒醉时，我已年届五十周岁，是孔子所说的"知天命之年"。我知乎哉？

我自许为好饮者。好饮一生，岂可无酒醉之事？我反对酗酒，反对赌酒，更反对以各种借口胁迫他人过量饮酒。我记忆中的历次酒醉，既非赌气逞能，亦非为人所迫。我之酒醉，均是兴致高涨之际的大意所失。我以为，当区分醉酒与酒醉。醉酒者，以酒求醉也。酒醉者，为酒所醉也。醉酒者，醉于主动；酒醉者，醉于被动。酒醉者，偶然而醉；醉酒者，每饮必醉。饮而不醉，是好饮者之常态。偶然酒醉，失于大意，但过失之中，却又蕴含着非常的人生际遇。

真好饮者，对于饮酒，自有独到幽微的体味。酒之为物，妙在从容得意，妙在兴趣。一杯在手，细斟慢酌，或品味思索，或陶然忘机。这就是我在过去数十年间培养起来的饮酒之趣。然而，这饮酒之趣的妙处何在？实在又如晋人陶渊明《饮酒》诗中所言："此中有真意，欲辨已忘言。"正因为饮酒之趣不可与人道来，本文忆述几桩"酒醉"之事，聊与读者诸君分享。诸君或责或笑，但其中人生况味只可为我自己未来的日子慢慢品味。

惶惶已近六旬，这篇文字权作我已然耗费了许多酒粮的一个自白。如果今生无酒，又当如何？答案只能是：今生没有如果。

2020 年 3 月 15 日，京中酒无斋

酒坛高谊
——看文坛大师们喝酒

孟繁华

　　我喜欢看写喝酒的文章，尤其是文坛巨匠们写喝酒的文章。喝酒和喝茶不同，喝茶历来是雅致的事情。周作人说："喝茶当于瓦屋纸窗之下，清泉绿茶，用素雅的陶瓷茶具，同二三人共饮，得半日之闲，可抵十年的尘梦。"饮茶又称作"品茗"，而且有《茶经》名世，可见喝茶的风雅。但喝酒不一样，喝酒也有叫"品酒"的，当然也有《酒经》传世，《酒经》三卷，宋大隐翁撰，但不像《茶经》那样普及，所知者不多。更传世的倒是"酒精"。喝酒让人高兴，让人兴奋，主要是酒精的作用。不同的人喝了酒有不同的表现。我经常出入于酒场，见过各种喝酒的场景和状态。但我最钦佩的还是有古风的名士饮酒，在饮酒中不仅可以窥见饮者的性情，同时还有他们的高谊。这一如丰子恺所言：吃酒是为兴味，为享乐，不是求其速醉。譬如二三人情投意合，促膝谈心，倘添上各人一杯黄酒在手，话兴一定更浓。吃到三杯，心窗洞开，真情挚语，娓娓而来。古人所谓"酒三昧"，即在于此。但决不可吃醉，醉了，胡言乱语，诽谤唾骂，甚至呕吐，打架。那真是不会吃酒，违背吃酒的本旨了。所以吃酒绝不是图醉。

　　著名翻译家杨宪益先生喝酒是出了名的，他一生嗜酒，有"酒仙"雅号，每天可以没有饭但不能没有酒，他把酒称为"苏格兰茶"，真是风雅得很。他有英文著作《漏船载酒忆当年》，2001年由北京十月文艺出版社出了中文版。抗战期间，梁宗岱和杨宪益分别住在重庆嘉陵江两岸。好酒而寂寞的梁宗岱隔天过江来北碚找杨宪益饮酒谈天。一天晚上，梁宗岱过来谈了片刻便要匆匆离去，让杨宪益给他倒杯酒，喝完再走。正好这时没电，杨宪益只好摸黑从床下拿出酒坛子给他倒酒。床下两个坛子，一坛酒，一坛煤油。于是，摸错了，倒上一杯煤油，梁宗岱仰头喝完，一边抹嘴，说了句"这酒不错，有一股特别的味道"。话毕就此别过。后来杨宪益发现倒错了酒，整夜提心吊胆，煤油中毒怎么办？第二天见梁宗岱时安然无恙，相视而后相谈喝煤油之事，俩人大笑不止。这是朋友、酒友偶然的阴差阳错，并非有意为之。虽然误饮煤油，但那份危难中性情中人的高谊一览无余。

丰子恺先生喜欢酒，看他写下的多篇与酒有关的文章就可见一斑。在《湖畔夜饮》中，他写了与来访的郑振铎喝酒，文中的郑振铎叫CT。他说CT的豪饮，不减二十余年前。他回忆起了二十余年前的一件旧事，有一天，在日升楼前，遇见CT。他拉住丰子恺的手说："子恺，我们吃西菜去。"丰子恺说："好的。"他就向西走，走到新世界对面的晋隆西菜馆楼上，点了两客公司菜，外加一瓶白兰地。吃完之后，仆欧送账单来。郑振铎对丰子恺说："你身上有钱吗？"丰说："有！"摸出一张五元钞票来，把账付了。于是一同下楼，各自回家——郑回到闸北，丰回到江湾。过了一天，郑振铎到江湾来看丰子恺，摸出一张拾元钞票来，说："前天要你付账，今天我还你。"丰子恺惊奇而又发笑，说："账会过算了，何必还我？更何必加倍还我呢？"丰子恺定要把拾元钞票塞进郑振铎的口袋里，郑定要拒绝。坐在旁边的立达同事刘薰宇，就过来抢了这张钞票去，说："不要客气，拿到新江湾小店里去吃酒吧！"大家赞成。于是号召了七八个人，夏丏尊先生、匡互生、方光焘都在内，到新江湾的小酒店里去吃酒。吃完这张拾元钞票时，大家都已烂醉了。此情此景，憬然在目。丰先生说，夏先生和匡互生均已作古，刘薰宇远在贵阳，方光焘不知又在何处。只有CT仍旧在这里和我共饮。这岂非人世难得之事！我们又浮两大白。

他们是酒友更是朋友，也讲究的礼尚往来纯属形式。之所以说是形式，是因为那加倍的钱还是大家喝了酒。常在一起喝酒的人，大多是谈得来的朋友，这就是人以群分。能够常年聚在一起喝酒的，其分量自然旗鼓相当。

还有一种高谊，那是善意，是得体。高晓声在《壶边天下》中讲述了这样一个场景：有一次在某地做客，主人夫妇俩来我们这都能喝点儿的一桌相陪。主人先告罪，他不能喝。这就点明是女将出台了。我就静观大家交替同她碰杯。她年轻，亦显得有豪气。我起初以为酒精对她不起作用，看了一阵之后，觉她并不是喝的"白开水"。她的脸越来越红润娇艳了，眉眼变得水灵又花俏……我看她正到好处，再喝就把美破坏了。正想劝阻，恰是心有灵犀一点通，桌面上已是静了下来，大家文雅地坐着，对女主人微微笑。真是满座无恶客，和谐极了。女主人也马上感到了大家的善意，快活得一脸的光彩，把灯光都盖过了。

这就是名士风。大家欣赏美胜于把谁灌醉喝倒。尤其对女士的态度，更显出一个人的修养和品性。看文坛大师巨匠们喝酒，有古风，有趣又风雅。酒主要是助兴，在酒精的刺激下，大脑活跃反应迅速，多有连珠妙语为饮酒锦上添花。但世风代变，在今天的酒局酒场上，这等风雅的场景早已烟消云散。不只是喝酒的主体换了几茬人，当年那些人的文化基因多半已经变异，于是那场景便是只可想象难再经验了。这是一个方面；另一方面，上面提到的文坛大师巨匠，基本是南方人。靠北面的高晓声也生活在长江南岸的南京。南方人由于文化和地域原因，性格乃至举手投足，更显温良恭俭让，包括他们下酒的菜肴。比如丰子恺先生招待郑振铎时，"女仆端了一壶酒和四只盘子出来，酱鸭，酱肉，皮蛋和花生米"，而且靠酒桌的墙上，有丰子恺书写的数学家苏步青的诗：草草杯盘共一欢，莫因柴米话心酸。春风已绿门前草，且耐余寒放眼看。看这等下酒菜肴和数学大师的诗，你大体就会知道是什么人在喝酒。我等常年生活在北方，共同饮酒的同事或朋友，自然也是北方人；即便南方来了文坛朋友，一到北方也就入乡随俗客随主便。北方的酒场就是闹市。北京的簋街一带，红灯高挂如火如荼，文人骚客经常去那里扎堆狂饮；如果到了东北、内蒙古一带，只要看看吃食和盛菜的器皿，您用小桥流水的方式喝酒，有可能吗？所以，喝酒的方式就是地域文化最生动的阐释。人越缺乏什么越会向往什么，只因为北方喝酒的山呼海啸，我对南方酒坛和友谊的温文尔雅才格外向往——即便如此，当然还是难以望其项背。

陪父亲喝酒

詹福瑞

一生醉酒无数，记忆深的却只几次。

按说，我家里是有喝酒基因的。父亲和长兄酒量了得，半斤八两之上，稀松的事。但农家喝酒的机会不多，只在年三节。"开轩面场圃，把酒话桑麻"，无论古今都是富有士人的雅事，距离肚皮都填不饱的农民生活甚远。三节中端午正处五黄六月，大部分农户断粮，所谓过节，就是包粽子，中午的菜，加个粉条炖肉而已，好一点的或者炒个鸡蛋。中秋节要好得多，炖肉自然是不可缺的大菜，因是秋季，会随便增加一些时蔬，粉皮拌黄瓜啊、土豆炖豆角啊、烧茄子啊，已是十分丰盛。三节中春节最大，无论多么穷的庄户总要过年。一般是四大碗：粉条炖肉、氽丸子、酸菜白肉、白菜豆腐。家道好一点的再拼四个小碟，无非是猪肚、猪肝、猪蹄、粉肠等。喝的就是青龙县烧的白干酒。五六十年代，粮食紧张，高粱玉米人都不够吃，酿酒用的是红薯干，即薯干酒。散装，要到八里外公社所在地的供销社打回，一斤几角钱，今天看便宜至极，那时的农家年收入不过几十元钱，几角钱也是个数字。但年节总得要过。

一家四口，父母、我和妹妹。小学、中学时，父亲喝酒从不招呼我们，只他和母亲。饭菜简单，可喝酒却正式。炕桌旁置一盆炭火，用锡壶烫酒。父亲坐在火盆边，烫酒、筛酒，从不让母亲插手。但酒盅却是两个。母亲不会喝酒，此时也要筛满一盅，一口一口地抿，陪父亲喝完。酒桌上的父亲，一改往日的沉默寡言，大口地喝酒，大声地说话，露出他当年拉洋车的豪气。"来年，我要把菜园砌道墙。""来年，我要在院子打口井。"人说酒桌的话不要当真，父亲酒桌上的话，从来铁板钉钉。就这样说着喝着，半斤八两地进去了，父亲那里兴致不减，母亲呢，虽只一盅，却已经不胜酒力，满面通红，躺到旁边的褥子上了。

中学毕业时，有新词流行："知青"。天津来的叫下乡知青，我们从公社国中毕业的叫回乡知青。我十八岁，已经是壮劳力，因是知青，大队委以重任：团支书兼林业队长再兼农业技术员。再喝酒时，桌子上就多了一个酒盅，父亲认为，在家里我可与他平起平坐了。可惜我的酒量继承的是母亲的基因，一盅下去，脸似猪肝，心跳如脱兔。父亲叹了一口气，转而又笑了："嘿嘿，真不咋的。"以后，我也就享受了母亲的待遇，父亲饮酒时，一盅陪到底，父亲不强迫，不让酒。

1975年放寒假，我买了从保定回家的火车票，还剩下几块钱。刚出门半年，身份已经是大学生，虽然是穷学生，总得买点儿孝敬父母的东西。糕点，家里称之为果子的，是正月走亲戚必得拎的礼品，自然要买的。数了数余钱，刚好够给老爹买一瓶老白干。

大年三十年饭，父亲亲自造厨，做了又嫩又烂的坛子蒸肉、色香味俱佳的红烧黄花鱼。依旧是一盆炭火，依然是那个锡壶，火盆边烫酒、筛酒的换了我。父亲坐在炕头上，几盅酒下去，话多了起来，老生常谈，又说起来年："来年啊，我把猪圈往南面再扩扩，出正月就去集上抓两只猪秧子，多养头猪，一头留过年，一头卖了给你攒学费。在院西南角圈个鸡窝，养窝鸡，供家里零花钱。"此时母亲说话了："你得敬你爹一盅酒。你走了，家里少了个劳动力，你妹子又在上学，活儿全是你爹。那个累呀，我就没法说。头疼脑热的，你爹就没抓过药，全是挺过去。老说呀，一角钱，在孩子那里也有用。"父亲就说了："别给孩子唠叨了，有啥呢！来，喝酒。""有啥呢"是父亲的口头语，含义很多：没啥了不起的，不是什么事，别当回事……一年，父亲用手推车推石头垒院墙，车歪到沟里，人被压在石下，断了几条肋骨，气胸，不能喘气，住进了县医院抢救。我赶过去时，父亲已经做完手术，躺在病房，脸部和胸膛缠满了绷带，出气仍短促不均。见此情景，我伏在他的床前失声地哭了。父亲醒来，说的就是这句话："有啥呢！"

说实在的，平时我很少认真地看父亲，此时我才仔细地端详起父亲来。多么普通的一个人啊，普通得如一块泥土，几乎没有什么特征。可他却是我们心中的一条硬汉，任什么困苦也压不垮。他就端端地坐在那里，像块儿说话的岩石。显然酒力已显，在他的脸上抹上一层少见的快乐颜色。我猜想，此刻父亲的心境是满足的。他满足地看着他的老伴儿，我们的母亲；满足地看着他的孩子，一个大学生，一个中学生。生活是艰难，可他也许觉得无所谓。然而半年不见，父亲的背驼得更厉害了，坐在那里，人矬了半截。头发全白，似半坡残雪环绕着山头。眼睛深陷着，像口行将半枯的水井。母亲不说，我也知道父亲的艰辛。他对得起家，对得起社会，可社会对得起他吗？作为儿女的我对得起他吗？我倒满了自己的酒杯，又满满地给父亲筛上酒，跪在父亲面前说："爹，儿子敬你一盅！"好像一连和父亲干了数杯，父亲扭过头去朝母亲笑："几个月不见，三儿长本事了啊！"可此时的我突然要哭。我觉得是如此的无力，软绵绵的活活就是蚕虫；如此的渺小，几如房间里的一颗微尘；如此地对不起父母，年过花甲，还要起早贪黑地劳作。可我却又感到如此的委屈，说不出原因的委屈，控制不住的眼泪，汩汩地向外涌，哗哗地往下流，想哭却又无声，模模糊糊中听见父亲说："他醉了。"

这是我第一次、也是唯一一次在父亲前的醉酒，老爹再没给我机会。转年，父亲患脑血栓之疾，再不饮酒，我也就没有了和父亲喝酒的福分。每年清明，到父母坟前祭奠，我都要带上一瓶酒洒在坟前，说：老爹呀，儿子多想和你再醉一回！

"生命之水"囤货记

余　斌

　　曾因用酒精给口罩消毒，毁了一只N95，痛心疾首，后悔不已。但是，当然，酒精是无辜的。

　　论紧俏程度，酒精虽不能望口罩项背，排个座次，第二把交椅是没跑的。若以药房的告示为判，其地位甚至与口罩难分伯仲，因往往"口罩售罄""口罩无货"并列，又有"酒精售罄""酒精无货"的字样。

　　口罩可以自制，无数土法上马的招数层出不穷冒出来（包括如何炮制加强版、耐用版），酒精则迄今还未见有号召在家里自己捣鼓的。好在它有替代品：酒精与酒的亲缘不属"大胆假设"，根本不待"小心求证"。

　　酒不就是稀释了的酒精，或者反过来说，酒精不就是度数高得有点离谱的酒吗？用来替代酒精，不亦宜乎？有个在武汉的学生在群里拜年，提到喝酒，便道，酒现在舍不得内服，要囤着外用消毒。我只当是玩笑话，待酒精处处脱销才明白，那是纪实。春节乃是白酒的旺季，超市里堆得满坑满谷，厂家莫不大搞营销，问题是，封了城的武汉，大家都被关在家里，只好以存货应付。

　　烈酒当酒精使，内服而为外用，高下的标准也为之一变，喝酒讲究的是口感，当酒精，自然拼的是度数。就在这背景下，有一种波兰产的伏特加酒，仿佛"从粉头堆里跳出来"，忽然之间有了知名度。至少原先知者不多，限于酒徒中的猎奇者，现在有点喧腾众口的意思。这酒名为Spirytus，全名Spirytus Rektyfikowany，英文译为Rectified Spirit，名头就是奇高的酒精度打出来的。标贴上最抢眼的便是"96 C"字样，不仅大小数倍于商标，且居于C位。伏特加在我的意识里是与俄罗斯捆绑在一起的，不过有种说法，说是起源于波兰，冲这度数，我就有几分信。Spirytus，音译"斯皮亚图斯"，但报这个名，估计知者寥寥，流行的是它的诨号，"生命之水"，如同古人的"以字行"。我原以为是文案高手的杜撰——不是，据说在西方世界就顶着这名号。

医用消毒酒精是七十五度，九十六度岂不是杀菌威力更大？家中有人认定买到酒精乃口罩之外头等要务，酒精又全无踪影之际，有熟人告我网上有"生命之水"现身，我会大为兴奋。我甚至有点怀疑下了单会不会有货，虽说广告上起步就是六瓶，一副敞开供应的架势。内服的烈酒比外用的酒精贵得多，而且寻常不出门，已是宅的状态，六瓶要用到猴年马月？好在用不了可以喝，以买酒精之名大肆囤酒，何乐不为？又担心手慢则无：不喝酒的人没准也会加入抢购，至于好喝两口的人，恐怕也有我这样的心理，挤兑是大概率，——岂独"杼轴于予怀"？更要"怵他人之我先"了。

于是从速下了单。之后才想起要为熟人答疑。他在微信里不单是报信，也在疑惑是否真有这么高度数的酒。他是问对人了，我觉得自己绝对有资格为他解惑。

两三年前，有个朋友做东欧几国游，知我好奇，带了瓶"生命之水"给我。就烈酒而言，我的勇攀高峰止于七十来度，九十六度是什么概念?! 朋友说，世上没有比这个更烈的了。上网一搜，果然无出其右，妥妥的第一。相当长一段时间里，这瓶酒于我，属奇货可居，而且居之不疑。每每聚餐便带上，就制造惊悚与激发好奇心好胜心而言，效果均相当令人满意。

好酒的不待相劝，反有会当凌绝顶的跃跃欲试，待一口下肚，欲显曾经沧海，皆做处变不惊状：好像也就这样嘛！——倒也不是强作镇静，原是准备承受雷霆一击的，大义凛然之下，至少是入口之际的冲击力，来得并不如想象的那般排山倒海，醍醐灌顶。虽是如此，也都是一尝而罢，没有谁提议，就喝这个吧。论口感，不要说"茅台""酒鬼"什么的，就是和我们的普通白酒比，也差得远。

喝法既带有象征性，这瓶酒于是就变得特别耐喝，由得我道具似的带来带去。到第 N 次时，一已喝高了的哥们口齿不清说了些什么，大意是瓶上的数字与他什么人的生日偶合之类，总之不待我同意，擅自把剩下的半瓶酒拎走了。致使一段时间内，凡与人饮酒，我会觉得少了个噱头，别人问起也不能让其眼见为实，"生命之水"遂成传说，直到前年网上开始有售。我网购的第一瓶后来也被"截和"。那位北京来的朋友比较矜持，与上面那位"豪夺"的相比，宜以"巧取"视之，因他只是一再表示对这瓶的浓厚兴趣，并不索取。当然，一旦我示意拿走，也就笑纳。拎回北京后是否有巡演之嫌，非我所知。

且说下了单之后，货一直不到，像其他快递一样，屡屡得到因疫情影响送货推迟的短信。我很担心忽然来一条退款通知，据说有些商家会玩这一手：谎称断货，退回款项，提价之后另接订单。这事没有发生。忽一日，接快递小哥电话，他说货到了，进不了小区，让快到大门口迎接。大喜过望奔下楼去，扛回来急煎煎打开一看，和我此前巡演者长得不一样。假货？于是到网上查，没查出所以然，倒是看到几条关于"生命之水"的科普。

其一，这酒不应直接饮用，通常是用来调酒的，就这么喝，烧灼食道，伤人，喝挂了的都有，还有后遗症。其二，酒精并非度数越高消毒效果越好，"生命之水"若拿来外用，须兑到七十五度。

这没法不让人大起惶恐：多次就那么喝，是不是已落下后遗症？我甚至想到有次聚餐，我们院几乎半数精英都在席上，且多半都未甘寂寞，踊跃一试。若是真有后遗症，不就都中招了吗？果如此，罪莫大焉。

但自找平衡是人的本能，我自己说服自己，三下五除二即甩锅成功。现在要面对的是现实的问题：当酒精使还得稀释到恰好七十五度，这不是自找麻烦吗？若内服，经此一疫，"生命之水"曝光率大增，不复过去的神秘，炫耀的机会，恐从此不再，何况循例的喝法，是当作酒基，爱喝白酒的人，谁耐烦"鸡尾"？

一堆"生命之水"，遂成废物。

一旦沾酒，一生难了

李明泉

我三十六岁以前滴酒不沾，调成都后才学会喝酒，属饮酒界"大器晚成"一类。

1993年初我从达县师专调四川省社科院文学所，院里通知我到研究生部任职，主持全院研究生教育工作。到研究生部后才知道社科院办研究生教育困难重重，限制太多，我主动向院长、分管副书记和副院长汇报如何扩大招生、加强与省教委和兄弟院校联系、编写教材、增加教学考核权重等，三位领导都很支持我，鼓劲我放开手脚干。

记得，有次快下班了，副书记说我们吃个饭，边吃边继续谈。他把院长、副院长和几位处长请到社科院门口的庭院小餐馆。我第一次跟院里领导和同事吃饭，不晓得他们的规矩，只见每人面前摆了一个喝啤酒的小玻璃杯，给每人倒上满满一杯文君酒。我一看这阵势，心里叫苦连天，我从未喝过白酒，吓得不行，连忙向院长书记说，我真没喝过酒，喝不来。院长性格豪放，说你调院里来了不喝酒怎么跟大家接触？教哲学的副院长语重心长地说，明泉，你以前没喝过并不能说明你不能喝，这样，这杯酒你不喝完，你先抿一小口试试，不要扫大家的兴。话到这个份上，我真是下定决心豁出去了，说好好好，我就抿一口，大家一起喝。抿第一口，开始觉得辣，胃里冒烟，滚烫滚烫的，多抿了几口，好像并不太难受了。从此，就揭开了我喝酒的历史。

经过几个月的从抿一口到喝一小杯再到喝一两杯，沉寂三十六年的酒量被召唤出来了。记得，1994年的春节，我回老家宣汉过年，哥哥说明泉调省城回来过第一个年，听说你学会了喝酒，至今还不晓得量多大，我们一家人试探试探。于是，我哥、侄女婿、两个侄儿跟我开怀畅饮。当天下午把幺侄儿喝倒了送县医院输液。那是我喝酒高峰期，不知天高地厚，碰杯即饮，不知何为醉。

从此，我在省社科院就出了名，工作干得还可以；教育管理更规范，提出了"科研教育并重"的办院方针，起草出台了系列文件和制度。与此相应的是，我也有了"饮者"之名。

那时饮酒有"三种全会"之说，我练过白酒、红酒、啤酒三种酒一起喝，那是真晕真难受。记得2001年，我跟成都置信的四五十位员工欢聚。大家都喝啤酒，我以前很少喝，心想今天试试我能喝几瓶。跟大家喝到第六瓶，我胃胀得难受，跟人说话时，嘴里就冒啤酒泡泡，连一粒花生米也吞不下去。这啤酒没喝通，其难受与白酒醉了是两种截然不同的状态。此后，我几乎很少喝啤酒了。

从三十六岁开戒到今天，我的饮酒史有二十七年了。哪有喝酒不醉之说？我醉过好几次。

一次是为建"5·12汶川特大地震纪念馆"。我是纪念馆展陈大纲总撰稿，前前后后为纪念馆大纲去中宣部、军事博物馆汇报，讨论设计方案以及布展，花了近两年时间。为了在"5·12"五周年前开馆，2012年下半年我在北川先后住了两三个月，每天在馆里陪省委宣传部两位分管领导在展厅走来走去，对展陈设计、图片选择、讲解文稿、上墙文字标点、字体字号等逐一斟酌，经常加班到深夜，冷了披军大衣，饿了泡方便面。2012年11月终于完成首次试展览，省领导看后评价很高。当晚在北川地震纪念馆建设指挥部食堂喝他们的泡酒，玻璃杯一杯一杯地干，仿佛要把这几个月的辛苦一下扫光。那晚我是怎么回成都的已记不得了，第二天只看到自己的眼镜摔坏了，没法戴了。后来我明白了：疲劳后的高兴，是最容易醉人的。

还有一次喝醉，是在2018年8月第二届天府文化论坛闭幕时。我为天府文化论坛撰写倡议、主持研讨，大咖云集论天府，搞得有声有色，开得很成功。闭幕后听了不少恭维话，说我是学术会议的"金牌主持人"。吃饭时喝一位朋友自酿的玫瑰酒，喝时郁香，也没感觉。回到社科院单元楼下时，似乎还清醒，却怎么也按不开密码门，不知按了多久也不知怎么就倒下了。醒来已在医院输液。这事，让我明白，植物花酒少喝，容易犯迷糊，要喝就喝自己常喝的粮食酿造的白酒才不伤身体。那些酒中加了什么花的什么养生的，尽可能避而远之。

　　喝酒以不伤身为底线，但往往喝酒之人喝着喝着就忘了，所谓"舍命陪君子"，这是喝酒层次最低的"酒徒""酒鬼"状态。我体会，喝到微醺状态，思维活跃、妙语连珠、下笔有神，那才是饮酒的最高品位，把握了酒文化之精髓所在。我们家庭聚会饮酒规定每次定量，微醺时，大家每人发言，谈工作谈学习谈生活，鼓励大家演讲。记得有次谈"真实的哲学问题"，我和侄女婿、侄女、侄儿、儿子、侄孙女等讨论热烈，我说真实至少有十种情形：一是事实本真状态的真实，二是事实局部的部分真实，三是主体认知之真实图貌，四是客体呈现的真实表象而非本质真实，五是直接感受的真实和间接了解的真实，六是艺术创造的真实而非生活现实，七是网络虚拟世界和智能人的真实，八是历史演进中的宏观真实和人体肉身难以进入的微观真实，九是多维空间、量子纠缠中的难以体认的真实，十是宗教文化中对未来世界包括灵魂世界的认知真实。这些话，平常想都没想过，几杯酒下肚，灵感蹿上来，仿佛还说得有板有眼的。后来，家人提议，大家微醺讨论时最好录音或记录，以免各位的妙论高论喝了酒就忘了。

　　喝酒气氛气场很重要，所谓"酒逢知己千杯少"。我和成兄、思兄三人各有工作，差不多一两月轮流坐庄烫一次火锅，每次一瓶酒，思兄饮一两左右，我和成兄平分。我们边烫边喝边聊天，谈工作谈形势谈文学谈家庭包括谈一些烦恼和忧虑，谁有什么信息，大家共同分享；谁有什么感想，其他二位引申，深入聊下去；谁有什么苦闷，其他二人分析，化解于左烫右涮之中。三人开怀畅谈不在酒，举杯只为聊高兴，虽无名利之困扰，却怀天下修齐平，这是何等空灵恬静而从容雅致的饮酒之乐之趣。我们三人这个饮酒"场"好几年了，一直保鲜到现在。

因沾了酒，就与酒结缘。个中龙门阵太多，一时说不完。中华酒文化历史悠久、博大精深，西方"酒神"精神影响深远。去年年底，省社科院与五粮液集团组建"五粮液文化研究院"，邀我组织酒文化研究工作。借疫情期间，我查阅中外酒史资料，感到人类所独创的酒文化，是这个地球璀璨夺目的文明瑰宝，它对人类社会进程的影响力不输于其他任何创造物，因为酒通过直接影响人的才情心智而影响着人类文明前行的脚步和方向。

借五粮液文化研究院成立时填的《五福降中天》词作为本文结束语：

　　　　岷江江中水，净水滋润华章。紫土捧五谷，犹见流觞。群山如窖绢缊，醅醇发酵芳香。妙在勾兑，点化雪曲酿琼浆。　　醉了千年，看天地，一派仙乡。舌蕾搅动世界，酒神舒张。清厚甘辛，写尽慧心沐月光。吟将进酒，何时知己少忧伤？

那一代北京文人的诗酒过从

陶慕宁

　　我生于1951年年初，这一年，父亲陶君起由大众创作研究会奉调进入新成立的中国戏曲研究院，月薪一百一十余元，在当时可谓不菲。但因为上有祖父母，下有四个孩子需抚养，故并不宽裕。幸而父亲常有稿费，多用来下饭馆。父亲出身蒙古族贵胄，好美食，嗜烟酒，且对饮馔颇有研究，30年代已有《饕餮广志》《续志》《新志》载于北平报刊。我三四岁时已不畏酒，上小学前能啜二两二锅头，彼时的二锅头是六十五度。

　　常来家里与父亲共饮的有景孤血、范钧宏、金寄水等。景先生最年长，生于宣统二年（1910年），旗姓瓜尔佳氏。七岁拜名儒马述古为师，习诗古文辞，复入樊樊山门下学诗。少有文名，弱冠即被聘为《京报》主笔。范先生杭州人，大学时即酷爱京剧，为著名剧作家，京剧《九江口》《猎虎记》《杨门女将》《满江红》等皆出其笔下。金寄水先生则是睿亲王多尔衮的十一世孙，诗才隽逸，道骨仙风，挺洗马之姿，兼平原之藻。1939年，伪满宗人府驻京办诱劝他去"新京"承袭睿亲王世爵，寄水先生断然拒绝，回应："我金某人纵然饿死长街，也绝不向石敬瑭辈称臣。"

　　这几位来家，往往带些熟食，母亲再添上一两样菜，父亲打开一瓶二锅头，便开始边聊边饮，诗词歌赋，说部戏曲，无所不谈。偶尔聊得高兴，便把我和哥哥唤到桌前，每人一小盅，看我们饮罄，金伯伯会夹一箸肉菜过来犒赏。父亲有一次拍拍我的头，说："这小子行，能喝二两。"可惜我那时只是垂髫之年，他们究竟聊了些什么，已浑然忘却。只记得范先生有个绰号"范小儿"，似乎是父亲所取，曾在京城小范围流行。窃忖应与戏曲中称谓有关，又或因四人中范先生年最轻。

1983年冬，我在南开读研究生第二年，寒假回京拜谒寄水先生。寄水先生十分高兴，谈及不久前赴五台山开通俗文学会议，巧遇范先生，大喜过望，因悄声唤"范小儿"。范先生大笑，随即答曰："现在可没人敢叫我范小儿了。"80年代初，百废待兴，戏曲界人才奇缺，像范先生这样兼通戏曲文学、场上歌舞、流派行当的文人实属凤毛麟角，故讲学著述，绛帐云蒸，足迹所至，皆称老师先生，罕有人知道这个外号了，纵然有人知道，除非像寄水先生这样的故交，也确实没人敢叫出口了。

父亲生性孤傲，读书刻苦，年轻时家中尚有书房，五间通贯，他便饱览群籍，专攻经史，初中时已能用文言写作。祖父又为他请了两位老师，一为挂冠归隐的邓正夫，举人出身，精通宋学。一为齐燕铭之父齐景班先生，精研汉学。这就为后来家道中落，他以弱冠之年，能在北平卖文支撑全家奠定了学殖腹笥。父亲谈话时常常臧否时人，"某某学问不行""某某解经大谬"。独对景孤血先生钦佩不已，说"你景伯伯学问好、文章好"。景伯伯个子不高，肤色发黑，高度近视，眼镜片很厚，一圈儿套着一圈儿。

有一次三人来家中饮酒，聊得兴起，多喝了点，出门时天已大黑。父亲出门相送，路灯光线昏暗，电线杆倒映地上，景先生看作沟，纵身跳过。路经下一个电杆，再跳；父亲、金、范三人忍笑不言，连跳了十余道"沟"，始为说破。四人相顾大笑，后来"景孤血跳沟"的掌故便流传开来。文人雅谑，自古而然，若贡父之供"畠饭"，东坡之食河豚，皆足以传之后世，佐酒资谈。

这四位旧文人，集满、蒙、汉三族，而相交莫逆。其中我最熟悉的是寄水先生，从童年拜识直到先生晚年成为忘年交，竟达六十余载。

寄水先生生长于北京东城的睿王府内，十二岁时迁出，渐由世袭罔替之和硕亲王裔孙降格为普通市民，30年代卖文为生，与先严订交。20世纪50年代初，就职北京市文化局。寄水先生长身逸态，衣冠整洁，头发永远一丝不乱，举动间带有一种难以形容的贵族气质，而实际上他的生活，却是每况愈下。60年代初，先生病肾，旋又离婚，携子家骝从原来黑塔寺的楼居迁至崇文门外豆腐巷的八平方米斗室，吴晓铃先生为其取名曰"西厢"。"西厢"之逼仄竟至须拆除床头护板才能勉强放下一张双人床。室内一几、一榻、一橱，别无长物。寄水先生曾有诗记录当时的生活状况，起首为"三两红星酒，一包绿叶烟"，结句是"赛过小神仙"。真是"人不堪其忧，回也不改其乐"。

我在北京四中读到初二，值"文革"，乃成逍遥派。有一天闲得无聊，便循路到豆腐巷寄水先生家，此处原是马连良的一处房产，如今已成大杂院，辗转几进院落，始抵"西厢"。我方惊异于房间的狭仄，寄水先生已亲切地招呼我坐下，还为我沏了茶。刚刚问了父亲的近况，门口有个老大娘高喊："金大爷，读报！"寄水先生匆忙答应，告诉我："今天街道学习，要为胡同里的家庭妇女读报纸。"嘱咐我先看看书，等他回来。我先端详了一会儿墙上寄水先生手书的放翁一联"正欲清谈逢客至，偶思小饮报花开"。然后翻看床上散放的一堆线装的《渊鉴类函》。约一小时，寄水先生拿着报纸回来了。我问："您怎么连街道上的事儿也管？"他说："街道上的积极分子不知从哪儿打听出我是个大文化人，认字多，所以让我给她们读报纸。我这儿来人多，跟他们处好了没坏处。"说话间，同院的邻居又拿着一沓宣纸请金大爷写挽联，来人是京剧团的一个"流行"，不大识字，说是他母亲去世。寄水先生不假思索，提笔写了四副挽联，看那字，兼有魏碑的朴拙和《圣教序》的劲媚，引得来人连连称谢。

落日衔山的时候，"北昆"的李体扬、农业出版社的刘毓轩、卫生出版社的刘肇霖，还有一位中学教师，人称"吴大诗人"的衣冠楚楚的胖子陆续来到，毓轩叔叔还带来一只熏兔，寄水先生连忙打发刚下班的家骝去红桥市场买来鳝鱼，他就在院中一个蜂窝煤炉上亲掌庖厨，做了一道炒鳝丝。他只是稍微冲了冲鳝鱼，血丝都未洗净，一边切丝爆炒，一边对我说："炒鳝丝油要热，多搁料酒，多放芫荽、胡椒粉。"食之果然嫩爽香脆，回味无穷。我后来在全国各地许多有名的馆子点过炒鳝丝，但从没找到过那种味道。于是命名"睿王府鳝丝"，每年只做一次，尝过的皆赞为极品。

　　几道菜摆在院中的一张小矮桌上，寄水先生拿出一瓶二锅头，众人便坐在小板凳上边饮边聊。先是一番闲话，接着"吴大诗人"取出自己新作的一首七律，工楷誊在宣纸上，不无得意地展示给众人。座中有朗吟的，有称许的，寄水先生却只是微微笑了笑，未予置评。话题很快由诗入曲，"吴大诗人"问寄水先生昆曲有没有板，寄水先生指着李体扬，说："这儿有专家，你问他。"李体扬便说："怎么没有？"边说边打着拍子唱起《牡丹亭·游园》中的"皂罗袍"，"吴大诗人"摇头晃脑地跟着唱，连声赞叹："美！美！"忽然问寄水先生："您说什么是美？"寄水先生说："这问题得找大学教授，大学里有专门研究美的。我不会讲课，说不好。我只知道不同的人有不同的美。贾宝玉就看林黛玉美，贾琏就觉得多姑娘美。"众人都笑了。

　　夜幕四合，众人相继告辞，寄水先生独把我留下，对我说："你吴叔叔的诗都合律，就是没有诗味。作诗本来不难，就是词汇搬家，搬得好就像诗，合起来要有种韵致。当着人的面不能说人的诗不好，就像你到人家里，主人给你沏茶，茶叶放多少，只能客随主便，这是礼貌。回到家里愿意放多少放多少，完全凭自己的喜好。"我觉得有点玄妙，难以捉摸，又觉得有理。后来读寄水先生写的打油诗，颇有神会，而且悟出了他曾对我说过的"打油诗其实不好写，其他可以俗，但颈联要雅"的道理。兹录一首，以为收束：

劳动逢重九，临风暗自嗟。

只能挑白薯，不敢醉黄花。

担重吟肩瘦，途遥野径斜。

晚来筋骨痛，这是为甚嘛？

第一次"碰头"

王 干

第一次醉，忘不了。

应该是1976年年底，或者说1977年年初。我1976年高中毕业，很多人不理解，怎么那么早就高中毕业了？我的中小学阶段正好碰上史无前例的"大革命"，1966年上小学，1976年高中毕业，当时"学制要缩短，教育要革命"，我的小学念了五年半，初中念了两年半，高中念了两年，十年就高中毕业了。毕业了赶上唐山大地震，在防震棚住了许久，然后，就到了棉花收购站当合同工。合同工就是季节工。秋天收棉花的时候，去上班，上到第二年1月份。这合同工也是不容易找到，因为父亲在供销社工作，我作为子女被照顾到棉花站当合同工。

棉花站所有的工作人员都比我大，我是最小的，最大的合同工是一个南京知青，当时已经三十出头了，女的，是个回民，姓马，单身。三十岁在十六岁的人看来是挺大的年龄，我们叫她马姐。我当时接触到很多南京知青都挺有文艺范儿，知识面也挺丰富的，这马姐居然是小学毕业，既不"知识"，也不"青年"，不知道怎么作为"知识青年"弄到乡下来"接受再教育"的。

棉花站的站长是父亲的同事，也是父亲的酒友，其实也是父亲的酒敌。父亲好饮，但并不善饮，善饮不止于是酒量，还有酒智和酒术。

在酒桌上经常喝倒的，不一定酒量不行，很多是直梗男的原因。父亲在酒桌上经不起人家劝和"挑"，经常喝得酩酊大醉，经常被送回家。喝酒被送回家其实就是醉了。我小的时候最讨厌父亲喝醉的样子，他已经烂醉了，还满嘴的豪气。还讨厌他抽烟的味道，那味道在空气里说不出地难闻。现在，我也抽烟了，仍然不喜欢别人抽烟的味道，也不喜欢第二天闻到自己留在屋子里的烟味。

棉花收购站不让抽烟，我也就没有机会学会抽烟。本来也没有机会喝酒，但在最后离开的时候，学会了喝酒，准确地说，是喝醉了酒。

棉花收购站到年底就要关门，元旦前后我们这些合同工就开始走人了。临走前，站长说，我们碰一次头吧，大家聚在一起上班不容易，以后不知道什么时候才能见到。这话也是实话，自那次聚餐之后好几位我们再也没有见过面，比如南京知青马姐，兴化那位想不起名和姓的已经结了婚的知青，当时觉得知青居然和结婚联系到一起，好庸俗。

"碰头"在现代汉语里一般是见面商量的意思，但在我们当地的方言中"碰头"还有聚餐的意思，这碰头不是公款吃喝，而是大家一起"抬石头"，也就是西方的所谓"AA"制，大家平均分担聚餐的费用。

这一次的"碰头"现在想来是极为豪华的，我们每个人出了两块钱，大约十个人，合计二十元钱，兑换成现在的价格此次晚宴该在万元左右。当时猪肉是七毛三分一斤，我们买了一条猪蹄髈。本来大家一起聚会的，是全家福的，有一个同事，是兴化知青，已经成家，已经生了孩子，拖老带小的，觉得一块钱可以参加，两块钱就太贵了，就缺他一人。他也挺不容易，饭量大，有一次和食堂的师傅吵架，说给他打的半斤饭只有四两五，他带着我们平常称棉花的小杆秤，比画给大家看，那时我就觉得怎么那么计较啊。那晚上我喝醉了之后，听说是他去帮助收拾碗筷的。

听到要"碰头"，我很兴奋。父亲平常偶尔在外边碰头，是很风光的一件事，很有男子汉的范儿。如今我也可以"碰头"了，当然很兴奋。少年时代总喜欢自己早点长大，早点和父亲平起平坐，而且和父亲曾经碰头的站长一起，我忽然有一种成人仪式感。可以说，我是那场碰头最热情的参与者。

看到丁帆教授写的文章里，说那个时期经常喝荷花大曲，还是很崇拜的。当时一切凭计划供应，凭票供应，无标牌的瓜干酒都买不上，不用说荷花这样的品牌了，当时，荷花牌大曲仅次于洋河大曲，价格也和洋河不相上下。站长费尽九牛二虎之力，买到了二斤荷花大曲，他亲自掌勺，做他最爱也是最拿手的冰糖扒蹄。

我现在已经记不得我怎么喝醉的，也记不得冰糖扒蹄的味道，只闻到当时制作的冰糖扒蹄味道是那么勾人心魂。当时棉花站是禁火的，因为冬天棉花少了，也因为碰头，所以破例起火了。

我隐隐还记得荷花大曲进口的味道，很香，还有一点淡淡的甜水的味道，比以前喝过的瓜干酒要柔和可口多了。我不知怎么喝多了，也没怎么吃肉，或许潜意识里和父亲的酒敌碰头，要表现出英雄气概，或许荷花大曲比之前的酒好喝，不知不觉喝多了。隐隐地，听站长说，你父亲和我斗酒，老说我欺负他，你千万不要喝多了。我隐隐地回答说，我酒量比他好，不会醉。

等我醒来的时候，我已经躺在家里的床上，吐得满地，味道很难闻。母亲在旁边用煤灰边扫边埋怨，我知道自己惹祸了。母亲说，年纪轻轻，就碰头，两块钱家里可以吃一个星期菜呢！当时家里每天的菜钱也就三毛钱左右，我心里觉得很愧疚，想到父亲回来一定是场雷霆风暴，更加地不安，心想以后再也不能喝酒了。不觉又吐了一会儿，昏沉沉地睡过去了。

我很快被父亲的大嗓门吵醒了："别絮絮叨叨了，男人就是要抽烟喝酒！"

父亲这粗粝的"教诲"让我非常惊讶，我觉得父亲原来可以那么亲近，抽烟喝酒不再是我想象中的"坏男人"形象，我之后喝酒再也没有"不学好"的自惭心理，反而有了几分男子汉的豪气。父亲去世以后，我曾经在《别父》中写过这句话，作为终生难忘的记忆。

母亲听了父亲的话愣住了，转身走了，父亲捡起扫帚打扫我吐在地上的污物，还叮嘱我：以后喝酒先吃点东西填下肚子，空腹容易醉。我那一刻觉得父亲前所未有地慈祥和柔软。

第二天去棉花站上班，南京知青马姐看到我，说了句：酒壮英雄胆啊！

咦，她是回族啊，不是不喝酒吗？怎么也参加我们的酒局啊！

喝酒时的汉语半醉半醒

王　尧

　　我是个抽烟喝茶，几乎很少喝酒的人。这与我的性格和出生地反差太大，而且糟糕的是，我有时会把喝酒视为与抽烟一样的缺点。别人问我怎么不喝酒，我通常说抽烟已经很糟糕，如果烟酒全沾，缺点太多了。这种说法的重点不是"污名化"喝酒，更多的是掩饰自己不胜酒力的弱项。其实我明白一个道理：一个人如果从来没有对酒蠢蠢欲动的欲望，那这个人至少是一个无趣的人。

　　乡村里读古诗词的人少，不会对酒当歌，也看不到对影成三人；会感叹，欢欣，发狂，不会说出"人生几何"这样的词，但乡下的"酒话"有时如同"诗话""词话""小说话"一样精彩。在乡下请客时，喝酒可能是大事，但说得很含蓄。小时候父母亲让我去约客，不是说请你到我们家喝酒，而是说：你有空的话，明天晚上到我们家坐坐。客人就知道，我们家请他喝酒了。我不知道，这是困难时期的低调，还是乡村生活的文明。现在不一样，会直接说：到我们家喝酒。这才是喝酒之前的豪爽。我们村上有位长者，酒量很大，都说他深不可测。他的酒量大到如果隔夜在早晨走路时呕吐了，闻香而来的狗吞噬了这些也会醉倒。我开始以为是笑话，后来在巷子里看到他邻居家的狗在吃了他吐出的东西后，踉踉跄跄在门槛外面躺下来。狗的主人后来说，这狗昏睡了一天。这肯定是条不会喝酒的狗。

我外公喝酒时，我们兄弟仨坐在边上，那时我可能还不到十岁。外公用他的筷子蘸了酒，依次给我们兄弟仨尝一滴。我立刻舌头发麻，我两个弟弟没有反应。外公再喝酒时，坐在他边上的是两个弟弟。再后来，只有我大弟弟坐在外公边上，而且不是尝一滴。长大以后，兄弟仨中，酒量最大的自然而然是大弟弟。在外地的朋友看来，苏北人肯定都能喝酒。苏北产洋河大曲、高沟、五醍浆，但不是在我的家乡。苏北其实很大，现在网络上说"散装江苏"，酒的品牌也是这样的，真是"散装酒"。我所在的县城，最名贵的酒是"陈皮酒"，非常温和。好像喜欢喝酒的人都不喝"陈皮酒"。喝"陈皮酒"的人是产妇，据说，喝了"陈皮酒"会滋生奶水。我一直猜测，我们那儿会喝酒的人，他妈妈坐月子以后一定喝了无数瓶"陈皮酒"，融化到奶水里了。我问我妈妈，她说生我们兄弟仨，都没有喝"陈皮酒"，那时买不起"陈皮酒"。现在上好的陈皮价格会比陈皮酒贵出许多。

古人今人都会说到喝酒时的豪情与快意。确实，原本豪爽的人，会因酒更豪爽；原本沉闷的人，会因酒而豪爽。这都是借酒消愁或助兴的例子，压抑会在瞬间释放，痛苦会在瞬间消失，欢乐会在瞬间达到极致，但在酒醒之后甚至在未醒之前，许多东西渐渐还原了。我自己也时常会被酒席上欢乐的景象感染，所谓酒疯子，其实都是正常的人。这世界有许多找乐的方式，喝酒是最简单的，喝酒形成了一个实在而虚幻的世界。但我一直不敢多想的问题是，我们有多少压抑是被酒释放出来的？我们有多少快乐是被酒刺激出来的？我们有多少友情是被酒浇灌的？甚至我们有多少错误是酒后犯下的？如果没有酒，我们的压抑是多少，快乐是多少，友情是多少，错误是多少？

这应该不是哲学问题。如果不是哲学问题，喝酒可能只是生活的一种修辞方式。但这样说了，喝酒的意义可能被消解了。我特别佩服把喝酒作为一种生存方式的那些人，无论是酒神、酒仙还是酒鬼、酒徒。酒在这些人那里，没有一点多余的意义。我高中的一位老师，是个好酒的人，但师母坚决不让他喝酒，喝酒花费太大。为了防止他在外面喝酒，师母每次都是给他固定的额度去买菜，一斤肉多少钱，一斤鱼多少钱，两块豆腐多少钱。如果多买了什么东西，回来时再给他钱去还人家。让师母吃惊的是，身上的零钱不能买一瓶酒的老师，怎么会经常在外面喝酒。老师解释说，是朋友请的。师母问他哪些朋友，他说张三李四。确实是张三李四王五在一起喝酒，但老师也是豪侠，不可能一直喝朋友的酒。怎么办呢？他每次买菜时，自己短斤少两。买了一斤肉，他说是一斤半。日积月累，手上有了买酒的钱了。师母也渐渐发现，老师买回来的菜没有他说的那么多。因为师母不识秤，老师就说我称给你看。这位老师从来没有醉过酒，应该算是另一种酒神了。

我工作初年，有位久违的老师到苏州，我到食堂多打了几个菜，招待他了。饭后他一直坐立不安，问他是不是有什么事？他说没有事。然后把话题绕到酒上，我这才发现我疏忽了，没有招待他喝酒。我印象中他是不喝酒的，他说他之前是不喝酒的，退休后每天晚上都喝一点，不喝几杯睡不着。我赶紧去小卖部买了一瓶二锅头，这位老师喝了酒后，就上床呼噜呼噜睡去了。

我第一次喝醉酒是90年代末随学校代表团去台湾东吴大学访问。一次宴会上，台北故宫博物院研究文献的专家在场，他的酒量非常非常大。在寒暄时，他就很豪爽，喝酒以后就不用说了。那时的纪律还比较多，我们作为客人都比较谨慎，生怕酒后说错话。这位专家说，大陆朋友酒量这么差？然后他对一直未喝酒的我说：你如果喝半斤酒，我就当你是朋友，你可以到那里看些看不到的东西。我当然知道这是激将法。人就是这样，有时经不住刺激的。我给自己压下了很大的责任：如果不喝，可能影响台湾朋友对大陆朋友的观感；喝了，成为朋友，还能看到稀有文献。半斤酒我大概是喝了两口就空杯了，这个时候听到掌声。兴奋了一会儿，就坐在那里睡着了。回到酒店，异常难受，想吐又吐不出来，一夜未眠，第二天起来，脸色苍白，如大病初愈。我这才知道自己是那种酒后失声的人。

今年年初，《收获》杂志在安徽蚌埠举行2019年文学排行榜颁奖仪式。孙甘露先生和程永新先生，别出心裁想出了最佳评语奖，奖品是古井贡酒年份原浆。台上放了四瓶酒，酒装在透明的长方形盒子中，盒盖上戴着一朵绸布的大红花。我在台下看了异常兴奋，虽然感觉这酒与自己没有关系。孙甘露先生在台上说，这个奖给几位年长者，他报出了四位评委的名字。于是，孟繁华、贺绍俊、宗仁发和我就上台了。我抱着这瓶酒，觉得比抱着一个娃娃还要沉。这瓶酒实在没有办法坐火车带回，只好委托诗人舒洁兄快递寄回了。

我一直想把这瓶酒存着，等到什么活动时和朋友一起喝了。我不好酒，接待朋友时喜欢带瓶酒。生活如常，我还是抽烟喝茶。我想戒烟，少喝点酒。有天遇见其他学院的一位朋友，这位朋友好酒。我说我想戒烟了。他说：千万不能戒，你的身体已经平衡了，你少抽烟，多喝酒。我说，你知道的，我不会喝酒。他说：多喝就会了。我一直认为喝酒是天生的，他以自己为例说可以培养自己的喝酒能力。他本来是不喝酒的，后来渐渐喝到他老婆要和他离婚。他对他老婆说：我还没有认识你时，我就认识酒了。

回到家里，我想打开这瓶酒，再三犹豫，没有打开。突然，新冠病毒来了，整天宅在家里，这是一种压抑的自由状态。我看看这瓶年份原浆，还是把它打开了。这大概是我的突发事件。喝了一杯酒，晚上写论文时，逻辑好像有点混乱。喝了两杯酒，写虚构文本时，笔下的人物都热情地劝我喝酒。难怪，李白喝酒后"天子呼来不上船"。俗语好像说一人不喝酒，问学昕兄，他说有办法，现在可以"云喝酒"。他发来几张照片，说这就是"云喝酒"。想起同事上网课的辛苦，我想还是不去云里雾里了。

不管你喝不喝酒，喝多喝少，因为有酒，我们就可能生活在别处。在酒的狂欢中，我们重构了一种氛围。在这种氛围中，人们说着各种酒话，或者听别人说酒话。此时的汉语在杯觥交错中分裂了，你可以说酒后吐真言，你也可以反悔那是酒话。我们读到的那些传之久远的诗词文赋，都是汉语半醉半醒时的状态。

我不知道，我们现在有没有能力让汉语半醉半醒？我的酒量太小了。

饮酒孔嘉，维其令仪

张新科

　　我的家乡在秦岭主峰太白山下，这里山清水秀，气候温和，出产的中国国家地理标志产品"太白酒"以太白山水为浆，清亮醇香，韵味悠长。据记载，它始于商周，盛于唐宋，成名于太白山，闻名于唐李白。传说李白从西蜀到长安，饮了太白酒后写下了千古绝唱《蜀道难》，被贺知章誉为"谪仙太白"，此后李白就有了李太白的雅号。在我的记忆中，当地老百姓最爱喝的是三块钱一瓶的"普太"，玻璃瓶装，便宜实惠，逢年过节或者红白事情都喝"普太"酒。20世纪90年代还有一句很有名的广告语："一滴太白酒，十里草木香。"我虽然生长在这个福地，但从小滴酒不沾。

　　第一次喝酒而且第一次醉酒，是在参加工作六七年之后，三十多岁。1992年1月，与同事一起赴吉林师范学院（现在的北华大学）参加全国《史记》学术研讨会。当时正值寒冬季节，冰天雪地。会议结束前，主办方宴请参会人员，一位B姓朋友到每一桌劝酒，我坚持不喝。他开玩笑说，你们研究司马迁，司马迁连官刑都不怕，你还怕喝酒？经不住他的再三劝说，只好喝，两三杯酒下肚，当时还没有多少反应，但餐后坐车去看雾凇，车子摇晃，下车后又凉风一吹，酒饭都吐出来了。事后知道劝酒者是《演讲与口才》杂志主编。可以想见，东北人能喝酒，加上他能说会道，底气十足，一般人根本不是他的对手。此后我就一直保持不喝酒的习惯。

情况变化是在十年之后的2003年。那年3月，经Z兄引荐，我到四川大学做博士后。到川大后，Z兄几乎每天拉着我喝酒，虽然酒的档次不高，但很尽兴。尤其是江津老白干，六十度，酒精度很高，喝起来反而觉得很爽。在成都时还有许多朋友，经常聚在一起喝酒，大多数情况下是朋友们拿塑料桶买散装酒，很实惠。自那以后，慢慢开始喝酒，因而我常常称Z兄为师父。后来，西安的十多个朋友搞了一个酒友会，轮流坐庄，经常活动。毕竟自己酒龄较短，历练较少，也醉过好几次，甚至有一次醉后都不知道自己是怎么回家的。"一生大笑能几回，斗酒相逢须醉倒。"（岑参《凉州馆中与诸判官夜集》）有时觉得只有醉过酒的人，才能对人生有更深的体悟。

小酒杯里乾坤大。聚会喝酒有基本程序，如同写文章，包含着"总—分—总"的逻辑结构。

开始，组织者彬彬有礼，端起酒杯，集体敬三杯，一杯酒要说出一个理由，不能重复。之后，再从身边客人开始，顺时针转一圈，向每个人敬一杯。这个圈要转圆，表示圆满。其中有两点特别讲究，一是从谁开始就到谁结束，这才是圆，起点就是终点，无缝焊接；二是敬酒者也包括在这个圈里，转到自己也要喝一杯，转圈的"我"给被转的"我"敬酒，如同哲学术语的主我、客我。组织者敬酒结束，下来每位客人以同样的方式转圈。这是集体项目，戏称"大一统"阶段，也就是"总"。这样一圈过来，每个人都喝了不少，酒量好的刚刚进入状态，酒量小的已经有些招架不住了。

接着进入"分"，所谓"春秋战国"时期。大家离开座位，你来我往，互相敬酒，这是最能显示口才和酒量的时候。比如说，咱俩第一次见面，我敬你；咱俩是老乡，我敬你；咱俩是同龄，我敬你；上次你给我帮忙，我敬你；你高升了，我敬你；你获奖了，我敬你；你老婆生孩子了，我敬你；你孩子大学毕业了，我敬你……反正总有理由让你喝酒。当你不愿意喝时，敬酒的人站在你旁边顺口溜上来了："激动的心，颤抖的手，我给大哥（领导、老弟、嫂子、弟妹等等，根据身份换称呼）敬杯酒，大哥不喝我不走。"尤其是女士给你敬酒时，顺口溜稍微变个样："激动的心，颤抖的手，我给大哥敬杯酒，大哥不喝是嫌我长得丑。"话都说到这个份上了，你能不喝吗？当女士不愿意喝酒时，男士又有劝词："女士一般不喝酒，喝酒女士不一般。女士不和一般的人喝酒，女士不喝一般的酒。"你不喝的话就是看不起自己，也看不起我。如此这般，总要劝对方喝酒。也有拿歌抵酒的，自己实在不能喝了，就主动请求唱歌，算是过关。当然也唱戏，说书，说笑话段子，可以说是才艺表演了。这个阶段个别人还有私房话，或者还有事请朋友帮忙，有充分的私人空间。

最后，组织者看时间差不多了，就进入第三阶段"总"，结束分裂状态，回归"大一统"，各就各位。主人端起酒杯总结，谦虚地说，今天大家没喝好，不尽兴，咱们下次再聚，感谢大家的赏光。大家一饮而尽，各自散去。这个过程不由得让人想起《诗经·宾之初筵》写饮酒过程，开始"宾之初筵，左右秩秩""其未醉止，威仪抑抑"；有些醉意后，"舍其坐迁""载号载呶""是曰既醉，不知其秩"。诗还特别强调"饮酒孔嘉，维其令仪"，看出周代人饮酒就非常讲究"令仪"，也就是好的程序和礼仪。

喝酒程序不可少，但一杯酒怎么喝下去也有讲究，这就是喝酒的步骤。这几年我们归纳为九步曲，这个理论也是逐步发展完善的，从五步、八步，到九步，不能再多了。这里就说九步吧。敬酒者从座位站起来，端起酒杯，向左右致意，这就是喝酒的前奏曲，即前三步："站正身，酒端平，左右行。"这三步是和河南朋友喝酒时学来的，表示敬意。下来是最核心的五步："望星空，鸟鸣声，转宫灯（探照灯），挂金钟，哈一通。""望星空"，就是头微微抬起；"鸟鸣声"，是酒入喉时发出"嗞嗞"的声音，带有品酒的意味，而且产生美感效应，让旁边的人感受到酒香味；"转宫灯"，酒喝下之后，酒杯在手上放平，面向大家转一圈，就像探照灯一样照一圈，表明喝完了，请大家见证；

"挂金钟",是把手上的酒杯杯口朝下,倒挂金钟,证明彻底喝完了,一滴不剩,如果滴一滴酒,甘愿罚三杯;"哈一通",就是喝下酒之后,口里自然而然发出哈气声,赞叹喝的是好酒,而且酒好喝,特别爽。"哈"一声,也是证明自己把酒喝下去了,没有作假。五步一定要连贯,一气呵成,犹如行云流水。这五步,使酒桌气氛一下子活跃起来,有时候为了学"鸟鸣声"要多喝好几杯酒,有时候验证"挂金钟",不剩一滴酒,也要多喝好几杯。有的朋友为了学这五步,我示范,他用本子记,用手机录音、录像,反复练习。在新疆喝酒时,有朋友为了学习五步曲,竟然喝到桌子下面去了,有"酒后人倒狂"(刘禹锡《曲江春望》)的感觉。这五步加上前奏曲的三步,就是八步曲了。后来,又加一步"鞠一躬",算是尾声,这一步因人而异,尤其是晚辈给长辈敬酒,这一步也很重要。这就是九步曲。以八步曲、九步曲的形式喝一杯酒,就是图个高兴,再加上喝酒"总—分—总"的程序,仿佛有了仪式感。

2012年10月参加学术会议在云南苗王寨饮酒,南京大学×教授听了五步曲后,即兴作《苗王寨夜饮新科教授传酒法五步感赋一绝》:"仰望星空夜未央,因声鸟嗾气求长。巡游覆盖神情爽,叹息人生美杜康。"把喝酒的步骤和感受都融入其中了。

人生不可无酒。"酌此一杯酒,与君狂且歌。"(杜牧《池州送孟迟先辈》)孤独、忧愁、痛苦、兴奋的时候,一个人或一群志同道合的朋友聚在一起,痛痛快快喝一次酒,绝对是人生的一次享受。北京的F教授说,喝酒就要喝"透"。我常常想,喝好、喝够、喝多、喝醉,都不是"透"的境界,"透"的境界应该既有生理上的,也有精神上的,或者只可意会,不可言传,只有在长期喝酒的实践中才能体悟到。

小说的魔术师，或品酒师

——苏童小说与葡萄酒之"考古"

张学昕

　　早在上个世纪末，苏童就已经开始喜欢甚至迷恋红酒。我清楚，像他这样一个小说家，对红酒的品鉴和感受，不会如品酒师那样，在庞大而驳杂的葡萄酒世界里，刻意地去进行确立主题、寻找酒样，不断地进行盲品式体验，以期获得对葡萄酒"准专业"的自信；但他也不会仅仅停留在发烧友的水准，显示和张扬一种狂热，他也不可能只是对他喝到的每一款酒，就颜色、香气、口感、陈年能力、配餐建议做一种量化评定。苏童是一位有极强的身份感的人，无论面对日常生活，还是写作，他更像是一个"极简主义者"，且持有一颗平常心，憨直厚道，不执不固，不躁不厉。只有一旦进入写作状态，他在小说的虚构世界里才会显露应有的精神张力，一副"我的小说世界我说了算"的架势。

　　因此，我想他对葡萄酒的钟情，本没什么可夸张的，也没有任何神秘、悬疑的参数在其中，也许，仅仅是喜欢而已。味蕾极佳，感觉超好，正如他之于短篇小说写作，是一种喜爱，喜爱就会心甘情愿地投入，甚至这种喜爱可能是生理性的，几乎没什么渊源。 我在想，既然任何事物的存在都有其坚实的理由，那么，一种事物与另一种事物之间的潜在联系，只有在人的介入之后，才可能引申出各自的异端性，没准儿就成为一种有机的串联，而每种事物各自的意义也许就在此产生。从苏童与这迥异的两种事物的关系，我能体会到一个小说家对事物的感受方式，以及内在感受力的强弱，就如同面对不同款式的葡萄酒，扑面而来的是复杂的气息和味道，而苏童小说恰到好处的遣词造句，浑然天成的结构和叙述，融会其间的雅致、华贵、平衡、色泽或醇厚、饱满、强烈，一定令他产生作为一个作家巨大的满足感。痴迷或喜爱葡萄酒的人，一定会充分地感知到其内在的魔力，葡萄酒和短篇小说，对于一个小说家而言，就不似常人看来是两件风马牛不相及的事物了，在葡萄酒的世界里，苏童已经足可以成为一个"准品酒师"，立刻就能抓住酒体瞬间产生的感受和质地；在处理生活和文字精妙关系的小说虚构中，苏童却更像是一个魔术师，时时处处都体现出个性十足的灵性和自由的气度。因此，一个人在享受红酒和写作快乐的同时，他或许会很自然地选择属于他自己独特的写作方式，用自己的感受去体味生活世界的玄妙，重新构想，或者平衡地建立起他所体验过的生活与事物的相互关系。于是，洒脱和灵动，结实和凝重，张扬和内敛，似乎"混酿"在他的许多文本里。就像葡萄酒的酿制，葡萄生产的纬度、年份、地区，以及这个地区的气候、湿度，还有橡木桶的品质，都隐藏在制作的过程里；而小说的品质，包括叙述的绵密或疏朗，结构的坚实或灵动，语言文字的质地，能否在想象力的作用下发挥得淋漓尽致，虽与自然的造化有关，更关乎灵气在事物中的再次发酵，继而，在有效的结构里，挥发出"醒"过之后的价值和意义。所以，任何一篇意味深长的小说，都类似一种精心酿制的葡萄酒，它只有在被阅读者真正唤醒的时候，才可能彻底展现其应有的魅力和魔力。或者说，葡萄酒对于我们来说，在一定程度上与小说是一样的，简直就是一座迷宫，而小说本身则是迷宫里的迷宫。倘若我们进行一种不严肃的猜想，假设小说迷宫的制造者，是一位故意要挑战阅读者的酿酒师，他身上又散发着像雷蒙·卡佛那样的酒气的话，很难想象，谁能清醒地走出他在如此复杂的精神和心理情境中所预设的迷宫？

熟悉博尔赫斯的人们都知道，他在与威利斯·巴恩斯的一次谈话里，谈起他夜里做噩梦的经历，其中最基本的内容主要有三种：迷宫、写作（读书）和镜子。博尔赫斯的小说，也常常将镜子和梦作为叙述的主题，特别是梦，他常常写它，也常常梦到它，而且大多是关于噩梦的迷宫。1984年，在北师大读书的苏童，就读到了博尔赫斯。他曾细致地表述自己阅读博尔赫斯的感受："深陷在博尔赫斯的迷宫和陷阱里，一种特殊的立体几何般的小说思维，一种简单而优雅的叙述语言，一种黑洞式的深邃无际的艺术魅力。坦率地说，我不能理解博尔赫斯，但我感觉到了博尔赫斯。"（苏童：《河流的秘密》，作家出版社，2009年版，第164页）我感到，博尔赫斯此后一直若即若离地伴随着他的写作。他的一个个短篇小说，都或多或少地充满了博氏梦幻般的玄机因子，支撑起他那些凌空蹈虚般的想象。也许，苏童的一些重要作品的构思，就是博尔赫斯梦和迷宫的另一种延伸。像"枫杨树乡村"系列小说，以及后来的《蝴蝶与棋》《水鬼》《巨婴》等，都弥漫着梦的气息和迷宫的意味。苏童在读卡佛的时候，有过这样的感慨："读卡佛读的不是大朵大朵的云，是云后面一动不动的山峰。读的是一代美国人的心情，可能也是我们自己这一代中国人的心情。"（苏童《河流的秘密》，作家出版社，2009年版，第203页）苏童将在卡佛的作品里品味出的感受，用一个他自己都认为不恰当的比喻，标签化地贴给了卡佛，那么，他自己呢？而我们对于苏童的判断，所依赖的标准，根本没法按着老套的思维方式进行，不仅是因为苏童身上没有令人焦虑的酒气，而且，我觉得最主要的是，苏童并不是一个很复杂的作家，那么，他通过叙述布置下的迷宫，我们应该怎样破解或绕出来，可能更是一件很费心思的事情。

　　我喜爱和熟悉苏童的小说由来已久，尤其是他的短篇。我自己都经常问自己：我何以对苏童的短篇如此格外偏爱，甚至到了无以复加的地步？他的短篇的魅力究竟在什么地方？1998年以后写的，我几乎篇篇爱不释手。我想，也许，这与我们古代文论所推崇的"气、定、慧"有一定的潜在关系，或许是由于我的所谓"气"，于经意或不经意间可以轻松而喜悦地进入苏童文字所弥散的"气场"。其实，这与人和人之间的接触是同样的道理，所以，当你发现拿起了一本根本不喜欢的书，就可以立刻放下，这与感觉遇见了不喜欢的人可以马上走开是一个道理，但前者往往会体现得更强烈、更直接。而面对你喜爱的文字，就如同精神和力量扼住了喉咙。

我一直以为，苏童是最具短篇小说大师气象的作家，十几年的苏童阅读史，使我越来越相信这一点。有时，我会猜想，苏童这位擅写短篇的小说圣手，他身上一定具备一种与生俱来的东西，才能够让他将短篇小说的各种元素，得心应手地把玩于股掌之间。万把字的叙述，何以会入情入理，优雅从容，起承转合，幽韵灵动，于平实处见起伏，于波澜中现婉约，于恬淡中藏乖戾，倒是很像有序的"行板"，丝丝入扣又松弛有度。这样令人迷醉的短篇文本，不是一篇、两篇、三篇，而是上百个短篇小说都在一个极高的水准线之上，这就不禁令人惊奇和赞叹。而我觉得苏童小说最杰出的地方，还在于他叙述或者说写作和文本中的双重自由。他的叙述，似乎永远有一如既往的驱动力，而相对稳定的写作风格，养成了他持久的不同凡响的个性风貌。除了尊重、诚实地对待笔下的人物，平易地讲述离奇的故事，以及能够引发充分的联想和内敛、温婉的文字，还有一种粗心的读者不易察觉的温度感和味道，叙述者不断变化的丰富表情，都让我们感知他文本的特别。是的，他能够从骨子里越出现实存在的边界，虚构的世界与现实也不再有僵硬的界标，文本和现实似乎都是虚拟的场景，舒展、飘逸。

我曾仔细研读过可能对苏童写作构成影响的一些中外作家的文本，像塞林格、麦卡勒斯、福克纳、马尔克斯、纳博科夫和雷蒙·卡佛等人，想从"写作发生学"的视角进入苏童的小说文本。但我知道，那极可能是浮光掠影、捕风捉影般地劫掠一些皮毛而已。为什么这样讲呢？我觉得，评论者的职业惯性，怂恿我总试图能够找到一些语词或一种事物，能精妙地来描述或妥帖地喻指苏童小说的整体风貌或气度，却终究还是不能肆意进行比附，实实在在地忧虑我蹩脚的分析，可能轻浮地揣摩了文本固有的本色。我更愿意捕捉笼罩在他诸多小说中的那种神韵，体验阅读苏童小说过程中特有的微妙感受，判断出他如此自由洒脱的文字和舒展叙述的由来，我竭力杜绝任何粗陋的阅读，唯恐漏掉叙述中的细致精微之处。而且，我现在越来越不认为，苏童的小说是仰仗"讲故事"取胜，所有的精彩和意蕴都隐含在字里行间，叙述的过程里，短篇小说的妙处是在一个长度中完成的。应该说，真正杰出的写作，根本无法对其一言以蔽之，这就仿佛苏童自己坦承的那样，小说就是一座巨大的迷宫，作家所有的努力，似乎就是在黑暗中寻找一根灯绳，企望有灿烂的光明在刹那间照亮你的小说以及整个生命。从另一个角度说，苏童的小说文本，也像一根灯绳，期待每一个读者用心地抓住它。

这时，我还在想苏童的写作与红酒的关系。这可能是一个无法避讳的问题。因为，在我看来，葡萄酒和短篇小说，是太过神奇的两种存在。苏童在某一篇小说里，当然是短篇小说，他琢磨、处理生活经验的时候，是否与此时正喝的某一款葡萄酒有什么微妙的关系？那么，我告诉你，事实上它们一定毫无关系。我猜想，每当苏童喝到一款上好的葡萄酒的陶醉和欣喜，可能绝不亚于他写就一个短篇之后的快慰，但写作与他是血浓于水的关系，决定了能够改变他、影响他的却只有写作。苏童不是一位"嗜酒者"，更难成为一个"酒鬼"，酒精永远不会对他起任何负面的、不好的、致幻的作用，因为他绝对懂得酒的内涵，会很有节制地把握酒精的度数和摄入量，他太清楚应该享受葡萄酒的哪一部分品质了。最重要的是，苏童是一个有着强烈道德感和崇尚人格尊严的人，他率性和厚实的为人品质，使他飘逸、灵动的文字充满了叙述上的节制和控制力，内敛的热情和张力，遍布在字里行间，从容自如。因此，在小说和葡萄酒的世界里，他只能是一个儒雅的魔术师，或者，是一位高贵的品酒师，而不会成为一个"巫师"或掌控无度的酒鬼。在这里，葡萄酒，或许只会成为作为作家苏童写作中不易察觉的一个重要元素。所以说，这一点，苏童与雷蒙·卡佛完全是两回事。确切地讲，雷蒙·卡佛对酒的感觉和接受，主要是吸收这种神奇液体中乙醇的成分，酒精依赖症的状态，使得他在写作中经常混淆生活与虚构的关系；而苏童所能享受的，是尽量地删节掉葡萄酒这种令人痴迷、愉快的液体中酒精这个危险的元素，他可能更渴望在更多的机会里"自豪地优雅地吐酒"，风度翩翩地吐酒是自觉而有力度的，能让吐出的葡萄酒形成一条美丽的弧线，并充分地"咀嚼"徜徉在口腔里的单宁及整个酒体的挥发性力量，从而尽情地感受舌苔传导出的红酒的芬芳，感受事物奢侈的一面或细密的一面。也许，在我，或者读者，也如此这般地喝了上好的葡萄酒之后，再开始阅读苏童小说的时候，会对故事和人物的目光透射出奇异的神情，萌生出碎金般令人沉醉的迷乱，这时，就可能完全像穿越葡萄酒的迷宫那样，破解小说迷宫所产生的无尽的诗意。

葡萄酒为我们提供了万千多变的可能性，小说也是如此。阅读苏童的小说，虽然从文字里无法嗅到充满果香和美妙的酒气，但叙述中葡萄酒单宁的变化，却已经幻化在审美的空间维度中。我们更喜欢苏童对于葡萄酒的"宽容"，许多时候，大家聚餐主人拿出一款葡萄酒时，苏童从来不会肆意挑剔、品头论足这款酒的优劣，即便是主人不懂酒的质地，开启的葡萄酒有些不尽如人意，但他仍然会很宽容地说："挺好的，这款酒可以喝的。"这就是苏童。

我的三次醉酒"事故"

陈福民

写下这个题目，自感有点"欺世盗名"的嫌疑——因为我从不喝酒，朋友们也都知道我不会喝酒，所有的饭局酒桌上我都是看客，酒局结束我偶尔还可以充当代驾。如此这般，大约与"醉酒"是不沾边的吧。

事实上，与其说我不会喝，不如说"不能喝"更准确。我应该是人们所说的那种先天酒精过敏的体质，而且特别严重。白酒开瓶的香味实在是很诱惑人，偶尔忍不住一口酒沾嘴，立刻面红耳赤心跳加快头痛欲裂，如再多一口，就两眼一翻不省人事了。用一句俗语形容：别人喝酒是故事，我喝酒就是事故。

由于这个缘故，我从没有体验过那种醉意醺然的酣畅，也没有什么不堪回首的狼狈经历，可以说是非常自卑地平平淡淡过此生。但仍有三次"醉酒"往事，让我自己都觉得不可思议。

在我读中学的20世纪70年代，人们已经从喧嚣狂热中逐渐冷静下来，对于那些热爱生活的人来说，无论怎样严厉的气氛也会有缝隙，生之乐趣是压抑不住的。譬如史铁生在《我与地坛》里写到的那些人与事，我都一一见过。承德市避暑山庄，作为清朝第二政治中心和皇家园林，如今已经是名满天下，但我们承德人都称之为"离宫"，或者更通俗地叫作"宫里"。后来我读元代词人萨都剌的词时发现了"寂寞避暑离宫，东风辇路，芳草年年发。落日无人松径冷，鬼火高低明灭"的字句，完全忽略了这首叫《念奴娇·登石头城次东坡韵》的作品是在写石头城之南京，以为他写的是我们承德的避暑山庄，竟不免激动起来，觉得我们"离宫"原来这么有名啊。因为我家跟离宫一墙之隔，我的少年时代基本是在山庄混过来的，夏天在湖区游野泳偷莲蓬，冬天滑冰风驰电掣。避暑山庄那种亲切，那种淡然，那种执着，是永恒的美好。山庄里随处可见史铁生写到的那些人，练美声的，练武术的，练甩手操的以及鬼鬼祟祟搞对象的，当然还有太多如我这般不知天高地厚的浑噩少年。大约从这时开始，我成了一个文学迷，尤其钟爱那些有些颓唐、伤时、愤世又过瘾的诗酒词句，诸如"酒酣耳热说文章。惊倒邻墙、推倒胡床。旁观拍手笑疏狂。疏又何妨，狂又何妨""回首叫、云飞风起。不恨古人吾不见，恨古人不见吾狂耳。知我者，二三子"，或者"举杯邀明月，对影成三人"之类，并模仿古人与几个同学往复唱和。白居易在《蓝桥驿见元九诗》中写道："每到驿亭先下马，循墙绕柱觅君诗。"我们在弄明白"寻墙绕柱"的意思后，也跑去避暑山庄的金山亭用铅笔在亭柱上写些歪诗，并留一个故弄玄虚的笔名或者别号供同伴猜测。

这当中最为我激赏并心仪的是贯云石的《清江引》："弃微名去来心快哉！一笑白云外。知音三五人，痛饮何妨碍？醉袍袖舞嫌天地窄。"这狂放，这通脱，这气度，这决绝潇洒，一如词人的名字，穿云裂石响遍天外，令我十分着迷。这真是奇怪的感觉，一个没名没姓百事不通的小屁孩，从不知酒为何物，且正是青春勃发的年代，却偏偏无来由喜欢此类中老年挫败之后的无奈与伪豪放，并假装从中认同了自己的人生选择与结局，这是不是很滑稽的事情呢？很多年之后我去回想自己这些荒唐可笑的往事，不由得恍若隔世。再看今天的青年，不知道他们是否也曾拥有过我们那种禁不起推敲的狂妄与骄傲。

不管怎么说，狂放这件事光用嘴说没用，用东北话说那叫"不好使"，必须要把酒喝起来才行。某天几个同学趁家长不在来我家鬼混，一通胡扯后突然有人提议"要不要喝点酒"。此前我自己从没尝试过喝酒，被这个提议蛊惑一下，脑海里立刻响彻"古来圣贤皆寂寞，惟有饮者留其名"，便踊跃响应。什么知音啊，才子啊，孤独啊，怀才不遇啊，冷眼向洋看世界啊，举世皆浊我独清啊……种种无病呻吟不靠谱的感受瞬间齐聚心头。当时家里刚好有一瓶亲戚送给我父亲的西凤酒，我家里人都不喝酒，那酒一直没开瓶，几个互认"知音"的坏小子听说要喝酒都兴奋莫名，搓着手在狭窄的屋子里走来走去。没有酒杯也没有菜，我们每个人给自己倒了一碗底儿一仰脖喝了下去。然后，在酝酿很久的豪迈情怀还没来得及倾吐发挥时，我突然一阵眩晕，两眼什么都看不见了！啊，传说中的双目失明！我要瞎了吗？我被世界抛弃了？从此我再也看不见那些诗词和美丽的女孩了吗？那一瞬间，我万分惊骇，几个"知音"也吓坏了，七手八脚把我架到床边。几分钟后，头疼难忍，但视力逐渐恢复了。我重新落回到现实里，有一种劫后余生的庆幸，觉得生活真美好，并对这个世界充满感激之情。那些个孤独、清高、自命不凡等等，顷刻间烟消云散了。

西凤酒据说是八大名酒之一。但那酒是什么滋味，我完全不懂，只记得辛辣。这当然怪不得酒——酒是好酒，可惜我无福消受。不过瞬间失明真的是相当恐惧。那时盛传"一根小银针，盲人见光明"的赤脚医生之神奇，我甚至想到若真的瞎了也只能依靠针灸续命了吧？也是从这次"事故"起，我知道自己应该是不能喝酒的，以往积攒起来的清雅豪迈的诗人情调就此退去了很多，仿佛满腔热忱的袭人挨了贾宝玉的窝心脚。

大约十年后的1982年，第二次"事故"不期而至。那年的6月份是78级大学生毕业季，被几个要好的同学拖进宿舍里聚餐。这一次比十年前丰盛一些，提前预备了酒菜，也不过是从学校食堂多买一些饭菜，可酒的档次就下降很多，是一种完全叫不出名字的当地产白酒，价格在一元钱左右，毕竟我们那时候每月伙食费才十七元，而这次喝酒的"酒具"就更简陋了，是平时在食堂吃饭的小搪瓷盆。有了十年前首次"事故"的教训，我谨慎了很多，先声明自己不能喝酒，凑个热闹而已。但是那种终于脱去樊笼的解脱感还是让我中招了，尽管我心里清楚最多不会超过一两酒，又是头痛发作起来，继而上吐下泻，立刻被送进校医院打点滴，折腾到了半夜。医生对我提出了严重警告：你想要命就别再喝酒，你不是那块料！

俗话都说"可一可再不可三"，但命运就是这么捉弄人，注定我要履行完毕我的"醉酒"义务，于是二十多年后的2004年，我第三次倒下了。这也足证斯宾格勒的名言不是虚妄：相信命运的人跟着命运走，不相信的人，命运拖着走。这让我非常泄气，觉得人跟自己的命运抗争简直是"人定胜天"之类的歪理邪说。这次"事故"我在另一篇文章中详细写过（参见《老孟那些酒事儿·文坛及时雨 酒界快活林》山东人民出版社），此处就不费笔墨。总之是没喝几口就一头栽倒在地，惊得同伴孟繁华、李洁非、徐坤要呼叫120救护车。在那之后，老孟就成了我命运的保护神，每到场合上就用这次经历力证"他真不能喝"。不过自那之后，我参加的酒局并不见少，朋友们都允许我一直参与但可以不喝酒，因为一位朋友赞誉我是"很少的不喝酒保持清醒还不让人讨厌的人"。这个意思大概是说我的清醒从不会妨碍他们饮酒的快乐。

那个"弃微名去来心快哉"的诗人梦早就醒了，醉酒放歌的命运大约也到此为止了吧。但让人永远惦记的那种少年世界与人生秘密，似乎从未远去。它们总是在你倦怠松懈默认衰老的时候不厌其烦地叩访，提醒着你还有可能在平凡的日子里不要默认平凡，至少可以显得不那么平凡。这与不能喝酒也能醉倒大约是一个道理吧。

月圆之夜的寂寞酒徒

侯诣村

    单身宿舍楼遭遇中秋节，寂寞如烈酒一般弥漫。只有单位发的洋河普曲和六合变蛋才能填补光棍们内心的空洞。洋河普曲在80年代不算好酒，对于刚走出校门的年轻人来说已相当不错。姚君是来自苏北酒乡的酒徒，一箱六瓶酒旋即告罄，之后就来找我蹭酒喝。

    跟我喝酒可以多喝多占，我这点酒量就是个陪衬。姚君喝酒非常认真，虎背隆起仿佛背着一个附加油箱式的储存器，酒经喉咙之后统统归拢到那里。酒瓶见底，姚君意犹未尽，略带血丝的眼睛瞅着我，满是"打人打死，救人救活"的期许。我又从床底掏酒和变蛋，忽然发现：变蛋多乎哉，不多矣。变蛋的泥块还在，满盈盈的一筐，但实质性的蛋变到哪里去了？再看酒，感觉短了至少二两，明显不足一斤的样子，而且水平参差不齐，瓶盖却都封得好好的。

    又喝了一瓶——确切讲是半瓶，这场糊涂酒权告结束。第二天，姚君又来，夜光西沉时方去。如是者三。他喝得踏实，我心里却犯嘀咕。这瓶中"蒸发"的那一部分酒去哪里了？我出门从来不上锁，方便有同事来亲友可以借宿，看来我回家过节期间有人来过。但这酒没开封，怎么会少了呢？难道此人有特异功能可以隔瓶饮酒，或者通过气功把酒从我的床底搬运到他床底去了？想起曾经喝过啤酒厂出的"次啤"，倒都是半瓶酒咣当的样子，但那是内部价极便宜的次品。难道洋河酒也出"次曲"不成?

姚君指出,洋河酒有特曲和普通大曲,不知道有没有"二曲",但质量均是有保障的,肯定没有"次曲"。姚君表示,损害商家名誉权是要负法律责任的。那个年代法学热,姚君言必称"法律责任"情有可原,但是,我这瓶中酒无故蒸发,总也算个案子吧。

三十多年过去,其间姚君娶了法学专业的太太。我去他家可以喝得酩酊大醉倒头就睡,完全无视他太太侧目。两口子都非常善良,长年照顾一位英年早逝同事的孤女,帮助培养她大学毕业并安排工作。

聊起当年那个"案子",姚君已白发苍苍,我也白发稀疏,即便"追诉时效"已过,姚君仍笑而不语。在座竟然不少是知情人甚至是目击者,只有我一直蒙在鼓里。真相大白之时可浮一大白乎?让我们还原一下那个月圆之夜究竟发生了什么。

薛君是一名法医,也是一个酒徒,白皮精瘦戴眼镜,脸上经常带着神秘莫测的固定微笑。与酒徒姚君不同的是他没有一口气把单位发的六瓶酒喝掉,而是存放起来细酒长流。这人做事具有极强的目的性和计划性,绝不冲动。光棍一般不锁门,这是常态,但自从有了六瓶酒之后,薛君即便上个厕所去趟食堂也要认认真真地把宿舍门锁好,仔仔细细地把钥匙别在裤带上掖好。

这一切被眼睛里有血丝的姚君看到,就找薛君"借酒",屡吃闭门羹很不爽。渐渐地,与他同样原因不爽的人多了起来,不约而同地慢慢往薛君的门前聚集。薛君不得不重视,于是转移矛盾,把酒徒们带到我宿舍,拉上窗帘。薛君吩咐大家务必把动过的东西放回原处,尽量不要留下完整指纹。很快,戴着一次性乳胶手套的薛君就在床底下发现了目标。他先掏出变蛋,一个个剥掉泥壳递给同伙,然后把泥壳放回箩筐。有人负责剥去变蛋壳扔掉。然后就是大家共同面对一瓶瓶酒的场面了。是带回去喝还是现场喝?动议均被薛君否决。他要求签订一个口头攻守同盟或者保密协议,然后他确保每个人都喝到酒。他特别不放心地问姚君:"你不会举报我们吧?"姚君摇头带动两腮坚决地回答："不会！"的确，姚君守住了一个酒徒的底线，没有告密，没有出卖。甚至在我们以后多年的友谊中，他也没有酒后吐真言。在确认现场诸位酒徒的承诺后，薛法医冷静地从口袋里掏出一个注射器，把针头刺进塑料瓶盖，抽出酒来，给每人嘴里注射了一管。

第二天月亮升起的时候，大家自觉地蹑手蹑脚地聚集在这里，等待注射。

国编酒圣

朱　竞

说的是老萧的酒事儿。

老萧，名立军，文学编辑。传说是契丹人的后代，自称萧太后的子孙。高大的北方汉子，长着一张马脸，眼睛不大，鼻子不小，身材高大，肩宽臂长，腰背笔直，走起路来腿脚生风。江湖上无论年长还是年少，都喊他"萧哥"。就连30年代出生的翻译家叶廷芳、作家玛拉沁夫见面都喊他"萧哥"。

也有人直接喊他"马脸哥"。这缘于他写的一篇散文《小眼睛的莫言和马脸的我》，这篇散文写得着实精彩，当然也与酒有关。其中这样写道："1985年因为莫言的中篇小说《透明的红萝卜》，我去过两次军艺看莫言，有一次在莫言那里吃饭，他就带我到食堂吃。那时候大家都没钱，我一个月六十元钱，而莫言的津贴费也不多。可即使这样，莫言知道我好酒，还特意给我买了两瓶啤酒，我就着白菜炒肉片、芹菜花生米喝上了。这莫言老弟真是个重情重义的人。"老萧过六十岁生日时，莫言又是提着两瓶酒来祝寿，还写下了打油诗：仿佛旧事在眼前，倏忽已过三十年。立军已经六十岁，青春永葆赖酒烟。

莫言获得诺贝尔文学奖后，老萧也跟着火起来，各路记者探出老萧是莫言成名作《透明的红萝卜》的责任编辑，都要抢先采访个"内幕故事"，于是老萧的照片也上了各大报刊，竟然有人把"小眼睛的莫言"和"马脸的我"两张照片拼在一起，莫言小眼，老萧马脸，一对说相声的好组合。

再说老萧的酒事儿。

在国内编辑出版界，老萧是持续在文学编辑岗位上工作四十多年的人，他被业界称为"国编酒圣"。关于老萧的酒事儿，文友都能说上个一二三四。无论是道听途说还是亲临现场，我也能讲出个五六七八。老萧当编辑这几十年，责编过茅盾、朱光潜的华文，也责编过莫言、赵瑜等名家的作品，还经常跑到吴组缃先生处对坐一下午聊天，连续抽掉三包牡丹香烟，与高晓声、张弦、莫应丰、蒋子龙时常对饮几杯老酒，还常去不抽烟不喝酒的冯骥才家蹭吃蹭喝。

老萧常自信满满地说，能当好一个文学期刊的编辑，最应该谢烟谢酒！保守地算，老萧喝酒抽烟的历史至少也有五十年。

十几年前，写长篇历史小说《张居正》的作家熊召政曾给老萧算过账，不算不知道，一算吓一跳。熊召政掐着指头说："话说老萧，就按一天喝六两酒，一个月喝十八斤，一年喝二百一十六斤。从1968年十六岁下乡当知青开始喝，喝了三十五年，差不多要喝掉八千到一万斤酒。那就是四五吨酒，放在一个酒槽里，把你推进去几次就淹死你几次。"

我认为熊召政十几年前只是估算，这个数字实在保守，且时间又过去了十几年。从历史事实考察看，就算当知青上大学时不算，但自从1978年二十六岁以后，先后到《文艺研究》《中国作家》《脊梁》当编辑，这四十多年每天平均至少喝八九两以上的酒。到今天大约能喝掉一万六千斤白酒，约八吨酒。这个数字还是在保守的正常情况下计算出来的，超常规的情况也非常多，毛算喝掉八吨白酒，这不算是瞎吹牛。

喝酒必抽烟。

作家熊召政又算了一笔账：老萧平均一天抽三包烟，一个月九十包，一年一百多条烟，按烟龄算抽了三十五年，也抽了约四千条烟，正好是一辆八吨厢式卡车一整车，要是集中点着，让烟自燃，也得一整天才能烧透。我认为熊召政这个数字还是有些保守。老萧抽的烟远远超过这个数字。经熊召政这么一算，老萧却感到荣耀，感慨万千。还要感谢烟酒，让他至今身体没有一点不适，也没有"三高"。知道老萧身体好，常有人问他健康秘诀是什么，他又吹牛说："抽烟喝酒不锻炼。"这不是气死医生吗?! 很多朋友建议："你老萧活体捐献给医学得了，做医学研究。"

老萧是出了名的工作狂。他一年除了出差，整天都在办公室。谈选题，抢稿子，编稿子，给作者打电话，骑自行车到作者家里去亲自抄稿子……他是一位优秀的职业编辑。他轰动文坛的长篇纪实小说《无冕皇帝》，就是对有责任心的编辑的写照。

老萧的办公室极其乱，但却极其有魅力，无论多大名气的人物，到了他那里，就会特别放松，就像农民在田间地头可以盘腿大坐，海阔天空无限地神聊。一会儿工夫，几个烟缸就堆满了烟灰，只见办公室内浓烟弥漫，那个透气的窗纱早已变为实心黑布一块。因此，翻译家汤永宽说老萧的屋子可用得上："室雅何须洁，花香不在多。"可以想象，有多少好的作品，就是在这样的气氛下神侃出来的。

如果是众多人吃饭，老萧常常是话不多，他喜欢听别人多讲。老萧的酒风是喝慢酒，频繁举杯，如果每次都是举杯一饮而尽，他也会当场倒下。他的原则是总量控制，绝对不会少于别人。老萧是讲信誉的人，他对朋友十分忠诚，他善良而热心，大家喜欢与他喝酒聊天。

写出《马家军调查》《强国梦》《兵败汉城》的作家赵瑜讲，有一次十几个老友聚会，大家喝着高兴，也不计量了。不知啥时，再看老萧竟然趴在饭桌旁睡着了，到半夜他还不醒。最后赵瑜在附近找了一个地下室小旅店，六个人将他抬进去，把老萧身上的钱和物都拿走，十六张床的大屋子就睡他一个人。第二天，老萧醒了，不知自己是在哪里，自己怎么在这个地方睡觉? 怎么也想不起来，兜里钱包手机都去哪里了，只有二十元钱，打车回单位。那天是《中国作家》召开"大红鹰文学奖"

评委会，评论家李炳银把他的钱和手机都掏出来给他。

赵瑜跟老萧的友情也是因编辑作品开始的。当年大家熟悉的《马家军调查》是极为轰动的报告文学作品，这部作品的问世，可是一波三折。如果没有老萧的坚持，这部作品问世至少要晚几年。作家和编辑的关系，不是谁高谁低的问题，作家的名气再大，也有编辑的一份力量。老萧后来又策划了很多重大的选题，比如山西作家寓真的《聂绀弩刑事档案》，也是在"不顺"的状况下几经周折发表出来。如果没有一位好编辑的精心策划，也许就被扼杀在摇篮中，也就没有后来的影响。

有人说编辑是"无冕皇帝"，手中掌控一部作品的生杀大权。其实老萧也写过很多作品，长篇小说、报告文学、电影文学剧本、电视文学剧本、文学评论等，也在《人民日报》《红旗》刊发过文章，他的影视文学剧本也拍摄上演播出过。但是他自谦地认定再怎么写，也写不过一流的作家，顶多能混上个三流作家称号。于是，他醉心于要当一位中国一流的编辑。他做到了。

文坛酒事，是朋友谈到老萧的永远话题。编辑家张守仁称老萧是条汉子。散文家韩小蕙称老萧为大男人。老萧不可一日无酒，更不能没有朋友。这一切都因老萧的仗义、豁达、善良和热情为人。他对文学如同宗教，是一种真正的信仰，他敬重他所爱的编辑职业，如同一位殉道者。

老萧为了文学，前半辈子喝了约八吨酒，若是泡在酒池里，也是死过几次的人了。

他看清了人生和这个世界。

老萧还有一手绝活儿：做鱼。他最大的理想是，等不当编辑时，淡出文学这个江湖。找个院子，专门做鱼。到时摆上个小桌，约上三五个老友，喝酒，聊江湖往事。

那时，老萧的《文坛这锅粥》也许就会问世了。

而眼下，他也只能怀着对鱼的向往忘掉江湖。

醉卧草原君莫笑

陈　洪

饮酒之乐，首在得趣。

酒趣又可分文、武。文趣即如白乐天所描画："绿蚁新醅酒，红泥小火炉。晚来天欲雪，能饮一杯无？"亦如杜子美笔下的"天子呼来不上船，自云臣是酒中仙"。武趣首推恐非辛稼轩"江左沉酣求名者，岂识浊醪妙理。回首叫、云飞风起。不恨古人吾不见，恨古人不见吾狂耳"莫属了。

回首本人半个多世纪的饮酒小史，一次印象极深的，却是兼得"文趣"与"武趣"。

那是1976年年初，元旦已过，春节将至，我长途奔袭四千里，到了大青山背后的格根塔拉草原。此时已是我"上山下乡"的第八个年头了。我下乡是由天津去了胶东的栖霞。这种下乡单干户，按当时的官方文件，应称之为"自行投亲靠友"。我爱人则是跟随大部队，从天津到了内蒙古四子王旗。1975年结婚时，我俩便下定决心要多为中国铁路做贡献了——往返一次恰合"八千里路云和月"之数。1976年是我首次实践承诺。当时的兴奋，一则有新婚宴尔的余韵，一则有对大草原蓝天白云绿草的神驰魂飞。

我爱人去内蒙古也是第八年了。她在五年前因手风琴的一技之长被选入了乌兰牧骑，并很快成了音乐方面的主管。我到四子王旗就住在乌兰牧骑的大院里。大院是多功能的，宿舍、食堂、排练厅都挤在一起。不多几天，我就熟悉了奶茶的气味，也喜欢上了悠扬的长调和如泣如诉的马头琴。

转眼就是春节。大年初一的早晨，我俩换上新行头，挨家去拜年。第一家就是一位蒙古族长者。进了门，互致问候，语音未落，女主人就捧来了银碗，满满的白酒酒香扑鼻。我虽然没有思想准备，但"入乡随俗"的道理还是懂的。更何况，浓郁的香气早已勾动了心中的酒虫。于是，合掌当胸之后，双手接过，一饮而尽。主人夫妇没想到我这样痛快，兴奋地连声称赞："好！好！真是好人啊！"走出门来，我爱人赶紧补课："蒙古族人敬酒很实诚，但不强人所难，只要作出敬天、敬地、敬友情的仪式，不喝干也不会生气。"可是，我觉得还是干掉，主人的笑容才是发自心底的。于是，那一上午走了八家，也就大大小小喝了八碗（杯）的白酒。好的是有"塞外茅台"之称的宁城老窖，差一点的就是薯干酒。不过，四五碗之后，基本品不出差别了。只记得回家的路上很有腾云驾雾的感觉，还有就是省了一顿午饭。万幸的是，我所犯的没有听从指导的原则性错误，回来后没有被进一步追究。

这个年过的，使我对蒙古族兄弟的热情加深了认识。

后来才知道，这个认识仍然是远远不够的。

一个月的假期很快过去，无可奈何，分手的时间越来越近了。

正赶上自治区的乌兰牧骑会演，于是我和这些新朋友一起到了呼和浩特，住进政府招待所。返程票是后天的，因为我很想完整地看一场演出。招待所的晚饭十分简单，我三两口便解决了战斗，然后到大街上溜达了一圈，便匆匆回到了宾馆。记得是住在二楼，上了楼梯，无意中向对面看了看，见对面的房门大开着，里面几个人围坐桌边正在喝酒。恰好一个人往外瞟了一眼，与我四目相对："啊，老陈！进来坐一会儿嘛……"说着，三两步走出来，拉着我的手就拖。不太熟，好像是凉城或者武川的独唱演员。

桌子中央簇着五六个酒瓶，围坐的四个人，每人一个白搪瓷缸子。有点奇怪的是，一点下酒菜也没有。

"老陈，来，喝一点！"

我一看这阵势，立刻警觉起来："哈，我不会喝，从来没喝过。"

"那……没关系，坐一会儿吧。"

"老陈，喜欢我们内蒙古吗？"

"喜欢，非常喜欢！"

"喜欢我们内蒙古的歌子吗？"

"喜欢……"

我话音未落，他已经站了起来，一手举起搪瓷缸子，一手挥动着："我唱一支家乡的歌子给你听……"

有几分熟悉的旋律反复回荡着，调子好像越来越高。旁边另一位朋友递过一个酒缸子，往里面倒了大约半两酒："这是他家乡的敬酒歌，你不喝，他就不停地唱下去。"

虽然这个兄弟唱得挺有味道，我还是不忍让他继续下去了。"我喝一点吧，万事开头难呀！"端起酒缸，我轻轻地抿了一口。

"老陈，你不够朋友！你会喝！"于是，不由分说，咚、咚、咚，倒了大半缸。

我一看反正躲不过了，再说也有几分馋了，就说："几位稍等，我马上就回来。"快步赶回房间，顾不上解释，把预备明天早点的一袋糖蒜拿了过来——吃寡酒还是有些怵头。

其实，在天津，在山东，我还是有过几次拼酒的经历。大抵是不论对方说什么，咱们自己心里有数：他是在变着法灌醉你。有了这样高度的警惕性，倒还真是没醉过。

没想到，老经验不灵了。几位蒙古族朋友根本不曾想法灌你，他们首先是想把自己灌醉。当然，他们也不会忘了你，在痛饮狂歌中是一定要拉着朋友一起快乐的！

很快，糖蒜没有了，缸子也见底了。我自觉是没醉，暗中告诫自己：可以了，见好就收吧，找个合适机会就撤。恰好，有个什么部门的副处长经过，也被拉进来，不过喝了一杯就起身说是有公务。大家起来送他，我一见机不可失，就顺势"醉"倒在门口的床上了。

　　躺在床上，暗自得意，看着昏黄的灯光下，几个人一边喝，一边唱，有两个还激动地边唱边哭。什么"美丽的草原"啊，"伟大的祖先"啊，完全沉浸其中，绝对地旁若无人。我觉得自己很聪明，撤得很及时，心想："趁着清醒，好好记住他们的样子，将来如果描写醉人真是好素材。"

　　再后来呢？没有记忆了。醒来已经是第二天半上午了，头疼如裂。那个男高音不好意思地站在旁边，嘟嘟囔囔："对不起了，你还真是不会喝啊。老陈，你躺在那，怎么不断捶自己的头呀？"

　　是吗？有这事？

　　这件事，好几年间成了家庭里的话柄，直到十年后。

　　十年后，我俩带上小朋友去旧地重游，正赶上那达慕。我们的车子离格根塔拉还有二三里路，蒙古族朋友的马队就赶来迎接了。一下车，蓝色的哈达，银碗中的"下马酒"，当年的知青一下子感动得忘乎所以，便连连干掉了三碗白酒。一进蒙古包，妻就歪倒在毡毯上。不料，远远隐约传来了手风琴声。她连眼都睁不开，嗫嚅着："给我找个琴来……"琴来了。先是歪靠着拉，一会儿坐起来拉，一会儿竟然站起来演奏着那些熟悉的牧歌。记得眼神是那样明亮，一点点酒意也看不出来了。

　　这件事，过后我讲给人听，人们大多是流露着几分怀疑的。而我的证据是：从那以后，家庭中，我醉卧呼市的糗事再也不被提起了……

酒的"问题意识"

金 宁

　　我相信遗传的力量。小时候，娘吃松花蛋招我厌烦，我四十岁后某日一觉醒来，竟莫名开始喜欢。好喝酒传自我爹，起步稍早，但也是工作后才去陪他喝几口，慢慢才发现有量。娘研究国际法，听着高大上，我挨不上边；爹研究历史，他讲起来有趣，我算受些影响，连着酒一起，爱上了。

　　大体上我爹遗传我三样：一是历史，但仅喜好，可以聊，深究则露怯；二是谢顶，头发越来越少，进入新千年，索性剃光头，以风格代替了缺陷；三就是喝酒，且越喝越放肆，专攻白酒，兼爱黑啤，小圈子里有些名声。除了川大阎嘉教授、北大郁缀教授、辽师大学昕教授及我前任领导等见过我醉后失态外，大体都还能维持局中豪爽然后体面离场的状态。爱饮善饮还能饮，如此之人，一般在酒界名声不会差。我从不劝酒，敬酒就一句：我干了你随意。还常常按住别人的手，劝言其只喝一点点，我则一饮一杯。不是自吹，酒风、酒德、酒量，颇受赞许。获名"酒仙"，小虚荣得大满足。但窃喜中尚须提醒自己，还得谨慎小心，不必高调宣称"酒只在怡情助兴启文思"，怕只怕雨中翻船、失足崴脚、追悔莫及。

　　要解释的是，我的酒名传扬范围极为有限，不善交际，阅人不少而交往不多，常同饮者不出三四位，相互以"老脸"相称，圈子狭小，主要还是宅在家自斟自饮。这也是遗传。我佩服我爹两点，一是历史材料熟，二是饮酒从不醉。常常是这样：他坐我对面，茶几上是二锅头、酒杯和一包花生，然后开始讲古。既有"高惠文景武昭宣"之类大线条，也有"侯景之乱囚帝景阳楼"之类小蹊径。引经据典时就随口说如《晋书》第几册、《墨子闲诂》第几卷云云，我便按其手指方向取过书来翻开，前后差不了几页，果然句句在载。酒我随便，可喝可不喝，反正他也不用陪饮。在他，酒是自己的事，全与交际、应酬无关。学生不来他寂寞，要的就是我的耳朵。一堂课结束，我临行喝爹一碗酒，告辞出门去了。这个状态在那些年很平常，直到20世纪80年代末爹撒手归天。告别时来了好些学生，我那时才知道，他上课时都有小酒壶在手，神侃得云山雾罩。我骤然生出些感动，想见他所在的高校气氛宽宁，颇存温情。

事实上，我真正开始饮酒正是从那一年开始的，如今在家中的样子很像爹。只不过，我远没他那么熟悉古籍，看书杂而不精，要命的是过眼就忘。我为此苦恼，他略作沉吟饮下半杯酒，然后一句话为我解惑：书不用记在脑子里，看完就扔脚下，时间长了，你会发现自己变高了。我记住了，深以为然。如果不算自欺，至少可以自我安慰，结果是，这些年脚下垫的书多了，的确长高了一点。

之所以爱喝酒，还是喜欢那种愉快放松的状态。若是酒聚，最怕一桌十三不靠，各怀心事，伺机求人办事，那种"尬喝"实在无聊。好在这场合在我基本没有。常聚的几位三观相契绝对投缘，有共同话题，可以相互激发，酒后屡有收获，没有白白上头。常聚者如陶东风教授，酒量时大时小，全赖心情和"问题意识"，然爱酒心切，勇气可嘉。偶然一两次有杨慧林教授在场，此公是我迄今所见酒量最大者之一，底色是侠肝义胆，但始终清风徐来、谈吐儒雅。

要说喝酒以尴尬收场时也有。话说20世纪90年代中期，费孝通教授外出考察，我数次随诸位学者及费老门生出行。人在旅途，免不了围桌聚餐，一行中再有好酒之徒，便热闹起来。费先生如佛端坐，和蔼可亲，只简单吃点，不去理会小的们连连碰杯，越喝越高。一次，先生如平常一般率先离席，众人端着酒盅起而相送，私心杂念是，老人家先回房休息，我等能更无拘束，再开一瓶。孰料先生临走，转身摇头放下一句："酒是与人争粮啊！"于是瞬间安静，接下来一桌人自惭形秽，身负罪孽一般。我口中念念：罪过罪过，浪费浪费。费先生不研究粮食，但研究种粮人和产粮的土地。遥想当年，他自苏州吴江而至清华，经广西大瑶山伤痛之旅到家乡庙港开弦弓村（江村），在扶持乡下人养蚕的姐姐费达生处疗伤，再至英伦求学，归来后在云南呈贡魁星阁主持云南社会学系……一生风雨，致力于在地研究乡土中国的进步之路，晚岁"行行重行行"，做致用之学，怀富民之志，强调文化自觉。这等情怀，岂是我辈可比？

那次愧然生疚之后，我倒有了"问题意识"：酿一杯酒需要多少粮食？后来我去赤峰一带某酒厂，存心打听，厂主好像没这么算过，只说他们的酒糟被当地牧民争抢，一车车拉走用作饲料。接着和我调侃内地某省，说那里遍地酒厂，家家不过篮球场大小，酒是不会好的。他带我去看酒窖，人往深处走，有走向遥远的感觉，全是酒坛，两人方可环抱。他自豪道酒厂要看面积，有面积才有佳酿。我的问题没有解决，看着座座山丘般的酒糟，心里还惦记着粮食。

我的"问题意识"还来自酒本身。若酒桌上失言，必罚酒三杯；若高论迭出、启人心智，必敬酒三杯。于是我总糊涂，实在搞不清这酒到底是坏、是好？此问题再遇机会，理应讨教出个结果。向何人讨教？以我所熟悉的有酒量的名士高人，想来能给我答案的可能是朱兄良志教授、孟哥繁华教授，当然还要有丁帆教授。如今见面不易，但来日可期，且先回家，独自斟饮。

"大醺"境界

吴周文

酒，不仅仅是酒水。酒里，有人情世故；酒里，有事业梦想；酒里，有失落的痛苦和进取的欢乐；酒里，有人世间最真实的人性与友情。

人们喝酒，多数是仪式感的喝酒。结婚、生子、祝寿、造屋、迎送客人等，通过办酒席，表达主事者与亲戚、同事、师生、朋友等之间友好往来的礼节。还有一种非仪式感的喝酒，那是两三个或几个朋友聚一起，纯粹为了互吐真情，不带任何功利目的。这种"真情主义"的喝酒，是很惬意的人心融合与享受。

有一次，我在北京去看望林非先生。他与我业师曾华鹏先生是复旦大学的同窗，故我对他一直执弟子之礼。可他却把我当共同研究散文的朋友与知己。林先生携夫人肖凤教授，带我到他家附近的一家酒店，点好了螃蟹、虾等几个菜，然后说："我俩今天要喝点酒。"我的印象里，他平时在公开场合总是不喝酒的，面前的一杯酒，只是敬人与被敬的"道具"。可他那次买了一瓶二两五的二锅头，平分倒进两只杯子。他破例喝酒，只是为了友情，且真心把我当他要好的朋友。他真的把他的半杯酒，慢慢地喝完，一滴不剩。还有一次在他家里，我一进门，彼此寒暄了几句，林先生就学外国人待客之道，说："我有五粮液，咱们干一杯。"他就倒满两小杯，两人没干，不断地碰杯，慢慢地品饮。我与林先生之间，"小酌"只是为了彼此谈论散文研究而助兴。此外，还有一层关系，他是海门人，我是如东人，是南通老乡。

友情深厚的朋友一起喝到"大醺"，则特感惬意。有几件事，我至今难忘。

20世纪60年代，我考取了扬州师院。在我临行的前几天的一个晚上，我家的邻居也是我的朋友长富，喊我去他家玩，他是为我饯行。其实，我俩都吃了晚饭了。那是一个饥馑年代，他家很穷，桌上两条特大的红烧海鳎鳊，外加一盘白萝卜干，喝的是我们老家自酿的米酒。他安排孩子们睡熟之后，是因为他只买了两条鱼，为我而买。一碗酒下肚，就说："你上大学，就等于我上大学，今天我们兄弟俩不醉不休！"他是一碗酒就红脸的人，眼睛渐渐地红了，又说："你上大学将来就不穷了，用不着为一家人吃不饱饭而犯愁。你一定要好好读书啊！"庄稼人说话就这么真率，句句是真情话。两人喝到"大醺"，长富不断地重复着他的话："你上大学，就是我上大学，就不会穷死了啊……"这是长富兄对我的一份真情。他感同身受，那疯狂情状犹如范进中举。

还有一次，是很伤心的喝酒。某先生是我老师的同学与朋友，且是数十年一起研究学问的同行。某先生受蛮横粗暴女眷的祸害，不得不作出远离她的决定；可无家可归，背着笔记本电脑四处奔走。后来由我老师安排他来到扬州躲藏。来的那天晚上，我老师为他在文津宾馆接风，我也在场。我和两位老师吃过很多次饭，在饭桌上他俩都不喝酒，即使喝一点，也仅是为了应付场面。可那个晚上，他俩都倒了满满一大杯酒，至少每杯有三四两；喝的时候，一反平时抿一抿的儒雅，大口大口地喝。我很惊诧，却甚为感动。我老师是在抚慰某先生一颗受伤的心，而某先生是在释放自己的烦恼，也为自己得到朋友的抚慰而感激。大家都心照不宣，佯装谈一些愉快的话题，不提客人的伤心之事。酒桌上虽充满笑声，但笑声背后，却流动着辛酸的泪与发霉的梦。酒是麻痹剂，可治烦恼。后来，几个人喝完两瓶白酒，大家都到了似醉未醉的"大醺"，但都忘了某先生的伤心事，包括他自己。

秦牧说过，喝酒以"微醺"的境界为最妙。我理解的"微醺"，是喝酒量的五成，离醉酒甚远，酒助话兴，是敞开心扉聊天的那种境界。但我以为，喝酒喝到八九成，是最妙的"大醺"境界。那是可以宠辱皆忘，什么烦恼都抛掷九霄云外，大话、瞎话、空话、蠢话、荤话、玩笑话、牢骚话，都可以竹筒倒豆子；舌头虽已僵硬，但话被酒"激"到疯狂的地步。酒，一杯一杯地干；话，你我他痛快地吐。将进酒，杯莫停，酒与话都刹不住，就像决堤的洪水，这正是：滚滚滔滔酒一杯，滔滔滚滚不了情。这种"大醺"我经历过多次。

有一次，是在20世纪80年代后期。我教过的学生张老弟（我习惯称呼我弟子或比我年轻的朋友为老弟），约了我与他同学林老弟一起，去一个泰兴县在扬州举办的商家订货会上喝酒。主人是张老弟在泰兴办"红师班"的学生，见了我，左一声右一声地叫"师爷"，第一次有人这么称呼我，我感到非常新鲜和高兴。他是县里管泰兴乡镇企业的头儿，一个看上去很精明的小伙子。那时候改革开放的春风催生了乡镇企业的发展，小小的乡镇企业跨县市、跨省做生意，订货会就是交易的途径与形式。小伙子不去陪大厅里的客户，却在包间里陪我们。他反复说的感恩话题，是天地君亲师，师恩大于天。四瓶五粮液差不多喝完，话说了百箩千箩筐，非常地痛快。说些什么，我差不多忘了。没忘的，是酒后小伙子派车送我到家，还送我一份人人都有的小礼品：一袋茶叶和四瓶扬州酱菜。

"大醺"，不是大醉，注意力在酒菜、注重于说话，而不在于记忆。有一次一位亲戚请几个朋友喝酒，他喝得"大醺"。与大家分手的时候，大堂服务员要他掏钱结账，他记得席间出来付过款。可服务员不承认，要他掏发票证明，他当时忘了要票据。记忆让他找回了清醒，说："我给吧台五张百元新币，你在钞票里查查，其中肯定有五张，尾号是5、6、7、8、9。"那女服务员、大堂经理、保安三人一查，果然，他们失语。无疑，钱币上一定留有他的指纹。

"大醺"，不是大醉，喝酒者头脑仍然保持着一定的清醒。

2020年8月29日

复旦酒事

汪涌豪

其实，要说这个话题，复旦许多人比我更有资格。盖我既不善饮，也不好饮。但因为一直工作、生活在这个地方，目接之外，更多耳闻，也就有的一谈其间的种种趣事。

许多人都知道，复旦文史哲三系，数章培恒、朱维铮和潘富恩三先生最好饮善饮。他们学术上的成就素为学界推重，为人耿直仗义，极富人格魅力，至今传颂人口。但其酒品酒德如何也深孚之，并让人每每想及，犹觉清芬余香，挥之难去，就不是一般人所能了解的。说起来，三位先生都非常有个性，高自崖岸，不轻许人，但实际上眼冷腹热，所以他们能越过不同的气性结成欢友，看似不可思议，其实是再自然不过的事情。

其中章先生酒量最洪，且兼备众体，白酒、红酒、洋酒三种全会，不过因为绍兴人的关系，于黄酒似更喜欢一些，特别是到晚年。由于交游广，慕名来问学或请求各种帮助者众多，他几乎隔三岔五就会请客。来者若年长位尊，他执礼如仪；若同辈亲近，则陪劝无已，总之是自己一点都不少喝。某次接待一批俄罗斯客人，学过一些俄语的我奉命随侍。开宴前，他特别关照，彼人善饮，须上足酒。不意其中一位海量，酒至半酣，脱了外套，持袖猛灌，及至局散，几乎被同事架着出去。这也是我唯一一次从他脸上读出佩服的表情。至与学生辈喝酒，是他最开心的。此时看他表情，另有一番慈祥，就是不温不火地以冷滑稽劝你多喝，其实是故意恣人纵放，自己从旁赏其醉态尔。

由于常起大局，邀结四方，华樽旨酒，绮席佳肴，自然架不住囊中羞涩。我当然无从知道，每每这种时候，他动没动过解衣市酒的念头。在古人，是不惭记下自己这种狼狈的，韩愈《赠崔立之评事》诗中，更有"钱帛纵空衣可准"的豪句。章先生不写诗，但实在没办法了，向我导师顾易生先生借钱，据我所知，确实不止一次。不过，古人饮酒常常是因为有块垒，不如意，章先生何许人，他是天地宽酒乡更宽。所以每当酒阑人静，学生们一个个看着倒地，他脸上的表情变得愈发开心，甚至有点诡谲。我们怕他累，总是择机说散了吧，他每固留之。这样换过别家，重设酒史，再申酒律。后入门的学生不懂事，常常被酒大言，无所避就。他居然听任之，只是关照再上来的酒，度数可以低一些，菜就不讲究了，毛豆子加花生米，三杯两盏，师生尽欢。记得有段时间，这样的聚会，间日一集，集必竟日。但第二天一早，他都能准时到研究所上班。如此娱而不废，令人佩服。

我曾经问过朱维铮先生，你怎么看章先生的酒量。朱先生懒得回答我，脸上的表情一如既往，是你所知道或想象得到的。自然，他们经常在一起喝酒，谁有好酒都会想到对方，而对方再忙也能每传必到，一定是有原因的。但作为晚辈，我更喜欢按朱先生的表情判断，那就是不服。相对朱先生，章先生的不服表现得较为含蓄，但从他更多主动设局召邀看，他不服的"度数"其实不低。有意思的是，两人喝酒，并非像刘禹锡《酬乐天斋满日裴令公置宴席上戏赠》所写，"酒力半酣愁已散，文锋未钝老犹争"，或者梅尧臣《依韵和韩子华陪王舅道损宴集》所说的，"中酒作暴谑，心亲语多剧"，经常是推杯不语，尤其移席至章先生家，喝到夜深，喝空了桌上桌下所有的酒，倒下的应该说以朱先生居多。许多人知道，朱先生习惯晚上工作，白天睡觉。夜深人静，他每个毛孔都张开了，人变得异常机智敏感，与白天遇到时完全不一样。某次在电梯上遇到，他一脸严肃，斥问"你最近在报上写那么多干吗", 让我窘迫得只有唯唯而已, 岔开话, 关照他别多喝酒——其时他身上仍可以闻到酒气——他这才露出一丝笑, 不再多言。我不知道前晚他是和谁一起喝, 但在章先生家最有趣的一次是, 他照例没能挺住, 倒下前, 酒眼茸茸, 冲着章先生, 很不耐烦地问: "老章, 你怎么还不走?"他是把章先生家的沙发当自己的床了!

相较而言, 潘富恩先生是另一类妙人。他相貌敦朴, 属于敛尽声光的谦谦长者。某次被请去国际饭店参加一个学术研讨会, 居然被保安拦下。门人闻之不忿, 但他呵呵一笑, 不以为忤。其时我正客座九州大学, 他来日讲学, 我因住处宽敞, 和室、洋室之外, 还有老大一个客厅正对着花园, 就邀他来住, 他欣然从之。若非几天相处, 真不知道为人温厚、不多言语的他喝了酒会这么有趣。他不但酒量大, 酒风尤其好。每劝辄饮, 饮必尽。那时候我还很喜欢说话的, 常常忘了敬酒, 而他是不劝不敬也饮。古云: "酒有别肠, 不必长大。"看着个子矮小的潘先生这么能饮, 我从此信了这话。席间, 从自己的经历讲到自己的研究, 从如何认识师母讲到如何接应学生, 无数次, 我未及笑, 他已自笑倒。

在古代, 酒德与琴道、诗调是被并列为文人风雅的要件的。那几天我们清酒、烧酒、啤酒轮着喝。其实我只是陪着, 不时抿一口而已, 他兴到处, 去小杯, 换酒海, 愈喝愈来兴致, 次日中酒晚起, 竟像没喝过一样。昔颜延之《陶征士诔》称陶渊明"心好异书, 性乐酒德", 潘先生庶几近之。也是由于老实, 当他与章、朱二先生结成酒军, 最先倒下的通常是他。他上下课总骑一辆老旧的自行车, 是其时复旦校园一道风景。那次扶醉从章先生家出来, 勉强将车推到自家楼下, 就再无气力上楼了。第二天, 师母下楼买菜, 看见他颓倒在楼梯上, 双手抱着自行车, 正呼呼大睡……

这样能笔耕也能酒战的妙人, 自然为我所崇拜。其时, 我任职古籍所, 在章先生手下参与编纂《全明诗》, 可以说吃尽了苦头, 心里忒多抱怨。但饶是如此, 仍无比佩服他。有次考明人生卒年, 弄错了三个人，关门遭他一顿猛剋，然后拿出自己做的，其人生平，果然历历如绘。我那时年少气盛，还敢为自己辩解，称你行不等于我行，应该承认两者的差距。但他说："你不是水平问题，是态度问题。"当时以为大冤枉；现在想来，大好的期许啊。可能因为剋猛了，事后被召去参加了一个饭局。席间，章先生给主宾敬酒，也给我斟了酒。他以这样的方式，顾及一个年轻人的感受，这也是我后来才体会到的。我的意思是，这样的时候，喝酒就不仅仅是喝酒了，这酒的意味也就特别醇厚特别绵长了。

年来老辈凋零，诗情酒兴渐阑珊，但私心常怀念那个年代，和由那时候师生酝醅出的酒事的甘冽与馥郁。李白《将进酒》写得何其豪放痛快，其中"古来圣贤皆寂寞，惟有饮者留其名"两句尤其有名。连着看，意思似绝对了些，但拆分开来，绝对有道理啊！只是有些遗憾，今天凡厥令时，老师广座高陈，炮羔醷酒，后生魁俊，接引维勤的盛况已很难再见。至于那种师生相与，同道过从，并不择日，而只乘兴，然后列筵邀伴，刻烛限诗，更是稀如星凤了。

老酒之"仪式感"

戎东贵

　　此文所说之老酒，乃指中国白酒之存贮时间较长者，短则十年八年，长则一二十年、二三十年。一瓶上好的中国白酒，历经岁月之漂流淘洗，各类生物活性成分潜移默化，早已是杀气全消、异味不在，百炼钢化为绕指柔。端瓶在手，观其品相，看其挂壁，欣赏其晶莹剔透的微黄色泽，就已令人心荡神摇；揭开瓶盖，酒曲陈香四溢弥散，有提神醒脑之芬芳，而无喧嚣刺鼻之异味；及至此时，饮者心神俱动，斟酒一品再品，只觉满口绵柔香醇，厚实生动，咀嚼再三，回津生甘；吞咽之下，五内润泽，快乐弥漫全身，可谓淋漓尽致之一畅饮也。这样好的老酒，饮酒之人岂能随便怠慢！

　　好酒是需要好粮食来酿造的。长期以来，饥荒的年头较多，国人生存第一，粮食主要是用来吃的，好粮酿酒颇为不易。正常年景，酒厂按国家下达的计划酿酒，酿出来的新酒销得快，也喝得快，很少有人收藏老酒，除非高工资有特权且又不爱喝酒的人，前些年床底下还能找出几瓶来。这些年来城市小区门口都有收购老酒的地摊，民间散着的少许老酒，早已归之于富豪们的酒窖。市场上老酒价格飞涨，20世纪50、60、70年代的茅台老酒，稀缺不说，能到手的动辄几万元、几十万元一瓶，谁能喝得起？国内白酒茅台最贵，其他不谈，新酒出产后窖藏五年方才装瓶，就已经有了老酒的意味，所以才能独占酒坛鳌头，一年一年往前数，一年的茅台一个价。所以说，老酒老酒，其实卖的是时光的价钱。

鄙人之饮酒，始于20世纪70年代初的知青生活。苦难、寂寞加之青春期的萌动，喝酒就成了最好的消遣。不过那时的酒，大都出自乡间小作坊的粗制滥造，原料极差，工艺简陋，苦味多多，喝了便头晕脸红脖子粗。先先后后，我们喝过大麦酒、玉米酒、麸子酒、山芋干子酒，甚至还喝过苦楝树果子酿的酒，知青弟兄们把这些粗酒一概戏称为"头晕大曲"，偶尔能够喝到城里工厂生产的"粮食白酒""乙种白酒"，就算是开洋荤了。"头晕大曲"虽然劣质，但于我们却极为相宜，一来价廉，想喝管够；二来易醉，每每醉眼蒙眬中，也就忘却了现实的磨难和痛苦。知青生活中的"头晕大曲"就这样使我们一年年酒量大增。记得当时有位胖胖的女知青，曾经端着大碗与农场老场长"一口干"，一碗又一碗，愣是把久经酒场的老场长喝得瘫倒在桌子底下。

真正喝到些好酒，应该是从80年代开始。大学毕业，风华正茂，收入渐丰，社会交往日益繁密，喝酒的眼界也就开阔了起来。五粮液、剑南春、泸州老窖、敦煌洋河，这些名酒常常喝到，就连茅台也有了些品尝的机会，最不济的，整箱整箱地搬些绵竹大曲、尖庄、口子窖堆在家里，味道不错，价格也不贵，想喝就喝，实在是痛快。酒场交往中，有时也会喝到一些陈年老酒，只觉醇香扑鼻，绵柔中自有劲道，但数量极少，不过三杯两盏而已，略略品尝之中，还是没有能体会到老酒的好处。

大概在21世纪初，我有一大学学弟，在一著名的都市报负责品牌策划，熟谙各种商业门径，听别人说他开始收藏老酒，我有点不以为然，自以为本人在大学时就广有酒名，他一后生小弟，不喝酒，不懂酒，能藏个什么酒。偏偏这点不以为然传入了他的耳中，忽一日，接到他电话，要请我喝酒，我当然高兴，说酒我带吧，国窖1573。席中，学弟带来两小瓶80年代初二百五十毫升的白标泸州老窖，与我所带之酒正好是一坊所出，于是品老酒，尝新酒，新酒老酒，均是上品好酒，新酒老酒勾兑起来喝，更是出神入化，奇妙无比。一席酒局，真正是喝得口颊生香，神清气爽，浑身舒坦，让我第一次真正体会到了老酒的魅力。

就此之后，我就开始成了学弟藏酒的顾问。鄙人以为，选择老酒收藏，也得有大视野。中国白酒，种类甚多，70年代往前，粮食紧张，白酒产量不高，能收藏的老酒不多，且价格昂贵；80年代之后，粮食紧缺逐年缓解，人民群众开始向往美好的生活，酿酒厂家日益兴旺，各类品牌层出不穷，且社会风气较为纯正，大家都尊重诚实劳动，讲究真材实料，不像90年代之后遍地假酒泛滥。于是我们开始一道回忆80年代的好酒，一一寻找收藏。江苏本地的敦煌洋河大曲，可以说是本省历史上难得的好酒，当时收藏者中并不知晓，百把元一瓶就能买到；80年代中期，在成都求学的华学诚兄暑期探亲，曾送我两瓶文君酒，当时喝了感到特别好，于是寻来收藏；还有九寨沟旅游途中，喝过一瓶沱牌特曲，也是纯净柔和的好酒。再有全兴大曲、董酒、郎酒、平坝大曲、宁城老窖等等，靠当时的品尝回忆一一寻来，二十多年后再喝，委实是难得的人生享受。

老酒好喝，我们的先人其实是知道的。元代以降，白酒蒸馏提纯技艺日进，高度白酒的存贮收藏也就有了价值。明李时珍《本草纲目》云：老酒，腊月酿造者，可经数十年不坏，饮之可以和血养气，暖胃辟寒，发痰动火。吴敬梓先生《儒林外史》第三十一回杜少卿请韦四太爷喝酒，其父一坛好酒埋地下十年既久，打开取出一杯，酒竟和曲糊一样，酒香扑鼻，过几天请客，老酒再兑十斤新酒，把酒烧热，众声称赞。在世界著名的烈性酒中，更是讲究老酒的价值，威士忌不同的酒坊不同的出产年份，自有不同的价格；白兰地要达到XO的级别，必须在橡木桶中存放十五年以上。国内白酒厂家现在也在做年份酒，茅台就有十五年、三十年、五十年的，价格奇贵不说，酒体中究竟掺兑了多少当年的老酒，也只有天晓得了。

一瓶上品的老酒，是地方物产的精灵，是酿造技艺的结晶，是岁月流淌的见证。对于这样的老酒，我们是需要怀有一点敬畏之心的。喝这样的老酒，自然要有点"仪式感"，不过这种"仪式感"并非讲究本国古来的行酒之礼，诸如"祭拜""敬奉""避席""转杯"等等，只是不宜动不动就"拎壶冲"，不宜与牛饮之辈喧嚣斗酒，不宜曲意逢迎借酒谋事而忘却了杯中本来的真意。三五好友，品尝切磋，以酒会友，以酒论文，以酒叙谊，实在是人生快事。近些年来，我有一些老朋友圈子大家轮流做东喝酒，名之为"酒友会"；也常常会邀请一些懂酒重义的朋友品尝老酒，照例会一溜排摆出三四种各地老酒，让大家随意品鉴，名之为"品酒大会"。这样的酒局，大家喝得开心、敞亮，大概可算是功利时代难得的会心交流了。

我的酒量并不大
——酒人酒事杂忆之一

李新宇

　　我爱喝酒，虽然未到"视"酒如命的地步，却也曾让酒成了生活的重要内容。至少是从三十岁到五十岁那二十多年的时间里，只要几天没酒，就觉得生活味道有点淡。

　　曾经总结自己的人生得失，得出的结论之一是：错失的金钱、美色和权力不知几何，得到的却比较清楚，其中之一就是酒。与一般人比，我饭没少吃，衣没少穿，住行没有少消费，却多喝了许多酒，这是额外赚的。从青年到壮年，即使啤酒、黄酒之类不算，光白酒一年也要上百斤，几十年下来，几吨酒就到肚里去了。开始时也曾为之惭愧，因为一位长辈曾经教导我：挥霍人间资源是有罪的。我知道自己对这个世界贡献极少，消费却额外多一项，也许真的不应该。所以我曾想把酒戒掉，但恰恰就在这时候，报纸和广播都在说"消费就是贡献"，于是我就心安理得继续喝。

　　嗜酒者常被称作酒鬼，但我们的同胞爱面子，也爱给人留面子，所以我所听到的都是"酒神""酒仙"之类美称，但我知道，那意思与"酒鬼"大概差不多。因为这样的考虑，我从未接受"酒神""酒仙"之类称号，而是自称"酒人"。并且带着醉意给人写条幅，曾经落款"酒人李新宇"。有人对"酒人"提出质疑，其实这并非我的杜撰，而是古已有之。鲁迅在追悼友人范爱农的诗中也曾写下"先生小酒人"的句子，而我的酒量显然比范爱农大。

回顾自己的酒场人生，最为自豪的，是无论在饭店还是酒馆，无论在朋友家里还是我的家里，似乎都从未醉过。当然，这话如果让我的妻子听见，她一定会当场揭穿："只是不在人前醉！"确实如此，我常常喝醉，却没在人前醉过。满桌子的人全都醉了，我把他们一个个送回家，伺候他们睡下，为他们泡一杯茶放在床头柜上，然后飘飘然回到家中，自豪地对妻子说："他们都醉了，只有我没醉。"然而，一杯茶没有喝完，我可能就顺势从沙发溜到了地板上。也就是说，我只是"醉得迟"，而且常常"倒醉"，睡一觉之后起来吐酒，其实更折腾。只是种种丑态只在妻子面前表演，外人看不到罢了。但是，因为这个特点，我的酒量就成了谜，传说中我是喝不醉的。

年轻时代在曲阜师范大学，与几位好友同住一栋筒子楼，三天两头喝，养成了长夜把酒侃大山的习惯。进入90年代之后，还成立过一个"酒协"，我曾长期担任顾问。那几年似乎有点无所事事，至少我自己是如此，所以写字、画画、下围棋，都是那时开始的。一班朋友整天沉浸在酒桌上，本该发表的文章，也往往借酒狂吹一阵，就算发表了。加入酒协的条件首先是酒风正，其次是要有一定酒量。聚会时准备白酒，一般是人数减一；准备啤酒，则是三人两捆。酒协最红火的时候，曾在假期轮流做东，大家把家属都带上，一天又一天，不回家中动烟火。最后终于撑不住，派张全之的夫人程亚丽回家用大锅烧粥。回想那情景，真是可遇而不可求，一帮疯狂的酒徒，把喝酒当成了正业，三天两头聚，竟然很少有人缺席。后来我曾想：喝酒误事吗？酒协的成员几年后全都成了教授，有的还做了院长、校长或书记。

写到这里，我忽然非常想念当年的酒友，他们是王钧林（后调济南，任《孔子研究》主编）、刘忠世（后调青岛大学任《东方论坛》主编）、郭沂（后调中国社会科学院）、权锡鉴（后调任中国海洋大学）、周海波（后调青岛大学）、刘新生（后调烟台商学院）、杨广敏（后调集美大学）、赵利民（后调天津师范大学）、张全之（后调重庆师范大学）……留守曲阜的还有孙永选、阚景忠、赵歌东、钱加清、单承彬……早年的酒友，我真想找机会把他们请到一起，重温当年。

就在人们忙着"跨世纪"的前夕，我闯关东去了吉林大学，用吉大文学院老院长郝长海教授的话说，是因为与吉大朋友"酒味相投"。在长春，我竟然酒名大振，这当然不是因为我的酒风酒德有所长进，更不是酒量有所增加，而是因为鼓吹和炒作。第一个鼓吹者就是郝长海教授。只要与人喝酒，或者与人说起喝酒，他就会说："你们那算喝酒吗？我与李新宇……"然后就开讲我们两个喝酒的英雄故事。故事倒是真的。

那是一个大雪天，郝老师到我家来了，上午十点左右吧，喝茶聊天至中午，一起吃午饭，午饭当然要有酒。我开了一瓶郎酒，本以为两人喝一瓶也就可以了，没想到喝完后意犹未尽。开第二瓶，很快又喝完了，仍然是话未说够，酒未喝足。于是再开第三瓶……这个故事经过郝老师的艺术加工，我们俩就有了几分豪气，酒量也让人望而生畏。但对我来说，那天的确是个例外，平时我连一瓶也喝不了。那一天之所以喝得特别多，原因是时间比较长，从中午一直喝到晚上。结束时郝老师起身告辞，我见他身子有点晃，于是送他回家。我妻子发现我也站不稳，于是也跟上。那年长春雪很大，我和妻子刚学会在冰上走路，姿势很像唐老鸭。那情景倒也别致：我紧跟着郝老师，怕他摔倒；妻子紧紧跟着我，怕我摔倒。到了郝老师家，他开书橱拿自己收藏的字画给我妻子看，却已经站不住也坐不住，于是我们两个醉汉干脆都趴在了地板上……那情景其实挺狼狈，但英雄故事历来是只讲过五关斩六将，而不说走麦城，狼狈相就全都略去了。

说起吉大文学院的酒人，还应该说到徐正考。1999年春节之后，我与妻子去吉大考察，当时徐正考是副院长，与书记朱世杰陪我们游览。有一天在一个路边店吃饭，发现店里有汾酒、西凤、泸州老窖等多种名酒出售，都是存了多年的，正考一下子买了许多。我由此知道，他是真正懂酒的。长春的酒友中，有几位酒风极好。尤其是徐正考和东北师大的李炳海，喝酒真是痛快。我们从来不客套，也不推让，你举杯我也举杯，你喝干我也喝干，你满上我也再满上。即使参加大型会议，未能同坐一桌，远远看见了，也会相视一笑，把酒杯高高一举，然后一饮而尽。

从长春到天津，我已是五十岁老汉，而且一年比一年老。聚会时常常多是晚辈，喝与不喝不勉强，敬酒不喝也不惭愧。酒与同辈喝，才更有味道。所以我珍惜几位同辈酒友，每年都要聚几次。只有今年是个例外。去年入冬前就已经约定：下第一场雪，无须再约，直接来我这里集合，去一个可以赏雪的店，把酒温得很热，小盅喝。遗憾的是，小雪过了没下雪，大雪过了仍然没下雪，直到春节后，终于下雪了，各个小区却都已被封，酒店也不再营业。这半年，少喝了许多酒。

酒外人士

赵敏俐

　　身为男子汉而不会喝酒，真是人生的莫大遗憾。

　　知道男子汉应该喝酒，是我十五岁那年的春节。我小时候家里很穷，父亲也不会喝酒，所以一直不知道喝酒对男子汉的意义。这年春节，多年在外地工作的老叔到我家过年，我母亲特意买了两斤当地酿造的散装白酒给他喝。看见老叔端起酒杯一饮而尽的样子，我觉得那才是男子汉气概。喝到兴致上，他给我们几个侄儿每人斟了一小杯。不知深浅的我哪知道这酒的厉害，端起酒来一口喝下去，只觉得浓烈的辣气直冲脑门，嗓子里开始冒烟，不一会儿便满面通红，头昏脑涨，接下来便迷迷糊糊地醉倒了。这一醉可不轻，三天缓不过来，像大病一场。于是我便知道这男子汉并不好当，喝酒弄不好是要伤身的，从此不敢再碰酒。

　　第二次碰酒到了我二十一岁。那时我已经成了生产队里的农业技术员，负责管理各种农业机械，什么柴油机、电动机、抽水机、脱粒机、碾米机、磨面机等等，都归我管，大家亲切地叫我"赵师傅"，我觉得自己是个男子汉了。那年春天大旱，我们邻村水泉大队要我们支援他们抗旱，抽水浇地。那天到了水泉大队，天近中午，我的想法是先把机器开动起来再吃饭，可是主人太热情了，非要我先吃饭不可，还把酒端了上来。我说不会喝酒，主人一听就不高兴了，说你这是瞧不起我们，嫌我们的酒不好吗？我说哪里啊！我是真的不会喝。主人说，男子汉大丈夫说自己不会喝酒，多丢人啊。再说，你这二十多岁的小伙子，即便不会喝，三两也没有问题呀，怎么着也要少喝点儿。不由分说就给我倒了一小杯。我明知自己不会喝酒，可是这男子汉的脸挂不住啊，心想一小杯总也不至于再醉了吧。于是鼓起勇气站起来，咕咚一口喝下去，没过三分钟，咕咚一声就栽到了桌底下，下午浇地的事情也泡了汤。从此我又多了一条经验，喝醉酒不但自己难受，弄不好还真的耽误大事。

有了这两次惨痛的经历，我才知道自己真的不能喝酒，天生的遗传基因，对酒精过敏，从此也就断了喝酒的念头。但是一想身为男子汉而此生不能喝酒，缺了一大享受，不免有些感伤。特别是和亲人、同学、朋友、同事们在一起聚会，看见人家频频举杯，谈笑风生，便自惭形秽。

记得有一次同学聚会，大家互相敬酒，唯独我不会喝酒，不敢起身。最后鼓了鼓勇气，拿起一杯饮料当酒要去和人家碰杯，一位女同学对我说："赵敏俐你也太不像话了，男子汉大丈夫，拿着饮料和女同学碰杯，你不害羞吗？有本事自己先喝一杯酒再来，要不就老老实实待一边去！"一时间羞得我无地自容，只好默默地回到原位坐下。这让我深深体会到，在酒席上，只有喝酒才是硬道理，不会喝酒就没有发言权。这还不算，酒席上还经常受到嘲笑。最挖苦的故事是说一个人去看医生，医生问他，你抽烟吗？不抽。喝酒吗？不喝。医生说，那你活着还有啥意思。唉！男子汉不喝酒，真的脸都丢尽了。在别人眼里，连生命都没有意义了！

但是我还要坚强地活下去。静下心来想一想，人生的意义也不是只有喝酒这一项，天降大任于斯身，我还有很多崇高的事业要完成。更何况，即便是参加宴会，其内容也不止于喝酒呀。梁山好汉除了大碗喝酒，还大块吃肉呢，可见在宴会上吃肉的意义不次于喝酒。再说那些喝酒的人往往顾不得吃肉，我还比他们多吃肉呢。想到这里，慢慢也就解脱了，从此不再为自己不能喝酒而惭愧，而且光明正大地宣称自己不会喝酒。当然，在大家都喝酒的情况下，我总显得有些另类。于是我便经常在宴会上先作自我检讨，说我不喝酒是不应该的，而且还有"三不该"："一不该"我不会喝酒却要研究中国古代诗歌，陶渊明有《饮酒》诗，李白斗酒诗百篇，苏东坡把酒问青天，我这不喝酒的人怎么会理解他们的诗词呢？"二不该"我出生于内蒙古却不会喝酒，这不丢内蒙古人的脸吗？"三不该"身为男子汉大丈夫却不会喝酒，这怎么能行？做男人也不合格呀。大家都说我的检讨很深刻，可是又总是批评我知错不改。我说你们也不要强人所难，我不是不想喝，而是不能喝，我这叫"生理残疾"，你们要有同情心。再说，我不会喝酒，也可以找一个补偿的办法呀，白开水没味道，饮料常喝也不好，正好我小时候吃的奶不够，到现在还体质瘦弱，我干脆就喝奶吧。我的真情告白得到了理解和支持。朋友们在一起聚会，大家把酒斟满，总忘不了对我的特殊照顾，大喊一声："给赵老师上奶！"

从此，我这喝奶的人便与喝酒的朋友们和平共处，他们喝酒我喝奶，他们醉酒我旁观，大家其乐融融。时间一长，我还喜欢上一种名叫"妙士"的酸奶，外包装上打着广告语，"喝上一口有初恋般的感觉"，真是又有味道又浪漫。我发现不但喝酒有乐趣，看他们喝酒也有乐趣。喝酒可以展露人的真性情，可以更好地和他们交流。久而久之，我逐渐了解了他们每个人的特点，喝酒时各自不同的状态。有人喝得急，有人喝得慢。有的人豪爽，有的人矜持。有的人喝酒爱唱歌，有的人喝酒话就多。更进一步，我了解他们每个人酒量有多大，喜欢喝什么酒，还知道了好多有关他们喝酒的奇闻逸事。我发现，喝酒的理论博大精深，有的人唠起酒嗑一套一套的，总会有各种理由让别人把酒喝下去。当然酒兴上来谁也不免喝醉，看他们的醉后百态也很有趣味。不过我的这些朋友大都是专家学者教授，他们喝起酒来都很有风度，即便喝醉了也很少失态，还要保持温文尔雅的样子，更增加了几分可爱。每当他们喝到兴起时，我在旁边也看得津津有味。他们都说，在这个酒宴上，举桌皆醉你独醒啊。我说，你们就放心喝吧，喝醉了我会把你们送回去。

不知不觉中，我这不喝酒的人和这些酒友建立起深厚的友谊。有一次在酒席上，一个好友说，赵老师虽然不会喝酒，却是我们久经考验的酒友了，为了表彰他长期以来对我们的真诚友好，我建议封他为"酒外人士"！大家异口同声地说好，要我珍惜这个荣誉。我也赶紧起来致谢，连称这是对我最大的褒奖。想一想，我一生不喝酒，却得到了酒友的认可，这不也是莫大的荣幸吗？那心情，就好像从来没有上过战场的人，却被人称为勇士一样，感觉棒极了。我忽然觉得，我这酒外人士的形象也突然高大起来了。

不过，这个"酒外人士"的雅号，他们也没有白封我。有句酒嗑说得好："只要感情有，什么都是酒。"这么多年下来，我和这些酒友的感情日益加深，对他们也越来越关心。原因是我的这些酒友年龄一天天增大了，可是酒量却越来越差了。连我那位酒风甚好、此前从来不醉的酒友，近年来也不时就喝醉了。以我自身的经历做参照，我想他们虽然会喝酒，喝醉之后也应该很难受吧？要不，为什么他们总会说，最近身体不好，上次喝醉了，好难受，今天不喝了。所以，我真的希望他们有节制，不要喝醉酒，毕竟年龄不饶人啊。

可是喝酒是有瘾的，眼看着桌前有美酒却不能喝，要自我克制，这不等于在灵魂深处爆发一次自我革命吗？太难了。所以大多数人总是抵挡不住酒的诱惑，看见酒眼睛就放光，不喝心里就难受，不一会儿就会找出各种理由把酒杯端起来。正像一段酒嗑所说："不喝不喝又喝了，少喝少喝又多了，回家老婆又说了，下次再也不喝了。"可是下次这样的故事还会重演，这套嗑就这样一遍遍地重复下去。他们有时也会戒酒一段时间，可是过不了几天总会又把酒杯端起来。我就问他们，你们不是戒酒了吗？他们说，我们何曾戒过酒？这叫"休酒"，"休酒"你懂不懂？到底是文化人，有水平。原来，这是他们为了保持喝酒的权利和尊严而搞的新创意，把暂时不喝酒称之为"休酒"，就像渔民定期的"休渔"，企事业员工的定期"休假"一样，过不了多久又重新名正言顺地喝起来，美其名曰叫"休酒期结束"。每次他们宣布休酒的时候我都很高兴，以为他们会加入我这喝奶的队伍；可是没过多久又让我失望，因为休酒期一结束他们又逃跑了。但是不论怎么休酒，他们的酒量不可逆转地在减少，喝醉的概率在增加。出于酒外人士的崇高责任感，我还是要劝劝我的酒友，年龄越来越大了，酒也越来越辣了，还是和我一起做个酒外人士吧！

说酒忆福公

魏　建

说到酒事，我想写的有很多，光那些"第一次"都终生不忘。

可笑的：第一次见同伴喝醉，我送他回家，从扶他进门到我出门，几十分钟，他一直在给他父亲行标准军礼，可他没当过兵。

悲催的：我第一次喝醉，竟是在自己的婚宴结束后，伴随着呕吐度过了我的新婚之夜。

正义的：我第一次见义勇为是在高中毕业当晚，与同学小酌，酒精提升了我明察秋毫的能力。上厕所路上我发现有人行为异常，唤来同学，使之犯罪未遂。

丢人的：第一次逃离酒场是遇到一个海量之人不断挑战。哪知出了酒店更丢人——我在人行道上东摇西晃，屡屡撞到旁人，不断与被撞者怒目相对，不断号叫看什么，不断摆出迎战的架势。这些都是目击者中我的学生告诉的。

尴尬的：春节前朋友在豪华酒店设宴，我应邀出席，遇到某领导，热情地把领导让进屋。刚喝了两杯，领导接过电话才知道进错屋了。主人极力挽留："您能和我们这些书生一起喝酒太难得了！"我们第一次让领导尴尬得似乎总在想"To be or not to be"。

玩命的：第一次玩命拼酒是为我负责筹建研究基地的办公楼。本来我校得不到这笔建设经费。那天请负责此事的领导喝酒，他先是说他喝一杯我得喝两杯，后来不断提高对我的要求，涨到一比五的时候，我不敢喝了。他说，你只要喝了，那个事好说。那天我不知道自己是如何被抬到医院救治的。好在那楼批准了。

打擂台的：第一次打擂台喝酒，是1986年9月，在湖南益阳举办的一次学术研讨会上。受当时热炒的中日围棋擂台赛影响，李福田先生提议会议结束宴会上搞一场喝酒擂台赛。东道主是主队，外地专家是客队。那天我是客队先锋官，被对方先锋击败，主队获胜继续坐擂，客队派下一个人上场，如此这般。与一般酒场不同，我们特别讲究礼仪。对饮者都学着围棋擂台赛棋手们的样子，先向对方行鞠躬礼，然后你敬我一杯、我敬你一杯，举止优雅。最后，双方主帅相遇了。我们主帅就是李福田。起初，两主帅彬彬有礼，光喝酒不怎么说话，只有我们这帮喝高了在一旁起哄的喧闹声。很快，主队主帅不再矜持，再后来，他开始一段又一段地背诵毛主席语录。他无论严肃背诵时，还是背诵完笑着，都像个要干坏事的孩子。李福田满脸通红，嗓门也高起来，但表情和坐姿依然稳重，还能纠正对方背诵的错误。第二天我们都打听：昨晚谁赢了？李福田听到便笑：众人皆醉我独醒，可有谁给我作证呢？

现在知道李福田的人越来越少了，上网搜这个名字，有经济学家、书法家、医生……唯独没有那位曾在现代文学研究界和出版界鼎鼎大名、江湖上称作"福公"的李福田。

福公1931年生，天津人民出版社编审，一个很有学问、很有眼光、特别敬业的编辑。福公的学问功底好，源于他长期的史料积累和文献收藏。他聊天的学术含量很高，也有趣。我出席的学术会议，只要福公在，他住的房间一定会有很多人，听他一人主讲。我许多近现代文化史料及线索都是听他"侃大山"得到的。他的编辑眼光和敬业精神举一例为证。薛绥之先生带领山师聊城分院的老师编了十一本《鲁迅生平资料汇编》。因耗资太大，被一个又一个出版社退稿。薛先生找到福公，就冲他有学问、有眼光、能干预领导决策。果然，天津人民出版社历时六年出版了这部近三百万字的《鲁迅生平史料汇编》，福公是责任编辑之一。事实既证明薛先生找对了人，也证明这个选题福公看得准。近四十年来，这套书是一代又一代鲁迅研究者使用率最高的书籍之一。主要因为福公，天津人民出版社在八九十年代推出了一批中国现代文学研究的资料书籍，其中影响特别大的是北京大学与山东师范大学合编的《中国现代文学期刊目录汇编》。这部近五百万字的大型资料工具书，也是被出版社纷纷拒绝。虽然谁都知道此书的价值，但谁都不愿意做赔钱的事，何况这样的书每个字都可能出"硬伤"，这么多文字何时编完？这样的书稿即使有出版社愿意出，也少有编辑愿意接。结果，又是天津人民出版社接了，福公一人花了两年的时间完成了这部书稿的编辑工作。他还为《鲁迅年谱》《郭沫若年谱》《鲁迅〈摩罗诗力说〉注释·译文·解说》《一个人和一个时代——瞿秋白传》等数十部中国现代文学文献史料和学术研究著作担任责任编辑。也是因为福公，以书代刊的《鲁迅研究资料》长期由天津人民出版社出版发行。

福公还以行侠仗义闻名，常听前辈学人讲他"路见不平一声吼，该出手时就出手"的故事。福公没有任何官衔，在单位里却像个青天大老爷，常常为民做主。普通职工若有投诉无望的冤屈，常找他倾诉，实在看不下去，他就为民请命，并屡屡讨回公道。有一次，某领导处事严重不公，福公劝领导收回成命，该领导却跟他唱高调打官腔。福公顺手抓起一个墨水瓶，高喊："我砸玻璃了！"领导才好好说话了。最令人感佩的是，某国家级学术单位下属机构职称评审太不公道，福公竟然专程跑到北京打抱不平……据说以上故事都发生在福公喝酒之后，唤起了我对武松替朋友伸张正义之前豪饮的联想。

1994年我和几个朋友策划了一套学术丛书，原定在天津某出版社出版，交稿一年后没有动静。原责任编辑编完这套书退休，新的编辑室主任竟不给出了。绝望中我们想到了福公。因不是他所在单位故没抱什么希望，我们找福公纯粹是当时年轻气盛，想吐吐这口恶气。那天，在福公家我们说了这件事。福公很气愤，当着我们的面就给天津市新闻出版局局长打了电话。几个小时后，那个出版社答应给我们出书了。当晚我们要请福公喝酒，他拒绝了，怎么说也不行。后来在北京、在青岛、在天津好几次机会我要为他设宴，他总是笑嘻嘻地拒绝，却拒绝得不容分说，只是每次都说：以后有的是机会。后来一位前辈告诉我，福公听不得别人以感谢的名义请他喝酒。

2015年我到南开大学给博士论文答辩，想去看望福公，却得到噩耗：他已经去世了。我当时难过得一个人跑出去，在南开校园里静坐着，仰头想对上天说："福公，我不说感谢了，可您不给我们机会了！"

最近才弄清福公逝世的时间：2012年11月10日。今后每年这一天，我将祭福公一杯。

金陵酒事

樊国宾

1999年秋我考入南京大学中文系读书，很快与九八级的几个师兄混得烂熟，因为我们惊讶地发现对方和自己一样，瞧不上本专业那些作品和各路大佬们对这些作品的研究。于是，大家齐刷刷转身扎进历史、宗教和哲学的领域，乐不思蜀。导师这方面很宽仁，不怎么干涉我们。

我觉得南大的鼓楼校区就像第欧根尼那只木桶，如有可能，我愿意终生蜷缩在这只桶里面。这些年看到文学院开始探索"师友会"模式，即导师带着几个学生"冠者五六人，童子六七人，浴乎沂，风乎舞雩，咏而归"。——吃吃喝喝，玩玩闹闹，寓学问于鸡鸣寺、古城墙、南唐二陵和排骨面、鸭血粉丝汤中，不禁想当年我们在校时，吴新雷教授带着学生天不亮就起来咿咿呀呀唱昆曲；许志英教授一闲下来就窜至学生宿舍导致整包香烟被瞬间哄抢；莫砺锋教授煞有介事说酒可以治疗癌症，为此还特意撰文一篇考证说"癌症"古已有之，不过古人称它为"垒块"——《世说新语·任诞》云："阮籍胸中垒块，故须酒浇之。"认为这是古人饮酒消除癌症的最早记录；汪应果教授每次出席博士论文答辩会，装扮必是"头戴棒球帽，腰挎水果刀"……据说可以将这种"与学生玩耍"的"不正经"传统，追溯到王瀣、黄侃、汪东、吴梅、胡小石、陈中凡、汪辟疆、方光焘、罗根泽等那批老先生身上。这真是一种特出的气氛！这种可以自由地关怀智性事物的气氛，在这个学校受到了系统的保障和促成。那几年，玩得开心，耍得痛快，狂得任性，配得上白衣飘飘、吴带当风、不羁落拓等肉麻形容词。

今天的大学文化体制中，多数导师并不引导情操，当然，从逻辑上讲也没有这个义务。南大中文系的师生之道，却沿革了史上自李瑞清始一批先贤的毓秀传统，讲究《大学》所谓的"明明德"。学生一进师门，在发愿学术精进的同时，需要建立广布大义于天下的雄心。导师应该已经培养了近百位博士，其中自称"妙人"与"痴人"者颇多。师门近十年曾在厦门、兰州、杭州、长沙有过几次聚会，但见一众人等懒懒散散，松松垮垮，好比江户时代之后那些不务正业、吊儿郎当、废物点心式的日本武士。大家俱怀逸兴壮思飞，长风万里送秋雁，雍容中正，笃定闲笔，颇有些金庸笔下嘉兴烟雨楼、光明顶、聚贤庄的异样氛围，不像别人家那样森然有序。无讲坛华幔，非五彩经幡，却有马过帝陵之萧意。原因在于，师门更注重中国传统建筑典籍《营造法式》里那种对精神底座的塑造，折射在学生的普遍气质上，反映为一种共同的"快活中的沉毅"。的确，修砌再多再宏伟的建筑，都不如"唰"的一声打开扇子，更有统一山河之感。

当年南京求学的同窗，如今天各一方，缘悭一面，但那些"负刀长啸血在烧，斗酒十千恣欢谑"的记忆，却永难忘怀。南京叫人敬畏的，其实是山水形胜背后顾颉刚意义上的历史层累，山水因此元气淋漓。莽苍苍斋主人《残蟹》有句曰："无复文章横一世，空余灯火在孤舟。鱼龙此日同萧瑟，江上芦花又白头。"写古都金陵深秋之景。标题实为"残蠏"之误，意即残山剩水。暮春时分，曾拉着几个师弟乘轮渡，傍晚潜入江心洲。遍地的油菜花已开到荼蘼，春花秋月不计年，等闲诗酒醉霞烟，疏狂图一醉，此生能几回！几人全烂醉于吊脚楼里，东倒西歪睥睨着两岸的残山剩水。那时候江心洲还很荒寂，酒楼的木桩全打在长江里，肥硕的虫子不停地撞击吊脚楼顶惨白的汽灯，被烧焦后，它们噼里啪啦地掉入菜中……远远可以眺望对岸浦口的渔火。

毕业前夕，我兴冲冲地去知行楼听法国解构主义大师哲学家德里达的讲座，却被师弟作家张生在汉口路校门前强行拦住，他认为德里达根本不值一听，拉着我跑到青岛路的半坡咖啡馆，喝了整整一下午啤酒，膀胱压力山大，不得不频繁往厕所跑。这可真是"道在屎溺"！

我和师兄弟们喜欢跑野外喝，那几年喝遍了古都金陵辖区内所有的江河山岳。一次，深夜十二点买了三箱金陵干啤，一群狂生打车呼啸着上了紫金山，在梅花岭孙权墓顶放肆豪饮。月光皎洁，兴余竟然全部脱光衣物跳入紫霞湖……唉，这是疯癫，绝非雅趣。紫霞湖是蒋介石梦想归葬钟山的墓址，百年来自沉过无数痴男怨女，若论酒后不惜做水鬼的蠢货，只有我们几个。导师知道后，却只是笑着摇摇头，因为他于性格深处认同更多的，以《史记》为例，并非开疆拓土的帝王将相们，而是曹沫、专诸、豫让、聂政那些刺客游侠，骨子里多少有几分对武力的欣赏、对固有秩序的藐视、对丈夫义气的追求，甚至潜藏着"侠以武犯禁"的危险潜意识。我们耳濡目染，几年下来，也都逐渐推崇一点江湖慷慨。哈哈，此乃一个"尚武"的大学文科教授。

我曾搞到一瓶出自古墓的稀罕古酒，几近文物，不敢独藏，临时生念，便起了要与老师分享之意。

时年腊月，岁在癸巳，暮冬雪霁，心情萧飒。我约了同门三个男生，为饮此酒，自闽南、浙东、燕都同时出发，如林中响箭，疾赴金陵。吾隐此物于怀中，在风驰电掣的京沪高铁上实时报道，以解正奔赴机场的闽浙几位醉鬼消渴之苦：

　　　　"文物已过泰安！"

　　　　"文物已过蚌埠！"

　　　　"文物已过长江！"

　　　　"文物已过中央门！"

　　　　……

当然，这是搞笑，否则相当于文物重归出土之处，江苏大地法网恢恢，我这蠢货岂不等于自投罗网。

三鬼甫出机场车站，旋奔南京大学西门晶丽酒店二楼。老师已候在满桌佳肴旁多时！惊见四人须发皆白，金陵雪染霜挂之故也，不禁拊掌大笑。

请出文物后，众皆肃然。但见窗外彤云密布，朔风渐起，雪下得越发紧了。

席间老师聊及世相时局，古酒中立即有了几分霜重鼓寒之意。苍茫连广宇，寥落对虚牖，说时豪气侵人冷，讲处悲风透骨寒。推杯换盏间，诸位压抑心中激荡，且尽一樽，挽取长江入尊罍，浇胸臆！方我饮酒时，江山入胸中！

秘饮此酒竟至昏醺。

散局，四鬼揖别师尊，分赴车站机场，各归南北东西。

火车上收到老师发来的短信一则，赫赫然七个字：

"从此天下藐名酒！"

途中伤感，不免想起当年毕业时，大家拿流行歌曲《新鸳鸯蝴蝶梦》为曲，醉后戏唱李白《金陵酒肆留别》的往事。"金陵子弟来相送，欲行不行各尽觞。请君试问东流水，别意与之谁短长？"

几年后再见老师，沉吟之余，师尊津津乐道出当年古酒欢宴细节种种，竟罕见地夸赞我几人"有林下风"！

林下风并非虚炫，师门之浩荡酒风早已蜚声在外。以女弟子为例，一位毕业后在西安工作的小师妹，五十度以上的白酒一次能喝两斤，之后看着瞠目结舌的师兄弟们，满脸内疚；另一位个子高挑的师妹，每次喝晕后都会滔滔不绝讲外语，某次竟霍地起身，走过去豪迈地拍着老师的肩膀，点点头说："嗯，是的，你是一个好老师！"

毫无疑问，她们中间会诞生中国的弗里达、李·米勒或纽约黑豹组织（black panthers）总部的阿萨塔·莎库尔。老师苦笑着说：女人能喝，必有妖法。是啊，伍尔夫反问：为什么男人喝酒，女人喝水！为什么一个性别神气活现，另一个性别就得可怜巴巴?!

本门酒风鼎盛，当然都该归因于导师——他在饭桌上从来都是清浊分明，酒逢知己千杯少，话不投机滚犊子。记得有个人说过："人生没有一点爱恨情仇，真是不配喝酒！""帝里风光好，当年少日，暮宴朝欢。况有狂朋怪侣，遇当歌对酒竞流连。"难忘文期酒会，几回狂癫。身后磨盘那么大名气，也不如眼前一杯扎啤。

李白说"瓮中百斛金陵春"，于是"解我紫绮裘，且换金陵酒。酒来笑复歌，兴酣乐事多"，他写过不少在南京放浪豪饮的诗。南京这个地方有意思，袅袅六朝烟水气，你看《世说新语》里那些传奇小故事，大多发生在南京这个地方呢。

如今客居京华，红尘嚣嚣，忍把浮名换作浅斟低吟之时，便常常想起金陵，想起当年的金陵酒事。

我的酒事简史

张清华

　　童年最初近距离地接触到酒，是在岁末时。

　　腊月里，人们开始置办年货，照例会买些酒。那时正是物资极度短缺的年代，日子过得稍好些的，会买到瓶装酒。在我老家那里，最好的酒据说是县里酒厂产的"稻谷香"。"稻谷香"大概是用各种粮食酿成的酒，比那些地瓜干酿出的劣质烧酒要强很多。但是日子过得紧巴的人家，便只能买后者了，毕竟过年嘛，权且应挡一下，总是聊胜于无。

　　我父亲那时做个基层的小干部，虽然日子暗里紧巴，但面子上也还要过得去，自然要买瓶装酒。但我发现，他买的并非"稻谷香"。这名牌子的酒在我家里几乎没有见过，他买到的几瓶都是同一个厂出的，但价格要便宜一半，那名字记不住了，大约是叫什么"大曲"之类，包装倒也差不多，淡绿或深绿色的细脖儿瓶子，上面是亮晶晶的铁盖子扣着，搭手一摸，凉凉的，并没有感觉到那其中的热与力。

　　他买回酒来，照例要让我先给爷爷送两瓶过去。

　　爷爷是大字不识的老农民，一般是不会买瓶装酒的，他喜欢用自家的瓶子打些散酒。散酒也分几种，有稍好点的，有最便宜的，爷爷一般会买其中稍好的。他手里其实倒没有那么紧，因为他有手艺，会用芦苇、柳条等编制出各种精美的器具，比如斗笠、筐子，各种渔具之类。我们那一带是有名的水乡，盛产芦苇，这些惯常不值钱的东西，一经他手，就变成了品相出众的工艺品。爷爷靠着他的手艺，平常日子过得还可以，所以常赶集上店，买些鱼肉果蔬回来，改善生活。我因是长孙，在爷爷奶奶那里颇受些宠爱，故偶尔也可以蹭些的。爷爷腰包一鼓，便要买酒了，买散酒，大概七八毛一斤的样子。

现在他得了父亲给的瓶装酒，便有点喜笑颜开，仔细地端详半天，嘴里嗞嗞啦啦地，开始有响动了。偶尔，他还会对我做个鬼脸，嘴巴上的胡子一翘一翘的。

爷爷平时也很少喝酒，偶有清闲或过于劳累——且得有好菜时，才会斟上一壶。先用火柴点燃一小盅，看着那暗蓝色的火苗先把酒烫热了，再徐徐地喝。他向来是独斟独饮，不与人分享的。

腊月二十八是爷爷煮肉的时间。爷爷买的肉不多，有个十斤八斤就不错了，所以煮出来的时候，也只有不大的一盆。奶奶烧了香，完成了简单的祭祀仪式，爷爷便开始了自我的犒赏。这是他一年中最奢侈的一天，他拣最肥的，将整整一方肉切了，拌上葱丝姜末，倒上酱油，热腾腾的，有一大盘。奶奶口淡，大概只挑几块瘦的，而他便一个人独享剩下的。

这次，爷爷多拿了一个酒盅，倒满，笑眯眯地对我说，孩儿，来尝一盅如何。我看了看撇着嘴的奶奶，再看看脸笑成了一朵菊花的爷爷，冒险尝了一口，只觉得又苦又辣，刚到嗓子眼儿就呛了一下，咳了半天，直到呛出了眼泪。

这是我平生第一次尝到酒的滋味，那一年我应该是十三岁。

酒事儿的历史也是人的历史。

比较频繁且正式地喝到酒，是在上大学之后。父母希望我能够学些成人的礼仪，在寒暑假我的同学来访时，便会整些酒菜，招待这些年轻人。但这时饭桌上的主角变成了我，父亲通常只是扮演客串的角色。那时我们还喝不惯白酒，多是喝些土制的甜酒，很容易上头，一上头，便感觉飘飘然，要么话多起来，要么舌头发硬，困得睁不开眼，于是就倒头酣睡。

在省城上大学时，也爱逛街。夏日闲逛，又热又渴，见有人在买一种淡黄色的饮料，说是"鲜啤酒"，那时"啤"这东西是鲜见之物，遂与同学合伙花两毛钱买上一碗。骄阳下你一口我一口，状如饮鸩止渴一般。初尝那玩意也是觉得苦涩怪异，有人于路边笑曰，"恰似马尿"，于是转头冲人家傻笑，人家却视而不见，若无其事一般，兀自扬长而去。

如今回想起来，那时的酒都太稀罕了，虽多属土酒劣饮，但于感官，已是一种奢靡。仿佛喝的不是酒，而是纯然的"寂寞"，或是友情礼仪的必须。

积年下来，年纪便渐渐长了。生活慢慢好起来，开始喝红酒。红酒最初是本土产的，有烟台张裕、河北长城之类。此时知道世界上还有"干红"，把糖分抽掉方才叫"红酒"，原来那种甜兮兮的东西不招人待见了，换成了酸不拉叽的玩意。可是死贵，喝着这酒，方才知道"甜"并非生活的必需。后来，外国的红酒渐渐进来，开始时颇神秘，似乎印着洋文的都是好东西，后来才知道那里面的学问太大了，贵的和便宜的，相去霄壤，品质之别更是判若云泥。什么"拉菲""木桐"，价格高得令人咋舌，已全变成了有钱人炫富的标志。

偶尔会与不同界别的"名流贤达"们喝到一处，那时一定会有一位内行者眉飞色舞，来解说这款酒的产地、品质、工艺、年份等等奥秘。让我这可怜的土老帽儿，在懵懂中也跟着起哄，装模作样品评一番，酒酣之时，也几乎以为自己可以混迹其间了。但事过之后，还是全不记得那口味，究竟与寻常人家的产出有甚不同。至于那更让人眼花缭乱的各种洋货，白兰地、威士忌、伏特加……于我而言，就更是擀面杖吹火——一窍不通了。偶然得到一瓶，只放在玻璃柜子里摆着，装装样子，像是有点藏货似的。

回想起来，还是怀念90年代的豪饮，那时虽穷困，但肚量尚好，兴起时，几个酒友一聚，路边店甚至啤酒摊上，每人一瓶对吹，倒也算是醋畅淋漓，豪气干云。几瓶下去，仿佛就可以确信自己会干出一番不可名状的大事来。如今看看天色渐晚，不只一事无成，作为饮者，也未曾悟得这千年来的杯中之物，究竟有何奥妙，徒有一番兴叹而已。

近来多从微信里看到"黑文"，嘲笑吾山东人喝酒的方式。言其极尽多礼俗套，繁文缛节，令人应付不暇烦不胜烦云云。初时颇不以为然，觉得这些人矫情了，像是"凡尔赛文学"的某个刻意的翻版。凭山东人之好客、之酒品，不点赞言谢便罢了，反倒讥讽厚道，实在是刻薄。可是后来想想，这饮酒之道，本就是抒放性情的，肆无忌惮、袒胸露怀，没大没小地喝起来，才算是痛快，得有点"天子呼来不上船"的气概，不期又给弄得像是行周礼一般，不是酒神又被日神关了禁闭吗？

忽然像是明白了点什么，觉得古往今来这又辣又涩、难言滋味、正不知有何好处的"马尿"，对人究竟有何益处；觉得也可以勉强回答，有何必须，使得千古而下，从帝王之家到文人骚客，从寻常百姓到屌丝穷汉，居然争相求之趋之若鹜，究竟是为了什么。

往大了说，这是"文明的异化"所致，人创造了文明、文化，创造了道德、秩序，可唯独丢了率真和放纵、野性与自由。于是便希望有一种力，可以帮他们回归自然，回到那原始的伊甸园中，而这所凭借的媒介，便是酒神，是那野性的、属于生命本真的酒神——它土生土长的名字叫"杜康"，在西域的名字则叫"狄奥尼索斯"。唯有它，可以将人带回到那原始的、放纵的自由与自在之境。

这话说来太长，尼采在《悲剧的诞生》中说得分明，在下无须重述。

还有个人的角度——往小了说，酒是人生百般滋味的集合。年少时所以不谙其妙，不是因为味觉不灵，而是因对人生体味的浅薄所致。想来祖父是懂得酒的，他喝得粗劣，但那叫有滋味，因为他所体味感受的人生，实在是我那时所不能解的。酒的价钱其实全不重要，重要的是人生的酸甜苦辣，命运的五味交杂，都会随那个生命的经验而投射进去，成为那酒的品性、神韵、禀赋，或是魂魄。

我不敢说，而今我能够体味出那百般的甘苦，以及无言的辛辣中的多少，但毕竟也活过了那么漫长的岁月，品过了不同味道的酒水仙醪，虽比不得刘伶嵇康、太白东坡之辈，但总可以接近于理解我的祖父了吧——每当我想起他，想起那卑微而酣畅的姿势，那复杂而质朴的表情的时候，我想我大概也可以跻身一个浅陋的饮者之列，成为一个可以勉强分享一下那其中的百般滋味的人了吧。

书间一瓶酒

杜青钢

第三十场读书会别有意味，我请来了王琼，俗称财王。此佳丽是湖北女企业家协会的会长，风投之余，酷爱文学，能背《红楼梦》，会用豫腔说英语，且声情并茂，惟妙惟肖。"春讲"等文学盛会是她资助的。开了场，王琼谦虚几句，挥挥手，助理拿出一瓶陶装酒，开封，倒入杯里呈淡黄色，面态温柔，醇醇地香。助理附一句，江湖浪大，我们以酒会友。樊星皱皱鼻，眼一亮，专注品一口，连声高嚷：对饮不见人，好酒，好酒，堪比陈年茅台。

王琼柔声道：流水绕高山，今晚遇知音了。待杯儿斟上，娓娓说起酒源。此玉液来于茅台镇，酿自老王家。老王乃著名"荣和酒房"的传人。新中国成立后，荣和收入茅台酒厂，有如酵母，外加华家与赖家，其间的酸甜苦辣一言难尽，金波里，有一个民族弯曲的背影。改革后，老王重振家传，风生水又起。资金短缺时，王琼伸援手，买下他家八九十年代小窖酿制的四百二十五吨老酒，取名王嬢嬢。头一批已窖藏三十五年，一分一秒地过，货真价实地藏。

对我而言，最精之妙在于酒与书的交合。以武大外院为班底，配搭文学院，我们组建了七点半读书会。最初七成员，加我九岁半的女儿，涵括中英法德俄日六个语种，后加西班牙和韩语。聚会定于晚七点半，一般在咖啡馆，间隔去餐厅。每月团一次，每次说一本书，讲一则切身故事，而后天南地北，轻心松身，互通有无。经常邀请各界名流主坛。

核心成员中，有两个酒鬼，其一樊星，他是名教授，也是评论家，曾任湖北作协副主席。其二包向飞，邓晓芒之徒，主攻康德，时任德语系主任。樊教授饮酒有几个特征：喝二三两，欢谈文坛轶事；喝四两，话《资本论》；喝半斤，必说遵义会议；到了六两，一个劲唠叨万里长征；往下再喝，则反复说同一句话，比如，活学活用，立竿见影，白茫茫一片大地真干净。

包兄话不多，常常闷饮，偶尔点两句，十有八九是真理或真谛。喝多了，便说地球物理，投向茫茫太空。我属高度酒精过敏，三代遗传，只能装模作样地抿一抿，却很认真，三钱的小酒盅，我能从头抿到尾，最长跨了四个半小时。应该说，也是一种喝法。其他人则端端杯，捧个场，遇到酒好尝个新。

那一聚，我们选了一家校内餐馆，菜随意，主谈《红楼梦》的域外接受。酒与文串合，妙语连珠，须臾达成一项共识：在欧美等地，《红楼梦》的受爱程度没有我们期待的那么高。谨举一例，中法建交五十周年，双方各选十本最有影响的书。法国人选了《论语》《道德经》《孙子兵法》《易经》《西游记》《水浒传》《骆驼祥子》《鲁迅小说选》《酒国》《家》。

国人连连责问，为啥不选《红楼梦》？没眼水。的确，这是一个问题，而且含藏丰硕。博士甲抿一口王嬢嬢，说出一段小经历。某日在巴黎聚会，她问一位迷恋华文化的法国朋友，你喜欢《红楼梦》吗？对方秒答，不太喜欢。询其故，朋友说，我读了好几遍，一直搞不懂谁是谁的谁。法国人也困惑，我们漏掉了他们推崇备至的《追忆似水年华》。此书洋洋七大卷，内心展露卓绝，一个长句达四页，奠定了意识流。某一夜睡不着，辗转反侧，作者丝丝入扣，一口气写了五十二页，那是法国的《红楼梦》。

却有共同点，都重吃喝。在《红楼梦》里，各类酒席、诗会、小吃、独饮占了近十分之一的篇幅。一道茄子配二十九种作料，还要用头一年埋在地下的雪水。《追忆似水年华》最精彩的一段由一杯茶和一块小蛋糕引出。宴会比比皆是，喝酒，写了一百六十三处，一如我们当下，常常与文艺交融，文采奕奕，各显神通。

适逢中秋节，武大亮起彩灯，老图书馆加倍绚烂，张扬了人类文明的精华，既有《红楼梦》，也有《追忆似水年华》。樊星举杯吆喝，来来来，以酒润文，我们边喝边谈。包向飞执掌酒瓶，不时拿起掂一掂，搁手边，寸刻不离。由此我想起，尊敬的"尊"最早是装酒的器皿，返璞归真，能掌酒壶的人才是老大。壶能掌多久，却是另一个话题。

接下来，王琼讲了一则动人故事，樊星大抖文坛趣闻，包兄不时蹦几条尼采格言，三美女怒骂变了态的论文和项目。我深表同情，高校日益紧束，老师整日填表，瞳孔刻两字，C刊。窃以为，这是一项策谋，乾隆一贯使用，整文人，他一套套的。此刻只能哈一句，天凉好个秋，我们喝酒。说得正当道儿，嘭出一响，大伙以为碎了杯，没在意。但见包兄躬身抓一通，几乎在爬。直起腰时，一脸苍白，两眼惆怅：酒瓶碎了！最看重的东西，往往最脆弱。只一会儿，房内散出醇郁的酒香。前来清扫的服务员一个劲喊：好香啊，好香！领班说：这是三十年的茅台味儿，而且是原产地。王琼翘指点赞，小伙子，你是行家。

这一摔，牵动了历史。一个世纪前，参加巴黎博览会的前辈故意摔了一瓶茅台酒，开了国际味界。那一年，茅台获全球金奖，得奖之作出自老王的爷爷王立夫之手。此刻也摔出了祥音。往外看，星星点点，月儿滚圆，吴刚高饮，蟾光与灯火辉映，弱去了戾气。润于浓浓的酒香，我想起方方说的一则逸事：作家刘震云喝了这酒，高声嚷，以后邀我来武汉，莫扯讲座，莫提笔会。我事多，抽不开。你说有王嬢嬢，我立马就来。还得知，国内许多名家都爱这款酒，比如格非、丁帆、余华、韩少功等。

文宴已入中后段，其他人都一干二净，只有我的分酒器里余存小二两。王琼问助手，车里还有吗？助手说，今晚例外，只带了一瓶。王琼柔软安慰，守缺向大道，留个借口，过些时再聚。一刹那，我的余酒珍贵起来。两酒鬼急取一盅，美女各得几许，大家慢慢地喝，细细品。宴聚了十几次，论质效，这一回喝得最精细。哲学大咖不停摇脑袋，直到散席，都没从沮丧中缓过气来，那模样，颇像丢了玉的贾宝玉。突然我觉得，以书应和，王嬢嬢有如《红楼梦》。也像某个德高隐士，在浮与戾之间，保持着做人的崇高本色，还有尊严。

饮中言意

蒋述卓

言意关系是中国古代哲学和美学的重要命题，讨论来讨论去还衍生出诸多话题。当我写下此文标题的时候，我想起的就是靖节先生的名句"此中有真意，欲辨已忘言"。饮酒之中的意，想说想辨，又有几人能说得清呢？靖节先生写下二十首饮酒诗，也不过是借酒为由头，表达自己心中的闷骚而已。不过，陶诗人对酒那是真的喜爱，酒诗结合表达了对"复得返自然"的向往和实现了隐逸意愿之后的热爱，袒露出一种生命的本真。但要饮酒之人回答饮酒到底有何意趣时，估计也只能是如参禅般"如人饮水，冷暖自知"——每个人的体会总是独自的、极私密且有个性的。

我的家乡在桂北山区，冬天冷，会下雪，会饮酒是一般现象，不会饮酒则是个别现象，故在桂林地区流传着"兴全灌，一斤半"的说法。其实，"一斤半"的说法有点夸张，因为在20世纪50年代当地喝的是自产的红薯酒，酒精浓度也就十来度，与啤酒差不多，喝个一斤两斤是常事，但换作如今的高度酒五十二度或四十二度，那是绝对不行的。然而，兴安、全州与灌阳人能喝酒也就名声在外了。我有幸作为灌阳人，自然也忝为能喝之列。

但要知道自己能不能喝以及醉酒的滋味，那就只能亲自尝一尝了。

那是1985年的夏天，我研究生毕业在广西师范大学当教师，被派去柳州的部队给要参加自学考试的学员上课。课程结束是在一个中午，班上负责接待我的干事在部队外面找了一个小酒馆，两个人慢酌细谈，不知不觉就将一斤半桂林三花酒干掉了。当时也不觉得有什么不对路。但当我回到部队招待所，酒的后劲就涌上来了。头痛不说，初次醉酒，连神经也绷得很紧张。躺也不是，坐也不是，站就更不是。想吐又吐不出来，唯一的自救方法就是不断喝水。醉酒之后不是跳不了探戈，而是醉酒的水厄。

但饮酒之意趣以及饮酒的言外之意，确实是言不尽意的。

常言道"醉翁之意不在酒"，那到底是在乎什么呢？

曹孟德首先说是解忧，其诗"何以解忧？惟有杜康"流传甚广，影响甚大，但民间则又盛行切勿自个儿喝闷酒的说法，这等于说明解忧的说法并不可取。李太白的诗也说"抽刀断水水更流，举杯消愁愁更愁"，而他却往往反其道而行之，嗜酒如命。在《将进酒》里，他认为"古来圣贤皆寂寞，惟有饮者留其名"，其实他是借酒散闷，借酒撒气，更是借酒抒发他的志向。在《宣州谢朓楼饯别校书叔云》中借酒喊出"俱怀逸兴壮思飞，欲上青天揽明月""人生在世不称意，明朝散发弄扁舟"，传达的则是一种万丈豪情。在《将进酒》中则是要表达他那"天生我材必有用，千金散尽还复来"的自信。解忧的反面其实是找乐，就连曹孟德也是借饮杜康来抒发他那寻求人才与他共成大业的急切心情和远大志向。

因此，饮酒之意首在找乐，又尤在群体喝酒中找乐。三五知己，人逢喜事，喝上几杯，自然是其乐无穷。七八个人，饮酒者中就会有人来找乐，就如孩童中的人来疯者，酒过半酣，就有好戏登台了。段子里说，喝酒的一般规律是：开始是细声细语，中间是豪言壮语，快结束是胡言乱语，结束时就是不言不语了。其实每一场酒都有每一场的性格，每一场酒都有每一场酒的精彩。

我的一位贵州朋友，与他在贵阳喝了几场酒，每次喝得高兴，到快要结束时，他必然要站起来唱歌，而且必唱他家乡的彝族歌。当酒桌旁慢慢飘出他那浑厚的男中音，"高高的乌蒙山，美丽的水西女，爱唱着水西谣，等待着回家的人……"我知道酒席就要进入尾声了。一位出生于安庆在北京工作的朋友，每次喝酒有醉意时就要唱黄梅戏，唱着唱着觉得还不尽兴，就要给安庆黄梅戏剧团的名角如韩再芬等打电话，让她在手机里唱上一段，让各位共享。我的圈子里文人居多，酒席上自然爱朗诵自己的诗，如广州某大学的张教授古典诗词写得好，自然每次都有新作奉献，有时朗诵起他的得意之作长篇歌行体诗来，几十行诗背诵起来一点都不遗漏的。国家图书馆的詹教授会朗诵他的诗集《岁月深处》中的诗，我记得的不是他抒写乡愁的诗，而是他抒发人生感悟的诗，如《命运》之类，还有一首写咖啡与茶对话的诗，很有现代感，可惜记不住了。酒桌上的歌唱还有很强的感染力，男性总是爱集体高歌或内蒙古或新疆或西藏的歌，因为它们高亢辽阔，不大喊不足以表示豪放，女性要表达醉意时就模仿梅兰芳唱起《贵妃醉酒》来，而江南的女子并不唱大家熟知的《茉莉花》一类，而是选择越剧中的《拷红》，那唱腔那姿态足可醉倒在场的一桌酒徒。

当然，酒桌上也有不唱不喝的，那自然也有他的理由，他愿意参与而不反感，也算是表示了某种认可，其实他也享受了其中的乐趣。但如果他能喝酒而装不能喝，下次如果有人爆料揭了老底，那他就惨了。至少有人会提出警告，说此人城府太深，别惹他。酒桌上能识人，被当作一条定律，常被人挂在嘴边。但识人哪有那么简单，酒桌上的事也当不得真的。然而，酒桌上喝得尽兴，喝得真诚，有的事又恰恰是酒桌上搞掂的。要疏通关系，酒有时也是一种活络剂。官场上我们不提倡这种关系学，但民间的和事佬往往是以喝酒为桥的。

酒是沟通桥和识人术，大约也算是饮酒的言中之意吧。不过，体会与掌握起来，在每个人那里又是各不相同的。这似乎又呼应了我开头提到的参禅，"如人饮水，冷暖自知"。

喝酒多自然是有害健康的，知道有心脏毛病的当然会尽量避免，但对那些患痛风病但又时不时要陷入酒场上的人，饮不饮是一种心理折磨，饮之后突然来一场痛风，疼得痛不欲生，则是一场身体折磨。我一直以来并没有痛风的毛病，但一次因为爬梯子拿书扭伤了胯骨与脚腕，引发了痛风，着实让我领教了什么叫痛风的滋味。原来听人说痛风怎么可怕可恨，自己患了一次就真正实现了痛苦自知了。在我痛得晚上两三点还不能入睡的时候，我唯一的解决办法，就是在床上构思，然后起来写诗，所谓"痛苦出诗人"就这么兑现了。或许诗坛中写痛风诗的少吧，那我不妨抄下来，与君共享一下：

当痛风来敲门

当痛风来敲门
你有了风感痛感慢感和骨感
就是没有快感
它让你跳跃式前行
实施跨越式发展
露出了少年般的不沉稳
当夜晚细听
骨间上演
"风在吼，马在叫"
你仰慕帕瓦罗蒂
高歌"今夜无人入睡"

当痛风来敲门
你从此对名人有了新解：
因为痛风
曹操才下禁酒令
刘伶才写下告别酒神的祭文
更有斗酒诗百篇的李太白

因为足部疼痛

才不得不做出

"天子呼来不上船"的决断（呵呵）

连洛夫也"因为风的缘故"

乘漂木远离海岛

去到白雪皑皑的枫国

痛兮——痛哉！

当痛风来敲门！

　　写诗自然不能解决疼痛，但至少可以暂时忘却疼痛，但痛过这么一次，我再上酒桌时就宁可心理上受受折磨，也不敢让身体被再次折磨了。饮酒引起的痛感，我想读者还是别去体验为上。知之为知之，不知便不知，无知者无罪，在这里我也是知无不言，有不怕痛风或有痛风的要以身饲酒，那我也没有办法。

我在韩半岛变成了一株樱花树

傅元峰

身体结实的年轻时光，买不起好酒。朋友相聚，总觉得酒无好坏，能醉就行。

2008年去韩国执教，也是冲酒去的。飞到庆山的上空，看到连绵的群山和山坡的皑皑白雪。落地后发觉没有想象的那么冷。在一家名叫"万里长城"的餐馆，我紧挨学部长落座，看到桌子上赫然摆放着一瓶烟台白酒。两桌二十多人，"杯水车薪"的感觉实在有些怪异。庆山北道的韩国同事们都不像传说中的韩国人那样能喝，丁帆师的《东亚酒徒》有些误导，让我把韩国的酒生活事先设想得令人恐怖地兴奋。直到无数次的聚餐之后，我才死心塌地地相信，在岭南大学，吃饭就是吃饭，而且是吃一种饭，不是喝酒和别的什么意思。热情的韩国人摆上琳琅满目的泡菜，然后上一份排骨，吃过了米饭，再喝点香喷喷的锅巴汤。

我的沉浸在古越龙山雪津雪花哈啤五粮春中的南京离我远去了。

没有酒的这个春天我长时间注视鲜花。眼睛没有了焦灼和无奈，感觉时间像童年一样让人安详。一场雪过后，雨又在夜里偷偷下过几次，就穿不住毛衣了。庆山的世界就是这样带有永恒的润泽，在树木吐绿的时候我没有忙于生计，只是对有生怀有不尽的感激。在这儿我住下来，长时间地生活在内心世界，没有纷扰。从宿舍到研究室，每天穿过一条漫长的樱花大道。这种植物有善变的表情，一直到繁花落尽，还保持着奇诡的人间色诱。在这致命的诱惑中，我一遍遍想，我该怎么样感激生活呢？在这个语言的孤岛上，我曾经一度丧失了对文明的兴趣，专注地看樱花树世界的变化，不知道如何留住这些宝贵的寂静并且不损伤自己。

特别想念南京。韩半岛的第一次出游和南京有关系。庆北有座清凉山，山上有个清凉寺。那天，雨下得越来越大。上山的时候，我走在人群的最前面。下山的时候，我远远落在后面。看着年轻人富于生机的面孔，他们懵懂无知地和群山一起，成为我的风景，我的歌哭，我的祈望，我的过去和将来。我时而迷失，时而看到了一个三十岁男人清晰的生长的边缘。大多时间，我待在山谷里的寓所，看农民播种。看着他们忙碌的身影，感觉三十多年的沉郁统统是一粒有待发芽的种子。我就是这样频繁地想象自己，展开从未有过的对话，享受生命里迟到的闲适和充实。

我填饱了肚子，就想象如何种植自己。虽然我在这个春天有满腹的心事，它们徘徊不已，但是，它们是我的经络，我的血肉，我的骨架，我的胚芽。尽管我不敢把根扎在这儿，一年之后将再次漂泊。人生就是这样一场无尽的漂泊吗？也许不愿意相信这一点，离开了熟悉的文明，才看见了自己的活力。离乡之路乃返乡之途。当渐渐向四十岁滑落的时候，我觉得必须让岁月尽可能地慢下来。在山中穿行，我不再像年轻人那样，翘首路的尽头。我看了看山中的风景。任何不是手植的自然草木，都让我由衷地神往。清凉山上，在我们打麻将的深夜，山中悄悄下起了雨。我睡在深山的雨中，聆听着命运的心跳，等待清晨来临。

老学部长叫醒我们的时候，我一点也不想起床，冲他摆了摆手。太累了。在礼多不压人的儒家韩国，这是不可容忍的怠慢。我看见浓雾中神秘叵测、威武雄峻的山影的时候，才鱼跃而起，因山势庄严神圣的呼唤而睡意全无，第一次发现自己的生命在自然的雄峻面前所领受到的温暖。如果有与文明脱节的冲动，不堪文化负累的身心疲惫，就去清凉山吧。沿山麓扶摇而上，来到那云雾缭绕的清凉寺。那陌生的异邦的语言诵念的经语濡染着你不再年轻的灵魂，让你感觉到自己仍然是一个新生的婴儿。在山涧流淌的地方，堆积着成堆的鹅卵石。据说，每一块石头，都是一个心愿。在这些丛生的心愿里，我看见了诸生的苦痛，它们在人间密集地生长，带有密集的对美好明天的想望。

就在车子要驶离绵长的山脉的时候，心情一度变得很坏。我想我与群山的爱恋也正是这样被验证，被体认，被存留。对于美好的景致，一个脱不尽尘俗之气的脏污男子，终是自然的弃物。

韩国同事还为我们的旅程安排了东海。在东海边，我们朝海浪走去。在最切近浪花的岩石上，看到了大海遥远地宽阔地打开，一些在山中以束缚的方式得到并瞬间失去的，统统以开放的方式回归并留在内心。

一路沿东海边返回。在海边的一家饭馆里，吃到了叫花鸭。相信这个鸭子会出现在同游者的文章里，并和洪七公的叫花鸡做些比较。然而，这并不重要。重要的是依然没有酒。路上，我想着两天来海山之间的困顿穿梭，想着旅游确实是一种不可传输的内心经验。只是，没有酒。在庆州长达一天的骑行中，依然没有酒。回来后，我开始喜欢在超市的啤酒柜前看着那些可爱至极的瓶子，贪婪地看。我没有南京酒缸边的酒友了，每次暗淡离开，两手空空。

于是，在没有酒的韩半岛，我终于变成了一棵繁华落尽的樱花树。我被应声清洗的骨骼，仿佛是柳枝新绿。酒友们，你们的夏天逐步走近，我也将脚掌贴在大地最动人的心跳上。我眼睛看着不远的最远处，看得忘记了你们的声音是我始终的依靠。我被催促着走在春夏之间的谷地。你们叩问我，我叩问斑驳的荠菜花；从清晨醒来的那一刻开始，我就在对酒的无尽思念中成为一棵无比动情的花树。刮风下雨变得如此重要，不是因为内心需要，而是因为在轮回中永远成为一株异域的远离酒肉的植物。

在没有酒的日子里，夕阳湿漉漉沉落在故乡的视线上。哈啤花雕，我的诗歌带着黄昏专门写给你。在你最疲惫和辽远的时刻，我一次次萌生新枝，这些划满天空栖息的翅膀之影。人们说着话，栖息在我的栖息中，缭绕的炊烟都在想象里无所依靠，等待我们已经十分无望的若干年后的远足。

在没有酒的日子里，夜深了，在我脚下，只有黑暗才能抹去这些线条和框架。我的行走开始不需要影子。因为像草一样攀爬过了跌宕起伏的人间情事，我终于在黑夜拒绝了人类言语。我就这样缄默，等待晨曦最温暖的描述；我的树枝冷暖自知，悬挂着青春的前世今生。

只是，我不能睡着。我吃了花生和苹果还有香蕉，我还是无法抑制炽热欲焚的内心。我最终在午夜确切地知道，我需要酒。一杯一杯，在挚友的劝告和注目中灌下，带着我最灿烂的微笑，看着世间的风景，同时喝下自己最仓皇的岁月。

因为缺酒，我在没有朋友的韩半岛，变成乏味的暮春的樱花树。

《金瓶梅》和《红楼梦》里的酒局

刘晓蕾

写这篇文章其实很忐忑，因为两年前我戒了酒。不喝酒的人谈江湖酒事和酒事江湖，能不寡淡吗？

"金盆洗手"后，我的人生就截然分为两段，喝酒时代和不喝酒时代。吾师"酒事江湖"的召集令中写："我虽不相信那种'天人合一'的神神道道的说法，但是，我却相信在寒冷的雪天之中，酒后一定是看见了人间所看不见的'只应天上有'的最奇葩美景。"

酒不只是酒，它是见证者，见证人与人之间最纯粹最无功利的情谊，跨越身份，也跨越年龄。

我现在北京，南京是我的精神故乡。每次回南京，都被师门姐妹昵称为"省亲"，待以省亲礼。见到任何一个弟子回南京，老师总会拿出珍藏的美酒，大家痛喝一场。老师酒量好，酒风浩荡，酒德斐然。有这样的江湖名士派老师，弟子们也各尽其妙，有千里奔突只为跟老师喝一次酒，喝完挥挥手不带走一片云彩，第二天再飞回家的"四大金刚"；有众人遍寻不见，却在几百米之外被发现卧于石上酣然入睡的师弟；也有千杯不倒，让老师大呼"有妖法"的师妹……

大观园里有诗社，我们就有酒会。其风流蕴藉，其人其景，即便作赋为文，都不能形容得尽。

有过这样的时刻，真可以抵抗人生的黯夜和虚无。由此，我想到东晋王恭说的一句话:"痛饮酒,熟读《离骚》,便可称名士。"有人说其不学无术,但闻一多在西南联大上课,便引了这句话,颇为赞同。

这些年,我渐渐偏离了原来的专业,一头扎到《金瓶梅》和《红楼梦》的世界里。所以,借这个题目,说说这两部书里的酒吧。这两部书,写了我们的过去、现在和将来,什么时候谈论它们,都不会突兀。

《金瓶梅》简直是酒局大全,几乎每回都喝酒,好酒也都来自南方,金华酒、豆酒,还有葡萄酒、茉莉酒和南烧酒,夏提刑还请西门庆喝过菊花酒。那是一个雪夜,西门庆回到家说夏家的菊花酒"馥香馥气"不好吃,大概味道有点杂,不够醇厚绵软。李瓶儿便让丫鬟筛酒来,估计是金华酒。这边其乐融融,隔壁的潘金莲却失了眠,弹起了琵琶。

《金瓶梅》的作者爱说"酒是色媒人"。在一个欲望的世界里,酒确实必不可少,它是欲望的桥梁,也是人性的放大器。所有人在它面前,都露出了自己的底色。

就连那些读书人,也不例外。有一次,西门庆接待了蔡状元和安进士,东京的蔡太师管家曾给他寄书一封,说要"留之一饭,彼亦不敢有忘也"。西门庆是精明的商人,自然知道"官吏债"的利害,便精心设宴招待二人。彼时,蔡状元还嫩,有点沉不住气,趁更衣时拉住西门庆说:"学生此去回乡省亲,路费缺少。"西门庆道:"不劳老先生吩咐。云峰尊命,一定谨领。"离开时,西门庆果然送给了蔡状元白金一百两,安进士白金三十两,二人大喜,连声说:"倘得寸进,自当图报。"后来蔡状元当了巡盐御史,大笔一挥,让西门庆提前半个月支取了盐引,发了一笔横财。

拿起酒,每个人都有自己的肚肠。潘金莲也会在生日这天,"与你递钟酒,年年累你破费,你休抱怨"。这句话有别样的心酸,在西门庆的女人里,她最狠辣,却也最穷。

西门庆最喜跟结义兄弟即帮闲们喝酒,应伯爵是他最喜欢的一个。他们的酒局,三天一场,五天一次,大家团团围坐,西门庆是大哥,回回是他买单，应伯爵们负责捧哏抬轿子，外加心理按摩。应伯爵最会谈感情、讲段子，他说的田鸡呀螃蟹呀，这样的笑话我们如今也还在说。

有一次，西门庆设宴招待京城里的六黄太尉，其实是宋御史看中了西门庆的园子，让他出接待费而已。各路官员鱼贯而来，西门庆只有望尘拱伺献杯茶的份儿。但酒席一结束，再请来应伯爵和一众朋友伙计来，气氛就不一样了。应伯爵赞道："哥就赔了几两银子，咱山东一省也响出名去了。"西门庆听了，自然心花怒放。

李瓶儿死后，西门庆痛苦万分。葬礼十分热闹，吹打念经听戏喝酒，西门庆拿出四坛麻姑酒来留住众亲朋，让戏拣着热闹的唱，他太寂寞了、太恐惧了。这样的生死关头，依然执迷不悟。

《金瓶梅》写尽欲望和恐惧，写尽人心和世情。好在，在《红楼梦》里欲望获得了升华，有了贾宝玉，有了觉悟。

说到《红楼梦》里的酒，很多人可能会想到大观园里的螃蟹宴。水边的亭子里，一旁是桂花树，热腾腾的螃蟹，黛玉吃了一点，就觉得心口疼，要喝点烧酒，宝玉连忙拿"合欢花浸的酒"来……

我更想说的是冯紫英家的一次酒局。比起《金瓶梅》里的市井生活，《红楼梦》的活动范围明显缩小，酒局不是家族内部，就是世家子弟的聚会。显然，一百多年过去，曹雪芹的时代比兰陵笑笑生的时代，更"内卷"化了。这一次，宝玉提议行酒令，要说"悲、愁、喜、乐四字，却要是说出女儿来"，连喝酒都忘不了"女儿"，更是唱了一首著名的《红豆曲》。他爱博而心劳，满心满眼都是女儿，全是爱与温柔，给普通的酒局以灵魂。

然而，《红楼梦》告诉我们，"世间好物不坚牢，彩云易散琉璃脆"，一切美好都是"镜中花水中月"，终将落了片白茫茫大地真干净，万境归空。

正是因为提前省察了生命的悲剧本质，宝玉才想要抓住眼前，故而"喜聚不喜散"。我原来一直以为黛玉的"喜散不喜聚"，比宝玉更决绝也更通透,你看黛玉说:"人有聚就有散,聚时欢喜,到散时岂不清冷?既清冷则生伤感,所以不如倒是不聚的好。比如那花开时令人爱慕,谢时则增惆怅,所以倒是不开的好。"

如今,还是更认同宝玉。没错,越是美好的越脆弱,既美且刚,鲜花和铁蹄共存,总是奢望。如果美有坚硬的壳,就不是美了,美注定不敌时间,更不敌野蛮。既然这样,与其哀悼,不如更珍惜眼前,握紧那些转瞬即逝的美好时刻。

大观园里起诗社,必有酒。有酒,有诗,有爱和青春,才算真正地活过、爱过吧。

酒能带来意外的惊喜。在酒席上,黛玉偏不喝,拿起杯来,放在宝玉唇上边,宝玉一气饮干。黛玉笑说:"多谢。"还有"琉璃世界白雪红梅",宝玉喝了热酒,冒雪去妙玉的栊翠庵,讨来几枝红梅,遂有"琉璃世界白雪红梅"。

再看"寿怡红群芳开夜宴",便有在绝望中依然热爱的意味了。那是宝玉的生日,姑娘丫鬟们喝了半夜酒,第二天天色晶明,大家说起夜里的"胡闹",原来个个都又喝酒又唱歌,"四儿笑道:'姐姐忘了?连姐姐还唱了一个呢。在席的谁没唱过?'众人听了,俱红了脸,用两手捂着,笑个不住。"

多年之后,"茅椽蓬牖,瓦灶绳床""举家食粥酒常赊"的曹雪芹,想到这样的时刻,一定是微笑的。是的,唯有这样的"聚"闪闪发光,能对抗遗忘,对抗虚空。

如此一来,我刻意戒酒,倒有点没意思起来了。

酒之我见

陶东风

一个人在特定时间规律性地做某件事，久而久之就会形成习惯甚至上瘾。比如，我大约从四十五岁开始早晚各两次走路（路程一万到一万五千步），每天坚持，至今已经化为内需欲罢不能。说来也怪，每次开始走路，就会同时伴随频繁的打嗝，走完了嗝也不打了（其他时间、由于其他原因走路时并不打嗝）。走路时增加了胃部蠕动，早上饭前走，食欲大增；晚上饭后走，帮助消化。现在的我，如果一天不走路就一天不舒服，胃堵得慌，四肢僵硬，有气无力。本来我有严重的胃病，因为坚持走路，现在已经差不多彻底好了。

规律性地喝酒也会上瘾。比如每天中午和晚上喝一点，久而久之必然成瘾。这也是我的体会。我酒量不大，但从20世纪90年代中期开始规律性地喝酒，每天中午和晚上喝一点，基本天天如此。开始是中午晚上各喝一瓶啤酒，后来变成二两白酒，渐渐就上瘾了。上瘾的标志是：除非遇到非常特殊的情况（如身体非常不舒服，吃了头孢，或晚饭后有课等），即使一个人在家吃饭，也要小酌几杯，不喝不舒服，吃饭不香，心烦意乱。此即酒瘾。

所以，酒量大的人不一定有酒瘾（我就认识一些一次能喝一斤以上高度白酒的人，只限于应酬时喝，平时自己根本不喝），酒量小的人也不一定没有酒瘾。有没有酒瘾的标志是：即使一个人在家，是否也必须每天喝点。我就属于后者。

有酒瘾不一定就是酗酒。酗酒者不但每天喝，而且每喝必多，每喝必高，一旦开喝即不能自制。喝多喝高、饮酒过量，有伤身体。不但有伤身体，各种喝死人的悲剧也时有所闻（比如东北那边冬天常有人酒醉后躺倒在地被冻死）。所以人们常说：喝好不喝多。我的理解，喝好就是喝得微醺，但脑子还清楚，不说胡话，还能自己回家，回家后至少还能看电视（即使看不了书）。这样喝得舒服。然而知易行难，明白的道理不见得能践行。我自己心中也非常明白醉酒伤身的道理，但做起来比较难。难点之一是喝好和喝多的界限不好掌握，且喝多是一个渐进过程，从喝好常常不知不觉滑到喝多。有时候甚至出现不喝高、喝多就感觉没喝好的程度。我的朋友早就发现我的这个毛病：刚喝的时候信誓旦旦，今天就喝二两，最多三两。等到三两下去之后，血液循环开始加快，兴奋程度逐渐提高，但脑子还清楚，且时有妙语高论，于是开始忘记自己刚刚立下的规矩，频繁添加，一开始还知道少倒点，逐渐就忘乎所以，终至烂醉如泥。有些朋友知道我的这个毛病，在我要求再喝一点点的时候（这是一个危险的信号）坚决不让我喝（敢这样做的自然多是年长于我者）。虽然当时让我不爽，但事后总是心存感激：此真兄弟也。

不能节制饮酒充分反映了人性的弱点，这就是不断地给自己找放纵欲望的借口。即使一个人独自小酌，也因此有酿成大醉的时候。由于知道自己自制力差，我经常在独自喝酒的时候也先给自己规定：就喝一两半。等到一两半下去了，感觉非常好，像有暖流在全身循环。在此兴头上，怎么办？再来一小盅吧，就一小盅，半两而已，绝不再加。谁知一小盅下肚后，兴致更高，更想喝。于是又一次陷于激烈的思想斗争：喝还是不喝？逐渐，一个声音占了上风：反正已经打破规定了，那就再破一次呗，你以为你是谁？……最后结果你想想就知道了。

一句话：规则就是规则，破坏规则的事情要么不开头，开了头就可能收不住。

经常喝多的另一个原因，是酒劲常常是慢慢增强的。比如你的酒量是三两白酒，结果有一次喝了半斤，多了。但刚结束饭局那会儿你还能和朋友说说笑笑自己走出包间，记得上厕所并打车回家，甚至一路上还指点驾驶员怎么走，但一到家就和衣躺下不省人事。第二天醒来，连怎么回的家也不知道了（你的记忆在一个特定的点被定点清除了，虽然你还记得自己刚开始喝时的一些具体细节）。

关于文人和酒的故事实在太多了，我总觉得演义的成分多，写实的成分少。很可能这些故事就是醉后的胡说八道。

比如"李白斗酒诗百篇"的说法，我是很怀疑的。我一直觉得这是一种夸张。喝得醉醺醺的人不可能诗百篇，而只能睡不醒。但酒和文学艺术亲缘关系确实也源远流长，这也是不可否定的事实。别的不说，光是中国古典诗词，试问如果将与酒有关的篇章统统去掉，还能剩下几首？可以说，整个中国文艺的半壁江山就建在酒坛上。我自己的感觉是，酒喝得太多时，神经不是兴奋而是麻木，思维几近终止，还写什么诗？除了昏睡（其实接近昏迷）别的啥也干不了。

但话说回来，酒喝到微醺时，思维却常常格外活跃，此时赋诗、作画（写意画，工笔花鸟肯定不行）或写字（行书或草书，楷书估计够呛）常能别开境界，既不像醉酒后疯癫到胡言乱语、章法全无；又不似平时那般规规矩矩亦步亦趋拘泥形似。且以书法为例。汉末的蔡邕有云："书者，散也。欲书先散怀抱，任情恣性，然后书之。"怀抱散到任情恣性，谈何容易，不借助酒恐难达此境界。我看王羲之《兰亭序》，能闻到一股浓浓的酒味，越往下看酒味越浓。心想他一定是在一种微醺状态下写出这千古杰作，成就其千古书圣之名的。你仔细看就会发现，这位羲之先生，开始时写得还算工整，与其文之舒缓有度（"永和九年，岁在……"娓娓道来）正相呼应。越到后来酒兴越大，酒意越浓，其行文变得越来越峻急，其书法也越来越飘逸，由行入草，所谓"逸笔草草，聊写胸中意气"。此时的他，仿佛衣冠不整，步履蹒跚，"一觞一咏"间即兴挥毫。从"死生亦大矣，岂不痛哉"到"悲夫"，越来越汪洋恣肆，超越于法度之外，乃至边写、边改、边涂，涂了再写、写了再涂。到末句"亦将有感于斯文"，我估计他已经泣不成声，一大滴泪水落将下来，盖住了这粗粝的"文"字，于是浸洇一片，为这千古绝唱画上句号。

人之依赖酒，欲罢不能，除了生理原因，还有心理、社会、文化的原因。魏晋时代是一个黑暗的时代，也是人的觉醒、文的自觉的时代，个性解放的时代。其时士大夫之嗜酒，就有环境原因。从汉魏时期古人咏叹的"对酒当歌，人生几何"，"人生不满百，常怀千岁忧"，"何以解忧，惟有杜康"，到邓丽君醉倒一代人的"美酒加咖啡，一杯又一杯"，表面很潇洒，内里很沉痛，也很虚无。其实酒不能解忧，只能忘忧。"忘川之水，在于忘情。"我总以为"忘川之水"其实就是酒，喝了以后可以沉沉睡去，在麻醉中求暂时的解脱。古人阮籍为了拒绝与司马懿结亲，大醉两个月，装聋作哑。今人杨宪益、戴乃迭夫妇，在黑暗时期身陷囹圄，儿子自杀，痛苦不堪又无可奈何的他们选择了借酒浇愁、麻醉自己，酗酒成性不能自已。戴乃迭甚至因此喝出了老年痴呆。由此益发敬佩鲁迅先生的《魏晋风度及文章与药及酒之关系》能看出阮籍嵇康等的嗜酒"不独由于他的思想，大半倒在环境"。信哉斯言。

人生酒趣

贺仲明

我的酒量不大，没有跟人拼酒的胆量；也不善言辞，也就少有劝人喝酒的趣事。但不管怎么说，年龄到这里，喝酒的历史也不算短了。而且，在求学和工作过程中，在湘、苏、鲁、粤四个地方都有不短的生活，也见识过一些喝酒场合。回顾多年的喝酒历史，认真想想，感觉喝酒最重要的还是一个"趣"字。那些最美好的喝酒场景都在于富有情趣，而一些无趣的喝酒则让人感到寡味。

有趣的喝酒自然是朋友之间。印象最深的是在南京大学读研究生的时候。当时我们班上有几个同学爱喝酒，私下里还成立了一个"喝酒协会"。我虽然酒量一般，但也是其中老资格的成员。这主要是因为我属于大龄同学，喝酒也比较爽快，再一个也因为我提前攻博，宿舍比较宽松，有可以喝酒的场所。

我读博士的第一年，正是硕士同学临近毕业时，时间比较自由，喝酒的时候就比较多。基本上每个周末就要活动一次。当然学生喝的多是便宜酒，但便宜并不意味着酒不好。记得我们喝得最多的是一种叫分金亭的酒，三块多一瓶，但是酒的品质很不错，只是包装普通。后来有同学从老家带来一些没有外包装的五醍浆酒，就算是难得的"高档酒"了，要珍惜着慢慢喝。下酒菜更是简单，最常见的是校门口摆摊卖的小螺蛳，几毛钱一碗，又香又辣，很适合下酒。还有各种花生米和盐水毛豆。最高级的是泡椒凤爪，但因为价格比较高，吃的次数不多。

酒一打开，马上就分到各人的酒碗中。因为酒少人多，每人也就三两左右，没有多的，也就肯定没人喝醉。不过喝酒的过程却相当热闹。同学们来自全国各地，因此，轮换着采用各地喝酒的风俗，如猜拳、猜谜等等。各种大呼小叫，让路过的人不知道我们到底喝了多少酒。作为学生，喝酒当然有很多限制，时间只能在周末晚上，一般到十点钟左右。宿舍管理员比较宽容，很和气地到门口提醒一下，酒场也就结束了。酒喝得不多，大家走了，我还要打扫一番，却一点不觉烦恼。每次喝完酒之后，至少一两天都还沉浸在快乐中。现在回想起来，那种看着酒倒进杯子里的喜悦，以及四处飘溢的酒香，似乎如在昨日。

印象最深的一次，是寒假有同学从老家带来几只叫作"蛏"的干海鲜。说实话，到今天我也不知道这海鲜究竟长什么样子。因为我当时的任务是负责借炊具，然后就等着吃了。负责做菜的同学在一个煤油炉上，用半个脸盆大的铝盒把海鲜煮熟，然后在大家一片急不可耐的催促声中，将盒子端上桌。还没有半分钟，就完全没有内容，只剩下半盆汤，而且很快，汤也见底了。海鲜吃完了，有人问究竟什么味道，结果竟然没有一个人能说得上来。而这时候，酒还没开始呢。最后，只好去再买来两包花生米，才算把酒喝掉。

同学们毕业后各奔东西，都有工作忙，一起聚的机会自然就少了，只有一两个同学，单位靠得近，可以偶尔聚聚。酒菜比上学时好了一些，但也不讲究。经常是周末下班后，买点熟食，两三个人一瓶酒，一边喝，一边漫无边际地聊，最后半醉，就自然散了。

同学间的这种喝酒，丝毫没有讲究，心态也完全放松。尽管喝酒的地方局促，酒菜低档，但心情却是无比愉悦。究其根本，是其中深含着朋友间的友情、相互的理解和信任。这种情谊让使酒场充满着轻松愉快的趣味，酒也变得更加香甜，容易下肚。往往是一句"干了"，半杯酒就倒进嘴里，也不会让人头晕、昏醉。这样的喝酒，最是开心，也最让人难以忘记的。

大脑中存有不少朋友间喝酒的愉快记忆，但也有一些不那么有趣的场景。这就是喝应酬酒，特别是有官场色彩的喝酒。印象最深的是在山东时。山东人热情好客，喝酒也爽快。虽然山东喝酒规矩之多在全国出名，喝酒的过程也确实有点烦琐，但这并不影响朋友间喝酒的氛围。与山东朋友聚会，能够从礼节中感受到儒雅，在客气中体会到真诚，让人贴心和感动。

只是当这些喝酒规矩加入一些官场色彩，就有了让人不舒服的感觉。我在山东大学工作，也参与一些社会上的活动，就不可避免会遇上一些官方应酬。记得当时已经对单位喝酒有限制了，中午不能上白酒，只可以喝一点啤酒。啤酒当然不是问题，关键是不管你喝不喝酒，只要上了桌，哪怕是端一杯茶，也要进入到喝酒的程序中，就是那一套以官场为中心的烦琐仪式。首先是按照地位和年龄排座次，每个人的位置绝对不能坐乱，否则会被人白眼，认为你不懂礼数；然后就是敬酒。跟排座一样的次序，从最大的领导开始敬，然后次大的领导……每个人敬酒前都要说上几句场面话。一个一个来，喝一口停一会儿。领导敬完酒，就是群众向领导敬酒，最后是各人之间互相敬。这样一个环节下来，一顿普通的中午工作餐，吃下来往往得一两个钟头。我本来有午间小憩的习惯，如此场景自然没办法做到，结果整个下午都只能昏头昏脑。

记忆最深的是一次元旦前后。由于是年终，主要领导一开始就发表了一番工作感言，感谢和期待之类。上行下效，如此下来，整个吃饭过程就变成了每个人表态的场合。各种夸张的热情和客套充斥于耳，让我如坐针毡、度秒如年。更可叹的是我这人一向脸皮薄，碍于场面，还不得不强迫自己也加入到这合唱队伍中，让我事后懊恼、惭愧了半天。

经历了这次事件，我就下决心再不吃这种"工作餐"了。以后参加活动，哪怕结束时间已经早过了饭点，我也要找个借口离开。我坐在街头地摊上，一边吃着面条、啃着烧饼，一边庆幸自己逃脱了那种四处找人碰杯的尴尬。

有句话叫作喝酒见性情。我的这种以"趣味"为标准的喝酒喜好，无疑是源于我比较僻静的性情。事实上，也肯定有人与我相反，更喜欢那种喧闹的应酬酒，人少了反而会觉得冷清无聊。各人的性情不同，是很自然的事情。但在我而言，还是始终怀念那些自由自在的喝酒时光，更经常期待着知心好友的到来，重温一下古人的"晚来天欲雪，能饮一杯无"的意境，或者是寻找那种"开轩面场圃，把酒话桑麻"的洒脱和自在。只是这种农业文明时代的生活理想，在今天的都市中已经很难实现，成为越来越奢侈的梦想了。

醉里明幽意

张伯伟

"年少无心媚列侯，吟诗高卧凤凰楼。但能醉里明幽意，岂肯闲来上陌头。"这是四十年前读研生涯时一首七律习作的前四句，第三句颇能道出我的饮酒观，权当本文的标题。

一瓶在握，首先能发人幽意的是酒名。在东亚使用汉字的国家中，以日本酒最讲究名字，也最容易酒未沾唇就浮想联翩。有的直接用诗人名，如"李太白""白乐天"，怀古之情油然而生。有的拐弯抹角用个典故，如"獭祭"，让人想到李商隐的锦瑟流莺，凄美而难解；如"花风月"，让人想到川端康成对日本"物哀"的形容，纤细而无端。有的酒名夸张诱人，若数巡后来一合"长崎美人"，配上春日八郎那首《长崎之女》，在"泪"和"恋"的交汇中够你体会一番男女关系的苦涩；要是再点上"一滴入魂"，满饮入口，真禁不住要吟唱起陆游的"衣上征尘杂酒痕，远游无处不销魂"了。洋酒的名字多为音译，其中优劣就大有讲究。十多年前，我在台湾大学中文系客座，住在温州街宿舍。秋冬之夜，友人打电话来问要不要一起喝点红酒，我便欣然前往。那是我第一次与法国的 Beaujolais 相遇，这是唯一一款趁新品尝的红酒，每年11月第三个星期四全球同步首发。台湾把这种酒名译作"薄酒莱"，我忍不住嘲笑说，这让人想起苏东坡的一首诗："薄薄酒，胜茶汤；粗粗布，胜无裳。丑妻恶妾胜空房。"友人笑问何名为佳？我说"波若濑"。"波若"即"般若"，乃梵语译名，意思是智慧，佛门称酒为"般若汤"，"濑"为清浅之流，所以"波若濑"就是智慧之水。虽然有点"掉书袋"，但似也合乎沈约用典"三易"的主张，最主要的是符合我的饮酒观。有年春天，我自制了一种酒，那是以日本清酒泡台湾的"东方美人茶"，既有茶的芬芳，又有酒的温暖，而颜色更有琥珀的光亮，遂赋予了一个酒名——"琥珀薄"，出典则是杜诗"春酒杯浓琥珀薄"。友人相聚，听我讲述其故事，顿感杯中酒的味道更醇厚了。

然而酒中的幽意并不停留在酒名上。真正的幽意是说不明道不白的，陶渊明对此最有体会，他《饮酒诗》中既说"酒中有深味"，又说"欲辨已忘言"。我的体会尚浅，所以还能说出一二，正合庄子所讲的"可以言论者，物之粗也"。某年友人蒋寅见到我的一个学生说："你的老师学问比我好，酒量不如我。"这分明采用了苏东坡式的狡狯："吾虽不善书，晓书莫如我。"前一句是虚的假的，后一句才是实的真的。于是我邀蒋寅来南京一聚，心里很不服气，每次倒酒，给他少一点，给自己多一点，结果可想而知，我在他之前醉了，蒋寅当然也就更加得意了。但正因为醉了，使我明白了一个道理，人不可存计较之心。后来又有一事，使我加强了这种认识。那年在香港科技大学客座，跟龚鹏程（时在香港城市大学客座）说起我有一坛"洋河原浆"，于是约了几个人，印象中还有浸会大学的陈致和在香港中文大学客座的陈平原，到西贡吃海鲜喝酒。那天龚鹏程一见到我就说："伯伟，我们今天好好比一下。"我当时就预感到他必败无疑。几个杯子上桌，他选了最大的一个（尽管差别不大），但才进行到一半，他就跑到边上去呕吐了。我们喝完又去满记吃甜品，他也去了，吃了三五口又吐。最后陈致开车先送龚鹏程回城大，一下车，依然迫不及待到路边吐，着实让我们担心。次日，陈致给龚打电话问候，龚说："昨晚惨遭张伯伟毒手。"陈致后来告诉我时，我说："就是不能存计较之心。"陈平原还说风凉话："你赢了，怎么说都是对的。"其实，我是真的这么想的。喝酒是如此，人生中的很多问题，大抵也是同一个道理。

其实无论怎样的幽意，只要是从酒中来，就离不开对"真"的追求。人多知陶渊明好酒，甚至说他的诗"篇篇有酒"，萧统慧眼，看出"其意不在酒"，不过是"寄酒为迹"；东坡更斩绝，说陶"意不在诗，诗以寄其意耳"。要我说，他寄寓的不是别的，就是"真"。他爱酒是因为"举世少复真"，独饮能体会"任真无所先"，喝完便知道"此中有真意"，归根结底，爱的是"真"这种极为可贵的"酒德"。所以，我爱酒，也爱爱酒的人，就是为了让真性情、真面目相互映照，至少在某个瞬间，可以摆脱一切的矫揉造作和华丽修饰，让赤裸裸的人格世界在天壤间屹立舒展。至于喝酒掺假，多半是虚伪成性之徒，绝对不可与交。

一场病后，我几乎与酒告别，偶尔举杯，也常常是"饮酒但饮湿"（借用东坡句），明言以凉白开代替。家里纵有不少旧藏"青州从事"，却让人望而兴叹。虽然如此，我也还有兴趣请人喝酒，倒是同样快乐。宋代理学家曾戏言"座中有妓心中无妓"，那我就是"杯中无酒心中有酒"了。

酒场上的"零余人"

肖瑞峰

我素不善饮，也不好饮，常以"酒桌上的零余人"自命。当然，这里所谓"零余人"，仅取其字面意义，而脱略了它作为文学研究专有名词的深刻内涵。我好歹也算兼涉研究与创作两界的文场中人，而文场与酒场向来是彼此勾连、相互融通的，酒助文兴、酒沃文思，这是一种普遍的认知；文人好饮且善饮，也成为一种习惯印象。于是，既不善饮也不好饮的我就被视为酒场，乃至文场上的"另类"与"异端"了，倒不至于频频招来白眼，"青眼相向"的受宠若惊之感却是从来未曾体验过的。

我并不担心文友们会因此而疏离我，因为自觉待人还算真诚，而且觥筹交错之际，我总是卑躬屈膝地反复致歉："真不好意思，我天生酒精过敏，只能以茶代酒敬兄台了，你多包涵！"如果面对的是前辈学者，我会佶屈聱牙地把"你"换成"您"。假使对方有一官半职，又多少流露出一丝对我拒饮的愠怒，我有时还会不无拙劣地盗用一下官场酒文化："以茶代酒，天长地久。"尽管我对这一最具中国特色和中国气派的文化类型只是粗知皮毛。

说"天生酒精过敏"，倒是真的，并非自绝于酷爱杯中物的文朋诗侣的虚词诳语。此生第一次饮酒且醉酒是在大姐的婚礼上。一个从未见识过葡萄酒的垂髫少年，看到它以浓艳的色彩出现在家境不错的大姐夫家举办的婚宴上，眼球怎能不被吸引过去？那模样大致可以用"垂涎欲滴"来形容。在众人的鼓励下，我轻轻啜了一口，哇，甘甜，醇厚，回味绵长，琼浆玉液也不过如此吧？于是，浑然不知其后劲的我由轻啜改为满饮，一杯入喉不久，便觉天旋地转，一头扎倒在桌上。虽然没有"现场直播"，却昏睡到子夜才悠悠醒来，头痛欲裂倒还可以忍受，久久不能弭除的是出乖露丑的羞愧，还有满桌佳肴尚未及品尝的遗憾！据说晚餐比中餐还要丰盛，而那时我正在醉乡中彷徨失路。

童年记忆中的这起"滑铁卢"事件，将我对酒的敬畏深植在了骨髓里。通常是"一朝被蛇咬，十年怕井绳"，在我这里，"十年"被置换为"一生"。每当在酒场上被人激将而欲一奋匹夫之勇时，儿时的惨痛记忆就不期然而然地钻出来将我的勇气化为乌有，于是一如既往地打躬作揖，苦苦陈情，恳请对方高抬贵手，放我一马。说真的，眼见他们眉飞色舞地杯来盏往，我也不胜欣羡，很想能厕身其列，但生怕再出洋相的隐忧要远远大于想象中一饮而尽、顾盼自雄的快感，终不敢贸然打破酒场"零余人"的自我身份定位，加入白热化的战团中去，略显英雄本色。因为始终以不变应万变，文友们慢慢也就认可了我的做派，不再强劝，撇下我自顾捉对厮杀，而我也就乐得一身轻松地坐山观虎斗了。

其实，朋友们对我在酒场上的表现，更多的不是不满、不屑，而是不解。不少圈外的朋友问我："李白斗酒诗百篇"，文人哪有不会喝酒的呢？你没准是耻与我们为伍才不喝吧？真是冤哉枉也！我不得不费尽口舌来解释：文人并不都像李白那样"会须一饮三百杯"的，也有不会喝酒或酒量很小的，比如宋代的苏东坡和欧阳修。这一招在政界的朋友间屡试不爽，苏东坡与欧阳修的名头还是能唬人的。但有一回却没能忽悠成功——那是一位饱读诗书却碍于身份不便报名参加《中国诗词大会》的地方官员，他直击我话中的破绽：绝大多数古代文人都是"好饮而无量"，也就是说爱喝却喝不多，欧阳修之所以自号为"醉翁"，就是因为"饮少辄醉"的缘故。而你则是绝对不喝，这就有失古风了。哈哈，喝不多，那是酒量问题；不喝，那就是酒风问题了。在我这儿，教授你可不要偷换概念哦！我一边讪讪自嘲，我充其量只是滥竽充数的"伪文人"。一边暗叹：有文化的官员真的不易糊弄！还有另一种情形：某两位初次谋面的朋友，见我安然不动地坐看风云变幻，误将我认作熟谙作战策略的酒场宿将，悄声耳语道：此人以静制动，深不可测，一会儿便将后发制人。我偏巧听到了，唯有苦笑而已：兄弟，你实在高估我了！

作为酒场上的"零余人"，在经历了几多推挡、几多折节、几多觍颜求饶后，我不仅每次都能全身而退，到后来还能神态安闲地周旋、折冲于其间了。无人挑战的旁观者角色，使我得以淡定、从容地作壁上观，看平日文质彬彬的友人酣饮之际如何争强斗狠，使尽浑身解数，务欲压倒，乃至放倒对方。却原来文场上的高手们，在酒场上却也如此骁勇善战，且足智多谋！一个个神采焕发自不待言，往日被遮蔽得严严实实的潜能也被酒精激发出来而令人刮目相看。我印象最深的一个例子是，二十多年前，我与复旦大学骆玉明教授同在日本九州大学客座，玉明兄平时从不说日语，我等都以为他口语能力不行。但某次酒过三巡之后，他口里便开始零星地蹦出一个个日语单词了，待得微醺时，吐出的已是完整的句子，虽然偶有语法上的小瑕疵，在座的日本友人却是完全能够会意的。再后来，他就干脆用日语来流畅地演讲了。第一次显山露水，不单是我，所有人都差点惊掉了下巴，讶异他既往竟如此深藏不露。这以后，每当大家想听他说日语时，就把他拉到酒桌上，让这位公认的大才子在喝好而不喝高的状态下，日语水平渐入佳境。而这带给众人的欢乐是无与伦比的。我事后有些不恭地揣摩，他或许对自己的日语水平不够自信，所以轻易不开尊口，酒后忘记了所有的顾忌，潜能便若有神助般释放了出来。

我深知，酒的功能多矣，不只是古人诗文中的"忘忧物"。但酒还有疗治疑难杂症的作用，却是三年前我从南京大学丁帆教授那里首次听说的——我去南大参加教育部的一个工作会议，东道主盛情款待，丁帆兄也拨冗出席晚宴。久闻他是酒场上具有"华山论剑"实力的风云人物，据说他领衔的南大文学院现当代文学团队曾与古代文学团队一决雌雄，鏖战多时，双方都折兵损将，作为主帅的他却红旗不倒。因为专业不同，我与丁帆兄此前殊少交集，自然不是他一试霜刃的目标。但打通关时，眼观六路的他也没有漏过我。当时，我初染耳鸣顽症，便以此为理由敬谢不敏。丁帆兄闻言正色道：那就更应该一饮为快了！我当年耳鸣，就是靠猛喝白酒才痊愈的。不过，话虽这样说，他却一点也没有强迫我喝的意思，敬完就雄赳赳直奔能与他攻防三百回合的众多好汉而去了。这或许也有"刀下不斩无名之辈"的意思。我感恩丁帆兄的慷慨分享，也毫不怀疑这个偏方的有效性，但出于儿时就产生的对酒精挥之不去的恐惧，一直不敢尝试，耳鸣也就迄今未得根治了。

冷眼说喝酒

高　玉

因为胃不好，我现在已经不喝酒了，不是酒中人，所以只能冷眼说喝酒。

我的童年时期是中国非常贫穷的年代，记忆中，那时的酒是稀罕之物，只有过年和有重大喜庆比如结婚生子时才可以喝点酒。我很小的时候就在村边的酒厂里玩过，知道酒是用粮食蒸出来的，那时的人连饭都吃不饱，用稻谷来蒸酒，可见酒是多么奢侈之物。我看到蒸完酒之后的稻谷只剩下空壳，所以就想酒一定比饭更美味，也许是甜的，但第一次喝酒感到的却是满口辛辣。我年轻时也曾喝过酒，并且是"海喝"，但从来没有享受到"舌尖"上的快乐，可能与喝第一口酒的感觉记忆有关。

酒文化是中国文化最重要的组成部分，中国人所有的人情世故、风土民情都在喝酒中有丰富多彩的呈现。酒文化即使在非常偏僻的乡村也是深入"骨髓"。

小时候，如果我做事磨磨蹭蹭，速度不快，父亲就会很文雅地骂我："等什么呢？难道还要等菜来呀？"我也听其他人这样说，但一直不明白为什么要用"等菜来"这种很奇怪的表达，直到后来读了《笑林广记》（也许是《笑府》或《古今谭概》或者其他笑话集），才知道"等菜来"原来是有典故的：父子两人抬一瓮酒，不小心把酒瓮打破了，酒泼在地上，父亲俯身就喝，儿子站在旁边傻傻地看着，父亲骂道："难道你还要等菜来？"其实，中国历史、社会在演变发展中，中国的语言、文学艺术、工艺制造、建筑装饰等从"形而上"到"形而下"都有很多酒因素，所以不懂酒文化就不会真正懂得中国文化，不喝酒就不能真正体验和享乐酒文化。小时候没有资格喝酒，也不喜欢喝酒，但却喜欢看大人们喝酒，饭桌上喝酒时和喝酒后的说话以及各种表演，或者"酒后吐真言"或者"失态"而"丑态百出"或者吹牛而"豪情万丈"或者溜须拍马献殷勤极尽"媚态"等等，感觉那不仅是一种嬉闹与狂欢，更是一种社会交往的活剧，对于孩子来说那其实是人生学习的"真人秀"或"脱口秀"课堂。

可惜我本质上是一个粗人，对酒文化理解不深，对喝酒的世俗享乐也道行很浅。年轻时海吃海喝，不过是一种莽汉式的豪放，似故作姿态。胡明先生曾任中国社会科学院《文学评论》副主编，是一位中国古代文学研究专家，对中国现代思想文化也有非常深刻的研究。有一次我们一起喝酒，都略有醉态，在厕所里他对我说，喝酒喝到最为享受的境界也即最舒服的状况是脚下生漂，但重心尚稳；有点醉意，但头脑清醒；往事和现实朦朦胧胧模糊不清；满桌酒人面目清晰，但却突然忘记了自己身在何处；飘飘然如仙，似入梦幻，但临界点极难把握且很难持续，少喝一点进入不了这个境界，多喝一点就醉了。我当时心里想，这不就是"酒高潮"吗？真的是很惭愧，我一生从来没有体会到这种"酒高潮"，感觉那个点实在难以候到，不是达不到，就是过了头。

人可以不好酒，更不能酗酒，我最讨厌那种借酒闹事和耍酒疯的人，但男人不能不喝酒，没有喝过酒的人生真的是不完整的人生，没有醉过的人是无法体会酒之精微与深奥的。小小的酒桌其实是人生的大舞台，酒桌上见人生见性情，酒桌上见修养见风度，酒桌上见为人处世见待人接物。冷眼旁观看别人喝酒是一种乐趣，深入其中杯光酒影则是另外一种乐趣。喝酒讲能力大小，喝酒讲公平正义，喝酒讲阵势还讲"政治"。

喝酒尽显性情，喝酒的世界既是现实的世界又不是现实的世界，喝酒中你会看到人生短暂的放纵，你会看到昙花一现的豪情，你会看到半推半就，你会看到虚情假意，你会看到装腔作势，你看到虎头蛇尾，你会看到后发制人，你会看到趾高气扬，你会看到绘声绘色，你会看到口吐莲花和巧舌如簧，你会看到结巴的人突然不结巴了和不结巴的人突然结巴了，你会看到糊涂与装糊涂，你会看到怕老婆与不怕老婆，你会看到胆大包天与胆小如鼠，你会看到负责任与不负责任，你会看到领导变成了群众和群众变成了领导，你会看到有贼心没有贼胆和既有贼心又有贼胆……有的人喝醉了沉默不语，有的人喝醉了言语很多，不停地说"我没醉"，大家都知道他醉了。

有一位邻居朋友，我们做了将近十年的邻居，我加起来听他说的话还不及一次偶然在酒桌上相逢他喝多了所说的话多。那一次我听他骂大领导、小领导，骂我熟悉的人，骂我不熟悉的人，我感觉到他真正敞开了心胸，酒后吐真言。我知道，喝酒之后说很多话的人很多都是性格上比较谨小慎微的人，也即平时比较压抑自己的人，喝酒能让他敞开心扉，喝酒之后的话反而更真实，更值得洗耳恭听。醉酒可以让人暂时忘记一些什么，可惜人生不能每天都在醉酒中度过，失意的人酒醒之后还是得回到冷凉的现实，人生更多的时候是无奈。

喝酒讲心情，讲氛围，讲缘分，讲对眼，对上了半斤不醉，对不上一杯为多。是否喝得满足并不完全取决于酒好酒坏、菜好菜坏，而很大程度上取决于心情。吴泽顺先生是古汉语研究专家，年轻时就曾任岳麓书社副社长，编辑过很多有名的书籍，后来有幸我们成为同事，有一次同去北京开会，他约请朋友吃晚饭，在一个高档饭店，点了很多菜，喝的是名酒，破费颇巨。吃完饭之后我们俩在北京的大街上行走，面对人流和车流，我感觉我们如漂浮在大海上的两片树叶。后来走到一个胡同，看到有一个湖南小饭馆，我们俩同时都感到饿了，于是走进去，点了一盘辣椒小炒肉、一盘爆炒猪肝，还有一盘花生米，各要了一瓶二两装的二锅头，吃喝香甜，两人出门时都感到"酒足饭饱"，非常舒坦。据说现在有钱人吃饭和喝酒都讲究吃了如没吃一样，喝了如没喝一样，嘴上快活但不伤身体，又免得发福或者得高血脂之类的富贵病。可惜我们都不是有钱人，我们享乐的还是一种农民式快乐。

人分各色，酒也有"品"。有人喜欢喝白酒，有人喜欢喝黄酒，有人喜欢喝葡萄酒或红酒，有人喜欢喝啤酒。爱好如性格，无好坏之分，每一种爱好都值得充分的尊重。但我个人觉得，白酒透明，坦诚，直接，真正喝酒的人一般都喜欢喝白酒，特别是高度白酒，刺激，有劲。我还是比较喜欢喝白酒，有很长一段最喜欢喝的是老家用稻谷蒸出来的酒，感觉有一种真正家乡的味道。不只是中国人喜欢喝白酒，外国人真正好酒者也喜欢喝白酒。德国学者顾彬对中国古代文化特别熟悉，和他交流时很多偏僻的典故他都知道，他提出的"垃圾"说非常有名，为中国现当代文学学界所熟知。他对酒有特别的爱好，尤其是白酒，多少年前我请他讲学，最后送给他两瓶白酒，他特别喜欢。我陪他游览乡村田园风景，一路上谈酒，他说山东有一种高度白酒接近八十度，最后他竟然从背包拿出半瓶这种酒，打开盖子让我喝，他看我迟疑的样子，说："放心，自带消毒的。"我喝了一小口，感觉喝的不是酒而是辣椒水，好像被蛇咬了一样。

我不太喜欢"非白酒"。我觉得黄酒特别狡猾，也很有欺骗性，其黄色很诱人，初喝很甜，进口时也很润，酒性发作也很慢，但后劲十足，有一种"秋后算账"的意味，轻松就能把人喝醉，我第一次酩酊大醉就是拜它所赐。我也不太喜欢喝啤酒，我觉得啤酒酒性不大，酒"品"不足，有点像饮料，喝它有点像喝水的感觉，长期喝啤酒很容易"把肚子搞大"，我总觉得那种大腹便便"啤酒肚"的人不雅观，没档次。我觉得葡萄酒是女性酒，优美甜蜜，婀娜柔软，但是交际酒，是宴会酒，更多的时候，喝葡萄酒不是喝酒，而是做出喝酒的样子。至于人头马、马爹利等，我觉得那喝的不是酒，而是派头、身份和观念。但喝酒就是喝酒，没必要搞得这么复杂。

不仅喝酒没必要搞得那么复杂，我认为所有与酒有关的事情都没有必要搞得那么复杂。前一段时间有一个人要申请酒院士，网上炒得很厉害，其中调侃居多，我完全理解。我觉得，中国是一个"酒国"（当然也是烟大国），产生一个酒院士也未尝不可，既然可以有烟院士，也应该可以有酒院士，只是我觉得中国的酒院士应该是文化酒院士，而不应该是科技酒院士，可以是酒院士但不能是茅台酒院士。酒的制造和工艺没有那么复杂，没有那么大的科技含量，茅台酒也好，五粮液也好，需要的是维持传统而不是创新。酒当然也可以创新，但这种创新意义不大，没有到可以给一个院士头衔的地步。中国的酒文化大师、酒学术大师倒是有很多，可惜至今还不评文科院士，否则中国真可以有一个酒院士。

少年酒事当拿云

王春林

　　丁帆先生在《中华读书报》主持一个专门描写记述各种酒事的专栏，似乎已经很是坚持了一段时间。其中，自然会有不少华章，令人读后不仅印象深刻，而且也还颇多感喟。孰料，就在前不久，忽然接到先生的微信，命我也写一篇这样的东西。受命之后，一方面觉得有些惶恐不安，另一方面，便开始琢磨到底应该写一点什么。我自己，虽然也曾经一度负有酒名，但近些年来，由于身体不怎么给力的缘故，其实已经离当年豪壮时大碗饮酒的状态越来越远了。丁帆先生这一次的邀约，勾起的，是我关于一位一直到现在都仍然可以壮怀激烈地大碗饮酒的诗人好友Z君若干人生片段的回忆。

　　第一个片段发生的具体时间，是20世纪80年代的初期，Z君那时候应该还在上大学。需要特别说明的一点是，在那所地处偏僻的地方专科学校里，Z君原本考上的是数学系，因为酷爱文学创作尤其是诗歌创作的缘故，硬是不惜多上一年，也要坚持转到中文系来学习。这样的事情，在当时并非偶然的个例。类似的情形，曾经发生在很多大学的校园里。那一回，肯定是在一次酒后，Z君竟然没有回宿舍，而是在半夜时分，一个人跑到了距离学校怎么也得有三四里路的山上一座早已破败不堪的小庙里。据他自己后来的描述，或许和喝了不少酒，所谓的"酒壮尿人胆"有关，虽然只是孤零零的一个人，而且是在半夜时分，更何况小庙的周围还散落着一些坟墓，但内心里却丝毫都没有产生过一点害怕的感觉。由于年久失修的缘故，那座小庙的顶上竟然已经残破到可以看到天空的地步。醉酒后的少年诗人，就那样，一个人躺在地上堆放着的庄稼秆上，透过庙顶残破的漏洞，凝视或者说仰望着深夜里格外静谧的天空。至于那个夜晚的天空，到底有没有月亮或者星星，诗人没有说，我也没有追问过。还有就是，Z君那个晚上在那里到底待了多长时间，恐怕后来连他自己都说不清了。

　　第二个片段的发生，就和我有直接关系了。具体的时间节点，已经到了20世纪80年代的后期。那个时候的我和他，都已经大学毕业后留在自己的母校任教了。应该是在春节后不久学校刚刚开学的时候，当然，无论如何都不能不强调的一点是，那一天，学校所在的那个小山城，刚刚下了一场大雪。应我们俩一位共同朋友的邀请，那天晚上，我们俩到这位朋友家参加了一个颇为盛大的家宴。家宴上的推杯换盏情形，这里就无须细说了。反正，那个时候不仅仗着自己年轻，而且还自以为有几分酒量，所以肯定是不仅来者不拒，而且还往往要主动出击。一番豪饮下来，等到宴罢离席的时候，我们俩的脚步已然变得踉踉跄跄，很有几分醉意了。我要说的，就是发生在酒后的一件事情。从朋友家里出来后，脚步踉跄的我们俩，便相互拉扯搀扶着走向距离也不算太远处的校园。至今犹记，到了校门口我们俩准备分手的时候，我还一再追问Z君一句话，那就是，醉态已经非常严重的他，到底能不能一个人坚持走回家里去。面对我的追问，他的回答似乎一直是非常坚决的"没有问题"四个字。大概也正因了他回答的坚定，所以我便在看着他走远后，自己也回家了。没想到，到了第二天的中午，在路上偶遇到Z君爱人的时候，她竟然拦住我"算起账"来。她说，王春林你怎么搞的，昨天晚上Z君明明已经喝多了，你也不把他送回家去?! 我连忙询问到底怎么了。却原来，由于喝酒过多的缘故，昨天晚上和我在校门口分手之后，Z君并没有回家去，而是一个人跑到大操场上，不管不顾地躺在了雪地里。他爱人在家里左等右等都等不到他回来，于是就出门去找。等找到他的时候，他竟然是一个人躺在雪地里。问他冷不冷，他说不冷。问他躺在雪地里干什么，他说自己是在仰望星空，是躺在那里数星星。现在想起来都有点后怕的是，幸亏他爱人警觉后出门去找，如果不去找，就那么让他一个人酒后在雪地里躺一个晚上，后果很可能就不堪设想了。

　　还有一些片段发生的时候，时间就已经是90年代的初期了。那个时候，我们俩已经结伴一起到武汉的华中师范大学参加由王先霈先生主其事的文学评论研究生班了。或许与特定的时代背景紧密相关的缘故，到现在都忘不掉的，是到了春末夏初的时候，肯定会包括我们俩在内的一伙朋友因为精神郁闷的每每大醉而归。醉酒之后的我们一伙人，会东倒西歪地坐或者干脆躺在校园里的草坪上，用自己嘶哑的喉咙大声唱出崔健那首影响极大的摇滚乐名作《一无所有》。现在看起来，崔健的《一无所有》，完全可以被看作是某种时代情绪的集中凝结与表达。

　　很大程度上，只有在了解了Z君如此一番迄今依然称得上豪壮的饮酒历史之后，我们方才能够理解他最近为什么会写出这样的一首诗歌佳作来。正因为我非常喜欢他的这一首诗作，所以就想要用这首诗作来结束我的这篇短文。这一首诗作的标题和副标题分别是："这人间就绝非正常——写给华夏，并呈恩师李旦初先生之灵阅"。全诗内容如下："天之不公，兄弟你何以理解？／箫声咽。一列火车呼啸着穿过村庄／凡你我生命中最尊敬的人，比如你我的父亲／都在这人间遭遇了苦难。这难道真的是命？／远山上的高树静谧如凡·高之油画／你我都知道，咱们的父亲／都是这人间最爱人的人。／盘中的桑椹子柔嫩幼滑吸引着婴儿的目光／你也知道，善良，绝非他们的罪恶／兄我无所长，无非爱思考，爱思辨人间的善恶／窗外乱云无心而出岫／一片枯叶从瘦枝上落下／而你虽小一点，你就敢觉得这人间很正常？／兄弟啊，'你们还年轻，我们老了，无所谓了'／伞下的老人悲伤而平静，目光炯炯／雨水打在他身边无数青年的脸上／遥远的地方另一个老人执笔成诗／一滴热泪无声落入一杯凉茶／而你就应该知道，他这样说／是在告诉我们一个道理：／如果你我尊敬的所有人／在这人世间都遭遇了苦难／这人间就绝非正常／远处，一个老农手执镰刀／弯身于田野，黄昏星隐现天际"。

"欢伯"在，何以忧？

洪治纲

　　平生虽不恋酒，但还是有些喜欢小聚小酌；虽无酒量，但经常被自己的豪迈之情搞翻。这大概就是我与酒的情缘，既充满了张力关系，又颇具反讽意味。酒放在家里，我永远都不会正眼瞧它一下；如果来了师友，它又是断然少不了的欢快之物。好像酒瓶往餐桌上一放，我的真诚、热情和坦率，都放在桌上了，至于师友们，你们会不会喝、能不能喝，都不重要了，都可以开诚布公地喝上几盅了。所以经常有不太能喝的师友，被我弄得双眼迷离，不分东西；当然，更多的时候，是我自己双脚拧着麻花步，口齿不清，被朋友们以各种方式挟持回家，一睡了事。

　　为什么一个没有什么酒量的人，还经常摆出一副豪迈的姿态，不是干翻自己，就是干翻别人？我对自己的这种行为百思不得其解。要说没有反省，没有悔过，我对天发誓，绝对不存在。我可以语重心长地告诉大家，每次干翻之后，我都会痛心疾首，捶胸顿足，长吁短叹，并严肃地甚至是苦口婆心地告诫自己，下次绝不再犯。人生不能两次踏入同一条河流。人生当然也不应该两次三次乃至无数次犯同一个错误。在清醒的时候，我总是这么认为的。然而，浩浩荡荡的历史记忆明确地告诉我，我已经在同一条小河沟里翻了无数次船。

　　是不是不长记性？是不是缺乏理性？是不是狂放不羁？面对这些

144

质疑，我坚决否认，概不接纳。我认为，我是一个能长记性的人，人生吃过的很多亏，受过的很多苦，干过的很多事，都铭记于心，且历历在目。我如果缺乏理性，不善思考，肯定不可能在课堂上对各种作品进行条分缕析，也写不了所谓的论文和专著。我狂放不羁，我行我素？似乎也不可能，至少到现在为止，还没有听到有人对我进行这类评价。

另一种解释似乎是：莫非俺是迷恋杯中之物的酒腻子？君不见，那些沉迷于黄汤的人们，多半是没有多少酒量的，却餐餐都不能缺少酒。但我并不恋酒，一月半载不喝一滴也绝无问题，所以我肯定不是酒腻子。酒鬼、酒徒之类称号，基本上与我毫无关系。

于是，常有朋友戏问：既无名马可鞭，奈何屡屡喝翻？这个诘问，在我的人生中，仿佛是哈姆雷特式的诘问，也仿佛是屈原式的天问。

答案永远在远方。是的，在看不见的远方的远方。

不过，话又说回来，人生苦短，欢乐甚少，小搞几盅，确属乐不可支的事。所以古人将酒称为"欢伯"，实在是妙不可言。对于我这类"笨伯"之人，"欢伯"一说，怎么看都是一个生动、贴切、伟大的比喻。我们没有理由不向发明这个伟大比喻的人致敬。有了"欢伯"，人生便也生出诸多乐趣；有了"欢伯"，朋友之间，自然生出一种别样的情怀。这么说吧，有"欢伯"在，生命总会有许多意想不到的激越与欢歌。

我曾亲眼所见，有位朋友与"欢伯"慷慨互动之后，笑眯眯地掏出钱夹，给我们在座的每一位发钱，拒收者，一律挨打。还有位被"欢伯"弄晕之后的朋友，我们好不容易将他送到了住所的单元门口，谁知他猛然抱起身边的垃圾桶，健步如飞地冲到了自家的五楼，任凭我们跟在后面抢夺呼喊，皆无用也。印象最深的是，有次在大连海边某农舍吃饭，中途出来对着大海方便时，我发现边上有位爷们，扶着身旁一棵小树不停地拍之晃之，口中大声吼道：我没喝多！我绝对没喝多！出于好奇，我绕到他附近认真地瞅了瞅，借助微弱的月光，发现这位爷们将那棵小树也系进了皮带里，欲走不能，故而视树为人，慷慨陈词。

"欢伯"就是这样，既为人生增添了无穷的乐趣，也为生命陡添了无数的传奇。它像一位充满智慧的老人，总是会在不经意之间，让人把杯言欢，让人豪情万丈，然后以猝不及防的方式，打开各种生命中所隐藏的奇思幻境，让你在此后的岁月里，留下无数欢乐的碎片。

有句流行语说：我有一壶酒，足以慰风尘。我认为，这句话可谓道尽了生命的精髓。苍茫尘世，每个个体的生命，终究不过是一粒尘埃，起起落落，飘飘荡荡，很多时候都由不得自己。喟叹之余，把酒一杯，以慰内心之苦涩，或享人生之舒朗，既是一种智慧，也是一种境界。我经常碰见爱酒的朋友，一两包花生米，或一两包凤爪，就足以搞定一瓶小二。我甚至看到有位朋友，独坐于宾馆房间，一手捧书读之，另一手或拿瓶小二酌之，或拿根辣条嚼之，极具酒仙之神韵。面对这种情境，我只有敬佩，愧无能力仿之。

但我还是喜欢这个"欢伯"，特别是在师友相聚之时。它是清洁的热情和赤诚，也是无言的默对与慰藉，诚如古诗所云："三人成邂逅，又复得欢伯；欢伯属我歌，蟾兔为动色。"

粗人劣酒的记忆

高小康

接到丁帆兄约稿要我写点关于饮酒的事，真是受宠若惊。当然就饮酒的资历来说，敝人也算是在酒场上混迹几十年的老江湖了。从十几岁开始喝酒，红白黄不忌，从当年不知用何种化学品配制的五毛一斤无名劣酒，到偶尔领教的凡尔赛家的路易十三、拉菲乃至新晋网红五十三度飞天，一视同仁。酒桌上给这种喝酒者封的雅号叫"下水道"，意谓全无雅趣喝酒纯属浪费，如同倾倒入下水道。如今因数"高"加身，上得酒桌也是尽量推托，已无当年豪气，唯留一点遥想羽扇纶巾的记忆了。

不久前与饮酒相关的一大新闻是贵州推荐了一名研制茅台酒的工程师为院士，一时舆论哗然。一种白酒的研制能够成为高端科技成果，当然必有道理。这位提名院士究竟为白酒研制作出了什么贡献——是生化科技还是生理科学，抑或是符号意义研究都不得而知。但仔细研判一下可以想见，茅台酒的品质精微之分恐怕和一般饮酒感受没多大关系，其实那是凡尔赛江湖上的事。

品酒的口味好坏，嗅觉天赋当然是首要条件。我近年来因为嗅觉丧失，已没有资格谈论这么高深的话题了。不过在以前嗅觉灵敏的时候还真不喜欢茅台，总觉得那种酱香有一股敌敌畏的味道，远不如浓香型合我的口味。如今没有嗅觉后反倒觉得茅台还不错，还可以喝。但对于我的酒场江湖人生体验来说，这种品法还真不是我感受到的滋味。

我喝酒的资历要从半个世纪前算起。十六岁进工厂后跟着师傅们混。我所在的工厂不是什么大工业国企，而是由过去的手工业作坊公私合营再撮合为国营的小工厂。老工人中一半是过去的作坊师徒，一半是后来招工进厂的失学少年和家庭妇女；可以说是典型的城市底层市民社会。进工厂后在干活之外需要做的事就是大家一起抽烟喝酒，这算是厂里最基本的社交活动。抽烟是聚在一起由某一个人拿出烟来给大家散发的，不接烟就基本上等于自觉出局不和大家一块儿聊，因此成为青工的必修课。喝酒是更专门的社交场景，除了婚丧嫁娶过年过节的种种习俗仪式之外，大体上每周总会有一两次以某种理由在一起喝酒的活动。一般比较简单的喝酒就是在食堂里多加个菜一起喝几盅，一个青工如果不能喝酒基本上就算是个废人了。要是一位有家室且在工厂有家属宿舍的老工人邀聚，有人做饭，这顿酒就喝得更尽兴。这种酒局的结局通常都是有一两个人酩酊大醉或借酒发疯闹起来。因为在北方社会，酒品事关人品，辞酒如怯阵，无论如何都不能倒这个架子，所以醉酒酗酒是无人见怪的正常现象。

那时候喝的酒主要是从街边店打来的散酒，没有牌子。这种酒是用什么原料酿造的不清楚，有人说是用锯末（木材渣屑）加工的——多年后我才知道锯末可以用来生产甲醇（一种燃料）而不是乙醇（酒精）——喝下去反正就是从辣嗓子眼开始，一股灼热冲到胃里。或许喝的就是甲醇也未可知，有没有毒性亦无人在意，反正总有人会喝死。如果有认识的谁真喝死了，往往被人轻飘飘地评价一句"酒量不行"。

这种底层社会的酒场上几乎必有的一个场景就是骂座。常常见到平时腼腆谨慎、见人必点头哈腰的谦谦君子几巡过后便性格大变判若两人，在酒桌上对平日自己唯唯诺诺小心逢迎的师傅乃至领导（当然不过是车间班组的小头目）突然詈语相向或刻薄讥刺。第一次见到这种骂座的场景曾经为骂座者担忧：等他清醒后如何面对那些被他骂过的师傅或领导呢？会不会遭到惩罚至少是歧视？如果依古例如灌夫骂座当劾不敬要灭族的。师哥笑我多虑,说"酒醒后就没事了"。事后发现果然如此:酒醒后就无人再提及骂座内容,只是评价此人酒德不好一笑了之。见久了逐渐明白,这应当算是身处压抑环境中的一种心理疏导方式。酒后失态,无论醉倒还是骂座,都被视为酒量不行而成为一次酒桌笑料而已。

那个时代的酒桌上,比使酒骂座更热闹的场景就是划拳。是个男子上了酒桌就必须学会划拳。小孩子和女人们知道的划拳游戏是拿着筷子互相击打一边喊"杠子、老虎、鸡"比输赢,男的当然不屑于玩这种娘娘腔游戏,而是划"大拳"——俩人伸掌各出一数,同时喊出两个数之和,"哥俩好啊,六六六啊,八匹马啊",往往声震屋宇。这是一种讲究眼快心算准的智力游戏。我因为是左撇子,左手出掌令人目不暇接猝不及防,所以往往偷袭成功,一时雄霸酒场。但因为场面过于粗鄙喧闹,到了后来讲文明礼貌的时代,餐馆都贴上了"禁止划拳"的告示。我曾想这也是我们国人缺乏礼貌教养的一例吧,禁掉也应该。直到几十年之后我读了泰勒的《原始文化》,才知道划拳这种酒桌游戏在法国、意大利等南欧国家也很流行,而且规则和中国的"大拳"相似到令泰勒困惑的地步。泰勒相信这不是文化传播的结果,而是一种智力进化现象,是十以内加法速算的生活学习游戏。看来划拳应该算一种世界文化遗产吧。其实还有比"大拳"更具民俗色彩的猜拳游戏,如连唱带比画表演的"螃蟹拳"——"螃蟹一,脚八个,两头尖尖这么大个儿",或者干脆用民歌腔调唱"一呀只那个螃蟹八呀么八只脚,两只钳子身披着两张甲",这个情境后来被成龙放进了他的好莱坞影片《龙旋风》中,或许可以说是个文化输出的范例了。

从1978年离开工厂上大学,至今已近半个世纪。这半个世纪以来随着国家经济发展和个人生活条件的改善,许多人喝的酒档次越来越高,价格当然也越来越贵,酒的花样层出不穷更令人眼花缭乱。但真正留下印象的不是不同种类、等次酒品的酒味如何,而是喝酒的场景变迁——使酒骂座没有了,划拳行令没有了,还有一时曾作为酒桌狂欢节目的轮流讲"黄段子"也消失了。从工厂哥们的吆五喝六大吼大叫，到80年代青年学人豪气干云的激情，再到日渐老熟复杂的江湖。此间见识了南北方喝酒习俗和酒桌仪式的差异，也见识过官场、商界的酒场风气变化。渐渐地，人们在酒桌上变得越来越斯文，越来越充满了暧昧的谦卑和不明所以的隐喻，以及越来越繁复的就座排序仪式。我这个青工出身的老江湖终于到了该退场的时候了。

流淌在乡间的那些酒

徐南铁

在我的年轻岁月里，有好些年几乎日日都少不了酒。

20世纪70年代初，作为知青，我正在赣南山区的一所小学当民办老师。

那一带有铀矿，早年曾有勘探队来过，路边遗弃了许多钻取出来的圆柱体岩芯，上面用黑色笔标记着一些数字或符号，也不知道有没有放射性。勘探队留下了许多空置的房子。房子的墙是厚厚的竹片编的，外面糊上泥，再粉上石灰，与农村的土砖房子相比，看上去很光鲜气派，但是并不适用。蹬一脚，墙就可能垮塌。但是因为没有校舍，当时的小学校就办在这些房子里。

乡村的夜晚是寂寞的。更何况学校孤零零待在一片山坡上，远处村里的鸡犬声飘过来已是断断续续的碎片。"何以解忧，惟有杜康。"每天夜晚，老师们的娱乐就是喝酒。我那时二十出头，正是不甘示弱的年纪，当然也跟着喝。

酒的问题好解决，就喝农家酿的米烧酒，或者去小卖部花一元钱左右买一瓶白酒。但下酒菜真不容易落实。那时候一年也吃不上两次肉。为了寻一点下酒的东西，老师们会打着手电筒去稻田里抓田鸡、抓黄鳝，但常常竹篓空空回来，作为收获的只是两腿沾回来的许多泥。于是两块粗粮饼干，或一碟晚饭剩下的腌菜、南瓜，都可以端上来和

151

酒结盟，毫不尴尬地摆在一起。也有实在什么都找不出来的时候，却不影响大家端起酒杯。当地人把这种场景称之为"喝硬酒"，不知道是指无菜也"硬要喝"，还是说无菜之酒显得"硬"。那种不在乎佐酒物的饮酒，才算得上对酒有忠贞的爱吧？其实真正好酒的人，对摆在眼前的菜肴多视而不见。如今许多人把山珍海味当作酒席的真谛，酒反倒成为附庸，显然是不够格的酒徒。

当一种状态成为生活的重要内容，它就会侵入内心，化作精神主题。那段时间读书，关于饮酒的诗句特别让我难忘。比如"落魄江湖载酒行"；比如"轰醉春风一千日，愁城从此不能兵"；比如"抽刀断水水更流，举杯消愁愁更愁"；比如"酒入愁肠，化作相思泪"。酒连接了我和遥远的诗人，让我理解人生的困境、期盼和慰藉。

生活的车轮就在酒的滋润中漫无目的地前行。后来，一支解放军的勘探小分队冲着铀矿出现了。他们也利用前面勘探队的遗产，住在和我们同样的房子里。与学校相隔不远，直线距离大约三百米。

乡村的夜晚依然寂静，但开始有戴着帽徽领章的年轻人来小学校走动。他们中间有不少广东人，记得有个当班长的告诉我，他姓"zhu"，是"zhu恩来"的"zhu"。还有个姓赵的战士来自南海边，送了自己的一张照片给我。我还记得他小心翼翼从一个小本子里取出照片的样子。他让我也给他一张，我当时手上没有，答应过一阵子补，及至后来要给他的时候，他调换到其他的工作点去了，不知道他有没有怪我不守信用？

这些小兵只是串串门，甚至站着说几句话就走了，当然没有喝酒。学校里实在没有什么值得看的。他们要是早晨来就能看见路边那片桃树林。早春的薄霜洒在桃花瓣上，就像女演员穿着粉红的舞衣，袖口和裙边镶着耀眼的珠片。但早晨他们要去找铀矿，一定没有闲心留意。

接下来，老霍踏着夜色出现了。一个高高大大的北方人，也许因为经常跑野外，皮肤黝黑。他的军装四个口袋，是个"官"，偶尔还会有个小兵跟着他来。

忘记老霍第一次是怎样走进我的房间，反正后来他一来就直接到我房间坐下。我总会立即拿出酒来。一般是喝寡酒，没有佐酒的东西。在乡村夜晚的静谧中，我俩就着一张小圆桌，各捧一只斟满酒的茶碗，边喝边聊。老霍酒量很可以，但是并不贪杯。一般喝过三轮就起身告辞。

老霍从天津大学毕业，学的是工科，数学似乎特别好。我准备考大学的时候，有些数学题不会做。到公社中学请教，那里的数学老师竟连题目都看不明白。而老霍却能给我讲解。更吸引我的是，他读过不少文史哲方面的书，知识、观念、看法都令我折服。

但老霍只是淡淡地说："读大学时只知道读书。到了星期天，城里的学生都去上街，可是进公园得买门票，一张电影票要几毛钱，一根冰棍也得五分，还有公共汽车票。我们农村来的孩子哪里有钱？所以只能泡在图书馆里。"

与老霍的夜饮，维系着我跟诗歌、跟普通话，甚至是跟山外那个世界的联系。有一个夜晚突然下雨，老霍不得不多坐了一阵。听着潺潺的春雨声，我心中浮起杜甫的诗句："清夜沉沉动春酌，灯前细雨檐花落。"暗暗希望雨下久一些。

我跟老霍在知识和阅历上远不能对等，但是他成天在山野里转，打交道的都是小战士或者农民，想必不免心中缺乏舒展。能到我的小屋里坐坐，面对我这样一个读过一年半初中且不乏上进心的毛头小伙子，且能肤浅聊几句高尔基、曹雪芹，他一定能够得到些许放松。

现在想想，那个年代的知识分子处境非常艰难，老霍在时代的大困局中，一定得不到人生的惬意。但是他从来没有跟我说起过他的工作和生活，也没有对人生或时局发过什么议论。想必因为我远远达不到理解社会和人生的程度。相对无话之时，我只是随着他的眼光默默凝视着酒盅。

勘探小分队的人员经常调换。有一次，老霍告诉我，要到乳源去工作一阵子。那是粤北的一个县，不算远，却已经是另外一个省了。

从乳源回来老霍曾来看望我，后来就再没有在我的小屋里出现了。

人海茫茫，对于当时的我来说，出了县的区划就已属于遥不可及，何况是重重山岭之外的广东！只不知乳源的夜幕下，有没有一个像我这样的知青陪老霍喝酒？

我跟老霍的来往就止于关于乳源的想象，隐含着我对知交的牵挂。

勘探小分队一个姓郭的副指导员也来过我的小屋，一个白白胖胖的湖南人。他似乎不屑于我们的喝酒方式。他向我描述他跟一伙人喝酒的壮观：一人开一瓶"四特"放在面前敞怀大喝，不劝饮也不推让，自己负责自己，没有喝多喝少之分。

"四特"是江西的头牌好酒，是知青们不敢高攀的酒。我心里却依然想跟老霍喝酒，喝廉价的土烧酒。

老霍的人生是漂泊，我的人生是困守。勘探队的人像流云从我身旁飘过，我却默默地困守在山陬。

最终，我也从那所学校、那间小屋里走了出来。80年代末，我南下广州工作，因为考察、采访，几次到过乳源。一想到老霍，就对这块土地生出一份特别的亲切。

老霍现在何方？应该早退休了吧？那些戴着帽徽领章的年轻人，如今流散何方？人生之路就是这样不断地交叉，在自己，同时也在别人的生命轨迹上留下或深或浅的划痕。

我无从寻找，但一直记得这些朋友，记得青春岁月，记得遥远的交往，还有那些流淌在乡间夜色里的酒。

吾乡酒事点滴

邵元宝

过了知天命之年，眼前事记不牢，旧事却很难忘怀，经常会不由自主想起 long long ago，真可谓"往事并不如烟"。拿喝酒来说，回溯得越远，就记得越分明。

我常常跟女儿们提起的"从前"，无非十六岁来上海读书之前在故乡铜陵的那段生活。五年前，几个热心的"宗亲"重修族谱，承他们好意，寄来地方史志材料，略翻了翻，知道历史上铜陵不仅出铜，跟江南许多地方一样，也曾是文风颇盛之区。但60年代生人的我无论在乡间还是在城里（吾乡自然也有鲁迅笔下的"鲁镇""未庄""S城"之类），竟没碰到一位像样子的"文人"。日常接触的都是真正的泥腿子，或城市底层居民。可能也有一些落魄或并不落魄的文人，但我都无由识荆。因此，要拿喝酒做文章，只能说一点乡人酒事。

至于朋友们提笔就来的"文人风度及文章与啥啥及酒之关系"，我也能写一点。离开故乡之后，确实见过不少文人，也跟不少文人喝过不少酒。但这些还是留待将来再说吧。

第一次知道世间有"酒"，大概始于三四岁开始记事之时。吾乡"三十晚上"（即除夕）的年夜饭，吃得实在太早。与其说是早晚饭，不如说是晚中饭。通常下午两三点开始，四五点结束。饭前照例"供祖宗"，因为我早已经满地跑了，据说样子也还聪明，就被允许随着父

155

亲和哥哥们一道，参与献祭的典礼。只见父亲在地上摆好祭食，小心翼翼地从一个长颈瓶里倒出少许透明液体，注满两个并排放在祭食前的粗糙的陶瓷高脚小杯。我正低着头，鼻孔朝下，忽然一股说不出的香而辣的气味迎面扑来，叫我连打几个喷嚏。父亲不作任何解释，只淡然地说："这是酒。"

祭祖之后吃年夜饭。一年里难得有大鱼大肉，大人小孩都高兴。饭后看父亲为全村写春联，自家贴春联，挂年画，傍晚穿新衣，放爆竹，上床后想着明天是"正月初一"，还有那象征性的压岁钱，蒙眬睡去，诚然做过不少"新年梦"，头脑里却并无一个"酒"字。尽管第一次接触酒，便遭到强烈刺激，但毕竟懵懂，跟献祭时凸显的祖宗观念一样，印象都不深。

回想起来，那时主要因为"成分高"，过年必须低调。虽然准许用酒祭祖，却不宜大肆饮酒。三四岁的我自然也不知道，"酒"不仅可以祭祖，还可以让人喝。

不记得那年"三十晚上"父亲和哥哥们有没有喝酒，大概是没喝吧，否则我总会记得那扑面而来的说不出的香而辣的气味。

从知道酒，到看人喝酒，又过了两三年。也是"三十晚上"，漫天大雪。祭祖，吃年夜饭，贴春联，挂年画，穿新衣，放爆竹，诸事过后，有一段很寂然。那时乡下人少，邻居起码相隔一里地，况且风雪交加，自然还是待在家里的"火箱"上烤火。

忽然有人大喊："看，酒疯子来了！"不知发生什么事，应声跑到窗前眺望。那是一条乡间小路，大雪覆盖着，只有蜿蜒向前的路的轮廓。薄暮冥冥中，有一个人影在路上移动。一会儿跌跌撞撞往前冲，一会儿摔倒，在雪地里乱爬、乱滚。速度很慢，差不多进三步、退两步。我第一次看到有人这样"走路"，稀奇而恐惧。这人影还不时发出声音，像是说话，又像是断断续续唱歌或哀哭。村民胆小，有乞丐来还能搭讪几句，施点小钱或粥菜。看见这样的人影，谁都不敢出门，只远远张望。一顿饭工夫，影子"走"远了，才纷纷发表议论，说不知哪里的人，"三十晚上"还在路上喝得烂醉。

从此我就知道，酒除了让小孩打喷嚏，还能把人变成"酒疯子"，于是在神秘感之外，又增添了几分敬畏。那个不知姓名的"酒疯子"的影子，也就一直留在我的记忆深处。

70年代末，物质生活有了些改善，精神气氛也宽松活跃了，逢年过节渐渐就有人吆五喝六地喝起来。"生产队长"甚至不在年节，也时常喝得满脸通红。据说他一直贪杯，即使用油盐炒了小石子当下酒菜，也喝得不亦乐乎。

但这些我都不甚在意，直到再次看到"酒疯子"。

这回的"酒疯子"不是别人，乃是我的做泥瓦匠的姐夫。后来知道他也贪杯，只要做门活，主顾有酒，决不拒绝。那次他喝多了，收工后路过我家，摇摇晃晃，但人还清醒。母亲并不怎么埋怨，和父亲商量后，就叫我护送。我八九岁了，知道离姐夫家还有四五个村子的夜路，但明月高照，姐夫又清醒，就毫不犹豫，保证把他送回家。

重新上路之后，姐夫的酒劲慢慢上来了。开始也是唱歌。咿咿呀呀，不知唱啥。接着就呕吐。好在四下无人，也不碍事。我听大人们说，吐过之后酒劲会很快过去，不料这个规律并不适合我姐夫。先前还清醒，唱过，吐过，人就完全软下来，趁势躺卧在地。

正当初夏，倒也不觉得冷，但看他沉沉睡去，我还是很着急。然而也无计可施，只好在旁边干等。没有手表，不知等到何时。月亮已经下去，四周一片漆黑，他这才慢慢醒来。两人摸黑到家，听姐姐训斥，知道已经是"深更半夜"了。

后来熟悉或不熟悉的朋友一听说我是安徽人，往往就举着酒杯扑过来："安徽人能喝，来，干杯！"我这时就深感形式逻辑的重要。作家王蒙说，只要普及形式逻辑，中国的事情就好办。对此我也深信不疑。比如"安徽人能喝"这个三段论，大前提就值得商榷。从古到今没有哪家权威部门发布过科学统计，证明"凡安徽人皆能喝"。只能说有一些安徽人能喝，也有一些安徽人不能喝。这就存在两种不同的三段论。其一，"有些安徽人能喝，某某属于能喝的安徽人之列，故某某也能喝"。其二，"有些安徽人并不能喝，某某属于并不能喝的安徽人之列，故某某并不能喝"。我很惭愧，恰恰就属于后一种三段论所管辖的范围，若遭遇前一种三段论的捆绑，顿时就感到蒙了不白之冤。

或许因为有一段不算短暂的无形的禁酒令，又或许因为遗传（比如身体里缺少某种消化酒精的酶），虽然吾乡酒风较盛，但我们父子都不胜酒力，也并不贪杯。就我自己来说，一两杯下肚，就满脸通红，心跳加快，头重脚轻，无论什么美酒都再也难以下咽了。所以我几乎从未醉过，也从未尝到过喝酒的好处。若在外面，感觉只比被迫吸二手烟好受一些。若在家里，大不了喝几口开胃，仅此而已。如果惯以豪饮矜夸的朋友认为我这不仅大煞风景，还值得怜悯，我也无话可说。

但我怀疑，属于另一种"三段论"的据说很能喝酒的安徽人，其中恐怕也有许多并不真的爱喝酒。我的也是做泥瓦匠的姑父就是一例。他经常喝得烂醉如泥，并且看样子也确实"好一口"，简直无酒不欢，而只要有酒，就兴致勃勃，春风满面，妙语连珠。但他每次酒醒，总后悔又喝多了，"头顶芯就像有个铁箍给箍着"。这时若有人打趣说："您不是挺爱喝的吗？"他必然回答——

"你们都知道我爱喝酒，可谁知道我为什么爱喝酒啊？！"

每当我回想起姑父捧着茶杯，满心委屈地提出这个问题时，总觉得他就是既写《饮酒》又写《止酒》的十分矛盾的陶渊明，尽管他压根儿不知道陶渊明是谁。

和许多人一样，姑父的生命也需要某种东西来充满。酒固然是一种选择，却未必是最佳选择。

姑父辛苦一辈子，死时才六十几岁。"为什么爱喝酒？"对此他自己没有提供标准答案，亲戚中也无人能够解答。这大概属于文化、哲学甚至宗教的大问题，远远超出形式逻辑的范围。何况许多地方，就连形式逻辑的空气也还相当稀薄呢。因此我姑父的困惑，至少在相当长的历史时期，也还是一个很难回答的天问。

香港酒事

刘 力

年少时，爱看香港作家金庸、古龙、梁羽生的武侠小说，其英雄豪杰、江湖异人大多好酒，似乎没有酒，就没有了爱恨情仇的故事，于是乎就有了香港人爱喝酒的印象。

这些年，频繁往来于香港，各种应酬也大多是要喝酒的，不喝酒就没有了朋友相聚的气氛。间或有几位香港朋友参加，大都酒过二巡必做伏桌状，摇手告饶。

是香港人不胜酒力，还是我还没遇到能喝白酒的香港人呢？

在香港待久了，明显感觉香港、内地人喝酒是有很大不同的。

内地请人喝酒，一定是白酒，啤酒红酒不算酒，订一个饭店，点上丰盛的菜肴，凸显盛情和诚意。酒是要往醉里喝的，即使是正式宴会，寒暄落座，酒过三巡，必称兄道弟，什么段子都出来了。

香港请人喝酒，一般不喝白酒，找个酒廊、酒吧坐坐，几小碟零食，啤酒、红酒、洋酒、混合酒，各自点，灯红酒绿也是气氛。倘若参加酒会，那得正装，各种礼仪，一杯酒，晃荡几圈，还有半杯。

内地酒友喝酒好牌子、讲面子，香港酒友实际些，只选适合自己的款，讲究的大都是内地第一代移民。

内地酒友提倡一人不喝酒，虽少了孤独，却也少了"举杯邀明月，对影成三人"的意境；香港人常一个人喝酒，"花间一壶酒，独酌无相亲"。

内地各省份都有名酒，当地酒友如数家珍，甚是自豪；若要问香港本地的名酒是什么，即使是老酒棒抓破脑袋也是说不出的。

据说，曾有几个香港酒友不满中环、尖沙咀一带的广告牌被内地白酒占据，立志要创立一个香港本地的白酒品牌，打入内地市场。他们以龙舌兰为基酒，加上各种香料。品酒师问，这是什么香型呢？酱香、浓香？无以为答，曰：紫荆花香型。

之后不了了之，他们还是卖洋酒去了。

香港制造是曾经的骄傲。

内地、香港人醉酒，酒态倒是差不多，都不再写诗了，大多佯醉，醉翁之意不在酒了，当然也不在乎山水之间，有套情哄人上床的、冲人撒尿泄愤的、宣泄心里不满的、献媚攀附权贵的，酒驾也是要严查的……

香港人不喝白酒却是亚洲的酒都，内地人要问"喝水"都能成酒都吗？亚洲的红酒人均消耗量香港第一，香港有世界级的酒博会，每年11月，有来自全球近百个国家参与，盛况空前。世界上大牌的红酒、洋酒、啤酒的大陆地区代理权是香港公司的。可见，红酒、啤酒也是酒，洋酒就更是酒了。

香港坊间的酒神是香港酒友津津乐道的酒话。有几十年前就大量藏酒的刘銮雄、唐英年、林建岳、廖烈智并称"香港四大藏酒天王"。据港媒报道，去年香港苏富比酒行举行的一场"刘銮雄窖藏佳酿"的拍卖会，一百一十七件藏品，拍出五千多万港币的高价。

有喝酒、品酒成导师的黄雅历，到处指点酒江山；有喝酒喝死的古龙，"陌上花发可以缓缓醉矣"，这是"温一壶月光下酒"古龙最后的酒范。

漫步香港街头，除了食肆、便利店，就数酒吧多了。门面都是敞开的，放着听不懂的音乐，只要年满十八岁，随意进出。背街上还有许多日本小酒馆，它们大都分布在小巷深处。小小的门头，窄窄的空间，人们低头喝着清酒吃着鱼片，喃喃地说着话。

午后的斜阳照耀着各种文字的店招，攥了瓶酒、临街发呆的各种肤色的汉子，勾着老外脖子撒娇的红唇女子，构成香港的市井酒态。

酒吧又以兰桂坊为代表。在中环皇后大道边上，不大的区域有几百家千姿百态、五光十色、异国情调的酒吧，一色英文店招，吸引着香港年轻一代、世界各国的游客前来寻欢，那是相当的热烈撩人。这里的酒基本上是各种洋酒、调制酒、很多口味独特的鸡尾酒，魅惑撩人。偶尔看到在酒柜底层，有少许内地的白酒伏特加，都是为降低成本当基酒用的。

旅游的人常常说，到香港不去兰桂坊等于没来香港。容纳百川的兰桂坊既是香港酒文化的缩影，也是香港文化的组成部分。

路过香港的环球贸易广场，这里的一百一十八层，有香港也是世界上最高的酒吧OZONE。登高望远，心旷神怡。香港的景色尽收眼底。忽然有"天空没有翅膀的痕迹，但我已飞过"的感觉，不由得对着一望无垠的蓝天，举起杯，哼唱着一位年轻歌手唱的歌：

一杯敬故乡，一杯敬远方，一杯敬自由，一杯敬死亡。

错失了成为酒鬼的机会

王宏图

在我懵懂、迷蒙的童年，酒这个字既熟悉又陌生，像在一条狭长的幽暗过道中闪烁着一束晶亮的光焰。它在孩童非黑即白的世界中沾带着难以理解的暧昧与模棱两可。当它不止一次从诸多成年人嘴里脱口而出时，伴随着他们亢奋的神情，无疑昭示着人世间难以媲美的幸福；然而，从他们眼角不经意间豁现的些许尴尬、愧疚，它又与某种难以在光天化日之下裸露的肮脏与罪孽有着千丝万缕的勾连。

如今已无法清晰地记起自己是从哪一刻首次破戒、亲炙酒液的。那纯然出于好奇，出于越轨逾矩的快感，也是因为逢年过节时某个不正经的亲友想戏弄一下我这个幼童，为我打开了这一潘多拉魔盒。我只是模模糊糊感到，那流入口中的第一滴酒决然不是玉液琼浆——一股前所未有的温热漫过舌苔，侵入喉管。对于一个贪吃甜食的男孩而言，那简直是惩罚。白酒的威力熏得我顿时间流出眼泪，我转身跑到屋外，让微微发烫的脸浸润在冷冽的空气中。

不知过了多久，在身体痛苦、不适的废墟上竟然升腾起了一种神奇的欣快感，它轻若游丝，如初春时分大地深处萌动的阳气，流溢出一股醉人的馨香，将人团团围裹住。它梦一般飘浮着，在你面前打开了一个辽远的新世界。正因为如此，随着年龄的增长，它渐渐成了一个挡不住的诱惑，只要有机会，我便会躲过父母警觉的目光，偷偷尝上几口，即便一次又一次地被那辛辣的苦涩味压倒。

光阴荏苒，随着我步入少年时代，酒不再仅仅是萦回在舌苔上轻盈的旋律，它更经常地出现在书本中。可以毫不夸张地说，一部中国古代文学史充斥了大大小小酒徒的诗章，其中的头牌人物非有"诗仙"之称的李白莫属。平生对李白充满仰慕之情的杜甫将其酒酣耳热之际的狂态栩栩如生地描画而出："李白斗酒诗百篇，长安市上酒家眠。天子呼来不上船，自称臣是酒中仙。"而李白在灵感勃发之际的夫子自道更是吸人眼球："人生得意须尽欢，莫使金樽空对月""呼儿将出换美酒，与尔同销万古愁。"读着这些意气风发、狂放不羁的诗句，原本是味蕾的享受在古老文化巍峨的殿堂中获得了一席之地，因而我一有机会，便和几个意气相投的同伴们理直气壮地喝起酒来，从黄酒、白酒到红白葡萄酒。只是当时国门初开，拉菲红酒这类的极奢品还根本无缘见识，即便过了好多年，它们听上去还像是邈远的天方夜谭。

四十年前，三伏天里高考成绩发榜，一块沉甸甸的大石头就此落下，我和各位好友如愿考上了心仪的院校。分别之际免不了尽兴喝上几盅，祝愿各自奔上锦绣前程。不料乐极生悲，我到校报到后没几天，一纸化验单劈头砸来：我肝功能指标GPT偏高，几经复查，被诊断为乙型肝炎，被勒令休学一年。这可谓我短暂的人生中首次重大挫折，顿时像从绚烂的夏日掉入了冰窟窿。我一年后虽然复了学，但头颈上始终高悬着一把寒光凛凛的达摩克利斯之剑。我的肝功能已恢复正常，但医生还又再三嘱咐，病毒依旧蛰伏在我的体内，一有风吹草动，随时可以卷土重来。而饮酒则是大忌，过量饮酒无疑是自杀。

直到那一刻，我才真正体悟到了酒内在的双重特性：它既能源源不断地给愁绪满腹的人招来快乐，忘却重压，但同时也有毒性，能乱性，使人体经脉运行紊乱，乃至全线崩溃。对我而言，由于对付乙肝病毒尚没有特效药，这意味着我一生就将与酒告别，最多只能偶尔沾上几口。我沮丧地垂着头，在夜空中长时间地徜徉。难道我真如此倒霉，一辈子要与美酒说拜拜？那从舌尖上传导出来的令人眩晕的快感就此与我无缘？

在此后的许多年里，我战战兢兢地遵从医嘱，健康而无聊地活着。世纪之交，在一次常规化验中我意外得知，体内的乙肝病毒已神奇般地消失，这样饮酒便不再是禁忌，我又有机会成为一个酒鬼。然而一波未平一波又起，消化道功能紊乱再次将我阻挡在门外。

这一紊乱并不是实质性的器官病变，但要命的是只要油腻的菜肴与冷的液体一混合，早至半夜、晚至凌晨我必定会腹泻。任何灵丹妙药对此都无济于事，唯一能做的是吃得清淡，不沾酒水。多几次，理智的阀门被冲垮，我在酒席上与众人觥筹交错，其乐融融，第二天醒来虽稍感不适，但也能挺过来，夜晚狂欢的余烬还在口内盘桓萦回，久久不散。

俗话说出来混迟早要还的，五六年前的一个初冬，与久违的老友欢聚，席间饮下大半罐啤酒，半夜过后肚子里便倒海翻江，白天临近中午便来了次总爆发，此后三四天内人恍然成了神仙，从早到晚没有一丝一毫的饥饿感，终日以藕粉充饥。我不是个勇敢无畏的人，此时此刻只得认了命，除非太阳从西边出来，这辈子再也没有成为酒鬼的机会了。

此番元气大伤之后，啤酒在我眼里仿佛成了砒霜，其他酒类（尤其是烈性白酒）能躲则躲，宴席上常常耷拉着脑袋，祈愿自己在旁人眼里化为空气。平日闲居在家，经常会暗暗往玻璃高脚杯中注入红葡萄酒，喝上几口，重温那醉人的芳香，其他日子则平平淡淡规规矩矩地过日子。人生百年，不如意事常八九，而无缘成为恣肆无忌的酒鬼便是其中之一。每当我的舌尖上滚动着酒香，不经意间便会恍若置身于夏日黄昏时分的公园，小径上余光跳荡闪烁，池塘中水波潺潺，远近层次错落交叠、色彩斑斓的树丛中回响着禽鸟长短不一的鸣啼，过后罕有的静寂涌漫上来，将白日里的喧嚣沉埋在大地深处——我感到，在那一刻，天堂便驻留于此。

酒趁年华

王　侃

　　我第一次读到苏轼"诗酒趁年华"之句时，已二十出头。这年华，大约正与诗酒相趁。以我当时的理解，所谓"趁年华"，与张爱玲标举的"成名要趁早"是同一个意头，也与及时行乐的暗念合辙。不过，我在二十来岁时，因为囊中羞涩，很少饮酒。那时，我在老家的一所中学教书，平日以在与同事、朋友的聚谈中能随口吟出"生活是一次机会／仅仅一次／谁校对时间／谁就会突然衰老"而自矜。课余也写诗，写过"在临江的楼上把酒／三月的深处／谁人嗫哨在烟波之上／叫人醉里挑灯／看见风清月白／柳色山影／无端地思春与怀人"这样的酸诗。实际上，我迄今也未曾有过把酒临风、醉里挑灯的风骚之举；那些交付给语言的青春意念，最终多半只在语言中石化。

　　我老家是个隐形的酒乡。今人恐怕很难相信，李白的《客中作》所云"兰陵美酒郁金香，玉碗盛来琥珀光"，说的就是我老家的酒。《金瓶梅》里屡屡提及的"金华酒"，陆游在"独醒坐看儿孙醉，虚负东阳酒担来"中勾点的"东阳酒"，和李白的"兰陵酒"一起，皆属一酒各表。老家以酒名入诗，这样的尊享，二十四史以内，难能有二。吴兴人朱服，《全宋词》录其《渔家傲》一首，其词云："寄语东阳沽酒市，拼一醉，而今乐事他年泪。"这一句，不仅隐约点染了我老家宋时的酒市之盛，且一并与苏子的"诗酒趁年华"暗通款曲。

老家的酒名，在某个历史断裂处折戟沉沙，在岁月的积尘里隐晦。如今为这酒而提起李白和陆游，提起宋词和元曲，提起《金瓶梅》和《本草纲目》，已不免有知识考古的意味。记忆中，当我已届打酱油的年纪时，在我们村里，在用宽条竹帘撑起的代销店的窗口，偶尔能看见歇脚的乡党，斜倚在窗栏上用粗瓷大碗喝酒。若是夏天，酒能帮他们化解在田间劳作时冲犯的暑气。这时，他们无不敞着怀，一手叉着腰，顺便也把这边的衣襟拢到腰后，另一只手则捏着草帽给自己扇风驱汗，扇了一阵后，放下草帽，端起酒碗喝上一口。很多年后，我在天台的国清寺见到一株依然健旺的隋梅，寺内的斋堂以不菲的价格向我兜售这古树上结的酸涩梅子时，其最堂皇最能征服我的说辞就是"李白也品尝过这树上的梅子"。我咬了一口这果子，确乎觉得自己在某个虚拟的时间平台上与李白相遇了。没办法，我们常徒劳而坚定地信赖冥冥中的浩瀚维系和神秘感应。我相信，我的那些酷暑中在代销店窗口叉腰敞怀的乡党，当他们放下扇风的草帽端起酒碗时，断不知他们将要喝下的是迷倒过李白的兰陵美酒。噫吁嚱！鲜衣怒马、峨冠博带、玉碗琥珀、斗酒百篇的风流，已然消泯。然而，在时间之外，这风流，又一直存在。

1990年暑假，我与一名同事结伴出游皖南，途中结下友谊。新学期开学后不久，某日晚自习下课后，我在校园里碰到他。他热情地拉我去他的宿舍，说他柜中藏有茅台。是时，饭店都已关门，一时无从觅得下酒良肴。我急忙跑到校门口的一家小店买了两小包榨菜，又急忙反身跑到同事的宿舍。就这样，我嚼着榨菜，人生第一次喝上了茅台。我这年二十二岁，醴界素人，饮史方启，经验殊寡，完全无力品鉴旷世国浆的绝代风华，但我仍然不时对着那个白瓷瓶指指戳戳，连连称赞且啧啧有声，让好客的主人一脸欢颜。自然，从我的内心来说，从那白瓷瓶里倾出的玉液琼浆，真真是浪得虚名——它哪比得上储在农家泥瓮里的深稠的村醅？哪比得上在代销店窗台上的粗瓷大碗里荡漾着的土酿？

我虽生长于酒乡，但因少时家境清寒，家中自然无从培植以酒佐餐或以餐佐酒的饮食之风。似今人这般将喝酒视为社交和饮食的日常，这在当年的乡村是难以想象的。早年读《红楼梦》，常读到弱柳扶风若林黛玉者，每在吟风弄月或调笑打闹之隙，尚必饮酒一盅，这使我确信，善饮不仅是一种古典日常，而且是一种贵族风尚。贫穷限制了我的想象，当然也限制了我对《红楼梦》的理解。我所知道的是，因为穷，我的乡党们其实也并不时常能倚着代销店的窗栏，凭兰陵琥珀，一窥杯里乾坤。在兰陵美酒之外，当年老家的农村更流行一种用地瓜或甘蔗作原料烧制的白酒。这种北方人称为"烧刀子"的劣质白酒，是典型的穷人饮品，它极是廉价，三五分钱一斤，它同时也是食道和肠胃的追命杀手。不过，有意思的是，同样是因为穷，欧洲人由此发明了啤酒：他们将所剩不多的粮食酿成了浮着泡沫的酒体，将容积和重量较小的固体转化为容积和重量较大的液体，然后，从早喝到晚，用在液体中浮沉的一丝营养吊住性命，帮助穷人度过了一个又一个饥荒。这是德国人顾彬某次用认真的语态说与我的。我听了有点错愕。因为自打我初识这一冒泡的酒类起，喝啤酒在中国就是一种时尚，我实难将之与贫穷对位。不过，我另想说的是，我曾非常喜欢啤酒：一仰脖子，满满一杯灌进喉咙，然后将空杯子在桌上用力一磕，鼓着腮帮子顾盼自雄——我爱啤酒，很大程度上爱的是唯有啤酒方能提供的豪饮之风，绿林之气。

如今我也善饮。在摆脱了年轻时的拮据后，我也神农尝百草似的尝过百酒。如今我也最喜茅台，认定它是百酒之王。我渐渐明白，这些变迁的背后，是人生况味的转捩。我也渐渐明白，诗酒与年华的相趁，是一种处于不断调适中的动态应对。我对《红楼梦》的领会，也因此精进。诸多饮法中，"举杯邀明月，对影成三人"，是我取法最多者。印象深的"饮历"，则是在西北的旅次与一个货车司机在驾驶楼里拼却一醉。年过半百之后，又渐渐明白，人生也会发酵，所谓桂酒椒浆，所谓幽郁醇馥，皆可挪作生命佳酿之譬喻。这时候，常常，酒不醉人人自醉，不妨一樽且酹江月。遥忆一个夏夜，在一个毡房里，一个草原歌手用长调的声腔唱道："酒喝干，再斟满，今夜不醉不还。"我停杯投箸，知天命其何，叹忧患未艾，竟在歌声中无语凝噎。

　　两年前，因为一个长者的推送，我和诗人隔空互加了微信。简单的寒暄后，诗人发来一条信息：有机会一起喝酒。不多久，诗人来杭州。深夜，我穿过一条影影绰绰的幽暗走廊，在酒店的大堂一角见到了他。他七十周岁了，清癯，白皙，挺拔，看不出太多的岁月刻凿的痕迹。他健谈，机智，裹着一团克制有度的激情，魅力四射。我断定，虽然大半生过成了离骚，但或如他自己诗中所言，他从未或无暇校对时间。他坐在我对面，举杯向我示意，杯中的酒闪着琥珀的光芒。那一刻，我重新理解了"诗酒趁年华"的奥义。那一刻，他的诗再次从杯沿漫出："如今我们深夜饮酒／杯子碰到一起／都是梦破碎的声音。"

滋味在酒外

韩经太

　　近日，手机朋友圈里出现一条《艺术到底有什么用》的消息，惯常的"标题党"做派，标题前又以"震撼人心的演讲"来吸引眼球，而不同于以往的是，演讲的第一句却真正吸引了我——"艺术有什么用？"就如问别人"为什么要喝酒"的性质是一样的。

　　这使我回想起多年前的一件小事，有位理工科出身的校长初次与我交谈时，半开玩笑地说："你们文人，就是喝喝酒，写写诗嘛！"是吗？好像是吧。谁不记得"李白斗酒诗百篇"的名句呢，谁不记得王羲之醉书《兰亭序》的传说呢！然而，每当记诵若此之类颂歌诗酒兴致的古今佳话时，我那总也丢不掉儿时顽皮的脑海里，又会翻涌起"大秤分银，小秤分金，大碗喝酒，大块吃肉"的梁山英雄们的豪言壮语，于是乎心里一片混沌。事后，偶有机会再度细想，觉得文人定然好酒好诗的这种看法本身，就称得上是一种中华传统文化诗性精神的标志，历史上的文化名流，以他们笔下精彩的雅集故事和同样精彩的独酌意象，塑造了一代又一代文艺爱好者的诗酒文化意识，进而辐射及于全民族的文化心理，于是乎，"搞文学"的人还能不好酒吗?！每念及此，都要为自己的"不能喝"感慨老半天！

　　网络时代真方便。顺手检索一下，顿时发现，单纯就好酒程度而言，全世界大排行的前六名依次是：立陶宛、白俄罗斯、摩尔多瓦、俄罗斯、罗马尼亚和捷克。好了，如果转换成全世界好酒同时又好诗的国家与民族大排行呢？第一，似乎还没有人做过如此这般的分析排比；第二，如是这般的排行似乎无法操作，因为好酒之排行，可以通过其年度纯酒精消耗量来统计，而好诗之比拼，难道能以作诗之数量来比较吗？要知道，烂诗千篇，不如好诗一句。可问题的关键其实更在于，究竟什么是好诗呢？中国堪称诗的国度，"五千年"悠久传统文化的结晶体，无论你说它有几个界面，也绝对少不了其诗意的界面，但诗之好坏的标准，就其历史之共识——特别是古典诗歌与现代诗歌融通一体之共识——而言，恐怕至今仍是一个有待于深入探讨的问题。更何况，好酒与好诗这两种事物之间的关系，若就其艰深微妙程度而言，毫不夸张地说，只有组成跨越文学艺术和科学技术的强大团队进行重大课题攻关，才有望收获些许成果。或者，这本就是一个无须深究的问题，就像"为什么要喝酒"的问题显得多余一样。

殊不知，人类之所以是为智慧动物，恰恰在于喜欢提问，并且越来越善于提问。一个不懂得提问的民族，能是达到高度文明的民族吗？问题意识，不正是文明成熟的文化精神之特质吗？如此想来，就像中国饮食文化之"吃辣"可以分解为"不怕辣""辣不怕""怕不辣"的层级辣带一样，"吃酒"之风，照样可以参照地域民风的历史积淀而划分为以下几大类型：或者是边疆少数民族和中原汉族比较视野下的风格区分，草原游牧文化培养起来的狂放式"好酒"之风，有一种将你融化的"好客"热情，而内地农耕文化培养起来的精细型"好酒"之风，虽有其江南江北的地域文化多样性，但大致一体而讲究"劝酒"的艺术和技术，包括"手端平、左右行、望星空、鸟叫声、倒挂钟、探照灯"的三字口诀，如此等等。各地说法，层出不穷，充分证明了"酒文化"的高度发达。这中间，当然也难免包含着地域性"酒文化"的误判，譬如本人就经常遭遇到"西北人最能喝"的误判，而我的学友中又有着被授予"酒外人士"光荣称号的北方内蒙古人。同样道理，一般来说，人们都觉得北方人比南方人"能喝"，殊不知，江南"酒友"每有"当酒不让"的豪气！说到此处，不能不道出一个多年以来困扰着自己的"酒文化"问题：如若"酒是个好东西"，劝人喝酒便如同馈赠礼品，日常生活中"烟酒不分家"的俗语也带出了与人共享的文化心理底蕴，然而为什么用来"劝酒"的各种助兴游戏规则，不管是平民大众的猜拳行令，还是文人学士的雅集酒令，都是在一决胜负之后令负者饮酒呢？常听酒席上有"罚酒三杯"的说法，饮酒于是乎就与责罚联系在一起，何以至于如此？为什么不是"胜者奖酒"？多年以来，不得其解，为此而对越来越发达的中国"酒文化"产生了一些疏远感。

"劝酒"往往等同于"敬酒"。"先干为敬"之声，起伏在酒朋诗友之间，营造着儒雅礼仪之风，而在以"自罚"来表示敬意的行为规范背后，有没有一种自谦式获得感的"酒"文化积淀元素呢？也许我想多了！

就我亲眼所见而言，确实有"始终不醉"的"能饮之士"，但这种酒量上的极限挑战，私意以为，与"圣""贤"和"神""仙"不一定有缘。我心所向往者，"千盅不醉"的同时，须有"妙语惊人"。倘若"千盅不醉"却又"絮语烦人"，那就兴味索然了。本人虽不善饮，但经历过的酒场也不少，总括来看，"喝高了"的情形，绝对是"絮语烦人"者居多，而"妙语惊人"者稀少。也因此，对于"斗酒诗百篇"的佳话，我越来越视之为诗学"神话"。其实，作为"酒外人士"而静观酒场风云，倒也是饶有兴味的一件事。所谓"酒后吐真言"，酒精解构了理性自制的堤坝，于是释放一把，倒也无妨，但往往因此而造成乘兴相聚、败兴而散的后果，饮酒诸君，可不慎乎！当然，我也多次见证了挚友间量力而饮、尽兴而散的"诗意酒会"，他们所交谈者关乎学术而更关乎性情，而吟咏性情不正是诗歌艺术之真谛所在吗?！印象特别深刻的是，学友中许多"好饮之士"都强调"酒德为先"，何谓"酒德"？绝不仅仅是喝酒诚实而先把自己"放倒"吧！一个精致的利己主义者，也可能喝酒很老实，但如是"酒德"充其量也只能算是表面功夫吧！我宁愿相信，人们所说的"酒德"，更多的是在强调酒精接受能力之外的道德品格。只不过，道德而与醉酒联姻，其意态便不易把握了。

譬如"酒仙"。杜甫笔下的"饮中八仙"，一个个意态自洽，但私心觉得只有那位"天子呼来不上船"的"酒中仙"，以其"安能摧眉折腰事权贵"的人格力量，至今令人仰望。而对于常人来说，这又谈何容易。以我生于20世纪50年代初的人生经历，见识过下乡知青、产业工人、高校学生和大学教授等各类人物的"酒风"，喝到高处，真形呈现，都是肉身，无论贵贱高低，纷繁表象背后，只有一种共同的生命本真之美。如此真实，进到文人眼中，经过诗意加工，顿然意境高远。记得波斯诗人哈菲兹曾道："三两知己，两坛佳酿。一卷诗书，如茵荒原，片刻闲暇。给我来世今生，我也不愿错过这段时光。" 感谢翻译家王一丹的汉语再造，这"如茵荒原"的意境不也分明是中华诗情画意的典型境界吗?！或者像宗炳的山水"畅神"论所倡导的那样，"闲居理气，抚觞鸣琴，披图幽对，坐究四荒，不违天励之藂，独应无人之野。"或者像陶渊明的诗作所刻画的那样，享受"欢言酌春酒，摘我园中蔬"的耕读人生滋味，抒发"众鸟欣有托，吾亦爱吾庐"的民胞物与襟怀，领悟"俯仰终宇宙，不乐复何如"的宇宙生命意识。酒逢知己，讲的是袒露心迹之逍遥，诗书笔墨，讲的是吹万不同之天籁。好一个"如茵荒原"，岂不也是"面向大海，春暖花开"！

就此打住，不然会有人说：你又不会喝酒，何须多言。但我必须要说，私心最喜爱的，是那原本"好酒"而因故宣布"休酒"者的神情意态，煞是可爱！

酒壮书生胆

余立新

都说酒壮英雄胆。此言谬矣，既然是英雄，哪里还要酒壮胆？倒是百无一用的书生，想做点事，需要酒来壮壮胆。

我直到大学才学会喝酒。

我们宿舍七个人，其中一个连云港的，一个徐州的，爱喝酒，能喝酒。周末，或有什么节庆，比如中国女排获胜了，聂卫平赢棋了，中国男足输了，都会嚷嚷着喝酒喝酒。学校门口的小卖部，买两瓶分金亭，这是20世纪80年代最普通的白酒，一块多钱一瓶，食堂打几个菜，就开喝。没有酒具，每个人都是大小不一的茶缸、饭盆，甚至还有铝皮饭盒，分酒就成了难题。有人就在铝皮水瓶盖子上划上一道线，作为分酒器，把酒倒进去，分给每个人，这就保证了每个人倒的酒一样多。世界上哪有什么难题，你只要想解决就一定能解决。

酒酣耳热之际，真情实感都出来了，勾肩搭背，掏心窝子说话，各种发誓、约定、承诺，都是在那样一种场合弄出来的。等到喧闹突然静止下来，才发现躺倒了五个。连云港的和徐州的，开始打扫战场，先把五具"尸体"抬上床，再把呕吐物、凌乱的桌面收拾干净，这两个平时的粗胚，还会想起随手扯一条毛巾或脚布，给五具尸体擦擦脸，最感人的是第二天早晨六七点钟，不管脸盆或脚盆，拿了就奔赴食堂打一盆稀饭，催促五具僵尸，把稀饭喝了，于是宿舍里又渐渐充满了活气。

兄弟的感情就是这样喝酒喝出来的。

某周末，宿舍聚饮。酒至半酣，老大突然站了起来，端起酒杯道："各位弟兄，我敬大家一杯。明天我就去向赵太爷表白，大家监督我，不表白，我就是这个——"他伸出小拇指竖了竖，然后一饮而尽。宿舍里爆发出雷鸣般的掌声和欢呼声。赵太爷是鲁迅小说《阿Q正传》中的人物，我们宿舍用来代指班上一位姓赵的班花。

头一开便刹不住了，几个都要向自己暗恋的女同学表白，都伸个小拇指，浮一大白以示决心。轮到我，默默喝一口苦酒，猛然拍案而起，怒不可遏道："都被你们表白了去，我还表白个球啊!"某同学立刻从床底下摸出个篮球送到我面前。

第二天晚上，陆陆续续下晚自习回到宿舍了。逃不过被追问的局面。连云港的同学表情最生动，一脸茫然地说："啊，有这事? 我都忘了。"南通某同学面对询问，躲躲闪闪，先说"在图书馆碰见了她"，再问，又说"她对我笑了一下"，总之就是不正面回答。

老大熄灯后才回来。无论大家怎么问，他都回应一声叹气，难道是表白被拒? 众人越发想弄个清楚。问到最后，老大坦白道："不行，过了酒劲就没了胆。"然后高叫着"拿酒来，拿酒来"，拿着脸盆和漱洗杯，去盥洗室了。

大家得出一个结论，对于书生来说，做事要趁着酒劲，没有酒壮胆，万事皆不成!

我真正体会到酒壮书生胆，是到了毕业以后走上工作岗位。

1989年大学毕业，我被分配到江北一个农村派出所做户籍民警。瘦小的我穿着宽宽大大的警服，奔波在四个农村大队的广阔田野上。户籍民警有一项重要的基础工作，就是找重点人头谈话。重点人头是指有犯罪前科或犯罪潜力的地痞流氓无赖。

大部分谈话都很顺利，只有宋庄一个叫宋家明的，很多人告诫我少招惹他。他是当地黑社会的大头目，坐过牢，脾气暴躁，作恶多端，乡里县里似乎还有后台，村民见之如见虎，有的村干部见着他也要赔笑脸的。

我倒没觉得有什么，不就是谈个话嘛。

那天上午我强拉着治保主任老洪去找宋家明。老洪一路嘀咕着各种注意事项。到了宋家明家，他正与几个弟兄喝五吆六地打麻将。老洪站在门口笑嘻嘻地说："家明，派出所民警找你谈个话，五分钟。"

谁知这家伙头也不抬，看也不看，只当我们是空气，继续旁若无人地理牌打牌谈牌。

我忍不住提高声音："宋家明，找你谈个话。"

话音未落，他瞬间爆发，猛地站起来，须发皆张，满脸紫红，指着老洪大声呵斥："你算什么东西！老子没犯法，找我谈什么话！老子输了钱，扒你的房子，敲断你的狗腿！"

我从来没见过这个阵势，一下子呆若木鸡。老洪吓得脸色煞白，一边说"你玩你玩"，一边拉着我就走。

到了村委会，村长书记已把酒菜准备好，等着我了。看来他们是早料到这个结局。拉我入座，劝慰道："喝酒喝酒，跟这种人没什么计较的。"

两杯酒下肚，我算缓过神来。

五杯酒下肚，我感觉有点燥热，解开领口，撸起袖子。

八杯酒下肚，我把警帽往桌上一扔，站起身就朝外走。

村长、书记、老洪不知怎么回事，小跑着跟在我后面，我们就这样拉扯着，向宋家明家奔去。

沿途的村民看到这情景，不知道发生了什么，捧着饭碗跟着来看热闹。

我径入其家，大喝一声"宋家明"，上前就揪住他的衣领往外扯。

这回轮到他蒙了，高大魁梧的身子竟被瘦小的我拖得踉踉跄跄，气短地辩道："我又没犯法，你抓我做什么？我又没犯法，你抓我做什么？"

我不由分说，又吼一声："跟我走！"

村长、书记忙上前小声劝宋家明说："你去一趟吧，几分钟，谈个话。"

宋家明就这样被我拖着，一路在村民的围观下到了村委会。我把他往墙边一推，自己坐到办公桌后，对老洪道："我问，你记录。"老洪赶紧找来本子和笔，端端正正地坐在我边上。

"宋家明，你叫什么名字？"

"家庭住址？"

"最近有没有什么违法犯罪行为？"

……

"签名！"

他老老实实走上来，把名字签上。

"走吧！"我挥挥手。

村长、书记赶紧上前把他拥出门去。他一边往外走，一边嘟囔道："我又没犯法，我怕哪一个！"但明显没有了气焰。

村长、书记、老洪都对我竖起了大拇指，开心地说："你为老百姓出了一口气啊。"殊不知此时的我，全身都快虚脱了。

经此一役，我名声大振，凡当地活闹鬼、小地痞见到我，远远地就正经起面容，端正好步伐，客气地向我打招呼。

几十年的人生经验让我懂得一个道理——酒真是个好东西。平时不敢说的话，喝了酒，敢说了；平时不敢做的事，喝了酒，敢做了；读了多少年书的酸儒腐生，喝了酒，书里那些假道德、假真理，养成的假清高、假正经，全都见鬼去了！

喝酒，才是真正的人性解放！

醉 归

骆冬青

眼前的一切，好像远处放的电影。不知何时起，这个世界似乎变成了图像——那些人，那些声音，甚至那些氛围，犹在，却已远离意识。一种出离感，让自己自外于人。声音是近的，却不再真实。图像恍惚。想抓紧原来的自己，意识里顽抗般清醒，可还是出离了自己。不在场状态。醉了。我没醉。此时，你想找个依托，或物，或墙，或人。风是假的。还有一些也是。

该回家了。风驰电掣的感觉从身体上呼啸而过。我不回家，不想回家。

还是得回。醉归。许多时候，酒醉被演绎为各种美学，意态情态万种。常常却是不堪，脱轨的不堪丑陋无赖肆无忌惮地表现表演。醉归之时，已是在"回家"与"不想回家"的途中。

年轻时，喝了酒豪迈地回家。醉驾自行车，恍若飞行云端，青春的恣意就在那时灵性的敏感中徐徐而顺畅地怒放，由"小飘"而"极乐"。中年时，却真的越喝越清醒，醉到极处，明白至可怕处。深夜独自难受，酒未醒，身体疲沓，那种中年的庸俗辩证法，此时无法征服你，遥远的一线灵明，却趁机提点着你，鞭策着你，让你皎如冷月地看清许多事情。那哪是醉啊，那是借着醉而偶然一到的天眼看红尘，超我看本我。一切全无是处。

老了。还会醉。自己曾经鄙视的别人的醉态，恶意纠缠，附体自己。酒席上尚可保留一点体面，离席时往往不再管得住自己。常常醉后给人电话，胡说八道地真心抒情，凌乱叙事。

记忆中自己最糗的一次，是几年前。一位长辈赐宴，尊长满座。导师师母均在。席间，有一些行礼如仪，有一点小心谨慎，有许多难言更难言的话，憋住。看着他们的谈笑风生，以及他们谈笑里偶尔的情感抵触；事情下面的事情，话语里面的话语；许多事，以及无事的悲喜。一切均在酒中融化，升腾，跌落……

酒席档次挺高，主人宴客的是茅台。因为紧张，因为心不在焉，因为只想依照往日酒量惯性行事，所以，那晚犯了两个大错：主人身体不适，声明以矿泉水代酒，我竟无知不觉；茅台是两斤装的。

这位平时善饮的主人，举着矿泉水杯不断劝饮，我敬谨从命。加上有一点逃避的心理，于是，喝啊……

不能失礼。不能喝醉。暗暗计较着，排定的指标一是跟主人相关，一是下意识地想着被喝掉了多少酒。

主人潇洒自若。酒好像只开了一瓶。于是放心。

终于散场。师母开车，好心送我回家。导师，还有另外两人同车而行。

后来觉得，不远的路，竟风生水起。在车上，忽如闷罐子打开，冒出来魔鬼，滔滔不绝地倾诉心中不满。有些话，是同车者后来告知的，却不在记忆之中了。断片了？可是，分明记得自己不像样子的样子。像所有喝醉的人一样，有着莫名的膨胀感，嫌天地窄。可是，却又那么伤心，苦不堪言此时言。只苦了车上人……

半路上，提出要求，要去方便。据说，人自然而自由的标志，是可以随地大小便。但业已高度规训，即使醉了，也不会自由到这个程度。可是，却有了这种自由的欲求，那就是寻一个别人看不到的所在。

下车自找。当时恍惚，至今依然如此觉得，自己是到了长江边上，江水滔滔，在月光下冷静地奔流。江边芦花的银穗在微风中倾斜着。面对大江，正好小便。肮脏却浩渺地畅快。

自由呼吸后，酒意似乎更深。又似乎有了疏离的清醒。回到车上，导师和另一人已下车回家。无语。

到家了，下车吧。师母说。

不是我家。我不下车。

你看看，这里就是你家。喏，你看。

只得下车，回家。

不记得如何上楼。不记得如何收拾自己。竟然安顺地睡着了。

次日早上，看到自己被自己洗刷得干干净净，换了睡衣。有点讶异：自己可是曾经半夜里从客厅的地板上醒来，也曾在淋浴的瓷砖上过夜。为什么那夜如此"听话"？

再追忆回家的路途，根本不可能到江边。在幻象中撒尿，在清醒的醉意中入梦。

是秦淮河边的小树林。看着秦淮河，竟然觉得是长江。车上的人，是否看到我的丑态？第二天打电话向导师道歉，他说，醉了很可爱呀！我说起自己的无礼行为，他安慰说，回归自然，也挺美的。

他不喝酒，我只听到过他说某一忘乎所以的人：像喝醉酒似的，每天醉醺醺的。所以，他这么说，却令我更加羞愧。

酒席上，跟一位报社朋友说起，他说，醉归，总结起来，就是四个字：不想回家。不想回家，具有美学意味，好不容易从酒中得到了解脱，生活在别处，有点洒脱的感觉，怎么愿意回头？不想回家就对了。巴拉巴拉。

我却觉得，并没有被真正安慰到。或许，那一糗事，让我认识到另一个自己。

还是说一下，为什么那么倾意于"醉归"。小学时，读过一地方戏剧本，曰《醉归》。那时没有什么书读，一个同学从家里找出的这个剧本，至今记得名字。后来知道，故事来自《卖油郎独占花魁》。书中文辞，给小时的自己，留下的刺激异常地大！"一脸腰肢细细，二目秋水盈盈，三寸弓鞋窄窄……"以十个数字写花魁美貌，现在看来有点俗套，可那时节却觉风韵摇曳。更重要的是，这小书实是一部茶花女式的温柔剧本。剧作重点落在关键情节：心中的女神醉了。卖油郎苦心积攒的资金，是否化为乌有，取决于其一念。女神在醉中呈现的丑态，恰使她变成了人，变成了真正的爱的对象……

这么想，岂非乱比？可是，想到小时候，却真切地有点安慰到了。

饮酒闲话：壶里乾坤，杯中雅俗

杨九诠

　　"上帝造水，人类造酒。"这是维克多·雨果的一句名言。人是酒的造物主，这决定着酒一开始就是文化。酒并非必需品，但并不天然地排在必需品之后，就像吃好排在吃饱之后一样。贫困潦倒而嗜酒如命者并不少见，唤作"就有这么一好"。电影《伤城》里金城武扮演的丘建邦问："酒有什么好喝的？"梁朝伟扮演的刘正熙答曰："酒好喝，是因为它难喝。""难喝"，可见饮酒原非人的天性，迥异于人之于上帝所造之水。"难喝"而又"好喝"，要非文化，不可详得其解矣。

　　"说不尽的酒文化"，不只是源远流长，也是因为横无际涯。套用法学的术语，酒不是"部门法"，不存在相对独立的边界；而是"领域法"，点点滴滴，渗透在不同的领域。"晚来天欲雪，能饮一杯无？"（唐·白居易）；"花落一杯酒，月明千里心。"（宋·郑里肖）人们一提到酒文化，往往就会想到文人笔下的佳词丽句，怕是偏颇太过。如果一定要将酒与文人看作关联变量的话，那么今天的社会要么酒与文人罕匹，要么酒与文人罕见。经由文字符号筛选，保全下来的传统文化远远不能反映古代的社会生活。诗人洛夫曾说："要是把唐诗拿去压榨，至少会淌出半斤酒来。"与其说酒带来了诗，不如说诗记载着酒。尽管如此，在俗文学中，我们依然可以看到浸湿在民间的斑斑酒渍，《水浒传》中回回有酒，即是其证。"酒肉弟兄千个有，落难之中无一人"（明・冯梦龙《古今小说》），更是道尽人间常态。《隋唐演义》："自古道：'诗为酒友，酒是色媒'。"酒则被分在"诗友"与"色媒"不同领域。作为"领域法"的酒文化，放到我们之所能见，生意场上，名利圈中，人情世故，酒穿行其间，长袖善舞，所谓俯首即是，倒也犯不着烦琐论证。酒文化之斑驳，即人间世事之斑驳，说不清也说不尽。

文化，并不等于文明。酒场之上，不文明的现象怕是谁都见识过，但"酒文化"常常成为遁词甚至辩词。2020年一银行新员工拒绝喝酒被领导掌掴，引发坊间久久热议。其间在指责领导的同时以"酒文化"批评员工"不懂事"的言论，亦不在少数。老实说，要求文明饮酒似也太过，但饮酒不能不文明恐怕还是要讲的。前者是积极文明，后者是消极文明。让饮酒带有一些消极美学的气质，不亦宜乎？但是，"一杯下肚，轻言细语；两杯下肚，甜言蜜语；三杯下肚，豪言壮语；四杯下肚，胡言乱语"。可见，真的喝起来，消极文明实在是极难把控的事儿。"诗为酒友，酒是色媒"，好像一个大雅一个大俗，但在《隋唐演义》的两个东宫官那儿，前者自然过渡到后者，共同构成了及时行乐的语境。《增广贤文》有云："酒逢知己饮，诗向会人吟。相识满天下，知心能几人。" 后两句是前两句的反转，在"相识满天下"中又何尝少得了吟诗饮酒呢？浙江大学的王俊有一篇《醉酒现象学》的论文，认为醉酒能够将人的精神推至"绽出"状态，具有批判性特征。该文所论乃哲思一途，醉酒现象更大程度上是隐喻性的，就像作者引述的尼采的酒神精神一样。设若及至更广泛的领域，醉酒可能有置人于本真状态之"绽放"与"敞开"，但更多的可能是置人于非本真状态之"沉沦在世"（海德格尔语）。扬州八怪之一金农撰有楹联："饮量岂止于醉，雅怀乃游乎仙。"此番胸次，能不心向往之？但倒也不必孜孜矻矻于前者。如果后者有消极文明衬底，饮酒的市井气、烟火味不也让人流连牵挂吗？《论语・乡党》："惟酒无量，不及乱。"酒尽管喝，不乱德就行，这就是消极文明。孔子的话，甚得人心。

俗语有云："一人不喝酒，二人不打牌。""二人不打牌"，是因为只有两人的话，对方手上的牌即可直接推得。"一人不喝酒"，是因为共饮是喝酒的基本形态，"一人喝酒"被称作"喝闷酒"。可以说，对话，是酒文化展开的话语机制。陶渊明《饮酒》："一觞虽独进，杯尽壶自倾。""虽"字一转，道出"独进"乃非常态。李白更有《月下独酌》："花间一壶酒，独酌无相亲。举杯邀明月，对影成三人。"从"独酌无相亲"到"对影成三人"，以拟想的共饮构成了一个自我对话的妙绝场景。写独酌的诗什，背后大多都有对酌衬着。至于相与共饮的诗句，可谓目不暇接："劝君更尽一杯酒，西出阳关无故人。"（唐·王维）"肯与邻翁相对饮，隔篱呼取尽余杯。"（唐·杜甫）不过这些都是文人的清词雅趣。酒文化的对话机制，作为"领域法"的蔓延，真可谓道不尽的人间百味，写不完的人间百态。马克思曾说，作为使用价值的桌子，就是"普通的可以感觉的物"，但一旦作为交换价值，桌子就会"用头倒立着，从它的木脑袋里生出比它自动跳舞还奇怪得多的狂想"。没有酒的桌子，就是日常餐饮，比如工作餐，到点吃饭，吃饱就行，典型的使用价值。桌子上一旦备上酒水，话语机制也就启动了。所谓"无酒不成席"，酒席既布，吃饭的使用价值便偏就一边，不同行业的规则、人际关系，其交换价值也就粉墨登场了。酒的话语机制，对原有各个领域的规则以及特定人际关系，进行了一次萃取与重塑，然后在酒席上再语境化，从而构成了"饭局"。所谓的萃取与重塑，就是一套游戏化、边缘化、非正式化的修辞策略。趣味盎然在此，心机巧然也在此，两者相互纠缠很难遽然择清。"筷子一伸，上下不分；酒杯一端，政策放宽。""感情深，一口闷；感情浅，舔一舔。""只要感情有，喝啥都是酒。""喝一半，情不断。"没有逻辑，经不起推敲吧？这不重要，因为本就不须推敲。重要的是，平时不宜说的以及一时找不到切口的话，便可能找到机会。才建立的关系，也可能加热升温。借助情境化的因缘达成正式的因果，借助边缘化进入中心，借助游戏化对权力关系（中性词，并不必然是贬义）进行了一次重新整理与叙事。但是，有一点，修辞是修辞，原有的语法还在那儿，修辞是为语法服务的。错会于此，游戏就有可能结束，"饭局"的"局"也就可能不欢而散了。

林林总总的酒席饭局，实在是很好的社会学议题，似乎不必生洁癖而讳言。福柯有言："话语即权力。"因为酒的话语机制，我们要说，"酒即权力"。这也是饭局多陋习的根源所在。所以说，消极文明衬底，在这儿确乎十分地要紧。古仁人云"酒逢知己千杯少"，现在却是"酒逢千杯知己少"。虽不必拿前者强扭后者，但若能保持两者之间自如调频，既不菲薄稻粱谋，更能虔敬高古意，大雅大俗之间，不亦生民之自在福田乎？

酒中的仙气儿

王兆胜

一

最早接触"酒",我还是个孩子。

那时,我的家乡山东蓬莱产一种地方名酒,叫"醉八仙"。

早就听过"八仙过海"的故事,看到酒瓶上的八仙人物,总感到有一股"仙气儿"能从酒瓶中走出来,特别是当大人打开瓶盖,将酒倒入碗中的时候。

于是,我连"醉八仙"、蓬莱阁、酒是一同喜欢上了。

二

我村有三位称得上"酒仙"级的人物,他们常喝"醉八仙"。

一位是我同学的爸爸。他平时和蔼可亲,笑容可掬,一喝上酒就云山雾罩,向我们这些孩子叙说仙国之事。最精彩的是他鼻子上的一点红,那特别的"亮"点表明,他离成仙不远了。

第二位是一个说书人。不喝酒时,他是怎么也不会张口的,一旦喝了"醉八仙",特别是喝得恰到好处,就会来到村里的聚场——一个叫大石马的地方说书,像《封神榜》《说岳全传》《聊斋》《桐柏英雄》就会有声有色从他那两片薄嘴唇中流出,有时伴着酒气和口水。此时,他仿佛中了魔似的讲着,将一个村子的精、气、神都点醒了。

第三位是我父亲。他一天一瓶"醉八仙",从早到晚喝的是一脖子酒,不加菜,连花生米也不吃。不过,父亲很少醉,喝的多了,会往炕上一歪,打起深沉的呼噜,有时,还伴着长吁短叹,从这里我似乎能听出父亲的快乐与伤感。上大学后,假期回家,我总给父亲带瓶好酒,但他总说不如"醉八仙"。此时,我发现父亲喝过的酒瓶子随手扔了一地,有立有卧,看来被喝光酒的空瓶子也会醉倒,透出了仙气儿。

那一年,我登蓬莱阁,在八仙曾喝酒用过的石桌前坐了一会儿,又到悬崖边北望大海,在碧空无云中有清风仙气扑面而来。此时,我才体会到"醉八仙"是与仙岛、大海以及海市蜃楼连在一起的。

我第一次感到,自己虽没喝"醉八仙",但仿佛已经醉了,有些飘飘然起来,也实实在在感到,周身被一股仙气儿灌注。

三

后来,我品尝过"醉八仙",但并没感到有多少仙气儿。真正有一种灵气,是我第一次喝醉的时候。

那是第一次到岳父母家,正好赶上过春节。欢乐的气氛让我们青春的心有些荡漾,特别是内弟在欢乐的气氛中有些寂寥。于是,他提出与我一起喝酒。

我一听也有些跃跃欲试,就说:"行啊,喝着玩吧!"

在一旁的岳父酒量不行,就劝阻说:"你们俩算了,好好说说话不成吗?"

内弟就说:"爸,你别管。大哥能喝着呢!喜庆日子,多难得,不喝点酒，多没意思。"

我知道内弟的酒量有限，喝杯红酒脸就红，他要与我对喝，我根本不介意。

我问内弟怎么喝，他说："听大哥——您的。"

我说："那这样喝，你喝红的，我喝白的。"

内弟说："我喝两杯红的，你喝一杯白的?"

我信心满满说："咱俩一人一杯，我决不占你的便宜。"

内弟神秘一笑说："这可是大哥你自己说的，不要后悔啊!"

我补充道："君子一言，驷马难追。"

就这样，我俩开始喝起来。我先喝了四两汾酒，后来内弟建议换酒，于是我就改喝董酒。

喝了二两董酒，我突然发现，内弟不仅没醉，反而越战越勇，尽管他面红耳赤。

此时，我感到不适，再喝就醉了，便提出到此为止。

没想到，内弟跟我认真起来："大哥，好汉可是一言九鼎啊! 继续发扬革命精神。"

又喝了二两董酒，我就什么都不知道，醉了。

这一醉，我做了个逍遥游，天南海北、上天入地、知与不知。自己似乎变成一缕游丝，还游到蓬莱阁，最后进入"醉八仙"中睡着了，只是感到这个葫芦似的酒瓶子太狭窄了。

经过一天一夜醋睡，醒来时，岳母为我煮好了小米粥，我仿佛变成那个做过黄粱美梦的卢生。

后来，妻子告诉我，内弟是一边喝酒，一边出去呕吐，再回来与我一比高下。

我找内弟讨说法，他跟我嬉皮笑脸道："大过节的，陪不好姐夫，是我失职。"

四

后来，我又醉过一次。

那是大学同学来北京，我们几个人都醉了，呕吐得厉害，还在宾馆住了一宿。第二天一早回家，头痛欲裂。我不得不坐一站地铁，下来缓缓再坐一站，这样反反复复，可谓历尽千辛万苦才回家。这次，我体会的不是酒的仙气儿，是活受罪。

自此后，我有意控制自己，不喝那么多酒，更不贪杯。更多时候，以小酌形式，让自己体会喝酒的乐趣，至多是微醺状态，刚刚好的时候，就坚决不喝了。

我曾一人自斟自饮过一年多时间，喝的是高度酒衡水老白干。微醺时，我能写出意想不到的美妙书法，还会乘兴诵读李白的《将进酒》，于是人生、书法、生活、日子也就被注入新鲜活力，更多了很多的仙气儿。

这是一种灵魂出窍和精神飞升的过程，如一个滑冰健将在冰上轻松滑动、旋转、飞跃，自己好像一下子也变成了一个梦境。

五

这几年基本将酒戒了，最主要的是不想喝，喝了感觉不太舒服。

不喝酒又有什么关系？生活本就没有必须，只要心态好，精神足够强大。

当静下心，我会将年轻时收藏的好看的酒瓶拿出来欣赏，自有一种快乐变成的仙气儿。

我还珍藏了一瓶女儿红，原打算有女儿时作陪嫁用。现在年近六十，不可能有女儿了，于是常拿出来欣赏。有时看着看着，女儿红突然变成了何仙姑。

儿子出国时给我带回一瓶秘制花酒，我为其美妙的形状吸引，一直没喝，置于书案上观瞻。瓶高三十五厘米，瓶底宽六厘米，瓶口宽三点四厘米，内装栗黄色的酒。这又是另一版本的何仙姑。

那天，我读到张晓风的散文《米泉》，有这样的句子：在一粒米上打个孔，酒就会从中流出。这既是诗，又是一股仙气儿。

我愿从"醉八仙"开始，到自己的沉醉，再到今天的无酒生活，都一直保住这股"仙气儿"。

这也是为什么，我能从林语堂的话中获得生命的真意，这句话是："尘世是唯一的天堂。"其中看似无酒，却有久久不散的酒的仙气儿。

酒有凌云志

朱国华

已经记不清楚跟酒结缘是什么时候了。我疑心那些声称从小就沾上酒的朋友，家境多半是比较好的。酒是粮食的精华，粮食如果是基础，那酒就是上层建筑了。我们总要先满足自然需要，也就是解决吃饱的问题，才能考虑精神享受的事。

从道理上说来，我很小的时候就该有点酒缘。我母亲是一家酱酒商店的经理，我原本可以近水楼台先得月。小时候偶尔到她店里去玩，会看到有些闲汉围坐在柜台外的八仙桌上，喝的酒是店里酒缸里舀出来的，嚼的就是花生米之类的下酒菜。他们眉飞色舞，谈天说地，感觉快活真如神仙。有时他们会逗一下我，让我喝一小口。但是母亲规矩大，我断然是不敢碰的。我家清贫，父亲多病，不算特别好客，当然请饭的事情总还是有的，但是酒好像从来没有扮演过重要角色。不过，参加婚丧嫁娶之类事体的时候，妇女儿童可以喝点陈元酒，这是如皋本地酿制的一种红颜色的黄酒，酒精度不高，但糖分很高，几乎只是一种饮料了。

读大学的时候，同学们少不了许多聚会，但活跃的基本上是诗人们，酒是助兴的主要媒介。印象深的，是有位诗人每次喝醉，必要铿锵有力地背一遍阿波利奈尔的情诗《蜜蜡波桥》。不知怎的，我总会联想起这样一个不可能的画面：某位关西大汉手持铜琵琶、铁绰板，深情演唱"杨柳岸晓风残月"。我不会作诗，只能作壁上观，所以也就没什么我能记住的酒事。话说回来，别人倒是记住了我喝酒时的德行。有位同学在留言簿上写道："你在喝啤酒的时候，忘记文学，忘记哲学，忘记爱情，忘记人生，只想做一个闯荡世界的男子汉，那时我才懂得你。我的心给天狗偷走了，但你能唤回天狗脖子上的铃铛声声。"看来我大学时代究竟还是喝了点酒的，不过喝的是啤酒。

渐渐在酒事上有些开窍，是入职以后，确切地说，是我一位发小启蒙的结果。这位长我几岁的兄长，在如皋当了局长，春风得意。我春节回去探亲的时候，他置酒为我接风。座中皆是他手下，其实都是我的中学同学。我说不喝白酒。局长教导我说，人在江湖走，哪能不喝酒？这是有缘故的。道理在哪里呢？推杯换盏，旨在酬酢。何者为酬？主人礼敬客人；何者为酢？客人回敬主人。是故酒以成礼。但把这一酬一酢单纯理解为周旋应对，就肤浅了点。在本质上，它更是一种情感交换。既然说到情感交换，那啤酒甚至葡萄酒，都不算酒，因为它们蜻蜓点水，达不到震荡效果。只有像白酒那样的烈酒，才能够酒入柔肠，击溃理性的防线，拿你的真心，来换我的实意。只有白酒，才能让兄弟们的本真性情，得到淋漓尽致但又不失须眉气魄的流露。局长套路深，同学情意长。更能消几番觥筹交错，我的各种潦倒挫败，各种落寞惆怅，被酒兴的狂风吹得寸草不生。我高擎酒杯，但觉得遗世独立，万物皆备于我，一种天下英雄使君与操的霸气油然而生，于是开始指手画脚，慷慨陈词，终而至于随意挥洒，主动出击了。当然，到了反客为主阶段，我烂醉如泥的时候也就快到了。

但坦白地说，白酒太辣，其实口感不佳。我们对白酒的最好评价，也不过是喝了头不疼，口不干，再往好处说，称赞酒色清冽、酒香袭人，说到最后，无非是入口醇和、落口爽净，其实也就是辣喉咙的强度小点而已，它的口舌快感真是谈不上的，不知道酒友们为何爱此杯中物。我颇有些朋友，例如陶东风教授，一人在家没事，必要弄几两白酒自斟自饮，喝到醉眼蒙眬时，自以为是羲皇上人了。要是竟然滴酒未沾，可能失魂落魄，整晚不能成眠。我怀疑这些酒徒，是否把嗓子的受虐经验升华成了一种规训自己肉体的嗜好。我承认自己寡情少趣，除非陪客人，在家绝不会碰酒。不过例外总还是有的，某些味道复杂、具有回味深度的高度啤酒，偶尔我还是有兴致独酌的，当然，图的就是舌尖快感，而非微醺小醉。

可以不着四六地将啤酒、葡萄酒（一切非烈性酒）与白酒的关系，与康德的优美崇高理论做个匹配类比。啤酒、葡萄酒是优美的，因为它诉诸直接快感；但是白酒就是间接快感，就是崇高了，它先要暂时在身体里受到那么一点阻碍，然后才会有生命力的洋溢和奔涌，它先有痛感，然后以成倍的快感加以补偿。所以，白酒的意义在于它能产生的客观效果：必须摧毁自我压抑的精神机制，才能达到放达不羁的催情目的。所以，白酒是兄弟们聚饮时必备的神物。它是让人血脉偾张的兴奋剂，是打开人内心世界密码锁的钥匙。但除非酗酒者，谁愿意在别人面前举止失态，暴露自己脆弱隐秘的一面呢？所以，酒场其实就是饮酒攻防战的战场。酒战的核心要诀简单来说，就是尽量让自己少喝，让别人多喝。我一直听说，有些地方的饮酒风俗是请客人喝，主人自己是不喝的；又有些地方，是有专职陪酒者敬酒，客人不喝完，陪酒者献唱是不会结束的。这类事情，史不绝书。汉人灌夫劝酒，人家不给面子，偏是不喝，他要使酒骂座的；晋人石崇令美人行酒，客人饮酒不尽，会直接斩杀美人的。这些都是大家很熟悉的也是很极端、很阴冷的喝酒掌故。但我见识少，虽说参加酒宴也不少，还真没见过这种强迫性劝酒的架势。我遭遇的劝酒暴力大体上是柔性的。坦白说，我本人实际上既是劝酒意识形态的受害者，又是它的合作者，有时甚至就是它的某种体现。之所以如此，因为劝酒意识形态对所有的饭局参与者发出这样一个简单粗暴的灵魂询唤：你是个兄弟吗？如果是，那就请满饮此杯。它让吃饭的个体，在对询唤的响应中，转换成喝酒的主体。它温柔的强迫性，使得一个素昧平生的人，瞬间就成了可以海誓山盟的兄弟，而且达到了具有形而上意义的普遍性。有一回我在长沙的燕饮中离席小解，盥洗间遇到一位有文身的看上去像是黑道上的壮汉，走路踉跄不稳。我拍拍他的肩问候他："老兄你还好吧?"他豪情万丈地跟我说："早着呢! 早着呢! 兄弟啊，长沙地头上有什么事，尽管吩咐!"这恐怕就是所谓"三杯吐然诺，五岳倒为轻"了。

但认真说一句，我的朋友多半是酒友，原因很简单，愿意喝高，愿意吃亏，愿意把自己的心扉袒露给人看。这样对你不设防的人，多半是性情中人，他值得信任。有句古训说得好："交友须带三分侠气。"如今法治社会，行侠不易下手。在日常生活中最能够短平快显示侠气的，恐怕就是喝酒中所显示出来的豪气了。十几年前，我去长春出差，公事办完后，此前从未谋面的王确教授设私宴款待，我酒德的优点弥补了我酒量的缺点，看到了交浅言深、恣肆无忌的我的脸孔，王确兄惊呼："国华，你就是我们东北人啊!"从此，我就赢得了他矢志不渝的友谊。我应该感谢我的发小局长，他将我领进酒的大门，我发现了一个新的世界，也就是兄弟情谊的世界。

啤酒品鉴专家陈剑澜教授是个妙人。劝酒的时候，他经常要装模作样说两句怪话。其一，酒很贵; 其二，酒不是什么好东西。可叹岁月不饶人。最近几年的每次体检，都让我心惊肉跳，心情不易洒脱。酒精越来越喜欢在我身体里驻留，不想分解遁逸。医生建议我绝对戒酒。但饭局还不能不继续。如之奈何呢? 我就只好在分酒壶上注满了白水，然后倒在小杯中，持壶持杯转圈行酒。他们难以容忍我酒神精神的堕落，讽刺说我把白水喝出了白酒的水平。我说 No，No，No，你是不懂的，这个也是酒，古人称之为"玄酒"。

呜呼! 我再也不能喝酒了，只能说点故弄玄虚的酒事了。

故乡的酒与歌

周燕芬

　　近来网上流传着两首好听的陕北新民歌，一首是郭涛唱的《酒杯杯》，一首是马美如唱的《泪蛋蛋掉在酒杯杯里》，唱的都是伤感的男女之情，且都是借酒说情，也因此看出陕北民歌艺术中，酒是很常见的一个意象。

　　时至今日，我们陕北人的饭局上除了吃饭，依然少不了这两样：酒与歌。我所在的西安文人圈子里，但凡有陕北人参加的聚餐，一定是酒要喝到摇晃，歌要唱到酣畅，那场面那气氛，简直了，若有外乡人在场，不是被惊到，就是在记忆中留下深刻印象。人常说酒肉朋友不可靠，因为酒肉都是俗物，一旦加入了歌声，而且是那么美妙深情的陕北民歌，情形就大不一样了。伴着歌声一杯接一杯地喝下去，酒不仅走过你的肠胃，也渐渐让你对朋友真的走心了。

　　应该是好多年前了，我们学院请来了北京的一位大牌教授，先是被粉丝学生簇拥着在学校大礼堂作了一场精彩的报告，而后来到我们学术交流中心，由我们学院几个相关学科的老师陪同餐叙。起先我们是有点拘谨的，毕竟面对的是京城名人，在一般人眼里也是明星般的存在。酒杯端起不一会儿，现场气氛就开始热络起来，一个客人要应对满桌子的主家敬酒，即便有点酒量也坚持不了太久，我们且喝且聊且唱歌，不知不觉中将客人晾在一边，自己人玩了个不亦乐乎。后来听到此教授给别人说起这次经历，大呼西北人太豪迈了，完全没把客人当外人啊。我出门开会再次见到他时，曾表示过万分的歉意，他却高兴地说，很好很好，西北人太有个性了。我不好意思的表情中藏着窃笑，看来真是留下深刻印象了。

还有一次是和台湾的一位讲座教授的告别晚餐。此公的酒量和他的学问一样驰名海内外，酒酣之时大家依然拉开嗓子唱歌助兴。他说自己不会唱歌，但愿意以酒邀歌奉陪到底，一首歌三杯酒，几轮喝下来，眼中已是噙满了泪花。我不知道他是被歌声感动了，还是确实喝多了，总之酒精和歌声已然发生了奇妙的化合作用，以至曲终人散的时候，我听到他简短总结此次学术交流的意义，每一句都像长了情感的翅膀，那种平日不曾有的飞扬的调式感染了在场的每一个人。临走时我感谢他讲得真好，他回谢我唱得真好。借着酒劲儿，我瞬间飘飘然于"说得好不如唱得好"，至于自己的学问究竟做得好不好，早被忘到爪哇国去了。

我身边常常一起喝酒聊天的学者朋友中，有几个也是陕北同乡，他们的酒量是和学问一起进步的，几十年磨炼下来，酒量和学问一起攀升到了我望尘莫及的境界。这样的场合偶有专业和准专业民歌手慕名追随而来，饭桌上如我这样经常半瓶子咣当的业余选手就不敢张口了。但总有不服输的老教授热情难挡，当场表示要拜师学艺，酒局于是又变成歌会了。在唱歌和喝酒方面堪称"文武双全"的，是我的发小张弘教授。张弘主攻佛教文学研究，他有一个非常佛性的笔名"普慧"，这很容易让人误解他是个无缘酒肉的人，其实不然。少年时期我们曾住一个军区大院，后来张弘随父母迁居陕北神木市，这里与内蒙古接壤，因此我觉得他是接受了游牧文化的某些影响，比如特别喜欢喝酒和唱歌。当我与张弘再次有交集时，他的酒量已在很高的段位。至于唱歌，不仅陕北民歌唱得有味道，唱蒙古长调也是一绝。在他调来我们学院工作的几年中，我曾和他一起跑过南方北方好些个大学，是为了学科交流，学习别家的先进经验。张弘是走一路喝一路唱一路。

好玩的是，喝酒之前张弘是不唱歌的，酒过三巡后就按捺不住了，即使没人邀请也主动申请要唱，按我们陕北人的说法，这叫"由酒不由人"。学界很多人被他的歌声感动，很多人通过张弘的歌声领略了陕北民歌的魅力。因为偶尔的心跳"漏了半拍"，在家人的管控下，张弘竟然戒酒了一阵子，对此我一直将信将疑，也猜想他戒了酒，也不唱歌了，那张弘岂不是变得很没"意思"了？在他调离了我们学院后不久，有一次他微信告诉我说，他又开始"复喝"了，而且酒量比以前还猛，心脏也比以前跳得更欢实。这就又是张弘了。有"意思"的张弘又满血复活了。

西安文人圈子里说酒论歌，最绕不开的是著名杂文家狄马。狄马经常自嘲是"老汉"，其实他是70年代生人，应该是比我们晚了一个文化代际，但因相貌沧桑文笔老辣而被误判了年龄，自己也将计就计以"老汉"自居了。狄马不仅当代杂文写得一流，他的酒量和歌喉，也和他的文章在一个水平线上。每在酒桌上见面，这个陕北乡党给我的印象就酒杯不离手，曲子不离口，但是我很少见到狄马喝醉，这也应了狄马自己的一个理论，说是唱歌能解酒，陕北民歌一嗓子吼出去，解了忧愁也解酒。狄马说他年轻的时候不懂喝酒，那才是"胡喝"咧，喝醉了就哭，哭他死去的祖母，狄马从小是祖母带大的，祖母去世后，他很长时间难过得不行，就喝酒买醉。以后酒量渐长了，又有了唱歌和写作两样自我抒发的出口，狄马就告别了当年那个闹酒的毛头小子，转而成了我们陕北文人的形象大使。狄马最近出版了一本随笔集叫《歌声响处是吾乡》，汇集了多年以来狄马对陕北民歌、说书等故乡民间艺术的搜集抢救、考察和阐述。狄马说，陕北民歌最大的功用是什么呢？无外乎《毛诗序》中"情动于衷而形于言"那几句的意思，唱歌只和受苦人的快乐与忧愁有关。喝酒也是一样，酒不顶饱，酒也不解渴，酒文化历史几千年，人们图的是喝酒带来的情感释放，满足的是人的精神需求。狄马给我讲过他到陕北乡下采集民歌的经历。陕北会唱歌的老乡见了生人很羞涩，怎么鼓励怎么央求，他就是张不开口。

狄马干脆停下来先陪老乡喝酒。眼看太阳落山了，随行人员开始着急了，狄马还是耐心地敬酒，等到几两酒下肚老汉红了脸，不用别人说自己就亮开嗓子唱上了。狄马很知道喝酒与唱歌的关系，特别是我们陕北民歌，不喝酒情感就打不开，喉咙也不润滑，就唱不出最好的效果。酒离不开歌，歌离不开酒，你只喝酒就是酒鬼，你离了酒勉强唱歌，就成了生硬的表演，往往是借着酒劲儿，那歌声才发自心灵深处，才带着受苦人的生命痛感，那才是真正的艺术表达。

　　每次回到故乡，真的是很害怕老同学老朋友请喝酒，但那盛满乡情的酒杯和撩人心魄的歌声，实在又是离乡游子抵御不了的诱惑。在陕北流传着这样一个段子，说是有一醉汉，晚上回家时迷失了方向，不知不觉走到了城外的沙漠边上，他打电话让家里人赶紧来寻。家里人问他在什么地方？他说不清楚。又问他身边有什么参照物？他昂起头说，有个月亮。

　　我把这段子讲给西安的作家朋友听，朋友说，这是浪漫主义最好的文学范本。

雪夜酒及其他

朱丽丽

历史中的雪夜酒，最有逸趣者当数王徽之雪夜访戴兴尽而返的故事。王子猷居山阴，夜大雪，命酌酒，四望皎然，忽忆戴安道，即便夜乘小舟就之，经宿方至，造门不前而返。（《世说新语》）天地一片银白，轻舟一叶，吟诗纵酒，如此怒奔一晚，天亮到了朋友家门口，兴尽酒醒，掉头回家了。何等恣情超逸，矫矫不群，名士之风千载而下令人追慕。

普通人的酒不是这样的。在我的心中，也有一次雪夜酒。

我的大学在九省通衢的武汉。90年代没有高铁，如果要从家乡皖西去上学，最直接的走法是穿越大别山区的公路。那时候还没有配置很好的大巴车，交通工具是一种名叫依维柯的中巴，或者是完全不带空调的老式公共客车。路途遥远又颠簸，白天需要十二个小时，夜车好一点，也需要九个小时。公路交通最可怕的是晕车、如厕、吃饭等一系列问题。哪里能够想到，仅仅二三十年后，借助全球化的经济高速发展，中国大地上高铁网密布，出行方便堪称世界数一数二。如今再从家乡去武汉，无非是一个半小时的高铁，在火车上惬意地喝杯茶就到了。想起加州西部的一号公路，吉隆坡去马六甲的慢车，美景无边无际，我仍然贪心地发出求全的叹息：怎么没有高铁呢？有高铁多方便舒服啊！那时的我，完全忘却了就在不久之前的90年代，国人的出行还是冗长与辛苦的。

大学某年放寒假，与几个老乡结伴坐夜车回家。车出武汉，已经是朔风雪飘，等到进入三省交界的大别山深处之时，大雪已经及膝深了。鄂豫皖交界山区，历来是民风彪悍之处。曾经也是一次夜车，路过麻城，司机搭载了一个散客。下车的时候没有谈好车资，双方吵将起来。那汉子恼了，突然拔出一把土枪，向车窗射击。一车睡意蒙眬的乘客顿时吓醒，粗声大嗓的司机反应神速，一脚油门逃离险境，丢下一路咒骂。多年以后，我读到罗威廉的《红雨：一个中国县域七个世纪的暴力史》，书中所述，正是麻城延绵数百年的民间社会遗风。不由得会心一笑，想起这段如同黑帮电影一样模糊的经历。

暴雪来得猝不及防，司机在武汉发车时并没有准备防滑链，紧赶慢赶，天黑，路滑，雪紧，客车实在爬不上山。他停车征求意见，走不走？怎么走？深夜，朔风和雪，在冰冷的车厢里冻得手脚都是僵硬的。再加上临近春节，谁也不愿意在山里耗着。司机出了个主意，让一车人拼凑些钱，请沿途的农家帮我们挖出上山的通道。有几个人不乐意，嘟嘟哝哝掰扯费用，终于熬不住冷和其他人的白眼，勉强达成了共识。

黢黑的山夜，被大雪映射出一层清冷的白光。山间散落的农家渐渐亮起三三两两的微光，间隔着狗叫声。颇有一些"柴门闻犬吠，风雪夜归人"的意境。可惜，我们不是夜归人，只是羁旅。陆续敲出来一些扛着铁锹睡意蒙眬的老乡，闷声不响地在司机指挥下挖雪。他们似乎见怪不怪，很有经验，偶尔传来几声言语，在静夜里格外清晰。隔着这么多年的记忆，一切都似乎飘浮在一层薄薄的雾气里。前年看到贾樟柯的《江湖儿女》，有一段冬夜的镜头。浓厚的黑暗与银白的反光，马儿打着响鼻喷着白气，静悄悄地走过，一下子触动了我的心怀。

雪道很快挖好了，全体乘客下车，齐心协力将打滑的车沿着雪道推至山顶。山中雪夜极其寒冷，人在车外一会儿就几乎冻僵了。艰难爬上山巅的客车像一座小小的胜利的堡垒，人们一阵欢呼拥上客车！

但新的问题来了。司机再次回头问我们，要冲坡下山，还是没有防滑链，有危险，走还是不走？全车沉默了一小会儿，纷纷说，走！现在想起来真是要惊出一层汗。但是回家过大年的心情压倒了一车人。谁都不说话，只能感觉到车七拐八弯往下冲，前方一片黑，只有车灯照射出两条雪洞，唰唰掠过的山影和簌簌点点的雪片。

这时候，我们其中一位朋友，啪啪将带给父亲的一瓶白酒拆了，轮流递给我们几个。这也行吗？我怀着迟疑接下酒瓶，也抿了一小口。真是，如同一团火线，滚下喉咙，在胸口涨成一簇簇的小火苗，眼泪都要辣出来了。恐惧、冻饿与困顿，似乎都在那一朵朵小火苗中，得到了纾解。于是，在不可知的茫茫黑夜中，窗外大雪如飞矢，车行山间似魅影，我们一口口喝光了同行小伙伴的酒，连带回家的土特产也吃完了。那是一种类似于悲壮的心情，又有一种奇异的轻快。最初的惊惶与紧张过去后，整个车厢的人都卸下了防备与界限，吃喝、谈笑、互赠食品，甚至在堵车的间隙里在笨重花哨的编织袋上打扑克，连被全车人痛骂的几个小气鬼也加入了狂欢。身份各异的学生、民工、干部、军人，出发时还是冷淡矜持，但在彼时彼刻，却因为这一场患难与共而骤然亲密。真不知这是不是辜鸿铭老先生所说的中国人特有的温良与豁达。那一口白酒的辣与暖，支撑我们度过了四十个小时。

那是没有手机的年代，我至今不晓得父母是如何熬过焦急等待的两天的。当我清晨敲开家门，迎面而来的是父母嗔怪和宽慰的抢白，以及一大碗热气腾腾的鸡汤面。

雪夜酒留下了终生难忘的记忆，让我窥见了成人世界的一点奥秘。我第一次明白，酒是英雄胆，也是人世间的安慰剂。世上哪有那么多英雄，都是凡俗的世人在一口酒气中壮起的孤勇。再难的困境，只要还能喝一杯酒，就能熬过去。

很快到了大学毕业那年的夏天。那是1994年，横空出世的《校园民谣》响彻每个校园中。回望过去应该是加了一层滤镜的老照片，昏黄、青涩，荷尔蒙的气息要溢出边框。毕业班的男生们，整日里提着啤酒瓶。一扇扇的窗户中，传出的不是吉他弹唱就是号叫，啤酒喝完了瓶子就往窗外一摔，炸出一串尖叫。宿舍楼下惊心动魄的一堆堆白花花的玻璃碎碴，泛着青光。最后的毕业季，走过男生宿舍楼下都很提心吊胆，需要有动若脱兔的能力，随时察言观色，才能够避开从天而降的啤酒瓶。这是青春的愤怒与感伤，带着90年代独特的混沌气息。

在其后的几十年，少年们逐渐长成面色冷淡心中铁硬的成年人，再也没有抱头痛哭的离别，也不会再如二十的年纪这般快意痛饮。

未来在路上，以排山倒海之势淹没了一代人的青春记忆。

再过若干年，这些共享过雪夜酒的小伙伴散落在各个省市，各自生活。这两年，大家的子女也陆续都到了上大学的年纪了。天南海北意气风发，再也不会如我们当年一样，困在山区雪夜里。但人生的困境是层出不穷的，没有雪夜危途，还有病痛、衰老、死亡，还有疫情、隔绝、战争。哪一样不是险峻万分？中年人都是面上若无其事，万千心事埋入一杯酒中。当看到新闻中的小留学生穿着防护服不吃不喝辗转万里归家时，不禁一声长叹。疫情之下的上学路，还不如当年的我们，雪夜尚可酒啊！

王国维说过，四时可爱惟春日，一事能狂便少年。中年之后，在无数个人生关口，我经常恍惚想起这顿雪夜酒，也终于理解了终生爱酒的老父亲。这么一想，早已经不记得当年的恐惧和辛苦，只觉得有一种缥缈的温情和浪漫，贯穿了三十年的岁月。

把酒問青天

往事的酒杯

苏　童

我父亲不喝酒。他爱抽烟。家里除了黄酒瓶子，我几乎没见过其他酒瓶。

但我的两个舅舅爱喝酒，他们不抽烟。我们三家人住在互相紧邻的房子里，各家的空气似乎总忙着竞争，我们家有烟味，但我两个舅舅家经常飘出酒香味来，酒香自然轻松胜出。这是我小时候便懂得的常识。

我大舅家境较为富裕，讲究吃，我大舅妈擅长做红烧肉，做了红烧肉我大舅必然要喝一盅。他们家的晚餐桌上酒香肉香齐飞，喧嚣着飞到我们家，我总是被肉香吸引，吸引得不能自已，便穿过天井，到大舅家打开大门，往大街上看一眼，然后匆匆地往回走，算是投石问路。我小时候便有羞耻心，羞于开口向人索要，但我的目光无法伪装，总是火辣辣地投向那碗红烧肉。每逢这时，我大舅便尴尬地微笑，他的目光看向我大舅妈，似乎是征询她的意见，但无论她的表情是否活络，舅舅就是舅舅，一块红烧肉会被我大舅夹在筷子上，然后我会听见一个天籁般的声音，来，吃一块。

我现在一直在回忆一件事，我大舅当年喝的是什么酒？可怎么也记不起来了，只确定是白酒，想想这遗憾，真应了"醉翁之意不在酒"这话。我脑子里只惦记着红烧肉，当然记不住他喝的是什么酒了。

我三舅家住在隔壁。他家也清贫，餐桌上的货色与我家差不多一样，白菜青菜咸菜之类的，无甚风景，但他人穷志不短，爱喝几口酒。是五加皮。这个我之所以记得很清楚，原因也简单，我对他家的餐桌没兴趣，轻蔑地望过去，忽略一切，就记住桌上的那个酒瓶子了。

我第一次喝酒是在北京上大学期间。有个黑龙江的大同学来自体工队，爱吃朝鲜冷面，爱喝啤酒，冷的碰凉的。他带我们去府右街附近那家延吉冷面馆吃冷面，就在当时的首都图书馆斜对面。一群大学生不进图书馆，一头扎到了冷面馆，毫不汗颜。我们随大同学点单，每次都要一碗冷面，伴以一扎散装啤酒。当时习惯说一升。一升80年代的北京啤酒装在大塑料杯里，泛着白色的泡沫。白色的啤酒泡沫一如虚荣的泡沫，要喝，喝下去太平无事，但就是没有实际意义，还胀肚。我在回学校的公交车上一直想着教二楼的厕所，为什么呢？因为那是离北师大大门最近的厕所。

第一次醉酒是在大四那年了。春天的时候学生们都下到河北山区植树劳动，大家天天觉得饿，吃了上顿惦记下顿。忘了是哪个同学饿得揭竿而起，提议大家抛下组织纪律，结伴去县城上饭馆，打牙祭。我积极响应。我现在已经忘了在那个燕山山区的县城小饭馆吃了什么，却记得席间那瓶酒。

是当地小酒厂生产的粮食烧酒，名字竟然叫个白兰地，极其洋气。我们都清楚那不是白兰地，但那烧酒给人以一种美好的感觉，醇厚，颇有劲道。恰逢我们的杨敏如老师刚刚在古典文学课堂上给我们讲过李清照，她太爱李清照了，或许也是爱喝几口的人，讲起"薄醉"，怕学生不懂其意蕴，竟然言传身教，在讲台上摇摇摆摆走了几步，强调说，薄醉是舒服的醉，走路就像踩在棉花上！我们在小酒馆里谈论杨敏如老师与薄醉，大家都有点贪杯，要寻找薄醉的滋味。令人欣喜的是，走出小饭馆时我脚下真的有踩棉花的感觉，头脑亢奋却清醒，我听见我的同学们都在喊，薄醉了，薄醉了！

学生时代结束，喝酒便名正言顺了。毕业工作之后，一张巨大的社会大酒席召唤着你，一般来说，绕开它是很难的，何况你不一定想绕开它。喝酒喝酒喝酒！干了干了干了！无论走到哪里聚会做客，那声音会像空气一样追随你，不同的人对那声音有不同的好恶，要么像苍蝇，要么像福音。

但我的青年时代其实怕酒。饮酒之事，在我看来更像一种刑罚，所谓薄醉的滋味，竟无法与之重逢。如果一个人想起酒来，想到的是酒臭与呕吐。这不免令人沮丧，是酒的遗憾，也是人的过错。我不怨自己的酒量，下意识地将其归咎于酒桌上的恐怖主义。具体地说，我认为很多地方的酒桌上没有李清照，只有恐怖分子。正如恐怖主义也有自己的信仰，酒桌上的恐怖分子也坚守信仰，他们的信仰是酒文化。酒文化中一个重要的细节是劝酒。各地劝法不同，各有规矩方圆，但基本目标是一致的，劝到客人一醉方休，劝到客人烂醉如泥，只要不出人命，都称其为喝好了、尽兴了。

我在杂志社做编辑时经常随团去苏北采风。有一次采风途经六县，六个接待方对我们都热情如火，每地停留两天，每天必喝两场酒。此地劝酒文化极其灿烂，灿烂得过分。每顿饭必须至少举杯三次，不算多，但每次举杯必须连饮三杯。你若是尊重地主讲究礼仪之人，每一顿至少要喝九杯。九杯属于多乎哉不多也的范畴，但这不过是个基础。当地人的劝酒技术不会让一个小伙子只喝九杯了事，因此有同乡喝三杯，同龄喝三杯，属相一样喝三杯，姓氏一样喝三杯，最后是相同性别的要喝三杯。我记得当年我是多么友善，又是多么爱面子，明明已经被吓得不轻，却强充好汉，无奈酒量有限，十几杯二十几杯酒下去，只好摸着翻江倒海的肚子冲去厕所，没有一醉方休的幸福，只有一吐方休的痛楚。我还记得那时候下苏北，总是这样的一去一回，去的时候朝气蓬勃像张飞，回来的时候病歪歪的满腹怨言，真像李清照了。有一次坐汽车回南京，身边的朋友告诉我，我一直在睡觉，梦呓的声音很单调：不喝了，不喝了。

往事不堪回首，其中有一部分往事是浸在酒杯里的。年复一年的酒，胜似人生的年轮，喝起来滋味不一样，但总是越来越沧桑越来越绵厚的。有一年前辈作家陆文夫到南京开会，晚上大家聚餐饮酒，我冷眼看见他独自喝酒，喝得似乎孤独，便热情地走过去要敬酒。结果旁边一同事拉住我说，千万别去，他不接受敬酒，他很爱喝酒，但一向是自己一个人慢慢喝的。

对于我那是醍醐灌顶的一刻。原来一个人喝酒是可以与他人无关的。与傲慢无关，与自由有关。我至今难忘陆文夫坐在那里喝酒的姿态，如同坐禅。那种安静与享受，不是出于对酒最大的尊敬，便是最深的爱了。

我爱酒多年，至今还经常奔赴各种酒席与朋友一起喝酒。无朋不成席，这是常识。但说到底，酒杯也是灵魂的容器之一。这容器的最深处，终究是一个人的快乐，一个人的哀愁，或者一个人的迷茫。很欣慰地发现，如今这也快成常识了。

故人酒事

张昌华

我本俗人，亦好附庸风雅。甲午年某日酒后，雅兴大发，时年七十的我聊发少年狂，效颦文人骚客，为我八平方大的地下室书房命名为"三壶斋"（茶壶、酒壶、尿壶——因室内无卫生间，故备一尿壶），恭请丁帆兄题匾。丁兄厚我旋即赐墨。我本承诺请他喝酒，然五年过去，这笔"感恩"酒账一直挂在账上。庚子春日，丁兄驰函，旧事重提。云喝酒就免了，但命我写一篇有关文人与酒的短文以资抵债。欠账要还，天经地义，况理亏者在我，为了践诺，遂作此文，权当钱贷两讫，清零作结。

董 健

我告退编席后，常有文酒诗会，与众不同的是我有三位固定的酒友：文学评论家董健、编辑同道徐兆淮和文友苏支超。另有"三固定"：酒馆固定，在董先生家巷口的"江南第一泉"酒家。酒会每隔两三个月一次，四人轮流做东，酒由做东者自备。说起酒量就让人见笑了，我们都不是酒仙，大家的量都彼此彼此，一瓶白酒上桌，兴致高的时候，能喝个瓶底朝天，无情绪的那天，还得把剩下的二两拎回去。

"对酒当歌,人生几何。"说白了全是借酒会打发无聊,借酒说开心话罢了。我们的话题很广,没有中心,什么古今中外天南海北人文地理岁月河山,无所不包。清淡如晋人足矣,浊酒以汉书下之,何等快慰。

戊戌岁暮一次聚会,为了取乐,我出了个点子,请大家各说一件"好玩"的事,董先生压轴,他推了推鼻梁上的眼镜,说:"我这辈子遇到一件蹊跷的事,稿子没发表,却得到一笔高于正常水平的稿费。"大家七嘴八舌问怎有这等好事。董先生细说原委:1976年江苏人民出版社出了一本长篇小说《我们这一代》,写与"走资派"斗争的小说,呼应"四人帮"的。"四人帮"倒台后,省里层层动员,组织批判这部小说。某刊应命向董先生约稿,先生历来实事求是讲真话,他认为这部小说是跟风产物,有错误,但还不能胡乱上纲,不能说是"反革命小说"。约稿的杂志觉得董先生的评论文章与上面要求"口径"不对,不宜发表。大概碍于董先生是名人,又是约稿,于是来了个文章不登,稿费照发。

孰料,己亥初夏,没有任何征兆,一阵秋风把董健先生卷去,令人倍感人生无常;自那以后我们三人喝酒便改在1912街区的茶客老站了。记得在茶客老站的第一次聚会,也是火车厢座位,我们在依墙北座的桌面置了一副碗筷,斟满一杯酒,祝董先生在天堂自由自在地喝酒,自说自话地授课,信马由缰地写文章。

张守义

张守义先生是我国当代书籍装帧界的领军人物,享有"中国第一封面"之雅号。我们有过合作,1993年我责编的霍达小说《未穿的红嫁衣》封面即是他设计的。霍达后来告诉我,那是她把张守义请到家中,她的爱人王为政陪张守义熬了一夜,喝了一箱啤酒后完稿的。

1994年全国书展在北京举行，张守义是布展的艺术总监。那天，我正在本社（江苏文艺出版社）的展台上忙着，同事速泰熙对我说，张守义在，要不要见见他。我说当然。谈说之间，速泰熙突然说："来了！来了！"我问在哪。他说："那个拎啤酒瓶的！"我抬眼看去，只见一个头发蓬松、瘦高个子、耸着肩、手拎啤酒瓶的小老头向我们展区走来。我们刚寒暄了几句，他的助手赶来找他说有急事。守义先生送我一张名片，与我们展团的几位出版同仁合影后，就匆匆走了。

　　1998年岁暮，守义先生来南京，我尽地主之谊为他接风。席间，我俩并坐。我发现守义先生真"怪"，从开宴到离席，他的手一直没有摸筷子。既不吃菜，也不吃饭，任凭大家央劝，他只抱着啤酒喝个不停。记得那天喝的是扎啤，一只状似企鹅的啤酒壶引起他的兴趣。他信手抓起一页纸画了起来，在画的壶上写了"酒仙"两个字，还配了一只高脚杯。我说："您是酒不离口，画不离手。"他笑了笑，说那就送给您作纪念吧。落款是"酒仙丁丑冬于金陵"。他兴致不减，又随手给我画了一张新年（戊寅，虎年）贺卡，画面是一只小老虎抱着一瓶啤酒在"吹"，特别有趣味的是他随身带了一个手挖的葫芦形纸板。他用手指蘸蘸随身携带的印泥，在画左下方按了一个"葫芦印"，幽默地说："这可不是赝品！"接画时，我说谢谢酒仙。他对我耳语："我是真酒仙，不是酒鬼。"又说因为他年少时便患胃病，吃饭不消化，每日只吃少量的鸡蛋和饼干。医嘱每天可喝三瓶啤酒果腹。原来如此！

　　2004年在桂林全国书市上，我们又不期而遇。是时，他在云南人民出版社展台上签售他的新作《张守义的笑》。我买了一本，当他为我签名时发现是我，马上站起来与我握手。"谢谢您来捧场，"他说，"这本书应该由我送您。"说着便从口袋中掏钱，被我止住。他又说："那好，下次您到北京来，我请您喝酒！"没想到那竟是最后的握手。

范 用

出版家范用是当代文化名人，我们是忘年交。因同道又同乡，一度过从甚密。我曾没大没小地送他一个雅号"三多先生"。三多者，书多，酒多，友多也。本文且说"酒多"。

范用先生的客厅最具特色，酒柜占了半壁江山。他的酒柜与书橱比肩并立。酒柜里排列的酒瓶，就像三联出的书一样，中西兼容，也给洋人一席之地。酒瓶形状长的、方的、扁的、圆的，应有尽有。个头大者如炮弹，真不知"小尺码"（范用自谑）的范先生怎搬得动；小者如鼻烟壶，可随身携带把玩。酒瓶排列有序，矮个的立在前面，中不溜儿的站中间，大汉们挺于后排。其阵容极像一支歌咏队，总指挥非范用莫属了。酒瓶上标签花花绿绿，如联合国会员们的万国旗。那阵容，那气势，恐怕连北京王府饭店的餐厅经理见了也心生敬畏。记得我初次拜见范用时，先生迎迓、赐座、奉茶后，另要赏酒。

汪曾祺先生打油说，范用府上"往来多白丁，绕墙排酒瓮"。对范用理解最透、"吃"得最准的是黄永玉。酒柜里有黄永玉在一酒瓶上题字"范用酒家一赏"，这酒瓶是他设计的。黄永玉作一大幅水墨画送他，现悬范用客厅。画面上的人，一副酒仙架势：脱冠(无冕)、腆肚(大肚能容)、手摇纸扇，腋夹书卷，足蹬草鞋(本为布衣)，膝畔一只长柄悬梁酒壶，优哉游哉。题词为"除却借书沽酒外，更无一事扰公卿"。范用也自供，以前常与丁聪下小酒馆，退休后与朋友们相约在书店了。大概正因范用嗜酒如命，他也常戏称稿费为酒钱，言谈中也往往三句话不离酒的。但范用喝酒有品，是酒仙而绝非酒徒。在时下某些出版社为赚钱出品位低下的书时，他深恶痛绝地说："就是没钱买酒喝，也不出那些无聊的书！"无欲则刚。范用喝酒绝不独酌，他有一帮酒友：丁聪、汪曾祺、杨宪益、黄宗江、方成、华君武等等，都是京华名流，故而有雅士戏称范宅为"范家酒馆"。一群布衣的文人墨客，闻酒蜂至。汪曾祺一到，便披挂上阵，系围裙、捅炉子，亲自掌勺；王世襄更绝，每来下厨，自带全副家什，从炒菜的锅到下锅的菜，与老伴袁荃猷推着自行车走街串巷来赶场子……他们在提壶把盏耳热之时，或谈天说地评诗论画，或你唱我和煮酒论英雄。弘扬太白遗风，个个都是"雅兴忽来诗下酒，豪情一去剑赠人"的壮士。

我与范用先生喝过多次酒，在北京他家小区楼下小酒馆，在南京我们出版社楼下小饭店。记得1997年他陪丁聪来南京签售《我画你写》，喝酒时我们聊南京的名胜中山陵雨花台，喝着喝着，范用眼泪流下来了。他说当年一道干革命坐牢的四个战友有三个长眠在雨花台下……

我有一本丁聪签赠的《我画你写》，上有丁聪画的几十位文化名人肖像，他知道我喜欢收藏名人签名，让我把那本书由他带着，一年内竟替我请启功、张中行、王蒙、黄永玉等二十多位签名。事后得知，大多是在酒桌上求得的。

范用喜酒，常得一些朋友赠酒。衰年因气管炎喝得很少，以至告别人世时尚有几瓶未及喝完。他嘱家人日后分送给喜欢喝酒的朋友，我有幸获赠一瓶。

《枯树赋》云："昔年种柳，依依汉南，今看摇落，凄怆江潭。树犹如此，人何以堪。"刻下，董健、张守义、范用都已飘零，这是人生铁律，连皇帝老儿也莫能外。适值庚子清明时节，撰以此文权当薄酒一壶，祭奠三位前贤师长兼酒友。

此生无醉

储福金

提到酒，有文友说过我很能喝酒，但不喜欢喝酒。

确实，我自小就不喜欢喝酒。那个年代，我生活在工人家庭，家境不富裕。听说父亲曾经喝酒。但自我记事起，他就得了高血压。不能喝酒。我小时候身子弱，所以也不会去沾酒。

十七岁插队到老家宜兴，算是走上社会了，年轻人广交朋友，什么都想学一学，也曾抽过烟，一边抽烟，一边吐烟圈。但我每次抽过烟，就会喉咙痛，便不抽了。也学着喝酒。到了乡村后，听上一辈人说到，我父亲在农村时很能喝酒，喝酒上有点名气的。但我总觉得酒不好喝，喝在嘴里辣辣的，还破坏了其他食物的滋味。那年代的乡村，食物缺少，有东西吃便是一种享受，如何忍受酒来破坏。

如此，后来我招工回城，在文化馆从事群众文化工作，参加过多种会演与交流，其时，酒尽喝、菜管够，饭桌摆上酒来，我只是摆一摆手，别人都道我不喝酒，也无人来劝酒。那时我大概自以为此生与酒无缘的。

人总有两面，每每看到饭桌上人家喝酒碰杯十分痛快的样子，不免会想到古书上英雄豪饮的描写，忍不住有一拍桌子大叫一声"拿酒来"的壮怀激烈之念。

大概三十年前，随创作组下江南采风，当地设宴招待，自然桌上有酒，我们那一桌几乎都喝了酒，我照例是杯中有酒，一杯喝到终了。席中众人喝出酒兴，一个个轮着敬，每一敬必须干杯，见我喝得不爽快，评论家黄毓璜便说道：是男子汉就该喝酒！我也就举杯喝了。我与黄毓璜关系好，他曾评过我写女性的文学作品，此时便以酒来激我，说我喝一杯，他就喝两杯。于是桌上摆下一个个酒杯来，我喝一杯，接着看他喝两杯。起初酒到嘴里显辣，几杯下去，嘴里就没多少感觉了，只管一杯一杯喝。一旦喝动头，我也没觉得喝多酒有什么不舒服的，那边老黄毕竟开初就喝了一些酒，再两杯两杯地喝，不免慢下来。此时我的豪气上来了：你喝一杯，我喝两杯！

同桌看热闹只怕事小，有起哄的，有用筷子敲杯子的，闹成一片。上面那一桌上坐着的老作家艾煊，关心采风声誉，因是我岳父，说了两句，意思是喝酒就喝酒，不要闹。带队的葛书记却端着酒杯过来，拍着我肩膀说：泰山压顶不弯腰，喝！

自此拼酒后，我才知道，我是能喝酒的。但依然不喜欢喝，依然嫌着酒入嘴里辣。

记得有一次参加笔会，晚饭时，同桌的刘震云、王朔等劝酒范小青，范小青喝多了酒，便会咯咯地笑，我正坐在她身边，见她已成目标，不免生出一点"护花"之情，伸手去接倒酒的壶，嘴里说着：我来代喝。谁知范小青咯咯笑着把我的手打开：谁要你代！

距那次笔会也有三十年左右了，以后多少次各种活动的餐桌上，都会有喝酒场合，我是能不喝便不喝，能少喝便少喝。但只要有范小青在，她便会"出卖"我：储福金能喝。接下去，也就少不了喝。

印象深的，是在苏州一个镇里活动，晚餐时，喝的是当地的黄酒，听范小青说我能喝，都来敬酒。记得那黄酒瓶不大，酒入口甜绵，我也就来者不拒。当地人好客，一群女同志想着法子转着来敬，同桌的叶兆言看不下去了，出声拦阻，说她们是端着可乐来的。后来兆言多次提及此事，说那次我喝了有六七瓶之多，下结论是：储福金不喝酒，但扛不住女人敬酒。

这么一次次过来，在江苏作家中，也就有了一点酒名。特别是有一次在金坛参加活动，金坛可算我第二故乡，我曾在那里的乡村插过队，也曾招工在文化馆里从事过群众文艺创作四年，到省作协工作后，还曾挂职到金坛，当地人都称我"储县长"，金坛改成市后，又称我为"储市长"。这是好多年前的事了，那招待我们的负责人知道我，坐下来就说，今天要好好陪陪储市长。她说她是金坛的班子里最不会喝酒的。但一开始，就把她与我面前盛酒的玻璃壶都倒满了，不是倒至壶颈，而是一直倒至壶口，险险就要溢出了。她端起壶，说一声，先干为敬。便把一壶酒一口气喝了。我是回金坛家乡，又在创作组各位同事面前，再加招待的负责人热情，也便把一壶酒一口一口都喝了下去。好在这一次喝的是绵柔的酒，要是酱香型酒，我就觉得入口太辣了。

这样一开头，接下来，欲晓端着酒壶过来，说刚才一壶，我半壶吧。欲晓是我朋友，也是此次活动的联系人，他敬的酒，我也就半壶一饮而尽。随后，人称"林黛玉"的副主任又提着半壶酒过来：储市长，我也半壶。我当然也喝了。接下去，是这边一桌和那边一桌的金坛主人们都轮着过来，每人一杯。我也喝了。有来有往，我也得挨桌给每个人敬酒，依旧是一人一杯。一圈下来再遇刚才的负责人，我又回敬了她一满壶。

我主客两边熟，两边都诚意满满，酒杯更满，一杯杯，一壶壶喝下来，也不知喝了多少酒。

创作组的诗人子川真怕我喝多了，对金坛的主人们说不能再敬你们的储市长了。我定眼看创作组的各位同事，只见黄蓓佳笑微微地看着我。

第二天活动时，谈到昨晚的酒，都说我喝得真多。我对黄蓓佳说，昨晚除了子川，你们都不说话。黄蓓佳回说：从来没看过你醉的样子，就想看你到底能喝多少。我说：那么你看到我醉了吗？她想了想说：后来你打牌的时候，说话的声音有点大。

其实喝酒，除了基因，也靠训练，多喝了，喝惯了，也就能喝了。

用我父亲当年的话来说：酒（久）炼成钢。当然还要合环境和氛围。

一年年过去了，人生的好年岁慢慢流逝而去。到了一定的年龄，身体原因，就更不喜欢喝酒了。酒桌上不免推辞，说肚子有病。能推也就推了。但凡有丁帆兄在，他就会说：哪个肚子没毛病？于是推辞不了，也只能喝。

到了今天，我可以说：我大概此生无醉了。因为我年岁已到老龄，上了饭桌，别人已不好劝酒，加上我有高血压，还有肠胃不好，辅助胃消化的胆又切除了，现在我就是有这个喝酒的心，也没有这个胆在酒桌上逞强了。

此生无醉。这个"醉"当然要按我的定义。喝多少酒，只要不吐，只要意识还能自持，不当众倒头而睡，不掏心掏肺似的胡言乱语，不一反常态似的形象大变，就不算醉。至于离席后，肚子舒服不舒服，第二天人有没有精神，那全不计。

醉酒的日子

范小青

饮酒史上趣闻很多，我单说说醉酒界的事情。

以我的这一点点上不了台面、扶不上墙面的饮酒史，却也已经见识过不少的形状，够得上写几句"醉酒现形记"。

一个平时你很讨厌的人，喝了酒，就变得那么讨人欢喜，亲热的肉麻的话说个没完；

一个老成持重的人，喝了酒，就像孩子一样天真起来；

一个吹胡子瞪眼的老头，即刻和蔼可亲；

一个高高在上的领导，立马稀松随和了；

也有反的，平时温和谦恭，忽然就拍桌子打板凳爆粗口甚至要动手了；

有的闷葫芦，平时八杆子打不出一个闷屁的，这会儿滔滔不绝，那口才绝对可以舌战群儒；

也有反的，平时能说会道，此时一言不发了；

也有只是借点酒意，说说平时想说而不敢说、想说而不能说的话；

也有平时想拍人马屁而找不到机会，喝了酒，机会就很合适，给人派烟——比如本人，喝多酒的时候，就要站起来，围着桌子转一圈，硬给人点烟，不受还不依不饶，这也值得赏一个嘲笑。

当然，还有种种，种种——

放声大哭的；

疯狂大笑的；

边哭边笑的；

边哭边笑边诉说的；

有夸人的，把人夸到天上去了；

有说人坏的，把人骂得如臭狗屎；

有人是世人皆醉我独醒；

有人是世人皆醒我独醉；

……

醉酒真是件奇妙的事情。

只是，以上所列种种，其实都不能算是真醉，有的只是微醺，有的只是小醉，甚至假醉，真正醉了的、大醉了的，要不就是烂泥一摊，要不就是九死一生。

不说别人了，说说自己的事吧。

年轻的时候，我和我先生一起出去战斗，大醉而归。怎么归呢？自行车带人。两个醉鬼一辆车，骑车的摇摇晃晃，坐车的摇摇摆摆，速度还不能慢，一慢就会倒下来。然后就到了拐弯的地方，连人带车跌倒。呵呵，跌倒算什么，爬起来再骑便是，然后又到了拐弯的地方，再跌倒，再来，跌倒算什么，爬起来再前进。

那可算是最典型的醉驾了。还好驾的是自行车，那时候街上汽车也少，若是出个车祸，基本也祸不着别人。

我自己喝酒的故事，说多不多，说少也不算少，壮壮胆的话，也可以和酒兄弟酒姐妹们比一比。当然，最敢比的不是酒量，也不是所谓的酒风酒品什么的，那个东西不好说，没有统一标准。最敢比的，就比一比谁喝醉了进医院的次数啦。

到了医院，那可都是晚上，甚至半夜，急诊哦，我蓬头垢面嗯哼嗯哼地坐到医生面前。医生麻木地看着我，等我说话。我很难受，又很难为情，只好低声坦白说，喝酒了。

有时候还要面子，会补充一句，其实也没喝多少，或者说，是红酒啦。

总之，不要让医生觉得我是个醉鬼。

你不是醉鬼，谁是醉鬼？

医生看我一眼，他有点想笑，但是没笑出来。他大概在想，一个女同志，也这一把年纪了，看起来也不像是彪悍型，能把自己喝成这样，什么人啊？

不等医生思维走得多远，痛苦难挨的我，就迫不及待地指导医生了。我说，医生，我胃痉挛，我要打一针胃复安，还要挂一瓶水。

医生终于笑了起来，呵呵。

然后医生按照我的吩咐，说：打一针胃复安，然后挂水去吧。

这是说的喝醉了有条件上医院的情况，也有的时候，身在异乡，还死要面子，喝醉了，大半夜的，哪有脸去打扰人家。只有自救啦。一般先是醉死过去，到半夜胃痉挛开始的时候，就挣扎着起来喝水，喝水不是因为口渴，是为了让胃痉挛，水在胃里翻腾，然后吐出来，再喝，再翻腾，再吐，如此折腾几个小时，胃终于累了，痉不动挛了，人也虚脱了。这时候天亮了，可怜的虚脱了的人啊，要起床开会了。

这只是通常的醉酒的一个小小的一晃而过的镜头而已，写的时候真是云淡风轻，甚至口气轻佻，甚至无关痛痒，犯的时候可是要死要活，心里已不知多少次赌咒发誓，再喝酒就是什么什么，再喝酒就怎么怎么，也不知多少次骂酒、骂酒厂、骂自己，可那都不算数。

从前在武侠小说里，经常看到说，有一种人记吃不记打。

是呀，喝酒的乐你都记着呢，醉酒的痛，你倒忘得快，那活该你下次又会再痛，再哀求医生，医生你给我打一针胃复安。哈哈。

我这样写酒，读者诸君会有意见吧。人家喝酒，那是美事、幸事、开心事、优雅事。举杯邀明月，对影成三人；开轩面场圃，把酒话桑麻；我醉欲眠卿且去，明朝有意抱琴来；金陵弟子来相送，欲行不行各尽觞。真是意境高雅，情怀美妙。还有，酒酣胸胆尚开张，呼儿将出换美酒之类，气势磅礴，豪情万丈，等等。

喝酒如我，自然也是从好的愿望出发，自然也是愿意高雅美妙，只不过常常掌握不好分寸，就成了好了伤疤忘了疼的那种"酒极则乱，乐极则悲"。

只不过，在"乱"过和"悲"过之后，回想起来，谈论起来，却又是那么美好而令人神往，会被反复地提起，还津津乐道，还流连忘返。

所以才会又有下一次嘛。

酒之妙，酒之不妙，成也萧何，败也萧何，成败之间，自有奥妙。是成是败，只在你自己。

陪何锐先生去南阳

李　洱

1997年的一天，我意外地收到何锐先生的信，告知某日到郑州，望能见到我与耿占春。何锐先生时任《山花》杂志主编，因为倡导先锋文学，我一直以为他是个年轻人。到了那天，我与耿占春到机场迎接何锐先生大驾。我们虽然都没见过他，但却相信能在人群中认出他来，所以也没带上什么接人的牌子。后来还是他先认出我们的。他拎着一只掉了皮的黑包，朝我们晃过来，周身无一丝赘肉，近乎嶙峋，笑起来有点像哭。他说："我是何锐。"这个事实说明，编辑家在识人方面可能有着更敏锐的直觉。何锐先生接下来就说："我要去南阳，一起去。"

文学界的人去南阳，通常要见的是乔典运或者二月河。这两位也是神人，我与他们虽然没有很多接触，但对他们印象很深。乔典运先生是南阳西峡人，林斤澜先生有句话，说西峡人杰地灵，人是乔典运，地是恐龙蛋。现在知道乔典运先生的人好像不多，其实乔典运先生是很重要的乡土小说家，在我看来，他的文学史地位应该与高晓声持平。我甚至觉得，他用小说的方式提供了一个人类学读本。乔典运有一句口头禅："我是草木之人。"能说出这种话的人，当然不是草木之人。他的另一句口头禅是："我是癌症专业户。"他一生患过四种癌症。谈起身上的癌症，他的口气有点像谈论自己养的宠物。二月河先生本是山西人，后来转业到了南阳，以"清帝系列"出名。看似平和，内心却是孤傲的。有次在南阳吃饭，有一道汤是银鱼汤，二月河说，只有南阳才有银鱼。还有一次开河南作协理事会，一位获得全国奖的作家讲述自己创作的不易，刚开了头，二月河就打断了他："啰唆个啥，还是天凉好个秋吧。"外地朋友托我找二月河先生签书，每次我都感到头痛：二月河先生有个规矩，须先给南阳的希望工程捐款，拿到条子才有签名的资格。何锐先生是不是也想见见二月河？我就问他，南阳之行，都要见谁？何锐先生说："南阳有个写小说的，叫行者，小说很先锋，我要见见他。"

南阳远在二百五十公里之外，坐中巴要走四五个小时。这期间，何锐先生纵论先锋文学。只要谈到"先锋"二字，他就两眼放光，手舞足蹈，某人的小说已发在《山花》几期，某人的诗歌将发在《山花》几期，某人的评论将和哪篇作品一起发表在明年几期。谁的小说被他退掉了，别急，再观察一年，如果有进步，可以发在后年的某一期。我见过不少敬业的编辑，但我从来没见过如此敬业的编辑。后来，因为提到了一个武汉作家，他开始讲述1967年在武汉参加"百万雄师"的故事。一些熟悉的历史名词被不断提起，纷乱人世亦从窗外的苍茫暮色中浮现。当年，他曾一次次扑向汽车，然后被揪起来扔到一边。他佝偻着身子，在中巴车里比画着扑、揪、扔的动作。耿占春对那段历史非常感兴趣，鼓动他写下来，说那比大多数小说都有意思。但他的兴趣却是先锋文学。我依稀觉得，他是带着当年搞串联的热情，来搞先锋文学的。他拉开了那只掉了皮的黑包，从里面掏出一瓶茅台，说："狗日的，我们要为中国文学好好喝一杯。"

到南阳喝酒，可不是闹着玩的。南阳这地方，是长江、黄河、淮河的自然分水岭，南秀北雄集于一身，千年文脉从未断过，茅坑和猪圈上都贴着工整的对联。南阳的酒文化，在汉代画像砖中早有描绘。南阳人张仲景在他的《伤寒论》中，最早区分了黄酒、清酒和苦酒。苦酒是什么酒？有人认为，应该接近于现在的果醋；也有人认为，接近于现在的料酒。南阳的酒文化从历史深处走来，一屁股坐在每一桌酒席上面，让每个人都变成了酒葫芦。从入席到斟酒，再到敬酒，都有一套严密的程序。身临其境，除了入乡随俗，乖乖就范，喝个酩酊大醉，你几乎没有别的选择。这主要是因为南阳人太会劝酒了。每一杯酒，他们都有几套理论。那几套理论平时或有冲突，但在酒气氤氲中竟然辩证统一了。他们会从猿人造酒谈起，谈到"人法地，地法天，天法道，道法自然"，然后再谈到"仁义礼智信，天地君亲师"，谈到"醉里乾坤大，壶中日月长"，谈到"莫思身外无穷事，且尽生前有限杯"。南阳人的劝酒辞，是历史诗学的有机组成部分。你若不把那杯酒一口闷了，不仅是大逆不道，不仅是听不懂人话，不仅是看不起人，而且简直不算个人。你要是说，这杯酒下去，我可能就醉死过去了，他还会情真意切地安慰你："没什么没什么，还可以重新投胎做人嘛。"此前，我去过两次南阳，每次都醉得不省人事，苦胆都差点吐出来了。

我问何锐酒量如何。何锐说："能喝几两，再多就不行了。"我赶紧提醒何锐，到了南阳，千万不敢这么说。你要说能喝二两，他们就以为你能喝一斤。你要说能喝半斤，那么他们不灌你二斤，会觉得对不起你，以为没让你喝好嘛。何锐拍着黑包，说："就这一瓶，喝完为止。"耿占春连忙劝何锐，千万不敢这么说，不然非醉不可。何锐问耿占春，应该怎么说才好。耿占春介绍了自己的经验，就是用手捂住胸口，表一声自己在教，教规不许饮酒。耿占春说："谁也搞不清你信的是什么教，运气好的话，他们就放过你了。"耿占春如此操作，我以前确实见过，效果很好。只是，这事耿占春可以做，别人不可以做，做了也没人信。为什么呢？耿占春神态安详，轻声细语，还留着大胡子，看上去就像个教主，由不得你不信。

何锐那天见到行者，只用一句话，就把公事办完了。他对行者说："写个短篇给我，发在第×期。"接下来，我们就随着行者前往一个饭店。在饭店门口，看到了已经等在那里的几位南阳作家，无论男女都带着一瓶酒。在包间里，他们把酒掏出来，放到桌子上的时候，我觉得那不是酒，而是手榴弹。当何锐先生掏出那瓶茅台的时候，他们纷纷表示，茅台留着，先喝别的，最后再用茅台染嘴，好带着茅台酒香回家。接下来，就进入了南阳酒局的程序，各种理论再次跑上了桌面。忘记说了，南阳有个吓人的规矩，叫"端三杯"。意思是，他和你先碰一杯，然后，他再给你端三杯酒，他笑眯眯地看着你喝下，而他本人却不喝。这三杯喝完，他再和你碰上一杯，总共五杯。同桌七八个人，每个人给你端三杯，几十杯酒就进肚了。每道菜上来，都有说头，比如上来一条鱼，鱼头要朝向贵客，以示尊重。贵客呢，必须喝三杯鱼头酒。同来的客人正感到侥幸，规矩又来了，说头三尾四，腹五背六。意思是，尾巴朝向谁，谁喝四杯。鱼腹和鱼背朝向谁，各喝五杯六杯。菜还没上齐，酒量不大的人，此时肚子里定然已经翻江倒海了，已经误把南阳当襄阳了，不知孔明就是诸葛亮了。何锐先生看到这个阵势，竟然稳如泰山。几杯酒下肚之后，他把杯子一放，不喝了。不管你说什么，他都像没有听见一样，脸上毫无表情，果真就像一块嶙峋的山石，沉默中带着坚毅。他从包里掏出了一沓稿子，又撩起衣襟，擦擦溅到镜片上的酒珠，开始当场办公。他还拿起钢笔，在稿子上改来改去，旁若无人。改完一篇，再举到眼前，认真地校对一遍，随后又拿出第二篇稿子。他如此敬业，如此认真，酒葫芦们也就不好意思再打扰了。

那天我是怎么回到宾馆的，已经忘得一干二净了。我只记得，第二天早上，当我从宿醉中醒来，看到何锐先生正搂着电话在约稿。他每打通一个电话，只说一句话就挂掉了："我是何锐，你的小说给我，我发第×期。"他面前的那沓稿子，已经编完。房间里酒气冲天，何锐先生说："你昨天吐得一塌糊涂。"那瓶茅台还在他的包里。他催我起床，要我们陪他回到郑州。然后呢？他是要去北京，还是上海，还是南京？我记不清了。

饮酒趣事

周梅森

一

《人民的名义》导演李路是我多年老友，幽默智慧，情商超高，忽悠分子一枚。忽一日，李路意外登门，带了一瓶茅台酒来，非要请我喝酒。我觉得有些奇怪：这厮怎么突然想起我来了？不年不节，又没有哪个远方来客，喝哪门子酒？

李路倒也直率，道是听说我在写一部反腐剧，想和我聊一聊合作拍摄的可能性。我当即告诉李路，没这可能性！你导的都是生活戏，这种政治大剧恐怕不是你所擅长的。而且剧本刚开了个头，三集都没写完，和任何导演谈合作都太早。

好，好，不谈不谈！李路把酒往桌上一蹾，喝酒，放着茅台不喝太罪过！

于是喝酒。这一喝，情况就发生了变化。理智在酒精中消融，激越的个人感情和创造一个新世界的艺术豪情，让编剧和导演都进入了角色。编剧借着酒兴描绘着那些还没形成文字的一个个人物的音容笑貌和一幕幕可能发生的剧情。导演心有灵犀，即兴安排起了合适的演员，在酒精的燃烧中畅想那些尚不存在的镜头和场景。迄至一瓶酒全部下了肚，不可能合作的双方在熊抱中达成了合作意向。

次日酒醒，发现不对：昨晚好像犯了错误。这么一部政治大剧，怎么能交给这厮拍呢？而且，出品单位高检那边能听我的吗？喝酒真是误事！正后悔着，李路又跑来了，把合同往我面前赫然一放：哥，签字吧！我立即赖账，签啥字？李导，我啥时答应让你拍了？李路又拿出一瓶茅台：哥，那咱一边喝，一边回忆？

一边喝一边回忆的结果是，我不但在合同上签了字，还破天荒地当场给最高人民检察院影视中心主任范子文打了电话，推荐李路做了本剧制片人，主持拍摄。

后来的事实证明，这是一次美丽的畅饮，李路完成了自己醉意中的承诺。

二

作家矫健是和我纠缠了几十年的酒友与文友。我们一起下海时喝，一起做电视剧时喝，在国内喝，在国外喝，闹出的笑话、闯的祸实在不少。在此略记一二。

90年代初，矫健拉我一起下海经商，他的董事长，我的总经理，几个亲戚朋友做马仔。我们经商比较荒唐，颇有些行为艺术的色彩。决策差不多全是在酒桌上做出的，成功失败都有酒精一份功劳。那时我和矫健常吵得不可开交，大多属于书生意气。比如，矫健提出了一句广告词：在您家阳台钓阳澄湖之鱼。我认为这是扯淡之语——我们盖的房子距阳澄湖隔着一条大马路呢，怎么钓鱼？钓人还差不多。于是，董事长的浪漫主义和总经理的现实主义就借着酒兴交上手了。

两个作家的交手，且又有老酒助力，岂能轻易结束？一吵就是一中午。吵到后来我突然发现，坏事了，上午客户交上来的十五万购房款不知摆哪去了，记得是用两个皮鞋盒子装的。惊出一身冷汗，忙去寻找。后来，我在门口自行车的车筐里找到了那两只装着钞票的鞋盒子。矫健豪爽无比："这点钱丢了就丢了，周总，咱们接着说……"那时的矫健身家千万，在同辈作家朋友中当属罕见。

矫健垮下来也快。行为艺术的经商加不服输的赌性，让他后来死在境外期货上了。财富风扫残云般离他而去，他的浪漫主义只得收起来，面对严酷现实。其时，我早已上岸，正在中国电视剧制作中心写剧本，推荐他加盟，为央视写一个体育题材的电视剧。矫健屁颠屁颠到北京找我，和央视签了合同，收了人家一万元定金。接下来照例喝酒，喝得天旋地转，拥抱而别。不料，半夜三更，这厮又回来了。一问才知，竟是因无钱搭车去机场。这真活见鬼！那一万定金呢？矫健苦笑："这么大一笔钱，我哪敢随身带啊？一拿到我就寄回家了，也忘了留下搭车的钱！"我不由得一阵心酸，给了他搭车的钱，他却走不了了——飞机早飞了。

于是接着喝酒，最终把我喝倒了。早上醒来，矫健已不辞而别，去了机场。

三

多年前有一次，文联组织十几个文艺家国内采风——我记得艺术家中有京剧大家于魁智和李胜素，作家中有我和阿来。采风地点是东北林区和大庆油田。林区人豪爽善饮，请我们喝烧刀子。这烧刀子端的厉害，高达八十度，据说是全球四大烈酒之一。不过，那天给我们喝的酒没这么高度数，也就五六十度吧。刚开始，双方都很矜持，林区接待方礼貌而有节制。不料，我不识时务地说了一句很不该说的话：东北林区的人喝酒也不咋地嘛！这下子闯祸了。接待方怕我们喝不好，一个个端着酒碗上来了——真的是碗，很古朴的样子，一碗大约小二两。两碗酒下去，我歪在椅子上打起了盹，眼前的人影全是重叠的。

好汉阿来被迫"前赴后继"，应付一轮又一轮敬酒，直到后来也"壮烈牺牲"在酒桌上。事后阿来责怪，说我在林区点了一把火，让他的一世英名倒在了烧刀子瓶下。这让我很是惭愧。

烧刀子来得快，去得也快，散场出门，冷风一吹，竟然醒酒了。接下来还有个群众娱乐场所的参观活动，却又碰到了另一个当地的醉汉。醉汉和带领我们参观的宣传部长熟悉，一见我们到来，拿过话筒要给我们这帮部长同志的尊贵客人献唱一段京剧清唱《浑身是胆雄赳赳》。于魁智和李胜素相视而笑，部长同志颇为尴尬，又不好明说有谁来了，只是不让醉汉唱，让醉汉回家去醒酒。醉汉偏说没醉，让部长同志别这么客气，非要献唱不可。鬼哭狼嚎般的京剧就这么上演了。

在鬼哭狼嚎的献唱声中，我醉酒的惭愧悄然消失。阿来似乎也醒酒了，附在我耳旁说：他酒一醒恐怕就得后悔了！我说，他浑身的胆肯定不会雄赳赳了。说罢，相视一笑，觉得还是我们比较高端，虽然也醉，但醉得是多么礼貌而收敛啊！

酒之散记

邱华栋

丁帆老师发来短信约稿，让我写一篇文章，谈谈喝酒或者文人与酒。艾青有一首诗写到酒，酒是"有水的外形，火的性格"，这个的确很精妙。喝酒的风格和方法南人与北人不同，民族和民族相异，每个人的喝酒记忆也不尽相同。甚至有的人就是滴酒不沾。喝酒，从味道上来说也是白酒、啤酒、葡萄酒、威士忌、黄酒、米酒、干邑各不相同，千般滋味在舌尖上，也在内心里荡漾。

在新疆，有一次我在餐馆里吃饭，正吃着，看见从外面进来一个山地牧人打扮的壮汉。只见他要了两瓶白酒，将一整瓶倒进一只大碗里，然后要了一个馕，把馕饼掰碎了，放在酒碗里搅和一下，再配合点羊肉串，拿筷子吃酒泡干馕。只花了十分钟就吃完了，还把另外一瓶白酒往口袋里一装，毫无酒意，就出门走了。

喝酒的方法很多，我听说在山东喝酒，形式非常多样。有一种喝法是"喝七杯"，第一次一杯，第二次两杯，第三次三杯……第七次七杯，一共要喝二十八杯酒。还有一种"潜水艇"的喝法，就是把斟满的一杯白酒放入一大杯啤酒当中，看着白酒杯在啤酒杯中缓缓降落，就像是潜水艇一样，啤酒白酒混起来喝，不胜酒力的一下就倒了。

说到文人与酒，我想起来二十多年前，我曾经去杨宪益先生家拜访他，找他约稿，看到他喝酒的风格。杨先生喝酒很有名，他曾收到剧作家吴祖光先生给他的一副赠联："毕竟百年都是梦，何如一醉便成仙"。

杨先生喜欢喝洋酒，他的夫人是英国人戴乃迭女士。1934年，杨宪益在牛津大学读书，开始尝试把《楚辞》《聊斋志异》《儒林外史》翻译成英文。戴乃迭生在北京，长于北京，上大学又回到了英国，然后他们就认识了，喜结连理。他们两位合译英文版《红楼梦》三卷，是一桩盛事，我估计在艰难的翻译过程中，喝酒助力是少不了的。

去他家里采访或约稿，我也给他带去一瓶酒，发现戴乃迭女士也能喝一点酒。他们俩在工作之余，常常把盏共饮，只是大多数时候戴乃迭不胜酒力，几杯过后就不再喝了。但杨先生却喝得兴起，边喝边聊，左手拿杯右手拿着酒瓶，不多时间，一瓶酒就下去一半。而且，我发现他喝酒并不吃菜，是干喝，这一点是很多人不能及的，很多人喝酒，起码也得有点拍黄瓜或油炸花生米当下酒菜。所以，杨先生是一个喝酒的奇人。

杨先生除了喝酒还喜欢抽烟，做到了烟酒不分家，喝酒他还比较讲究牌子，可抽烟他就无所谓了，什么牌子的烟都抽，非常洒脱随意。有的人抽烟喝酒会把身体搞坏，可是杨先生喝酒抽烟，神清气爽，谈笑风生，2009年11月去世时是九十五岁。他是1915年1月生人，可见除了达观，喝酒也是他的长寿秘诀之一。

20世纪90年代，北京出现了一些喝酒的新去处，让年轻人很喜欢。比如，在粤海皇都酒店边上，有一家墨西哥风格的阿尔弗雷德酒吧。你走进去来上一盎司龙舌兰烈酒，左手指间再夹上一片柠檬，右手心放一点盐，将柠檬咬一点再舔一下手心里的盐，把龙舌兰酒一饮而尽，喊一声"体K拉——"，然后把宽口酒杯往吧台上一蹾，酒杯发出了欢快的一声"嘣——"。这种拉美的酒风相当豪放。而在凯宾斯基饭店后面的亮马河边上，普拉那啤酒坊自酿的德国黑啤酒、黄啤酒，和德国香肠、面包或土豆泥配起来，是消夏的美好回忆。这里的扎啤不仅有浑扎——全酵母未经全过滤的浑浊鲜啤酒，还有苦扎——苦麦芽鲜扎啤，更有黑扎——焦麦芽鲜黑啤酒等不同风格的德国啤酒，让你难以忘怀，非常带劲儿。另外，在北京吃涮羊肉，黄铜火锅涮肉，配上二锅头，是最佳搭档。

作家从维熙称自己"嗜酒如命"，他写过一本长篇小说《酒魂西行》。他曾告诉我，20世纪50年代，他和作家刘绍棠经常一见面吃饭，很快就能把一瓶酒分着喝完了。并且，他喝酒之后文思如泉涌，下笔如有神。1957年他被打成"右派"后有二十多年时间都在大墙之内劳动改造，偶尔有机会走出大墙，他都要偷偷买几瓶烧酒揣在怀里，以酒浇愁、以酒解闷、以酒壮志。正是酒给了他在困难岁月里的安慰和生命的动能。

我知道作家汪曾祺也是一个酒中大仙，但唯一一次造访，他对我的建议是，可以去蒲黄榆一家兔头店吃辣兔头，倒没有怎么和我谈到喝酒。从维熙和汪曾祺两位肯定是在一起喝过很多次酒。后来，从维熙曾在一篇文章中说："前有'宁舍命、不舍酒'的汪曾祺，后有来者从维熙，怕是板上钉钉的事儿了。"

从维熙老师近年特别喜欢喝一种山东德州出产的白酒，酱香型，叫作"古贝春"。后来，每年，我去看他几次，都要带上这种酒。有时候，他还给我他老家的"玉田老酒"作为交换。2019年春节我去看他，带的还是这种酒。没想到，在这年10月底，他就因病去世了。我去医院看望他，在病床上的他已经处于昏迷状态。我轻轻摸了摸他有些浮肿的胳膊和腿部，感觉到他身体在发高烧，但四肢却冰凉，不禁流下泪来。

酒魂西行，文人与酒的故事却能在千百年来不断留下来，成为文学中最为芬芳的一部分。

艰难的酒事

毕飞宇

　　我们一家都没有能喝酒的人，等我结了婚，生了孩子，家里还是没有人能喝。这么说吧，在我们家，即使是大年三十，餐桌上也见不到酒。有一年的除夕，我对我的父亲说，我们也喝一点吧。老父亲豪情勃发，说，那就开一瓶。我们真的喝上了。一瓶酒我们俩当然喝不完，喝不完那就放下。一眨眼，第二年的除夕又来了。我想起来了，去年的那瓶酒还在呢，于是，我和我的父亲接着喝。我们这一对父子在两个春节总共喝了多少酒呢？最终的答案还是贾梦玮提供给我的。他把那瓶残酒拿在了手上，晃晃，说，起码还有六两。别起码了，就六两吧。我愿意把这个无聊的故事演变成一道更加无聊的算术题：一瓶酒十两，两人均分，喝了两次还剩下六两，问，一人一次几两？

　　虽然酒量不行，可我父亲喝酒的姿态却优雅。在他端起酒盅的时候，通常都是使用大拇指和中指，这一来他的食指、无名指和小拇指就会呈现出开放的姿态，绷得笔直，分别指向了不同的方向。在飞机上，我和昆剧武生柯军先生聊起了各自的父亲，我就把父亲端酒的动态演示给了柯军，当然是说笑话。这位昆曲名家没有笑，却点点头，说，对的。我说，什么对的？柯军说，拿酒的动作。柯军说，舞台上的兰花指最早并不属于女性，它来自男性。在"很久很久以前"，有身份的男人参加宴会必须有模有样地端酒，否则就粗鲁了，就失礼了——兰花指就是这么来的。也对，一滴酒的背后是一堆粮食，一堆粮食的背后是广袤的土地。酒是大地的二次方，端起一杯酒其实就是托起一片风调雨顺的大地。它需要仪式感，它需要敬畏心。把手指摆成兰花的姿态，是必须的。

父亲把他局促的酒量传给了我。因为不能喝，我对酒席上的枭雄极为羡慕，说崇拜也不为过。十七岁的那一年，我看到了罗曼·罗兰对克利斯朵夫的描述，他描述了克利斯朵夫在巴黎的一场酒会，——年轻的约翰真是能喝啊，他"把各种各样的颜色倒进他的胃"。十七岁的年轻人喜欢上了这句话，赶紧抄在了一张纸上。这里头有他人生的期许——什么是天才的豪横、牛逼、淡定、硕壮、帅、不可一世和"谈笑间，樯橹灰飞烟灭"？"把各种各样的颜色倒进他的胃"。酒纳百杯，有容乃大。一个人的壮丽与浩瀚是可以喝出来的。

六年之后，十七岁的少年二十四岁了。那是1988年的夏天，他去了趟山东。先去的高密，看过了"红高粱"，然后，豪情万丈，点名要喝"高粱酒"。很不幸，他没能把"各种各样的颜色倒进他的胃"。热菜还没有上桌呢，他就冲出了堂屋，把"各种各样的颜色"倒在了天井。他抱住了围墙，可该死的围墙怎么也搂不过来。他的胳膊借不上力，这让他气急败坏，一桌子的人还等着他上热菜呢。第二天，他醒来了，就此知道了一件事：兄弟，你不行，不行啊。悲伤涌上了他的心头，他的人生就此少了一条腿。

我喝酒真的不行。一次又一次的大醉让我产生了恐惧。这恐惧固然来自酒，更多的却来自酒席。我上不了席，上不了。中国的酒席到底是中国的酒席，它博大精深，你是不能自斟自饮的。自斟自饮？那成什么了。你必须等别人来"敬"，"敬"过了你才能喝，当然，你也要"敬"别人。如果彼此都不"敬"，那也要有统一的意志、统一的号令和统一的行动。我们的酒席弘扬的是集体主义，讲究组织性，讲究纪律性。它和个体无关，和自我无关。"我"喝和不喝都不是问题，重点是"我"必须为"他"和"他们"而喝。每个人都必须这样。这很好。可我难办了，如果酒席上有十个人，少说也就是十八杯——低能所带来的必然是鸡贼。我必须鸡贼，只要有人约我，我一定先问一问：多少人？有一道算术题我必须先做一做：六个人以下，也就是五个客人，二五一十，可以的。如果是八个人以上，那我就要掂量。有时候其实也就是一两杯酒的事——千万不要小看了这多出来的一两杯酒，对我来说，它们是左勾拳和右勾拳。咏春大师叶问说，武术（喝酒）很简单，一横一竖。打赢了（能喝）才有资格站着（坐着）说话；打输了（不能喝），躺下喽。

我不想躺下。不想躺下那就只好耍酷：看到人数不对，我就滴酒不沾。时间久了，我发现滴酒不沾也不是一个好主意。常识是，"酒过三巡"，喝酒的人大多会兴奋，这是无限幸福的一件事，要不然喝酒还有什么意思呢。我呢，糟糕了，我的情绪慢慢地就跟不上趟了。我在众人欢腾的时刻上过卫生间的，我看过镜子。我在镜子的深处，一点也不兴奋，连基本的喜悦都没有。这么说吧，我只是处在了常态。但酒席上的常态就是异态，它另类，类似于阴险。我的"死样子"连我自己都不愿意接受——"他怎么就生气了呢？"——"究竟为了什么？"——"和谁呢？"老实说，我不知道；即使到了第二天，好心的朋友打来了电话，我依然不知道。我只能这么说，其实我已经很配合了，该笑笑，该点头点头，该鼓掌鼓掌。可是，天地良心，不能因为我喝了八两矿泉水你就让我手舞足蹈哇，要知道，平白无故地亢奋两三个小时，那太难了，体能跟不上啊。一场马拉松也不过两个多小时哎。

我对酒席的恐惧还有一个说不出口的点，那就是说话。在酒席上，音量偏大，抢话，语言夸张，骂娘，这些都很美好，我接受。和我的"现场直播"比较起来，不知道好到哪里去了。可我不太能够忍受"单曲回放"——同样的一段话，他能重复十几遍、几十遍。我曾经遇到过一个可喜的读者，就在酒席快要结束的时候，他站起来背诵了我作品里的一个段落，然后，用慷慨赴死的劲头玩命地夸。我虚荣啊，哪里还绷得住，就笑。在我返回房间的时候，这位仁兄跟了上来，他提出了一个要求，要去我的房间"和毕老师说说话"。这个我必须答应，我还想听人家接着夸呢。虚荣必遭天谴，灾难就此降临。这位老兄一屁股坐在了我的床边，接着背诵，接着夸。特别好。可我哪里能想到呢，他背诵的永远是同一个段落，所用的赞词永远是同一番话。没完没了。没完没了。没完没了。没完没了。结果是可想而知的，虚荣抛弃了我。我去了趟卫生间，发短信："快来我房间，就说三缺一。"

我的识酒小史

黄小初

　　我小时候，父亲每天都要喝酒，是那种二两五一瓶的"乙种白酒"，俗称"手榴弹"，每天一瓶，几乎雷打不动。一贯不苟言笑的父亲喝得兴起，偶尔会用筷子蘸上一滴酒塞我嘴里，把我被呛得鼻涕眼泪横飞的窘样作为酒后余兴。所以，酒给小时候的我留下的印象一直不太美妙，一个正经人为什么要花钱去喝这种又辣又苦的液体来给自己添堵，这是一个我百思不得其解的问题。

　　上大学之后出现了没有料到的情况——宿舍舍友中有那种一看到酒就两眼放光的天生酒仙，有酒仙在场的聚餐，难免会被拉着喝上两杯，但基于从小就对白酒留下的恐怖记忆，我都是浅尝辄止，以不扫同学之兴为度。

　　这辈子正儿八经在酒桌上被人撂倒，是在工作以后不久。那会儿，我在《祝您成才》杂志社当编辑兼记者，有一年驻宁某部在驻地召开人才工作会议，我奉命前往采访。会议结束后军部照例用工作餐慰劳与会代表和工作人员，席间军部首长来给就餐者敬酒，为首的正是军部一号人物——军长。这位军长是个老革命，据说还是个有名的战斗英雄，当然，即使尤视这些背景板，从小就是军棋迷的我也深知"军长"两个字意味着什么。身经百战的老军长仍然军容严整，风纪扣扣得严严实实，保持了一个老军人不怒自威的仪态。他步伐沉稳、面带

237

微笑，在一众军官的簇拥下，举着搪瓷茶缸一桌一桌敬将过来。

走到我就座的那一桌时，也许是因为我在一桌人中看上去最年轻，而且又是现场不多的身着便衣者，军长一眼就盯上了我："小伙子，来，咱俩干一杯！"

我环顾四周，确定军长是在跟我说话之后，战战兢兢站了起来，像做贼一样扫了一眼自己面前空空如也的茶缸："首长，实在不好意思，我……不会喝酒！"

军长淡然一笑："年轻人，有啥会喝不会喝的？你这身体，还会喝不过我这老头子？来，我先干了！"说罢，军长不由分说，一仰脖子把搪瓷茶缸里的酒全部倒进了嘴里。

立即有餐厅工作人员在我的空茶缸注满了酒（大概一两半），一众军官的目光全部聚焦在了我身上，此时此刻，我深知已无路可退，任何解释、推托、告饶在老军长炯炯有神的目光注视下都只能是自取其辱，遂咬牙抓起茶缸，二话不说，两眼一闭，照着军长的样把里面的液体一股脑儿倒进了嘴里。

大概五分钟以后，我就彻底趴下了。再次醒来已经是在军部招待所的床上。记得那是一个春日，窗外绚烂的阳光分外摄人心魄，我头痛欲裂、浑身瘫软，倒卧在招待所的硬板床上忍受着腹腔里的翻江倒海，招待所的白墙、白色被褥、白色搪瓷脸盆使我产生了自己身在病房的错觉，这是春天第一次以酒气熏天的面目在我面前出现。

我平生与白酒的第一场正面交锋，就这样以我的KO级完败而告终。此后的十多年时间，这场大醉的阴影始终伴我左右，除了偶尔拿"被军长灌醉"自吹自擂一把外，跟白酒的关系基本上是大路朝天，各走一边，直到世纪之交，因为工作的关系，才重新跟酒有了狭路相逢的机会。

新世纪初，我供职的单位开始涉足教辅出版。众所周知，推广教辅的关键点就是跟各级经销商搞好关系，而酒又是最为常见、高效的公关利器。印象最深的是苏北某县的书店，这个书店有个大杀器，就是办公室主任的厨艺，所以他们招待客人从不去当地饭店，而是在书店顶楼的食堂由办公室主任披挂上阵、亲自操刀，客人们自然也很享受这种宾至如归、其乐融融的氛围，唯一让人受不了的是酒——当地产一种口味辛辣的烈酒，书店常备以之待客，大多数情况下，当谈完业务的客人们被引入书店顶楼那个已成业内传说的食堂时，五瓶以上的白酒已经摆在餐桌上整装待发。

那五瓶酒也成为我此生挥之不去的梦魇——说句老实话，有五瓶以上的这种酒坐镇，办公室主任的厨艺好不好已不重要，因为只要开喝十分钟，你的嗅觉、味觉就会被酒味攻占，不会再给美食留下任何兴风作浪、翻云覆雨的空间。

如此喝酒，对酒欲生亲近之心，岂非缘木求鱼？2014年夏天，我在原南京军区总院做了视网膜修补手术。手术后主治医生神色严峻地问我平时喝不喝酒。我答之以平时滴酒不沾。医生释然，说做过这个手术后可能需要终生禁酒。想到此后拒酒有了冠冕堂皇、不容反驳的理由，心中不但暗喜，甚至对那只给我带来无数麻烦和痛苦的病眼油然生出了感激之情。

很快我就尝到了拒酒的无穷快乐，是在一个老朋友为出院的我摆的"接风宴"上。这位朋友是个喜欢热闹的人，一不留神攒了个大局，来了一些我不认识的人，开席前大家寒暄，我顺便说了一句：先打个招呼，我抱病在身，今天不能喝酒。这时，桌子对面一位气宇轩昂、神色端凝的某机关领导突然冷冷插了一句：在酒桌上不喝酒，还能算是男人吗？我跟这位领导素昧平生，他如此不见外，倒把我弄了个措手不及，按照基本礼仪，看在我那个攒局的朋友的面子上，我应该对这位领导朋友的义正词严一笑了之，或索性王顾左右而言他，但也许那阵子因为在医院待得太久，心里憋着一口鸟气，我居然一反常态地立马把脸拉下，冷冷地回了一句：那就别把我当男人！显然，我的不知好歹一下子把在座的人都搞蒙了，幸亏饭局主人反应快，嘻嘻哈哈地立马转移话题，把局面缓了下来。那个晚上，我索性破罐子破摔，用一杯果汁应付掉了所有同席者的敬酒，当发现那位跟我互相抢白的领导也端着酒杯起身准备挨个敬酒时，我近乎挑衅地大摇大摆地晃进了包间附设的洗手间。

鉴于跟白酒的这些爱恨情仇，我此生与白酒始终不来电应该是大概率事件。但万万没想到，将近花甲之年，我居然一改之前对白酒的态度，成了一个几天不碰酒就若有所失的人，甚至已经完全不在乎那只病眼的感受。究其原因，一是随着年岁的增长，周围的朋友爱上杯中物者越来越多，平时朋友间来往，酒成了一个绕不过去的话题，喝酒的妙处时有耳闻且慢慢感同身受，对酒的看法自然也与时俱进了；二是随着年齿渐长，慢慢淡出了工作一线，现在已经鲜少出入为工作拼酒的场合，没有了非喝不可的压力，也没有了咄咄逼人的劝酒，喝酒真的成了一种风轻云淡的品咂，一种享受，滋味也就跟带着功利心、虚荣心的拼杀完全不一样了；三是碰到了一些真正懂酒的朋友，也喝到了一些真正的好酒（并非贵酒），这些好酒当然跟儿时父亲喝的"乙种白酒"和工作场合喝的各种地产"名酒"不可同日而语。一直记得一位对酒文化颇有研究的朋友所说的鉴定好酒的八字标准：纯粮酿制，固态发酵。这真的极其简洁精准地概括了好酒的来处——真正的好酒，是粮食的精魂，饱含着酿酒者的心血，浸泡着人类悲欢离合的所有密码，其滋味怎么可能不悠长、境界怎么可能不高深、品格怎么可能不贵重呢？

有人说，鉴定一个人是不是真正的爱酒者，端看其会不会独酌。以这个标准来看，我不无自豪又略带惊恐地发现，庚子年的春天，我终于不可救药地出落成了一个真正的爱酒者，因为我开始独酌了——新冠隔离期间，我学会且爱上了自斟自饮，每晚一两，从不间断。必须承认，在那种微醺的感觉面前，所有因隔离而生的寂寞、枯燥、单调甚至无望都成了浮云。

我的三次酒醉

沈嘉禄

绍兴人肯定会吃酒——这几乎成了铁律。饭局上，初次见面的朋友端着酒杯来敬酒，我惶恐不安地起身，双腿在颤抖，他看不到，我有感觉。"听说你是绍兴人？那肯定会吃酒，来，一口闷。"新朋友一饮而尽，笑眯眯地盯着我，同桌的朋友也在起哄。喝还是不喝，实在是一个问题。

绍兴是举世闻名的酒乡，绍兴人会酿酒也会喝酒，我祖籍绍兴，所以我肯定会喝酒而且酒量一定不错。这个推论逻辑性很强，不容置疑。但万事总有个例外，我就是例外。我祖父祖母、我父亲母亲，包括七大姨八大姑甚至堂兄弟表姐妹等等，都是好酒量。小时候家里来了老家客人，妈妈将一个特大号搪瓷茶缸塞给我，差我去街角的食品店买零拷黄酒。"加饭，拷满。"妈妈再三关照，我晃晃悠悠地捧回家，酒有两斤左右，晃出在茶缸外壁的酒液有点黏手，妈妈在厨房里喤喤炒菜，两盆菜还没吃完，茶缸已经见底。

可是我天生不会喝酒。记忆中第一次喝酒，实出顽皮，在绍兴后梅老家的柴房里，趁大人不注意，站在小板凳上从"七石缸"里舀了一勺黄酒喝，凉飕飕，甜滋滋，然后就坐在缸下呼呼大睡。第二天爷爷找出一只彩瓷小酒盅送给我，画面上，一个头戴幞巾、美髯飘飘的老夫子拥着一坛佳酿醺然入睡。奶末头孙子能喝酒，爷爷很高兴："喏

241

喏，太白醉酒噢。"

这一幕童年即景如此清晰，只因为此生唯有这么一次接近诗仙李白。等到我身渐蹿高，可与父母一起分酒喝时，这酒不知怎么就变得燥烈起来，无论黄白红，稍一沾口，面孔必定红成猴子屁股。而且，历史的经验值得注意：喝啤酒，必头痛；喝黄酒，必手臂一片红疹；喝红酒，必心动过速加胃痛；喝白酒，头痛加心动过速加胃痛加红疹潮涌。后来又发现，假冒伪劣白酒入口，立竿见影的头痛欲裂，喝正宗茅台、五粮液、古井贡酒等，潮起潮落很快，胃也挺得住，头痛概率低。当然也不敢多喝，三钱杯，三杯为限，四杯到顶，再喝，脚底踩棉花，舌头转不过来。

不过我备受摧残的痛苦经历并不能说服热情好客的朋友，不会喝酒可不是一个好作家噢。很多场合之下，我只能有节制地抿两口，感觉差不多了，捋起袖子展示"血染的风采"——手臂上已然"万山红遍"，小脓包蚁聚蜂攒。"那你就多吃菜吧！"朋友将我拍倒在座位上，算是大赦，那目光，说不上是怜悯还是不屑。

于是我只顾闷头吃菜。我之所以成为所谓的美食家，恐怕得益于"不善饮酒"。

也因此，我的醉酒经历屈指可数。当朋友豪迈地回忆起自己醉酒的种种表现时，越是荒唐不堪、奇拙怪样，越能引发我的敬仰。有人说我性格内向、不喜浮夸，其实我也想疯狂一把，指点江山。但低头一想，一杯薄酒就能将我淹死，我又如何与人争锋？

每次填写个人履历表，在籍贯栏前毫颖生涩，我真羞与孔乙己在同一家咸亨酒店啜饮啊！

不过也有三次醉酒的经历值得一说。二十年前参加一家杂志社的草原笔会，一干人来到希拉穆仁草原，骑大白马，睡蒙古包，晚上篝火熊熊，与内蒙古作家联欢。主人杀了两只羊，白水煮熟后堆在大盘里端上来，大块羊肉上插了十几把尖刀，这就是汪曾祺先生在文章里写到的"手把肉"。但是我还没把一块羊肉剔净，身后就响起了激越的歌声。当地风俗，用歌声与美酒欢迎远方的来客，敬酒从唱歌开始，客人若不起身，蒙古族姑娘就一直唱到天亮。我岂敢怠慢美女啊，慌忙起身"应战"。仔细一看差点吓晕，这杯，就是胡松华在歌里所唱"高举金杯把赞歌唱"的那种银质镀金高脚酒杯，满满一杯至少有四两，而且是被誉为"塞上茅台"的宁城老窖！但是箭在弦上，只得依古法将手指蘸酒向身后弹三下，接过金杯一饮而尽。知根知底的上海朋友赶紧将我扶下，吃手把肉，喝羊杂汤，等大家纷纷冲出蒙古包活蹦乱跳时，我已经朝天躺倒了。等我醒来，从蒙古包顶端的天窗朝上望，那真是星河浩瀚，一片灿烂，是都市里不可能看到的壮丽景象！

至今觉得为如此壮丽的景观醉一回，值！

还有一次在贵州，也是团队活动，上海作家记者组团去黔东南采风，在一个苗族村寨的风雨桥内吃长桌饭。苗家风雨桥跟汉族廊桥相似，上有顶棚，两边类似美人靠，可供旅人小憩。桥面比较宽阔，不单可走人畜，小型车辆也可通行。长桌饭，顾名思义就是用十几张桌子拼成特殊的席面，主客面对面坐在小板凳上进食，敬酒、交流都很方便。在重大节日，苗家的长桌饭可以排到一百多米长呢！我们一行有三十多人，开吃场面也相当壮阔，大碗喝酒大块吃肉对对碰，有点梁山好汉的豪迈。

长桌上叠床架屋地摆满了老腊肉、白斩鸡、酸菜土豆、红烧牛肉、凉拌蕨菜、酸汤鱼、小米鲊、糖水南瓜等传统美食，还有浅红色的杨梅酒和归作白酒类的青酒，度数都不低，口感有点冲。才吃了几口，四五个头戴银饰的苗家姑娘就不知从何处冒出来，围着我们唱起了敬酒歌，曲调高昂清丽，歌词率直热辣："阿表哥，来看妹，阿表妹，来端酒，管你会喝不会喝，都要喝。你喜欢，喝一杯，不喜欢，喝三杯。不管喜欢不喜欢，都要喝……"

我架不住她们的热情相劝，满满地进了一杯。但也没完呢，接下来还要敬菜，一个姑娘夹起一块白花花、颤巍巍的大肥肉直往我的嘴里塞，刚想张口咬住，她的筷子又缩回去了，让我扑了个空。如此者三，将我逗得像个贪吃的小孩，狼狈不堪，最后我假装生气，不吃了，那姑娘却不由分说地将大肥肉塞进我的嘴里。那滋味，真个火辣！

过了三五分钟，我就在风雨桥上烂醉如泥了，由朋友将我抬到大巴上凉快凉快。叫我醉倒的，真不知是米酒还是肥肉呢。

要说这两次醉酒可堪回味，还有一次倒令人伤感。那是二十八年前，我参加上海某杂志社组织的一个活动，去山西某大型国营煤矿采访。我那时候还年轻，容易冲动，想法也多，完成采访任务后犹有不足，提出去矿工宿舍看看，负责接待的矿务局宣传部门干部面露难色，于是我就自个儿摸上门去。矿工们住的房子相当简陋，砖根黄泥墙，甚至有木板墙的，瓦楞板房顶也大多破裂，用砖压着，小路上坑坑洼洼，辙坑里的脏水反射着惨淡的日光。不时有女人的嘤嘤哭声从黑暗处传出，据说矿工酗酒、赌博、打老婆是极普遍的。我随机进入一户矿工家，说明来意后主人十分热情地接待了我。这位矿工才四十多岁，面容憔悴，本是四川资阳农民，来山西已有十多年了，娶当地农村姑娘为妻，有两个孩子。屋里一片昏暗，看不清有什么家具，电视机、冰箱都没有，桌子上立着半瓶劣质白酒，一包花生米就是下酒菜了。矿工大哥刚下班，喝酒喝到一半。

我已经下过矿了，知道这个矿的设备都是从波兰进口的，在当时也算是先进的了，矿上二十多年也没有发生过事故。但是综采设备转起来，粉尘还是相当厉害的。矿工们升井后，个个都像黑包公，只有一对疲乏的眼睛还是亮的。

这天我与矿工大哥聊了两个多小时，在本子上记了十几页，直到矿务局的干部找到我，客客气气地将我接去吃晚饭。这个时候我已经与矿工大哥喝光了一瓶白酒，脑子里一片空白，我是被四五个矿工抬上车的。

后来我相当克制地将这块内容写进文章里，最终还是被删掉了。我当然也去参观了矿务局专门为管理层建造的别墅群，每人一幢。他们还请了德国的建筑师来设计，有独立花园，有敞亮的回廊，有红瓦大坡顶，有眼睛似的小天窗，宛如童话故事里的背景。

十多年后，这家矿务局成了上市公司，实力越来越强。我也欣慰地得知，矿工们终于住进了集团公司新建的廉租房。那个资阳籍的矿工应该退休了吧，愿他有一个幸福的晚年！

我很想与这位矿工大哥再喝一次，直到醉。

能饮一杯无

叶兆言

丁帆兄组织专栏，让一帮文化人写喝酒。锦绣文字接二连三出现。阅读进入了新时代，在过去，这类文章未必能看到，现在有了这群那群，还有朋友圈，想不看都不行。因为不能喝，觉得与我无关，没想到突然接到丁帆电话，说好多人都写了，你也来一篇。

不由得想起多年前，与王朔一起出游，在酒桌上被审问，说你又不抽烟又不喝酒，除了写字，还会什么？记不清当时怎么回答，仿佛考试一样，一个看似简单、明摆着是送分的题，还真就回答不出来。

首先是不服气，譬如抽烟，其实一直都是抽的，自从开始写作，烟是案头必备。开始写要抽，写顺了要抽，写不下去也要抽。然而几十年过去，抽烟也就是个形式，或者说是个仪式，标准的装腔作势。我从来都不知道烟的好坏，抽烟只跟写作有关，曾经和余华争论，他平时抽烟，聊天尤其厉害，真正写作反而不抽了，理由是面前放着干干净净的电脑，两手都要在键盘上折腾，怎么能再抽烟呢。我觉得余华荒唐，他也觉得我荒唐，争论时苏童恰巧在一旁，冷笑说你们两个都不对，都他妈荒唐，都有毛病。

喝酒也是如此，至今仍然不知道酒好坏，只知道茅台贵，贵自然就是好酒。要说喝酒的历史，肯定不比同辈晚，自懂事起，父亲就好喝酒，他的所谓好，只要有可能，吃饭前必须抿上几口。酒量并不大，就是喜欢喝。小时候经常去为父亲买酒，酒要凭票供应，很多年轻人不喝酒，舍不得喝，都把酒票送给父亲，我们家住母亲单位宿舍，年轻人多。

记不清自己什么时候开始喝酒，印象中，为父亲买过各式各样的酒，南京人喝凭票供应的洋河或双沟，票不够，会买些不要票的劣质白酒回来凑数，喝了上头，上头就上头吧。除了白酒，还有一种"仿绍酒"，价格很便宜。我对酒的最初印象，不是好酒坏酒，是有没有酒、能不能喝。世道太乱，没酒喝，稍稍好一点，安生一些，喝酒机会就来了。父亲被打倒挨批斗，写检查进牛棚，日子过得好好坏坏，与有没有酒喝、还能不能喝紧密相连。"小酌酒巡销永夜，大开口笑送残年"，印象中，父亲最快乐的喝酒，是与一起被打成"右派"的难兄难弟对酌，不问啥酒，更不需要什么菜。

从小看父亲喝酒，有个错误认识，以为人都会喝酒。没有不喝酒的，关键是有没有酒喝，能不能喝到。高中毕业，我当过四年钳工，与工人师傅朝夕相处，喝酒的印象几乎没有。那年头根本没条件喝酒，都是穷人，偶尔聚餐，连大块吃肉都谈不上。同事结婚，双方条件都艰苦，端上来一盘鱼，大家知道底细，都不忍心下筷。新郎走过来，用筷子将鱼拆散，笑着说鱼还有，每桌都有。

直到上大学，酒在我印象中，都还是奢侈品，不喝酒是人生常态，有酒喝，基本上属于小康。粉碎"四人帮"，改革开放了，生活好起来，喝酒才开始变得寻常。酒的品种也多了，不用再凭票供应，不说动不动喝酒，经常喝也是事实。找到名目便聚餐，用父亲的话说，无非是帮年轻人在一起瞎喝。我第一次喝醉酒，就是一边吃冰棒，一边喝。一会儿工夫，三个人分完了一瓶白酒。回宿舍开一瓶继续，喝到一半还去上课。记得是董健老师讲当代文学，说高晓声和方之的小说，两位作家都是父亲的朋友，我觉得他们的小说有啥好说的，上了一节课就逃跑，还是原来三个人，再回到宿舍喝，喝了，又到操场上去打排球，打着打着，睡着了，醉了，不省人事。

那次醉酒大出洋相，我的好友余斌是南京大学中文系酒鬼之一，写过文章专门记录了我的狼狈，说他久经沙场，见过喝醉酒的也不计其数，唯有我的这次不堪，轰轰烈烈，足以当作笑柄。当时吐得一塌糊涂，几个人也架不住，找了辆自行车来，怎么都安顿不好，坐不住，躺不了，浑身骨头散了架，嘴里还在胡说八道。据说那小操场因此污染好几天，也没人打扫，一开窗酒味冲天，连忙再关上。我睡上铺，人醉了，会变得很沉重，弄上去也不容易。好不容易弄上去，又居高临下地吐了，喷得到处都是。

　　这次大醉只是开头，这以后，又醉过无数次。终于明白，自己其实与酒没缘，别人越喝越能喝，水平可以慢慢练出来，我是走下坡路，越喝越不能喝，越喝越怕喝，醉一次，水平便相应降个档次。弄到最后，喝什么都会醉，白的红的黄的，一碰就醉，刚喝就醉。不明白为什么，反正酒量差到丢人，只要喝一瓶啤酒，就吐，一旦吐，没完没了，旁边必须有个人侍候。显然是老天爷在惩罚人，喝醉酒，害自己也罢了，关键还影响别人，让别人跟着受累。

　　这也是不愿意喝酒的原因，一喝醉，必定拖累和麻烦别人，好事立刻变坏事。丁帆关照随便写些喝酒趣闻，想了想，无趣多于有趣，不高兴胜过高兴，都是痛苦记忆，都是不堪回首。对酒当歌，人生几何，我总是在羡慕别人，看别人扬眉吐气，而自己却没办法喝高兴，通常都是在极其清醒的状态下，不明不白先醉了。还有一次，王干来做客，我没喝几口就忍不住要吐，我太太因此责怪，王干很冤枉，说我还没让他喝呢，这是怎么回事，他自己喝的，也没喝多少，言外之意，颇有点讹人的意思。说起来算是请人喝酒，你这样表演，还让不让别人喝呢？

　　"晚来天欲雪，能饮一杯无"，想到白居易同志的热情招呼，无限向往，难免神伤。不能喝酒无疑是人生的一种遗憾，不能喝酒的人，注定都是无趣，都应该打入另册。酒是古明镜，辗开小人心。醉见异举止，醉闻异声音。都说艺高人胆大，谁愿意无趣，谁愿意不入流，谁愿意脱离人民群众？可惜像我这样，没上战场先缴枪，听到炮声已投降，一碰辄醉，一吐则没完没了，想想都尴尬，对不起自己，更对不起别人。

"禅心已作沾泥絮，莫向春风舞鹧鸪"，既然与酒无缘，还是省了这份心的好。省心也就收心，收了心便认命，好事坏事都是天注定，人生哪能没有遗憾，不能喝就不喝吧。

我的人生第一醉

刘国辉

喝酒之人没有没醉过的!

如果听见喝酒的人说自己从没喝醉过,那一定是个满嘴跑火车的人,切不可信!

我听见谁说自己从没醉过,不由自主就想起一篇写钱锺书和杨绛先生的文章。大意说两位先生一辈子相敬如宾,连脸都没红过,堪称夫妻人伦的典范云云,内心总觉得这是对两位先生的亵渎!人非草木,孰能无情?一辈子相濡以沫,不弃不离,被誉为"文化昆仑"的大家,被写成了庙里高高在上的泥菩萨,虽则看似充满敬意,实则大不敬!老话说:泥人还会有个土性子!何况能写出《管锥编》、翻译《堂吉诃德》的文学大师,感情之丰富、细腻、深邃会异于常人,固然可以用理智控制,升华为《围城》《洗澡》这样的名著,但一定不会是"一辈子俩人都没红过脸"这样的虚假!

喝酒之人说自己没醉过,是对高阳酒徒的亵渎,是对自己的亵渎,更是对酒神的亵渎!

丁帆先生在《中华读书报》主持《酒事江湖》栏目,每期必读,一则在数字出版的冲击下现在能看的报纸似乎越来越少了,只有坚持文化品位和格调的《中华读书报》还值得阅读,维系着几十年培养起来的读报情怀;二则"酒事江湖"为古今中外写酒事的文章增加许多创新之意，颇有苟日新、日日新之感。阅读引发"食指大动"，也想滥竽充数，专门写写自己醉酒的糗事。检点平生酒事，共醉七次，归纳为：不孝之醉、失意之醉、乡情之醉、工作之醉、聚首之醉、山野之醉、离别之醉，醉者罪也，基督教古有明训，然则人生何人无罪！凑齐可以名为"七宗醉"！因篇幅关系，先写"不孝之醉"。

我平生第一次喝酒和第一次"下馆子"同步，是在考上大学的1979年，因为考上南开大学将要离家远游、负笈津门，我的姑表哥沈子成在县城的饭店单独给我送行。十七岁的我喝了两"二大碗"啤酒，红头涨脸，头重脚轻，回家睡一觉才好。当时觉得酒如此难喝，没有一丝乐趣和快感，实在不明白为啥许多人如此爱好此杯中之物！当然这不算喝醉，只能说是初尝酒味儿，而且没有留下好印象。

大学里没有不喝酒的。第一年在远离家乡的异地他乡中秋、十一节连过，小组同学聚会，喝的是红酒。由于心里还存着对啤酒的敬畏，知道自己不能喝，故不敢多喝，但同时又年少气盛，怕自己被别人小瞧，一直小口勉力奉陪。上铺同床好友李中茂君家在天津，虽仅长我一岁，已于美食美酒均有识见，又好酒仗义不停劝酒，那时葡萄酒还没有流行进口的干红，是著名的传统果酒通化葡萄酒，入口甜腻，感觉不像啤酒那样"难喝"，于是不知不觉越喝越多，总有半瓶以上。最后看到几个号称能喝的同学已经有了很多酒意，而自己没啥大事，恍然大悟：原来能喝之人酒量似乎也不过如此。这人生第二次喝酒，收获是使我知道自己还有点酒量，也认识到酒量不是锻炼出来的，是天生的！从此一发不可收拾，开始走上喝酒之途！大学、研究生七年间，无论是同乡聚会还是同学分别，送往迎来，都有很多酒事，但没有醉过。

清醒地记得第一次醉酒是在工作后的1988年。

1986年我毕业分配到人民文学出版社，那时出版还是个高尚优雅的行业，不像现在高尚依然，优雅不再，所在出版社又"位势颇高"，更是自如。编辑和作者互相礼敬，诗酒往来，既能先睹为快，窥见作者的宏论高见，又能拾遗补阙，体现编辑的专业和光芒，编辑生活很有情趣。人民文学出版社古典文学编辑室素有喝酒之风，林东海、刘文忠、盛永祜几位先生，都好酒风流，办公室藏有好酒，经常中午高兴时就会小酌一杯；杜维沫、弥松颐、王思宇先生虽然酒量不高，但也愿意和我们这些小字辈一起热闹一下，继之以吟诗唱和，谈古论今，往往不能见诸文字的老辈文人学者作家编辑的掌故逸闻，就在酒酣耳热之时传给了我们这些年轻编辑，于日后的工作大有助益，喝酒中得来的学问是读书学不来的。至于外地作者来访，赶上饭点，小酒馆喝杯小酒之时，选题就敲定；作者出版了图书，也一定要请一杯以示谢意。朝内南、北小街没有扩宽之前的小酒馆比比皆是，拿手好菜各有特色，对面朝内北小街路东爆肚冯的爆肚，十字路口东面路南的咸亨酒家的绍兴菜，现过街天桥西北角脚下新兴饭馆的熘肝尖，南小街路东明屋酒家的粉丝炒小白菜，当然还有可以欣赏的如豆腐西施一样漂亮的老板娘，都是靠稿费喝小酒的绝佳选择之处。那时没有现在的畅销书概念，无论图书发行多少，稿费都是按千字计算，所以稿费不多，买房没有，发财无望，除了积攒几年凑个家中的一两个"大件"之外，送给小酒馆是最佳选择。这是题外之话，可以专写一篇：朝内大街166号与朝内小街的小酒馆。

1987年出版社有旨：刚在朝阳区十里堡买两个单元房子，年轻人结婚有望分到两家合住的两室一厅。为此，7月底我回老家结婚，8月回京上班。谁料中秋节还没到，刚刚离休不久、从来不生病、年仅六十二岁的父亲突然检查出身患肺癌，因为唯一的儿子在北京，在单位同事和我大姐夫的陪同下到北京检查治疗。初听到爸爸可能患癌症的消息，如晴天霹雳，我正在重庆参加古代小说研讨会，马上长途电话请示当时的副社长谢明清，被特批坐飞机飞回北京。坐在飞机上内心还寄希望老家的医院水平不高误诊，可事与愿违，爸爸到北京后再次确诊，肺癌晚期，不能手术，只能保守治疗！当和家乡的大姐通长途电话告知确诊时，我言语哽咽不能继续，同办公室的弥松颐先生小声提醒我：国辉，别着急，慢慢说！我才逐渐稳定住情绪。

我家乡乾安是吉林的一个小县城，当时仅有二十多万人口。爸爸一生主要工作时间都是在县委党校，被县里大多数人尊称"刘老师"，那时在小县城高小毕业是"知识分子"！他喜欢读书写字，一生勤劳朴素、谨小慎微、仁厚待人、独立自主，一辈子最大的骄傲就是培养了我五个姐姐一个妹妹，还有我这一个儿子，我们都通过读书考学离开了家乡。按照东北老辈的传统，我是独苗，在我研究生毕业后，家中七姊弟都已经到外地工作，老家只有父母老两口。1979年我考大学时是县里文科成绩第一名，也是乾安县第一个走进南开大学的学生。毕业后分到北京，望子成龙的父母无比自豪，他们虽然口上不说，内心深处一心想和儿子住在一起。正因如此，毕业前我请好友程体英帮我联系工作单位，本想到空军指挥学院参军，那时硕士研究生毕业到部队可以直接当干部，能立即分房子，觉得这样就可以把父母接北京来住，了了老人的心愿。当时程体英的泰山是空军指挥学院的副院长，安排对我进行了面试，已经决定可以到学院当秘书，谁知毕业前夕空军司令员临时换帅，引起空军指挥学院人事变化，我的想法没有实现。我这才又通过戴文葆先生联系三联书店《读书》杂志、弥松颐先生联系人民文学出版社等单位，因此耽搁时日，分配时先被留校在对外汉语教学中心任教。那时年纪小，一心想到社会上去见识一下，实在不愿意再待在学校内，拿到工资条也拒不去领工资。经过几番周折，一直到9月份才正式到出版社上班。到北京后心里最大的愿望是能让父母到北京来一起住，岂不知这个刚到北京一年的儿子不但没有能力让父母来京居住，连让老父亲住进北京肿瘤医院治疗的能力都没有。还是同事管士光仗义援手，找到他在通县结核病研究所当主治医生的同学高同军，接收到他们医院的研究所治疗。为了照顾方便，我们在医院对面租一个十平方米左右的农家屋照顾住院的父亲，希望能让他吃上可口一点的饭菜，抵抗化疗的痛苦。在那一年多时间里，主要是姐姐们轮流来照顾，其余时间就是我和夫人在那里陪伴。那时几乎每天下班后都骑自行车从朝阳门内到通州北关，单程能有二十多公里，锻炼出骑自行车跑长途的体质。

1988年冬天，父亲回老家过春节后再次回通县医院化疗，身体日渐衰弱，特别是胃口一向很好的他现在每顿饭后都吐出来；他为了不让我们过于担心，坚持再吃，还不时宽慰我们。作为儿子，看着年寿不高、一向身体强壮的父亲如此，而自己又无能为力，"百无一用是书生"，深深感到难受郁闷压抑，又要强作欢笑，反过来去安慰鼓励父亲，这是难以用语言表现的一种感情。

某个周末，具体时间已经忘记了，朝内166号后楼独身宿舍的人聚会，似乎是谁回老家结婚后回京宴请同事，请大家在东四十字路西北口的闽南酒家二楼喝酒，应该有画家王晓、诗人王清平、理财高手乔晚根、上海滩帅哥于绍卿、文学大神张国星、评论家杨国良、四川幺妹杨新岚等等，点的什么菜已经全没记忆，喝的尖庄酒却印象很深。自己酒到杯干，不知喝了多少，记得带的酒不够又在酒店添加的酒。奇怪的是酒醉之人一直觉得自己清醒，只感觉诗人喝多了还吐了，自己没事；脑子里最后只有一条：赶上最后一班去通县的汽车。酒局如何结束已经没有记忆，也不知是自己先走去赶公交车，还是大家一起散了，反正周一上班时说到当时清醒买单的人还赔偿了酒家被吐了一地的地毯钱，我自己只清醒记得吐在闽南酒家的人没有我。

我当晚在外交部站上了去通县的公交车后找个座位就睡着了，途中没有明确的记忆；去通县结核病研究所中途要倒一次公交车，也不知倒车的过程，也不知倒上车没有，磕磕绊绊，总算到了租住的农家小房。夫人王老师见我这样，不敢多问，就让赶紧洗脸睡觉。第二天一早醒来，我第一句话问："昨天几点到这里的？"回答："快十一点了！问这干啥？""呃，那还说明没有走错路，倒上了后面的公共汽车，没喝多！"夫人王老师却回答："嗯，还行！不过衣服上都是吐的脏东西也就罢了，不知咋还有好多土！"我无语："究竟赶没赶上最后一趟公交车？难不成后一段是走着回来的？否则咋会满身土？可走着回来不会那么快呀？想想咋回事！"当然没有结论。

第二天一早吃饭时爸爸见到我，问昨晚何时过来的，我呢喃："快十一点了！喝多了！"他看了我一眼，没有说什么！但我从他的眼光里读到了不满和心疼，只是照顾我的面子没有说出口。父亲一辈子一个人靠工资和勤劳供养我长寿八十六岁的祖父、体弱多病居家的母亲和七个孩子，省吃俭用，一分钱掰成两半花，自然烟酒不沾，对抽烟喝酒极其反感，尤其对喝多酒"胡咧咧"没完没了，深恶痛绝！当时我的脸唰地红了，低下了头，不敢再看父亲一眼！

现在回想起来，从小在父母和姐姐们呵护下的我，一直过着无忧无虑的学生生活。到京城无亲无故，匆忙结婚，还没有经受过生活的真正磨炼，突然父亲这个家中的擎天柱和自己的靠山患上不治之症，才初识生活之艰难：为给父亲治病卖掉了结婚刚买的彩色电视机，为让父亲能够回老家过春节骑着自行车在北京的同学中借钱，几十元几十元地借终于凑够了一千多元住院医疗费，但即使这样，仍然不能让父亲有更好的治疗，更何况父亲的病越来越重，恐怕没有时间等待在北京和儿子一起居住的时日！这种进京青年无能为力的压抑，这种充满理想又少不更事刚刚毕业的学生娃面对困难的恐慌，这种热爱依恋父亲却又面对父亲所患不治之症的束手无策，种种愧疚和愤懑交集才是导致喝醉的主要原因：父亲省吃俭用一辈子，把自己培养成当时的骄子研究生、在北京首都工作，父亲做到了人父能为儿子所做的一切；而作为儿子的我却对重病的父亲束手无策，徒唤奈何！人生之不孝，无过于此！

不孝之醉，人生第一大罪。

这第一醉，使我感受到孝顺的沉重，感受到生活的艰辛，更感受到生命的价值！所以永远记住了这第一醉！

也正是这第一醉，使我对"醉酒"有了深刻的认识：喝酒之人喝醉酒，非关乎酒量高低，而是关乎情绪。喜怒哀乐、七情六欲与酒精的不期而遇才是醉酒的真正原因，所谓借酒消愁愁更愁，酒不醉人人自醉，确是不刊之论！

庚子年中元节写毕

"麻醉药"与"兴奋剂"

陈歆耕

本人不胜酒力。有应酬时少量为之，多了则会导致心跳加快。醉酒的感觉倒是从来没有体验过。参加朋友聚会，偶尔也会故作"猛士"状，高举满杯："我干了，你们随意！"哇，好厉害！大家难免用异样的目光看着我：此人非酒汉子，咋就突然酒力猛增了？非也。虽说不胜酒力，但一杯两杯不倒，也还可以做到。在酒桌上总不能始终做萎缩状，否则一帮酒友吆五喝六就把你彻底边缘化了。因此一定要偶尔"雄壮"一回。

愚以为，是否真正的酒中人，衡量的标准不是酒量的大小。喝二两与喝一斤，喝一盅与喝一坛子，并无本质区别，只是数量的递增。看某人是否真正的酒中人，一个重要标志是有无酒"瘾"。有"瘾"才是酒中人，无"瘾"只算"票友"。就如唱京戏，真正的角儿与"票友"还是有根本的不同。无"瘾"，酒是情人，荷尔蒙分泌是阵发性的，分分合合不长久；有"瘾"，酒是伴侣，没有了激情还有亲情，相伴到地老天荒不离不弃。有的人，在聚会时，酒量惊人，似乎那不是酒，而是凉白开。但一离开酒桌，十天半个月没有酒，也不会主动找酒喝。这一类人，天生肌体有化解酒精的能力；但从心理感觉上，对酒并无特殊的依赖和痴迷。

因此，不要跟我说你多么能喝；请告诉我，没酒喝时是不是想喝酒？对后者，我是要肃然起敬的！

真正的酒中人，酒是他生命中的一部分。一天闻不到酒气，就六神无主、没精打采。没有酒，毋宁死。

我的已故十多年的老母，就是真正的酒中人。几乎每天离不开酒，而且只喝白酒，不喝啤酒、黄酒、红酒，她认为这些带色的酒不是酒，只能算饮料。母亲一直到辞世时，才停止饮酒；而停酒也意味着，生命旅程已接近终点了。老家邻居听说我老母不能饮酒了，就哀叹：老人活不过半个月了。

果然应验。

因此，我常说，我的不胜酒力，也许是因为该我喝的酒，已经让老母提前"透支"了。

母亲去世后，与父亲合葬在苏北老家老屋后面。每年清明前，我都会驾车回老家祭奠。而祭奠父母，供品中是绝对不能缺了酒的。老母一生嗜酒，在天堂里不能没有酒。

今年因疫情的困扰，清明前无法回老家。就到附近寺庙，想通过隔空祭奠的方式，表达对老人的缅怀之情。但寺庙一道铁门紧闭，因防疫禁止所有香客入内。隔着铁栅栏，里面的工作人员表示可以代办祭奠事宜。无奈，在特殊情境下不得已只能如此。我想，父母的在天之灵也是可以理解的。

没有料到，清明后疫情缓解，上海至苏北的道路终于畅通了。于是决定还是要补上未能直接上坟的遗憾。有一份牵挂，就如车窗外故土的景观迭现：细雨似有还无地淅淅沥沥，金色的油菜花瓣尚未完全凋落，正嗖嗖拔节的麦苗散发出清新的气息，绿油油的桑叶上滚动着圆润的水滴……

从离家不远处的一个门市部，买好了各种祭奠的物品。令我感到有些蹊跷的是，离坟前还差两步路，装在塑料拎袋里的一瓶白酒不知为何滑落下来，"啪嗒"碎在地上了。眼看着酒水流淌在坟前，一滴一滴渗透到泥土里去了。迷蒙细雨中，弥漫着丝丝酒气。

我想返回那个门市部重新买一瓶。邻居老人说，不用，不影响你妈喝。

说得也是，以往的酒，除了倒在杯子里，余下的部分，我都会洒在坟包上的。天堂里饮酒的方式，自然是与人世间不同。

邻居老人又说，这次你回来晚了，你妈馋酒等不及了！

我这才想起来，在上海委托寺庙代办祭奠事宜时，忘记了买一瓶酒交给他们。一年才祭奠这么一回，怎么能缺了酒呢？邻居老人说得有道理，老母是等不及了。

老母从什么时候开始饮酒，说不清楚。似乎从我有记忆的时候就开始了。经常是吃中午饭前，母亲从口袋里摸出几角钱，让我去附近某个小杂货店打散装酒，或买一瓶苏北老牌子的粮食酒。喝的都是最低档的普通酒。但那时候的酒，应该都是地道的粮食酒，绝对不会有假酒。记忆中，早期母亲每天中午会喝一次酒，每次约二两，一瓶酒会分几次喝。不是酒量只有这么多，而是无钱喝得太多。那时候能够有酒喝，在乡村就已经是一件非同寻常的事了。母亲的酒钱，主要来自我父亲每月的工资。父亲在上海一家国营帆布厂做工，每月有几十元薪酬，退休后每月也还有四十多元的退休金。这是我们全家赖以活命的主要经济来源。

母亲喝完酒后，絮絮叨叨的话特别多。父亲在外，我就成了她的唯一听众。如果我要表现出稍有不耐烦，母亲就会很生气。听母亲酒后说酒话，是我童年最痛苦的记忆。母亲每次说的话，翻来覆去，没有太多的变化，后来我几乎都可以一字不漏地复述：

她总是说，吃大食堂时，每天早晨喝玉米糁儿粥，那个粥薄得像镜子可以照见人头。每顿凭票限量只有三碗，母亲看我喝完一碗，肚子没饱，自己只喝一碗，让我喝两碗。

母亲说，父亲寄回来的一点钱，全用来买黑市粮了。上个月买了多少，这个月买了多少。还要给我交学费，钱总不够。

母亲说，她从家里带了几十个鸡蛋，去上海找亲戚换粮票回来买粮。有时候还会用粮票再与左邻右舍换鸡蛋。大队干部说母亲违法投机倒把，找她参加学习班。

……

反正母亲酒后絮语，说的都是记忆中的痛苦往事。从来没有听到她说过一件开心的事。听她酒后唠叨，成为我童年生活中一个沉重的心理负担。因此，后来我总是快速地把饭吃完，然后找个借口趁她酒还没有喝完就逃窜。有时候这伎俩被母亲拆穿，就一把揪住我，臭骂我一顿，让我一定要听她把话说完。

让我感到奇怪的是，等到母亲的酒劲过去后，她对酒后说过些什么完全没有记忆。因此，我至今不明白，酒对于母亲在生命中的功效究竟是"麻醉药"，还是"兴奋剂"？ 酒精麻醉，让母亲暂时忘却了现实生活中的痛苦；但酒精又激活了母亲记忆中的那些痛苦的往事。

但由此我理解了，母亲为什么每天离不开酒。

写到这里，心里猝然深感愧疚：不应该每次回老家祭奠时那么匆忙地离开。应该在坟前多坐一会儿，等老母慢慢把酒喝完，再听她说一些酒话。不知道在天堂里，母亲能否找到她酒后絮语的听众？

一壶酒越喝越冷

郑小驴

爷爷在世时，颇喜欢我这个小孙子，走哪儿都捎上。我就像个小跟屁虫，躲在他的身影里，爷爷去哪儿我上哪儿。除非是打道场，爷爷是道士——这么说似乎也不准确，这一带和尚道士不分家，统称"行香火的"，总之是门营生的手艺。平时无事，爷爷穿着一身干净的灰白色的确良，着青布鞋，撑着一把大黑伞，每一场集市都不落下，那样子倒像个十指不沾阳春水的干部。死人了他才忙。死了人，照规矩是要请师傅打道场做法事的。方圆几十里都晓得爷爷道场打得好，名声响亮，再远都有人上门请。冬天去世的老人多，有时忙得错不开身，忙完上家，马上就赶赴下家。爷爷问，去不去？我摇摇头。我怕鬼，天生胆小，看见黑漆漆的棺木，不敢多瞥，加上披麻戴孝，哭声一片，那样的场合我是绝对不敢去的。

通常一场法事要两天两夜，家底殷实的时间更长。两个通宵熬下来，爷爷也该回来了。小黑狗撒着爪子大老远就迎去了，吐着紫红色舌头，一路呢喃，咬他裤脚。爷爷走前，长旱烟管赶它，徒弟随后，肩上挑着法器和孝家打发的东西。一斗米，一块刀头肉，一只宰杀过的雄鸡，一尾草鱼，几只斋粑。卸下行头，爷爷和衣倒在床上，呼呼睡一上午，鼾声如雷。醒来，日头西斜，泡一大杯酽茶，精神抖擞，开始弄饭。

爷爷开小灶，不和我们搭伙。一只小煤炉，架着小砂锅煮肉。香气四处飘溢，小狗都流口水，眼睛骨碌碌盯着小砂锅一刻不离。少顷，白辣椒腊肉、豆腐煮鱼、清炒白菜，一一上桌。有时兴起，还会来一盘炒黄豆。饭菜弄好，爷爷不紧不慢掀开铁锅盖，将一只盛满烧酒的锡制酒壶从热水中提出来。酒是烧酒，自家酿的。我们这一带，家家会酿酒。不光酿酒的粮食自己耕种（大米、红薯、高粱、玉米为主），连酒曲也是自己采制。老家有几种植物，都可用来制作酒曲。其中一味叫辣蓼，小时候满地都是，紫红色的花穗，是作酒曲的好料。制作酒曲颇有几分神秘和迷信，大白天也得紧闭大门，以防外人突然造访。据说有生人来，酒曲就没味了，糟蹋一坛子粮食，白忙一场。后来集市上有酒曲卖，都是外来货，很少有人买，称之为"化学酒曲"，说酿出的酒，味道不对劲，容易上头。总之嫌这不好，那也不好。谁家酿酒要是用的化学酒曲，背地里会遭人白眼的。大概在喝酒人看来，落肚里的东西怎能和"化学"二字扯上边？

爷爷的酒都是自己酿，酒曲也是自制的。家里酿酒工具齐全，木甑、大锅、竹筒导管、土陶罐，每回酿酒，满屋子都是酒香，闻久了也醉人。春秋两季都是酿酒季节，每次酿一大坛，封存起来，够喝几个月。

爷爷那只锡制酒壶平时放在神龛上，怎么看都像一只小雄鸡，肚里能盛两三斤烧酒。爷爷摸摸酒壶，说酒热了，眼角带光，闪烁着笑意。没有酒杯，也不兴酒杯，就用碗喝，饭碗。酒水从锡制酒壶口欢腾而出，呈一道亮色，注入碗中。爷爷端起碗，抿一小口，笑。他是光头，一颌山羊胡，笑起来，整张脸熠熠生辉。爷爷朝我招了招手，要我过来。我就过来了。小黑狗也过来了。爷爷将筷子伸进酒碗，让我张嘴，我舔了一下，嘴巴着了火，辣得直吐舌头，眼泪都呛出来了。爷爷笑，小黑狗欢快地摇着尾巴，汪汪叫，以为骨头要落地了。

我的酒瘾大概就是爷爷用筷子滴出来的。爷爷每顿都要滴几筷子，慢慢地，也不觉那么苦辣，竟有点说不出的味道。再大点，我已经能小碗喝了。爷爷自己倒大碗，给我倒小碗。母亲在一旁敢怒不敢言。后来她总是埋怨，说有回爷爷带我去吃酒席，"天晓得给你喂了多少，醉了一天一夜没醒，脸红得像个南瓜"。后来上学，成绩不佳，母亲总结原因，说大概是那回醉酒，把脑子醉坏掉了，总忍不住要将爷爷数落一顿。我落了个轻松，心里偷着乐。

爷爷好酒，但酒量不算大。他也克制，每回半碗便打止，很少喝醉。他们都说七公酒量稳。但也不是没醉过。有一回，一个晴和耀眼的春日，爷爷就喝高了，躺在床上睡了一晌午。记忆中的春天一片金黄，四处金黄的油菜花，空气中暗香浮动，鸡鸭互啄，小狗偷袭，鸡飞狗跳；一只大木蜂，永远独来独往，经常在小水沟旁嗡嗡嗡巡飞。我偷爷爷的毛笔，蘸上浓墨，歪歪斜斜，在墙壁上到处涂画，如"鬼画符"。爷爷酒还没醒。我玩累了，从旮旯中翻找空洗衣粉袋子，太阳牌洗衣粉，我找到好几个，用清水洗干净，放在阳光下晾干，准备等爷爷醒来，就献给爷爷装旱烟丝，博得一声夸赞。那是我的童年，蜂蜜般金黄，散淡着一股烧酒的味道。

1993年，爷爷再也用不上我洗的洗衣粉袋子了，也再没人用筷子蘸酒喂我了。爷爷躺进早就备好的棺木里。那具黑漆漆的东西，我突然却不再感到害怕，也许是里面躺的不是别人，是爷爷。

我飞快地长大，上小学，升初中。初一那年，父母都出去打工，外公过来照顾我。那时候我还不知道什么是留守儿童。外公是一名虔诚的乡村基督教徒，滴酒不沾，不苟言笑，一本厚厚的《圣经》，被翻得稀烂。没有父母管束，我一下觉得可以飞起来了。家里留下的那一大坛烧酒，便由我独享了。我用省吃俭用的生活费积攒了一点钱，跑去镇上唯一的新华书店，买了一部《水浒传》，岳麓书社出版，十七点五元。因为《水浒传》，我差点把家里那坛子烧酒喝了个底朝天。每回饭前，先翻到好汉们大碗喝酒大块吃肉的章节，读书下酒，书是最好的下酒菜，愈发坚信自己是梁山第一百零九条好汉。酒量是真不行，一碗烧酒下肚，醉眼惺忪，天旋地转，鸡犬上了天。爷爷的遗像摆在神龛上，初看神情颇严肃，多看几眼，只觉笑容满脸，眼睛放光，仿佛忍不住要下来和小孙子喝上一碗。

2020 年 8 月 22 日　长沙

穷人家的小酒

庞余亮

很多时候，我对于回忆那个四面环水的老家童年是有抵触情绪的。

贫穷、饥饿、争吵，甚至打架，几乎贯穿了平凡的每一天，除了正月初一的白天（也是为了图整个一年的吉利和顺遂），很多人家的争吵和打架，是等不到正月初二的，有的是鸡毛蒜皮，更多的则是因为过年了，辛苦了一年的男人们有了某种特许和纵容，就贪喝了几杯酒，翘了尾巴，露了马脚。于是，男人闹醉，女人怒骂，成了随时随地上演的"小戏"。

过年时穷人家的酒还是有点下酒菜的，但是平时，下酒菜是没有多少的，夏天的下酒菜多是加了蒜瓣的炒蚕豆，如果有小鱼，当然更好。到了冬天，下酒菜仅仅剩下了萝卜干，也有人用黄豆换了豆腐百页下酒，更窘迫的人家，下酒菜就是老咸菜了。

好在真正的酒徒不在于下酒菜，而在于酒。老家不产山芋酒，大多是大麦酒、稗子酒，口感最好的是大麦和碎米共同酿造的酒，能有四十多度，可能是酿造技术的问题，这些酒都有点"上头"。

酒一"上头"，就有故事了。像我父亲喝醉了酒，他闷头睡觉。我二哥喝醉了酒，只是嘿嘿地笑，仿佛吃了笑笑果。但我的庞家伯伯叔叔哥哥们则是另外的表情了。

比如一个年龄比我大很多、辈分比我小一辈的连保，他喝醉了酒就会脱光衣服，在村庄奔跑（我的小说《追逐》里写过这个场景）。下雨的时候，他也是这样光着身子奔跑，还指着天上的雨骂道：

"血条子！又下血条子了哇！"

但一旦到了酒醒的时候，连保却是一个特别好的牛把式。还特别讲礼，见到幼小的我，依旧恭敬地叫我"三叔"。说到他醉酒的事，他会脸红。连保之所以如此脱衣奔跑，其实是他在大麦酒中泡了"醉仙桃"果，"醉仙桃"的学名叫曼陀罗，又名颠茄，是有毒性的。连保之所以喝，是他有关节病。而关节疼，还是我们的村庄湿气太重了，醉酒男人的"戏"里是穷人家的苦涩。

如果说连保的醉酒是独角戏，那么余富的醉酒就是"二人转"了。余富和我平辈，我叫他哥哥。他比连保多一个本领，那就是识字。他曾在我的作业本封面上看到了我的名字，立即指责我写错了祖宗给的姓氏。

"不是广龙，而是厂龙！"

其实余富是对的。但是因为他太多醉酒的失态，我已失去了对他的话的信任。他只要喝酒，必定喝醉。喝醉了之后，一定追打他的老婆，也就是我的堂嫂爱娣子。余富的拳头是货真价实的，所以，酒多了的余富挽起袖子，嘴巴里开始骂骂咧咧的时候，就有人去通知爱娣子，余富又喝多了，必须立即藏起来。如果不藏的话，如果藏了被找到的话，那么爱娣子必然会被他揍得鼻青脸肿的。

醉酒的余富在一家一家寻找爱娣子的时候，就是一场大戏的开始。余富的身边跟着一群看热闹的小孩，每家门口守着一个不让余富进门寻找爱娣子的女人。余富骂骂咧咧，但寻找几家后，余富就失去了寻找的毅力，开始诬蔑爱娣子"偷男人"了。大声说，说得非常粗俗，非常难听，往往在这个时候，爱娣子就出现了，和醉酒的余富对骂。

于是，一场公开的家暴开始了。当然，也仅仅是开始，那些保护爱娣子的女人会用各种手段中止这样的家暴。有人说余富醉酒是假，想打老婆是真。因为他从未打过那些劝架的女人。

余富哥哥和爱娣子一共生了六个子女，其中两个孩子腿部有残疾。我们村庄的赤脚医生张先生说："看看，这就是喝酒的坏处！喝酒伤害精子！"

张先生的科学并不能惊醒喜欢醉酒的人，因为村里的人不知道什么是"精子"。其实"精子"就是他们嘴中常常说的"骚"。村里的女人们，最讨厌男人们喝酒了，她们对于酒从来没有尊敬的意思，无论心情好与不好，都统统把男人们喝的酒称之为"喝骚"。

余富的故事就是这样了。但我一直记得他纠正我的话。写这篇文字的时候，我在输入法中寻找了一下姓氏的"庞"，果然是有的。印刷体中的"庞"字，是词组中的"庞"。而我们姓氏的"庞"，是酒徒余富说的"庞"。完全不同的字，但这么多年错误下来了，也无法纠正了。

还有一件可以补充的酒事，就是我为了考证当年穷人家的酒是什么类型，我特地打电话给还在老家的二哥。结婚很早的二哥今年七十一岁了，已有了七岁大的重孙，依旧整天笑呵呵的。他说余富早去世了。去年，他的弟弟余如的儿子，也就是余富的侄子，又出了一件令庞氏家族丢脸的事。

我没见过庞余如，当然也没见过余如的儿子。二哥告诉我，当年因为穷，他们一家后来去了安徽安庆农场谋生。再后来迁回了老家，没有发财，借了人家的空房住着。他很勤劳，也很老实，就是喝起酒来不是个人。去年秋天，这个余如的儿子，也就是我的侄儿辈的人，五十多岁的男人，硬是把跟着他吃了一辈子苦的老婆打跑了。

"他天天跑到村委会要老婆。"二哥说，"谁知道他老婆跑到哪里去了呢？不是绝望到底，是不可能一年都没信息的。"

我可以想象余如的儿子在村委会要老婆的样子，因为扶贫的故事中是会见到这样的人的。穷人家小酒，到了几十年后，在那个四面环水的村庄里，酒还在喝着，依旧在醉，依旧还是上演着多年前的故事。也正这样，我写下了这首《就像你不认识的王二……》：

就像你不认识的王二，三杯山芋酒就酩酊大醉
呕吐，并且摔破了嘴唇。
就像你所认识的王二，三杯山芋酒就酩酊大醉
躺在墙角呼呼大睡。
就像你的父亲王二，三杯山芋酒就酩酊大醉
一边咒骂儿女，一边咒骂自己。

就像你的儿子王二，三杯山芋酒就酩酊大醉
你给了他一个嘴巴，他仍嘿嘿地傻笑。

就像你自己，三杯山芋酒，一边喝着一边哭泣着
生活啊，我并不想哭，是那个王二喝醉了酒。

    这首诗写了快二十五年了，一直想把"山芋酒"改过来。现在再读，觉得"山芋酒"还是不要改，大麦酒也好，山芋酒也罢，全是穷人家的小酒。

酒事悠悠

魏　微

1

我在喝酒上没什么天分，喝茅台跟喝二锅头是一个滋味——这么说，茅台可能会生气。但酒香我是闻得出的，酒瓶子一打开，我的鼻翼便开始紧张，期待那一股神秘、缥缈的香味充斥于鼻息间，那真是人间至味，好比小时候最爱闻汽油味，会一路追着汽车跑。

至于喝酒本身，我则体会不到乐趣。酒一旦入口，我一般会含在嘴里温一温，然后皱眉、咬牙，那感觉就像喝中药——虽然不好喝，但是应当喝，于是一狠心也就喝了。

从这个角度，喝酒对我而言，是有点像小年轻谈恋爱，最美妙的还是恋爱之前，你有情来我有意，互相猜猜心思，想象中浓情蜜意，其实当真谈了，恐怕也就那么回事。

喝酒的好处，是既不在喝，也不在酒。而是喝的过程中有一种欢欣温暖，以及喝了之后，那种无以名状的感受，跟换了个人似的，就像重生。

我的喝酒，应当是戴来教的。那时我们都还年轻，成天混在一处。她赴酒席时，我一般都以随从身份出席，就是说，指着她喝多了，我负责善后。一桌人坐下来，觥筹交错、欢声笑语，那场景我极喜欢。

戴来问，你一个人呆坐着，不觉得孤独啊？

不孤独的。她哪里晓得，他们乐，我比他们还乐，实在于我是全场唯一的看客。我应当是一个理想看客，包容、体谅，有着出色的共情力，任何场合我都能做到全身心投入。他们的笑话我全听得懂，哪怕有典故、有隐喻，也难不倒我。他们一旁打打闹闹，我瞧在眼里，简直笑弯了腰。

有一天，戴来看出不妙了，众人皆醉我独醒，对于他们来说太不公平。这种心理，有点像中国的贪官污吏，并不是一开始就贪的，可是"洁身自好"难道不是对他人的冒犯？太硌人了，遂想法子拖下水来。

那天，戴来给我上了一杯啤酒，说：慢点喝，抿一小口就行。

老实说，那并不是我第一次喝酒。以前真的是抿一小口，沾沾嘴唇；那天太高兴了，遂与人干了一杯。不消一会儿，便觉天旋地转，身子轻飘飘的，像浮在半空中。世界被我看得摇摇晃晃，然而更亮堂了。

那天并没有醉，而是介于似醉非醉之间，我知道的，因此言行举止越发得体，说话都是一字字地，每个字都咬得很清晰；走路也是一步步地，走得很认真。但是合在一起，别人一看就知道此人是醉了。可是对于我，却是思路清奇，感官敏锐，太阳落在身上都暖了一层。

这是喝酒的最佳状态了，专业上称作"微醺"，就是人突然变自在了，会大踏步地走路，会笑得咯咯的，会从身后搂住戴来的脖颈，亲热得跟个小狗似的。

这是人生最美妙的情境，不喝酒的人岂能体会？

2

我的喝酒虽是戴来教的，但真正操练却是在广东。这地方也是奇怪，想象中当是酒风不盛，其实不然，外地人一来就醉，原因在于他们有个绝活儿：喝洋酒。

我最不喜喝洋酒，一喝就醉，常常醉得莫名其妙，喝着喝着就断片了，也不觉得难受，直到不省人事。洋酒的难受，是醉了复醒，那一刻连死的心都有。

好多年前，我被派去城郊挂职，当镇长助理。我是认认真真去挂职的，没想到，他们却最先教我喝洋酒。我一开始不知深浅，醉过几场，醒来时躺在床上，像大病将死之人，在身体上是软弱，在精神上则是大虚无，那时我就想，人活着有什么意思呢？

我是到了广东，才体会到了喝酒的坏处。它伤害过我。我又是个顶小气的人，很容易就记牢了这事。后来时过境迁，伤害还记得，喝酒却忘了，单记得一个事实：广东伤害过我。

有一次贺仲明问我，在广州，可有一种喝酒喝不起来的感觉？

是的，确实喝不起来。他从前在南京，朋友间常有小酌，三五好友，几句闲话，消消停停，很散淡的。这是喝酒的好境界，很素气。当然喝酒也有热闹的，妙语连珠，欢乐开怀，一样也是好境界。这两者都极难得。

我不知道谢有顺在广州是怎么喝的。他是酒坛新秀，这些年兴兴头头，酒席上挥斥方遒。只是他开喝之时，已是我退场之际。时间上错过了。我有时会以"过来人"的眼光看他，既懂得，也体谅，而后我便开始微笑。真的，经历过那一遭的人，看人的眼光都这样。

我的喝酒是始于广东，终于广东。但是关于喝酒的记忆，却跟广东没关系。粤省喝酒有一个特征，只挑酒，不见人。为什么说广东人实在呢？喝酒上的心无旁骛便是明证。心思都用来赏酒了，却忘了有"酒事"这一说。这一点上，倒是江浙人花头多些，所谓"醉翁之意不在酒"，本来，这原是喝酒的题中义。

我酒友不多，都在苏州，并且都是女将。说起来，苏州真是了得，"小桥流水人家"太委屈它了，单凭我几个闺蜜，苏州便是"西风塞上胡笳"，再不济也是"月明马上琵琶"。酒风那叫一个爽朗，且柔且悍，横竖就是喝不倒。

那些年我闲在广州，得空便去苏州拜师学艺。她们不吝赐教，都是手把手教的，有时是一对一辅导，更多则是众师傅一块上，单为我一人开小灶。我须记下师傅们的名字，为酒史作一个见证，她们是范小青、叶弥、朱文颖、戴来……有时，师傅们也会叫上荆歌、陶文瑜，他们俩不喝酒，叫来是为了增加一点声色，起一个"红袖添香"的效果。

荆歌、陶文瑜从来都不辱使命，他们忠于自己的本分，不僭越，不退缩，次次表现卓越，状态好的时候，超常发挥也是有的。凭他们喷出的唾沫星，就足够当我们的下酒菜。有时我看着他俩，就想，人生怎么可以这么好。

一般而言，酒席上有男有女才热闹，关系须清净，相熟又没芥蒂，对胃口，合脾气……如此，酒才能喝起来。但凡事都有例外。我有一次去南京开会，中途开溜，和胡殷红、朱文颖、李玲俊出去喝酒，四个女人，并且是在中午，喝得那叫一个开心。也不知道为什么开心，喝到最后，动辄来个"摸头杀"，互相把头发搞搞乱，笑得一个开怀。

喝酒不能预设，得等，那是天上掉馅饼的事。大抵喝酒也像人生一样，是需要一点好运气的。有一次我和胡殷红去苏州，提前一周就告知戴来、朱文颖，四人分头商量，想好好地喝一顿。那是个大冬天，四人走在街上，一路小跑，恨不能立马举杯庆贺。但遗憾的是，那顿酒喝得跟预想的不一样。四人都很得体，主人周到，客人礼貌。也就是说，大家都很失望。

后来四人开了个研讨会，讨论酒喝不起来的症结所在。没道理的呀，盼了一周了！我的发言是，前面耗光了，通电话商量饭店、菜式、白酒黄酒时，我们已经喝过了，并且醉过好几回了。

3

　　我这里说的都是好多年前的事了。本来还想写写杭州的，闺蜜吴玄在西湖边建了个喝酒根据地，十多年来不知炮制出多少经典酒事，《青春逼人》剧组便是其中著名案例，听说已经流传很久，篇幅关系我就不再赘述了。

　　我不喝酒已有很多年了，差不多忘了有那回事。因为这篇文章，才想起从前和闺蜜们的共处：青春、友情、欢宴……样样不脱一个"酒"字。酒真有那么好吗？不是的。是酒后面的人和事，使我想起自己也曾有过那样一节傻乐傻乐的好时光。

2020年8月26日

伊力特酒要悠着喝

王　族

　　前些天出差外地，一位朋友在吃饭时问，新疆人现在还喝伊力特酒吗？我被问得一愣，遂意识到已有多年没有喝伊力特了。回到新疆打听了一下，最早的那种伊力特，如今已鲜有人问津，倒是从伊力特延伸而来的新产品，譬如"伊力特曲""伊力老窖""伊力王酒""金伊力""伊力春"等，经常出现在人们的酒桌上。

　　说起伊力特酒，脑子里冒出的是最早的那种包装盒，用草书写就的"伊力特"三个字，衬以金黄底色，显得颇为苍劲有力。最早的伊力特酒瓶是白色的，封口用了红色锡纸，看上去颇为喜庆。后来酒名改成了"伊力特曲"，酒名改成了横放，衬以白底，其包装设计显得拥挤凌乱，不如最早的那一批大方。果然，伊力特曲卖得不如伊力特，亦不如伊力特好喝，不久就又更换成了新的品种。伊力特的度数虽然标得不高，但实际上却味烈劲大，第一次喝伊力特的人一口喝下去，便有一股辣烈的味道自口腔直冲脑际，脑袋嗡的一下便有了眩晕感。伊力特最大的特点是来势凶猛，所以喝伊力特要悠着喝，如果喝得快喝得猛，很快就会醉掉。曾听到一人说他在前一晚吃饭的情景，他只记得喝的酒是伊力特，至于菜嘛，他是凉菜没吃，热菜没见。很显然他很快便喝醉了，一口菜也没有顾得上吃。新疆人因为经常喝伊力特，倒不会醉得那么快，但喝着喝着就开始唱起来了，唱着唱着就又跳起了舞，所以伊力特在新疆还有一个名字——跳舞酒，说的是喝伊力特容易让人兴奋，一兴奋就要唱歌跳舞。

新疆人喜欢伊力特系列的酒，在酒桌边坐定后往往说，喝个伊力酒吧，然后才具体说到是老窖或是其他。老窖是伊力老窖的简称，有十五年、二十年和三十年的。从某种程度上而言，酒的酿制时间就是价值，时间越长便越贵。伊力老窖的度数低，最低的只有三十八度，其他则在四十多度，味道醇香，口感绵柔，饮之不上头，深受人们青睐。伊力老窖一出，伊力特便很少有人喝了，毕竟喝酒喝到最后舒舒服服从酒桌边离开，文雅地与朋友告别，然后平平安安回到家都是人人喜欢的。而喝伊力老窖，基本上能够做到这一点，何乐而不为呢。伊力老窖在包装上也下了一番功夫，每瓶仅装半斤，喝起来轻松，没有多大压力。但新疆人难以克制豪饮的习惯，一上酒桌每人发一瓶，自己斟自己喝，到最后统一检验酒瓶子，如果谁的瓶子里还有酒，就得一口喝干。有一人每给自己斟一杯酒便说一句：酒是自己的，喝一口少一口，趁早往下喝吧！

伊力特酒的来历颇有意思。新疆解放后有十余万军人就地变为兵团人，这是共和国最特殊的一代军人，他们打了很多年仗，一直打到西北以西的新疆，然后亦兵亦农，一边屯垦一边戍边。屯垦戍边古已有之，最早者是秦代的蒙恬，他率士兵在北方边关抵御匈奴时，择季节耕地种田，达到自给自足。新一代兵团人因身份特殊，便出现多种与众不同的现象，如他们多年保持团、连等编制，农工每月可领工资，情况好于其他省的农民。伊力特正是出于兵团农工之手。他们开垦出大片土地，种出大量庄稼，却因为没有酒喝而苦恼，于是抱着试试的态度，取天山积雪融化后的雪水，用高粱、玉米、大米、小麦和豌豆，酿出了纯粮食酒。人们于是知道，雪水从山上流淌而下，流过田野和山川后，变得清洌甘醇，实为酿酒之首选。

酿出伊力特酒的地方说来颇有意思，最早是在十团农场养猪副业加工厂，后搬到肖尔布拉克，遂大规模生产。肖尔布拉克在蒙古语中意为"碱泉"，但却出了酒，让人不得不相信此乃天赐。

说起伊力特酒，有诸多有意思的话题。我1992年第一次喝伊力特时，其宣传广告语"英雄本色"叫得正响，此说法来自他们把酿造出的第一锅酒洒向大地，祭奠那些牺牲了的英雄战友的举动。后来又听到颇具温情的说法：有伊力特的地方，就有家乡的感觉。这一说法是指那些兵团人以新疆为家，从此把新疆当成了第二故乡。

好东西常常会有对应的比较，伊力特便有"新疆茅台"一说。我第一次喝伊力特时，不由得便贪杯了，第一杯喝下感觉酒味醇正、爽口醇厚、甜绵协调、香气浓郁、回味悠长，心想此酒好喝，应该没事。后来便一杯接一杯地喝，至于桌上摆的是什么菜，便应了前面那人说过的一句话：凉菜没吃，热菜没见。那天喝得大醉，第二天两腿发软，但头脑清醒，便固执地认为伊力特乃为好酒。中午吃饭时才听人说到伊力特关于"跳舞酒"的说法，头嗡的一下又有了醉意。

酒是让人饮的，饮之必让人神智活跃、嘴巴多话，亦会冲动做出不理智举动，于是便说到与伊力特有关的事情。十年前乌鲁木齐举办全国书市，各出版社的朋友来了不少，朋友带来的朋友很快便也成了我的朋友，于是我在饭馆请了三桌。那天喝的是伊力特，我在前两个包厢应对两圈后，已有腾云驾雾的感觉，等我走向第三个包厢，老远看见迎面一人已明显喝高了，他边走边嘀咕要去赶王族的饭局，弄得我忍不住大笑。

在一次笔会中，我中午喝伊力特喝大了，进得一家五星级酒店，见大厅水池中有漂亮的金鱼，便想把那金鱼抓在手里。结果当时出现的情况是，等我反应过来已站在水里，那漂亮的金鱼都被吓得乱游成一团。人喝多了，思维和动作惊人的一致，产生想法的同时其实已经做了，这是我付出惨痛代价后明白的道理。

一位朋友喝伊力特后大醉，我们给他在宾馆开了一个房间，然后从他手机中翻出他妻子的号码拨过去，让她到宾馆照看丈夫。第二天传来消息说，她丈夫半夜醒来见对面床上躺一女子，顿时吓得一身冷汗，等凑近一看是他妻子时，一头倒下复又睡去。

另有一个人喝醉后回到家，给一起喝酒的朋友打电话，询问他到家否，然后他说起去年的事情，完了又说起前年的事情，接着又说起大前年的事情。朋友不耐烦，但又不好挂电话，便把听筒放一边，倒在沙发上休息。这一休息便酣然入睡，睡了一个多小时后醒来，拿起听筒一听，那朋友还在电话那头说着什么。

另有一事也颇有趣，说有一个人一天晚上住白哈巴村，第二天早上起来晨跑，有十余条狗将他围住汪汪大叫，做扑抓撕咬之状。他左冲右突跑不出去，情急之下突然想到一个办法，装酒醉的样子东倒西歪。狗知道村中多有醉汉，以为他是村里人，便"呜呜"几声后将身影闪进了栅栏内。他看见狗不见了，才迅速跑回住处，说半辈子酒总算没白喝酒，今天算是换回了一条命。

后来，我听说了一件和伊力特酒有关的事情。一位猎人打猎时被一只狼咬住左臂，他怕狼蹿起咬他的脖子，一急之下，便打开随身携带的一瓶伊力特酒的瓶盖，将瓶口塞入狼嘴里，狼被酒呛得在地上打滚，好不容易把酒瓶子甩了出去，但狼已经醉了。他用石头将狼腰打断，用一根粗藤把它缚住拉回了家。后来，那张狼皮被他每天晚上铺在身下，变成了他温暖无比的褥子。

我快要离开村子时，听说他躺在床上不能动了，人们给他吃任何药都无济于事，眼看着他一天不如一天。有一天早上，他突然有了精神，让家里人给他拿伊力特酒，喝下半瓶酒后，精神更加焕发。家里人想让他吃点东西，他说有点累了，想休息，说完就躺下了。那一躺下，再也没有起来。

家人给他张罗后事，他的身体已经枯瘦无比，但脸色却很红润，跟活着时一样。家人对此都很惊讶，想着他喝了一辈子酒，下葬时，把两瓶伊力特酒放在了他身边。

谈饮酒

胡 弦

我不饮酒已有多年，无他，遵医嘱而已。但在酒桌上，这理由很难得到认可。俗语有云，喝酒小心三种人：红脸蛋儿的、梳小辫儿的、带药片儿的。我属于带药片儿的。而一个人如果不喝酒且写诗，那会更糟些，有李白的斗酒诗百篇做参照，大家总是认为，诗人不喝酒是不可思议的。

其实，我也是喝过酒的，甚至曾经是好酒一党。

我人生的第一次喝酒，是五六岁时，家里来了客人，吾父交给我一个瓶子，让我去供销社打酒。我打了酒回来路上，出于好奇，就拔开瓶塞喝一点，走了一段，又喝一点，如此多次，还没到家，就晕坐在路边，靠着墙，挣扎多次无法起身。吾父寻了来，自然是一顿胖揍。而那酒是啥滋味，早已忘却。真正识得酒滋味，是在上中师后。学校在沛县，那里是武术之乡，民风颇彪悍，到处都是喝烈酒的人，我抽烟喝酒都是在那里开始的。记得有些周末，我和一个同学从铜山乘小火车回学校，到沛县时已是晚间。那时不像现在有夜市之类，饭店少且关门早。我们便在校门口不远的小卖部买一碗散酒，加一袋鸡蛋糕，一人一口地喝掉吃光，醺醺然去宿舍。沛县的狗肉颇有名，有次和同学去菜市场的狗肉店打牙祭，看见一个壮汉喝酒吃肉的情形，多年不能忘。那人将一坨肉放在一张大饼上，撒些生花椒，即卷而食之。每吃一口肉饼，就从怀里掏出一瓶白酒喝一口，下咽时咕咚有声。如此吃相，看得我目瞪口呆，因若只是大口吃肉，不过一吃货耳，配上大口喝酒，即时便有了草莽气和英雄相，令人心动。

古人云"酒以合欢"。一群人围在一桌喝酒，实乃欢乐之事。明人黄周星说，"饮酒者，乃学问之事，非饮食之事也"，此说见《清稗类钞》，我深以为然。而前人论酒，有以汾酒为英雄、绍兴酒为美人者，盖谓饮汾酒如晤英雄，喝女儿红则如坠温柔乡。妙哉斯言，饮酒如此，大约才算真的饮出了文化吧。这位黄夫子还认为，喝酒的时候探讨学问，是一件快事。群聚饮酒是大热闹，居家浅斟慢饮则有小乐趣。我毕业后在一小镇学校教书，住大杂院，夏日傍晚，把八仙桌搬到院内空处，炒两个菜，饮一杯白酒或一两瓶啤酒，边饮边和邻居闲话，或者就邀邻居凑过来同饮，日月的平和安乐皆在其中。而后我弄文学，渐渐踏进文学圈子，时不时参加研讨会之类，囿于规则，会上总不得放言。真正的讨论在哪里？我以为，在酒桌上，会前会后的小聚，酒到酣处，大家陶然忘机，说话少了遮挡，往往把得罪人之类撇在一边，借着酒兴激发，不时有令人击节的金句诞生，且因彼此的评判见了肺腑，觥筹交错间更容易引为知己。

饮酒，以喝闲酒为最佳，因心无挂碍，轻松很多。那时，几个老友凑在一起喝闲酒也常会喝高，然后红着眼睛吹吹牛，说说大话，没人觉得有什么不妥。所以，醉也就醉了，并不用担心不良后果之类。不醉不归，往往也属于这样性情的场合。所以李白有诗云"美酒聊共挥"。我观古人诗文，动辄就要醉去，似乎是以醉为美的。但诗人往往言过其实，他们说的大醉，一般恰恰是微醺，如陶渊明《饮酒》二十篇序云："无夕不饮，顾影独尽，忽焉复醉，既醉之后，有题数句自娱……"李白也说自己经常是大醉写诗的，我却有点怀疑，"五花马，千金裘，呼儿将出换美酒，与尔同销万古愁"。但以我的经验，写诗，微醉时尚可操作，若真的烂醉，实在是无法写的。真的醉了，要么发酒疯，要么呼呼大睡，哪里还能吟诗作对。

饮酒是一种文化，求其意境，但酒终究是兴奋剂，容易使人难以自持而陷入狂饮。我酒量小，易醉，常自惭，后来想通了，饮酒嘛，醉，属于理所当然，若有什么人酒量巨大，怎么喝都不醉，那还有甚意趣。诸葛亮说：酒有四德，合礼，致情，适体，归性。诸葛亮一生谨慎，大约酒是没有喝大过吧。我的感觉，当我饮至二两，这四德都还在，再往上，就难说了。人人酒量不同，有的甚至相差甚大，所以，饮酒的文化中也许应该有一条：按量分配。这是理想主义的分酒法，但在现实中，基本却是平均分配。所以，我每见有酒量大者，上了桌，顾盼自雄，一副有恃无恐模样，心中便暗自痛恨。而席间若说到某某人没甚酒量之类，量大者又不免流露轻视状，甚或鄙夷状。让人不平呀，酒量大小乃天生，无法靠后天努力习得，而吾不幸，天生竟成了受人鄙视的一党，所以，每与海量者同坐饮酒，常有从狼伴虎之感，惶惶然，惴惴然，怕被针对时要去艰难求生。后来戒了酒，在酒桌上反而安逸了许多。再后来又调离了原单位，到了现在生活的南京，因不饮酒，朋友们不知我深浅，甚而有人传言说，我现在只是不喝而已，过去能喝的时候，酒量还是蛮大的。我心中一乐，原来戒酒还有如许好处，甚至我这曾经备受打击的心灵，都顺带着得到了虚荣的补偿。

大醉，大概只有写在诗里是美的，实际上却极难受。醉醺醺的日子，时有五脏六腑被掏空的感觉。

我赞成喝点酒的，每见有人醉态可掬，不免怀念从前喝酒的日子，并想起喝酒的种种好处来。且自从戒了酒，才发现副作用很大，比如我现在虽然也凑酒场，但等大家饮到酣处，情绪高涨时，我却跟不上，像个游离于现场之外的人。再如当初没戒酒时，与老婆生了气，我便会饮几杯，装醉睡去，老婆也当我喝了毒药，即时休战；现在战事起时，因不饮酒，无可遁逃，只能心烦意乱地听她聒噪，悲哉悲哉。

我想与酒搞好关系

朱　辉

　　酒和茶都是饮品，无非是水里面添加了其他的东西。它们都有性格，总的来说，茶温柔敦厚，而酒则有点刚烈。尤其是白酒，无色透明，伪装成水的模样，简直有点阴险。你如果不知轻重，端起来喝一口，辣！火热！在进嘴的那一瞬间，这貌似水的火油被点燃了，你闭上嘴也闷不死它，如一条火蛇沿着喉咙蹿进胃里。这简直是偷袭，不讲武德。

　　是不是所有人初饮白酒都是这感觉，我没有调查过，但以上描述是我的真实感受。后来我当然知道了白酒的厉害，即使被逼无奈喝一口，虽不再诬赖白酒偷袭，但火线入喉的感觉却始终如一。对一个不善饮酒的人来说，他不得不苦笑：初恋、初吻的感觉一去不回了，但喝酒却永远如同初饮。

　　酒肯定是好东西。那么多的爱酒之人，他们正派、聪明，也很可爱，他们第一次被酒灼烧过以后，就被激活了，他们发现了自己，甚至他们的人生就此被升温，也未可知。他们喝得快活，喝得尽兴，豪情万丈却也把握着分寸——当然有时也失了分寸，他们喝出很多故事，鲜少喝出事故，这多么令人艳羡。

　　我不善饮，也不喜饮，根本原因还在于不能饮。第一次被白酒偷袭后，我的胃无可奈何地承受了那一口酒，然后它们分头行动，沿着大小血管四处奔袭，最后在心脏汇聚，直顶大脑。心狂跳，头晕目眩，浑身发红。我苦熬片刻后，它们居然从原路返回了。有句狠话叫："怎么吞进去，叫你还怎么吐出来！"实际上，更狠的是，你吐出来的远不止那几毫升，连你吃下去的所有东西都一起带出来。

说酒是好东西，除了朋友们喝得快活、喝得健康，还因为酒是一种人际关系黏合剂。所谓人际关系，其实就是磨合，而酒就相当于最恰当的润滑油。都说酒席上的话当不得真，类似于一种气体，但其实也不尽然。当一个平日里很少说知心话的人喝多了，突然让你附耳过去，或者他索性坐过来，跟你说一些真心话时，你岂能不受宠若惊，侧耳倾听？

酒席上故事多。因为喝酒要约，所以自然有个不算预谋的简单构思，哪怕是纯粹的喝酒，并无其他目的，约也要约能喝一点的不是？人聚齐了，围绕着酒的表现就开始了。有爽快的，有推让的，有循循善诱的，有后发制人留一手的，如果要描绘酒席，很多成语都派上了用场，三十六计至少有十计在酒席间出没。爱酒的人真的很快活，呆若木鸡的和滔滔不绝的实际上都快活；连那个喝过了量，玉山倾倒的都很开心。虽然大家都记得他是第一个不胜酒力的人，但他日后常常能指出，某某某比他更早趴到桌子底下去了。

我说以上这些，注定要被爱酒的朋友鄙视。实际上我也不在乎，因为单纯喝酒他们早就不带我了。他们也有过令人信服的解释：我们都醺醺然，就你清醒，这讨厌；我们很快乐，你干坐着陪几个小时，我们过意不去。如此鞭辟入里，我完全接受。朋友也曾教导过我，现身说法，说开始时谁都不能喝的，他也不行，但慢慢地练，拼上吐几回，就行了。他双手还在胃部一比画，说：楦，酒量要楦。他当时喝得恰到好处，文思敏捷，用词很精准——楦，就是扩大的意思。可我只能唯唯，苦笑。因为"楦"，我也是楦过的。

如上所述，第一次被白酒呛着以后，我就不再沾白酒。我以为我不能适应的只是那个辣，殊不知我怕的其实是酒精。于是大学毕业的那天，全体同学去玄武湖游园庆贺，我就只喝了汽酒——一种类似于汽水的东西。刚喝了一瓶，我就倒了。大家觉得我是装的，继续坐在草坪上喝酒吹牛。我独自躺在湖边的长椅上，肚子里翻江倒海，浑身火辣。同学们围过来，一个刁钻的同学还说这不可能，这不就是汽水吗？至于吗？我勉力扭头，对他说：你也吐一个试试？大家这才承认，不是我演技好，是真的不行。聚会结束时，同学公推，一个女生留下来陪我。湖光山色，杨柳依依，我昏昏沉沉。这个女生后来成了我的恋人。我的经历证明，喝酒不但会增进感情，甚至会带来爱情，实在是好处多多。

酒是最诚实的，准确地说，是酒量一点作不得假。你可以吹牛，说你身体素质好，年轻时曾拿过田径比赛的名次，英姿飒爽，属人中龙凤，人家看看你的大肚腩，实在是不信，但也无法戳穿；你也可以说你即将发表的文章好，暗示是惊世之作，人家恪于"文无第一"的古训，也出于对"文章是自己的好"的理解，基本上都会摸出钦佩和敬仰摆在脸上。但酒量可不能吹，你吹，那好，你来，先"拎壶冲"一个试试？所以吹酒量的，都是事后，在离酒比较遥远的场合。

据说科学家已经证明了酒是致癌物，但我不怎么相信。什么东西都讲究一个量，过量了，米饭还诱发糖尿病哩。以我目光所见，能喝酒的，都身体好，说明他解酒能力强；酒量大的，一般都壮实，长寿。童年时，我家乡的小镇上，有一个老者名叫赵开仓的，职业是在剧院卖炒货，他托着匾子，人还没看到，酒气先过来了，酒气就是他的吆喝。演出结束了，卖剩下的炒货，其中的花生米，又是他临睡前的下酒物。据说他一天两顿酒，天天如此；还说他倘若不喝酒，夜里就会尿床。那时候我还偶尔尿床，突然看见一个老头也有这种习惯，简直又惊又喜，差一点就当面向他求证。踯躅再三，终于没有敢，但在街上遇到他时，感到格外亲切。他寿命挺长，因为我成年后，回老家时还能看到他。他依然红着脸卖炒货，剧场已经拆掉，他的摊子摆在街边。

不能喝酒，是人生一憾。酒色财气、酒池肉林、酒肉征逐等，都与我无关。有什么办法呢？心有向往，但条件不允许。想想酒和我的关系，除了玄武湖醉酒那一回，全是伤害。统共喝过三次，倒有两次去医院吊水。一个长者曾大声宣布：朱辉也是有短板的！我点头如鸡啄米，承认短板很多，尤其是喝酒。我认了。

我家里的长辈，祖父、父亲、叔叔，全能喝，只有我例外。记忆中，我和弟弟是同时接触酒的——如果米酒也算酒的话。那时家里每年会做米酒，糯米蒸熟，加上酒药，捂好，等上十天半月米酒就成了。我们都在盼，等着吃酒酿。做米酒都会加糖，很甜，哪个小孩不爱吃甜呢？于是我们吃完了自己的那一份，又去偷吃。弟弟脸上红扑扑的，像两只苹果，他高兴得跳啊蹦啊，不知道他为什么那么高兴。当时，正值年前，我们都攒了不少掼炮，往地上一摔就爆炸的那种。弟弟比较有计划，他把摔了没响的掼炮里的火药拆下来，装在一个百雀羚的铁盒里，留着我摔完了他再玩。于是，他跳着蹦着，突然口袋里"砰"一声巨响，一团烟雾，弟弟呆呆地站在那里。他口袋炸破了，还好，人没事。

我们都吓坏了。弟弟这是过量了。此事说明，那时候，他的酒量大概与我持平，说不定我还比他略强些。时至今日，他虽然不喜欢喝酒，但能喝，据说有一斤白酒的量，我显然不能比。说起这个，我有点沮丧。母亲笑眯眯地说，她其实也能喝点。

不负诗酒不负青春

李　森

　　在昆明，要找一条写满了青春故事的街市，一定是圆西路。圆西路得名于圆通山，是著名的小吃街。这条街像一根扁担挑着两个箩筐，西头是云南大学校园的教学区，东头是学生宿舍区。从早到晚，圆西路上的大学生鱼贯而进，鱼贯而出，青春鲜艳的色调，欣喜且忧伤的脸朵，鬓云涌动。我偶尔想起《西洲曲》里的句子："单衫杏子红，双鬓鸦雏色。"

　　我最早在圆西路露脸，是1984年9月。时我初进省城，就开始在这条街上晃悠。尽管这小街没有霓虹灯，但心里还是闪亮了。20世纪80年代的大学生，被称为天之骄子。考上大学，似乎将来就是个"劳心者"，不但衣食无忧，还可以"指点江山，激扬文字"的。80年代的青年，有人确实怀揣着理想主义。也不仅是青年，垂垂老矣的"归来者"，也会催发枯木逢春的激情，而且当真了。

　　我们这些理想主义青年，是看不起庸碌青年和"精明"青年的。理想和激情需要语言表现，需要行为配合，于是我们写作，组建文学社，办油印刊物，学鲁迅呐喊，学金斯堡嚎叫，崇拜酒神精神和日神精神，像嬉皮士留长发，穿大皮靴，喝酒，弹吉他，郊游，唱《我的中国心》，可怜庸碌青年们的阿Q人格，鄙视精明青年们计算而后算计的人生观。

校园里有条著名的银杏道。我们的文学社成立于1983年，取名银杏文学社。首任主编是诗人于坚。文学青年们传颂着于坚的一则箴言："像上帝一样思考，像市民一样生活。"文学社的领导班子换届频繁，几乎一年一任。轮到我干，已经是第四任社长。文学青年们也传颂着我的一则箴言："活着，做一个人，然后写点什么。"当文学社的主要领导不易，不仅要自己掏钱请文青们喝酒吃肉，还要自己掏钱办活动、搞接待——登文坛难，自己认为已登上坛去了，稳了，但那坛上的光鲜，也还是需要"维护"的。

有一回，一位"后朦胧"女诗人访问昆明诗坛。诗坛把这一重要的接待任务交给了我。那时我上大三，正值暑假，天天在宿舍里啃休谟的《人性论》，想把诗歌写得"深刻"，据说诗文是一定要载道的。老师天天告诫我们，写作一定要往"深"里"挖掘"。刚好，女诗人来，可以跟她请教如何写得深、写得阔。晚上喝酒，谈起"挖掘"的话题，想不到女诗人说，"要写得浅"。我以为酒不够，再上土酒，整了个半醉，可她还是说，"要写得浅"。这回倒是把我整蒙了。我还没有"深"下去，怎么又流行"浅"了。翻读她的诗作，的确是直接、明白、平涂化的口语，把词语洗得很干净。我想模仿着写两首，可一下笔，语词总是带着句子往"深处"去。忽然觉得，要把一个词从某个深渊中拖回来，如在原野拖一头牦子。

我校文青的喝酒吃肉活动，一般都安排在圆西路进行。这里的伙食不但便宜，且可以依窗鉴赏过往美人。圆西路东头有个餐馆叫园西饭店，曾经是这条街最大的一家。我们经常通宵达旦地在这家餐馆里喝酒，唱歌，谈保罗·塞尚、凡·高、T.S.艾略特、巴勃罗·聂鲁达、路易斯·博尔赫斯、西尔维娅·普拉斯等等，也朗诵自己的新作。饭店老板人很好，一直陪着我们到深夜，有时还会跟我们喝两盅。我们喝高兴了，时不时会砸他的钢化玻璃杯，他也无所谓，只是笑笑，又笑笑，笑容有点僵硬地停在脸上。我们喝狂躁了的时候，老板偶尔会来抚摸一下我们的脊背，有时点头说"嗯，有骨"，有时笑着说"悠着点，不急"。无论我们谈理想，谈美梦，或吹酒仙李白、醉侯刘伶诸喝酒先贤，或臧否诗坛人物，饭店老板从来不插嘴，照样憨憨地笑笑，又笑笑，笑容收起，接着数抽屉里的票子。

我们组织了一个银杏吉他队，边喝酒边弹唱流行歌，也唱自己创作的歌。《酒干倘卖无》《啊朋友再见》《在希望的田野上》是一定要唱的，胡德夫、罗大佑、齐秦、崔健肯定会唱，自己创作的银杏文学社社歌，是压轴的吉他曲目。歌词大意："走，到西部走一走；看，到西部看一看；敲，敲岩石的门；吹，吹高原的风。那里有我们的梦幻，那里有我们的追求，那里有我们的天空……"吉他轰鸣声、歌声、酒杯碰撞声，灌满了月光下的餐馆。好几次喝完酒，才发现兜里的钱不够，于是，我便把身上取得下来的唯一一样贵重物件押给老板，那是父亲通过熟人给我买的一块日本产夜光双狮表。老板把表锁在抽屉里，等我打零工弄点钱来，再把双狮表赎回。我打过几份零工，其中一份是到翠湖东路的卢汉公馆做花工，每天五元钱，去就有。挖地，栽花，除草，浇水，施肥，农活于我都不在话下。

昆明文青的小酒局主要喝三种酒：啤酒，散装粮食酒（包括泡酒），本地瓶装白酒。泡酒有木瓜泡酒、青梅泡酒、枸杞大枣泡酒、毒蛇泡酒等。在云之南，似乎什么都可以泡酒喝。昆明有一种瓶装白酒是彩色的，有翠绿、粉红等颜色，是一家劳改农场酿的"肥酒"，其实也是配了中药材的泡酒。至于酒的颜色，比如绿色，那是用青竹叶、绿茴香等煮水调配的。而"肥"的含义，据说是将肥肉浸泡到酒里窖藏而得。饲料猪时代的青年，很难理解饿肚子时代的人们是多么喜欢肥肉，渴望油水。我们喜欢喝散酒，劲不大，可能是掺了水的。而肥酒劲大且贵，不是随时喝得起的。

不管喝什么酒，一个文青酒局里，常常会喝倒几个。喝倒之后的麻烦是，爬不上宿舍区的铁门，只好寄宿于别人的屋檐下等待天明。有时候喝醉了，几个文青会去足球场上谈心。年轻的心尚且没有生出老茧，还可以谈谈，还可以憧憬人生之路。这种集体醉酒等待天明的青春之夜，肯定会谈文学。记得有人说："不是说喝了酒进入迷狂状态之后，灵感就会来吗，我迷狂，反复迷狂了，灵感怎么不来？"我说："可能是柏拉图搞错了，历代教师跟着一错再错。"刚入文学社的小文青又问社长："灵感不来，可以写诗吗？"社长答："可以。"文青："那我就放心了。"

我们的文学活动也跟郊游一起干。我们喜欢登上长虫山去喝酒。长虫山又叫蛇山，是昆明的龙脉和最高峰。白酒是拎着上去的，啤酒是一箱箱扛着上去的，好像去造访诗神，得带上她喜欢的礼物。每次登顶，都要照集体照；都要大喊几声，排泄青春力比多。我干社长期间，有一张登长虫山的照片，倚着一块巨石，我站在中间，众文青站在周围。我举手挺胸，指着远方。文青同学们说："这就是文学的方向。"

喝酒复喝酒，我们都有过青春之约。都说过青春永驻，不准反悔。从一张文青的嫩脸，晃悠到老脸，尽管没有弄出什么理想主义的名堂来，但"活着"，是已经"活着"了。多年后，我在大街上偶遇那位不修边幅的文青。问："还在写诗吗？"他说："还在写。"笑问："登上文坛了吗？"他说："还没有。"云下的两张脸，都有些苍白。

记一位酒友

朱山坡

其实他算不上我的酒友。因为我不喜欢喝酒，不经常参加酒局。我酒量不行，三两便倒，然后强行站起来，夺门而去。第二天才知道酒局持续到半夜，他一直陪着喝，跟学生相拥在一起称兄道弟，吆五喝六，互相揪着对方的耳朵灌酒，喝得烂醉如泥。可以想象，杯盘狼藉，人仰马翻，场面很难看。那时候，他早退休了，七十出头了吧，身体很硬朗，嗜酒如命。在有限的几次酒局中，我都见到了他。

因为是初中同学聚会。他是我们的英语老师，姓贺。早在他还给我们上课的时候，他便恳请我们称呼他老贺，不必称他为师。他觉得不必客气，实际上他对"老师"这个称号持异议。他不是我们镇上的人，是几年前从县北部调到我们学校，一直到退休才离开，回北部老家居住。他家离县城不远，不到二十公里。从县城出发，往北走，通过水泥厂区，翻过一座矮山，然后是长长的下坡路。坡路的尽头便是他的家。几间瓦房，屋前是一个院子，种了各种蔬菜，长势永远旺盛。屋后是两棵高大的波罗蜜树，还有一棵更高大的木棉树。要是冬天，能看到满树火红的木棉花，红得让人怀疑。同学聚会，都喜欢邀请他，因为有他在，气氛热烈，喝酒尽兴。但是，得开车接送他。出门时，师母反复叮嘱接他的学生，老贺血压高，别让他喝酒。回到他家，学生把他扛下车，在师母劈头盖脸的苦责怒骂中搀扶他到床上躺下。师母既责骂老贺，也责骂送他回来的学生，毫不留情面。责骂声一直追随着返回的车。责骂声回荡在月明星稀的夜空。

因此，愿意接老贺者众，甘心送老贺者寡。后来，男同学轮流送他回家。我也曾经被安排送过他一次。同学们把他塞进车，关上门，剩下的事就是我的了。的士司机本来要拒载的，但经不起我加倍费用的诱惑。老贺在车里歪着身子躺着，嘴里叨唠不断，主要内容是谩骂龚志海。

龚志海是我们当年镇初中的校长，是一个表情严肃拘谨的老头。有一次在学校教师的什么会上，老贺用英语骂龚志海私德有问题，指责他任人唯亲，对某年轻女教师举止轻浮，尤其是通过学生食堂中饱私囊。在场的没几个听懂，但龚志海听懂了。龚校长跟老贺是师范学校的同学，都是英语专业。两个老头在会上用英语争吵起来，互相挖对方的黑历史。那是镇初中历史上著名而诡异的"口舌之战"。谁都不知道具体吵了什么，但对这次争吵谁都有发言权。众说纷纭。只是不知道究竟谁才是这场争吵的胜利者。当然，从会议室走出来老贺便单方面宣布自己获胜，为全校所有师生出了一口恶气，也为自己找回了尊严。然而，更多的人站在龚校长这边。"他们不支持真理，而臣服了权力！"老贺在课堂上曾经多次愤怒地指责那些颠倒黑白、奴颜婢膝的大多数。

"任何时候，你们都要站在真理一边。"老贺语重心长地反复叮嘱我们，仿佛害怕连我们也反水，站到邪恶的龚校长一边。

那时候，如果得不到满意的回答，老贺是不往下讲课的。因此，每次，我们都忍俊不禁，心照不宣地大声回答：好！我们永远站在真理一边。

不久，由于我们班在一次期中考试中，英语平均分全年级倒数第一，老贺在劫难逃，被学校剥夺上课权力，下放到食堂当工人。食堂负责人安排他掌管猪事。每天喂养学校养猪场的十三头猪。

我们经常看到老贺颤巍巍地担着猪潲从食堂出来，穿过长长的回廊，用尽吃奶之力爬上并不十分陡峭的台阶，在台阶的尽头往右拐，便是猪圈，但我们再也看不到他。老贺的喂猪生涯只持续了一个学期，然后又回到了教学岗位。老贺重新讲课时不再提跟龚志海的恩怨，尽管我们都看得出来，他内心并不服气，而且被龚志海安排"喂猪"，在全校师生面前丢脸，简直是雪上加霜。

"此事伤害性不大，但侮辱性极强。"老贺说，"我一辈子都无法原谅龚志海。"十几年过去了仍耿耿于怀，每逢醉后都要拿出来说。

冤家宜解不宜结。解铃还须系铃人。同学中有好事者提出设一酒局，同时请龚校长和老贺出席，让他们杯酒释前嫌。都七十几岁的人了，不要把仇恨带到棺材去嘛。

龚校长欣然同意出席酒局，但不一定同意跟老贺冰释前嫌，因为那次吵架老贺对他的伤害也让他备受屈辱。

老贺并不知道龚校长将跟他在同一酒桌上出现。自从退休后他们从没有见过面，他们师范同学聚会，两人都刻意地错开，避免同时出现。

因为出差在外，那天的酒局我没有参加。听说是这样：老贺一进门发现龚志海坐在C位，转身便走，却被我们的几个班干部堵住了，好言相劝，向他展示今晚要开的酒：十年前的茅台，四瓶。并承诺让他自己独享一瓶。老贺才勉强坐到酒桌边，坐在离龚校长很远的座位上。

像过去那样，热烈开场。开场白自然还是由班长说。

"特别高兴的是，今天同时请到了龚校长和老贺一起共进晚餐……"

酒开始喝了。酒好，是正宗的茅台。菜也好，比平常的更好更多。桌子也比平常大，因为来的同学更多。男男女女，从四面八方赶来的，有些还是毕业后第一次见面，仿佛特别是为今天的酒局来的。龚校长兴致很高，还是声如洪钟，喝酒也不含糊。老贺呢，似乎在跟龚校长较量，喝酒当仁不让，并且果然是独占一瓶，就放在自己的面前。

开始的时候，大家喝得很嗨，老贺和龚志海也是相安无事，气氛掌控得很好。酒过数巡，有人开始有了醉意，开始站起来唱歌，向女生表白……这些都没问题。问题出现在三瓶十年茅台喝完了，不够喝，有人拿上三年的茅台。龚校长脸红红的，也有些醉意，讲话颤抖了。

"我不要喝三年的，我要喝十年的。"龚校长说。

三年的跟十年的口感明显不一样。

可是十年酒没有了。也不是没有，老贺面前还有，不多了，但还是可以能分龚校长几杯的。

"老贺你凭什么独占一瓶！"龚校长大声呵斥老贺。很明显，事先没有跟龚校长解释清楚，或者解释了，他忘记了。

气氛从此改变了。老贺把剩下的十年酒全部倒出来，有三两之多，仰颈一口喝完了。

"没有了。你们看，没有了。"老贺说。

龚校长和老贺的争吵开始了。老贺用了几次"fuck"。龚校长忍住没用。两个老头还是算旧账。老贺骂龚是"pig"(猪)，一直都是，读师范的时候就像猪一样把他的女朋友拱了。

老贺骂得越来越不堪入耳。同学们纷纷劝架。二老希望学生们评评理。

于是同学们真心实意、实事求是地评理。

评理的结果，大部分同学说老贺小气了、固执了……反正龚校长在理呗。

听到学生的一番话，老贺勃然大怒，摔杯而去，谁也劝不住。出了门，他突然折返回来，站在门口，对着众人，吐了一大口："好了，今晚的酒我还给你们了，从此一刀两断，江湖不再见！"

酒局不欢而散。

后来，我们还去老贺家里邀请他出来喝酒。他不愿意了。他说戒酒了，实际上生了我们的气。

"你们没有站在真理一边，而是选择了权势。连一个退休校长也能让你们昧着良心说假话，你们的书真是白读了，我也白教你们了！你们根本就不是我的学生。"老贺斥责我们说。

又过了些时间，我们以为老贺的气消了，又登门约他喝酒。他竟然在院子的门外挂起了一块牌子，上面写着：假学生与狗不能入内！

师母对着院子外的我们，挥了挥手，意思是说：滚吧，他不会见你们了。

半年后，老贺患病，去了省城。一年后，同学们再谈起他，班长说，老贺上月与世长辞了。

陆文夫的酒后箴言

周桐淦

　　民间有云："酒后吐真言。"其实有点片面。酒后未必都是实话，那则《喝酒五部曲》的段子，不是也很写真、也很传神吗：酒前欢声笑语；劝酒甜言蜜语；斗酒豪言壮语；小醉胡言乱语；大醉不言不语。客观点说，酒后箴言倒是常有的现象，特别对大智慧之人而言，几杯酒下肚，像火种点燃了大脑智库一样，口吐莲花，金句迭出，至理至纯、至情至美。1985年至2000年，我在江苏省作协工作，记忆中留下了陆文夫老师不少酒后箴言的难忘场面。

　　1985年深秋，《雨花》杂志搞了个"文学与酒"的双沟散文笔会。年初，后来的副主编山谷和作家汪家厚在《雨花》发表了报告文学《酒与人》，作品介绍了双沟酒厂厂长陈森辉在改革开放初期励精图治、振兴双沟酒厂的感人故事。可巧的是，陈森辉当年就是因为爱好文学被打成"右派"，落难苏北农村的。《酒与人》为双沟酒厂和双沟酒走向市场起到了推波助澜的作用，陈森辉执意要请编辑部的同志去酒厂看看。编辑部一合计，1985年是中国人民抗日战争胜利四十周年，借此机会，请一批从战争年代走过来的老作家重回新四军根据地，重温旧梦，是件很有意义的事情。于是，老一辈作家陈登科、茹志鹃王啸平夫妇、艾煊、石言、陆文夫、高晓声、林斤澜、田流来了，刘心武、张弦、吴泰昌以及我们江苏的一批实力中青年作家来了，笔会四十多人。那天，双沟小镇像过节一样。人们终于把《红日》《百合花》《柳堡的故事》《钟山风雨》《美食家》《陈奂生上城》《被爱情遗忘的角落》等经典影视作品和它们的作者一一对应，合成到了一起。预定的见面会（开幕式）下午一点半开始，一点钟的时候，酒厂礼堂就开始有人来了，一点十五分，礼堂爆满，过道里开始站人。休息室里，淮阴市、泗洪县的领导也提前到了。可是，参加笔会的作家久别畅饮，酒兴正酣，我两次去宴会厅报告时间，大家看看主桌上陆文夫老师等谈兴仍浓，也就拖拉着不肯起身了。我那时是《雨花》的副主编，牵头笔会的协调工作，不得不硬着头皮提醒陆老师，他是开幕式主持，预定开会时间已到，地方领导已经到场。那个年头的时间观念还不是太强，超过预定开会时间好一会儿了，各位作家在市、县领导的陪同下步入会场，全场响起长时间热烈的掌声。陆老师在台上入座后，示意掌声停下的时候，打了个酒嗝，台下又响起掌声和笑声。少顷，陆老师开腔了："对不起大家！喝酒迟到了。"随后，他清了清嗓门，声音提高了："世界上只有一样东西，能一下子拉近人与人之间的感情——呃——那就是酒！"

"哗……"20世纪80年代中期的一次文学盛会，就在这一声酒嗝和一句永远经典的酒后箴言之后，伴随经久不息的掌声和欢呼声开幕了。

陆文夫老师家住苏州，担任中国作协副主席、省作协主席和全国人大代表后，常因会议和接待任务来到南京。那时候交通不便，会期又动辄三天、五天，对于每天都有喝几杯习惯的陆老师来说，在宾馆吃饭就多有不便了，总不能老是拎着个酒瓶进出餐厅，况且，宾馆菜天天"老三样"也不是他能接受的。于是，到南京不过三天，叶至诚就把他接到家中"吃晚饭"了。叶老与陆老师是文坛冤案"探求者"时候的同道，兄弟情谊，冤案改正后，出任《雨花》主编，因为身体原因，组织上看中我"年富力强"，做了他的助手，于是，叶老请陆文夫去家里吃饭，我也偶尔有幸叨陪末座。我曾多次向文坛友人谈起过叶老和我的关系：亦师亦友，亦父亦兄。我们虽然是主编和副主编，

293

但我只比叶老的儿子叶兆言年长三岁，因此，在叶至诚、陆文夫等老师面前，我是既执弟子礼，又执晚辈礼的。因为有这样一层"近乎"，再加上我也能陪他们几杯，他们酒后论文、席间论政，也就从不避讳什么了。一次酒叙时，不知怎么扯上了"探求者"话题，陆文夫老师掉泪了，一阵长时间的沉默之后，陆老师抬头对我说："桐淦，办刊物，'放炮'可以，'扯旗'不行！其实，'探求者'提出的本身也有点幼稚，文学创作本身就是一种探求。"陆老师的意思是，办刊物可以容许几篇"出格"一点的作品引起争鸣，但自己千万不要扯旗号、称流派。

同样的观点，不久后在我家的餐桌上，陆文夫老师又有过妙论。我与陆老师是到了作协工作才聊上的同乡，他从老家泰兴七圩镇投身革命，我出生于姜堰溱潼镇，都是泰州人，后来，他也喜欢到我家吃点泰州菜。比如大煮干丝、青菜牛肉、糖醋面筋、青椒杂炒之类。那次关于文学流派的见解就是从乡土菜肴谈起的，陆老师说，菜讲究传统、地道，但文学不行，文学讲究创新、讲究发展。每篇都要有点新的东西。白石老人有句话讲得好，学我者生，似我者死。就是说，你的画有点齐白石画味道，以后还可能有创新、有发展，而画得像齐白石的画的，你就永远地"像"吧，你永远不会超过齐白石的。陆老师说，他小时候在七圩看到的除了江滩、芦苇，还是芦苇、江滩，所以落户苏州后，才对苏州小巷的移步换景、曲径通幽有那么大的兴趣，才对苏州人一碗汤面有十八种"浇头"产生那么多的感慨。文学需要交叉审美，不识庐山真面目，只缘身在此山中。陆老师还举过王蒙的例子，他说王蒙写《青春万岁》时，天是蓝的，山是青的，水是绿的，到了写《蝴蝶》《杂色》的时候，王蒙自己是一只飘飞了十几年的蝴蝶，经历了太多，见识了太多，世界灰蒙蒙一片，什么都难以对焦，"杂色"了！所以，文学创作是不能讲流派的，讲流派只能像书法、绘画上的临帖和临摹，对自己是重复，对他人是模仿，不会有大出息。文学的传承应该像溪流，在跳荡变化中不断迸出新的浪花。

写作本文时，我翻看了自己的工作笔记，陆文夫老师在我家讲这段话时，有叶至诚、山谷和《雨花》司机张成在场。这段话也从侧面诠释了陆文夫老师的另一个文学主张。20世纪80年代末，江苏作协曾编辑出版过一套作家作品研究丛书，陆老师一是主张尽可能回避"探求者"专题，二是不要提什么"江苏流派""苏州流派"。现在看来，对这一问题他是有自己的想法和坚持的。

和陆文夫老师最后一次谈文学是在2000年10月13日的傍晚。那时，我已调到《扬子晚报》任职了。值班编委找我，说某法籍华人获诺贝尔文学奖了，编前会认为次日新闻应作落地处理，听听江苏作家的反应，大家希望我与陆文夫老师联系一下。电话打到苏州陆家，是陆老师太太管阿姨接的，我与她寒暄："陆老师还喝酒吗？"管阿姨说喝，正在喝呢。但肺气肿严重，不喝白酒了，喝点啤酒或干白。陆老师听我说明了来电原因后反问："你关心这档事干吗？"我说，我到了《扬子晚报》了，晚报要做落地新闻。陆老师想起了我已调动的事，说："建议你们冷处理，客观点、淡化点。在看得见的时间内，这个文学奖的中国得主，不是选择西方的宠儿，就是挑选东方的叛逆。"他咳嗽了一阵又说，"或许还有一种情况，因为某种政治需要，选择一个各方都能接受的作家，对中国人民'友好'一下。"最后，他反复叮嘱，他的名字不要见报；客观、淡化，是他电话中反复叮咛的两个关键词。

陆文夫老师是2005年7月去世的，送别陆老师时的生平介绍上，我特别注意到这样一句，陆文夫曾经担任了八年的新华社苏州支社和新苏州报记者、下放到工厂锻炼前还担任过编辑组组长。这有点像我们今天媒体独当一面的部门主任或版面经验丰富的值班编委。

竹叶青

凸 四

　　坦白地说，我是个好酒的人。虽没有到嗜酒如命的程度，但一旦遇到酒，就眼神发亮，脚底迟滞，失了定力。因为难以自控，常常入了民谚之瓮：不喝不喝又喝了，少喝少喝又多了。

　　后来又添了一个毛病：如若是晚间用酒，酒后就失眠，强烈地想跟人做彻夜的恳谈，但遍察周遭，竟无一可在相同的话语体系中对谈者，只好悻悻作罢，便顿生寂寥，觉得人的这一生，热闹是虚，孤独是真，荣辱、得失与生死，与他人无关。便苦笑，心中大骂，去他妈的。为抵抗无眠，胡乱地抻过一冷卷，草草地翻，翻来翻去，竟不知不觉地读下去了。日积月累，竟读了不少知名的不知名的书——在学人、文人相聚的场合，也能道出书中意趣；每当写作小品，也能东摘西引。便让人惊异，摇头叹曰："你一个京西山人，竟也博学多识，看来你深得苏珊·桑塔格影响，懂得'思在别处'，自觉地'离间'现实生活，避免'匍匐'，所以你才超越了一般的乡土写作，得以在高处跻身。"我依旧是苦笑，心里说，你他妈的真是放屁，是病态的"深刻"癖，其实这正是我的"匍匐"，正是我的现实生活，是无聊、无奈的衍生物。

　　追溯我的酒史，也不过是被迫的初始。祖父是个牧羊人，整天翻山越岭——既满眼乱花，也满眼单调；既满眼空旷苍茫，也满眼冷清寂寞。他说过，表面是他在鞭打着羊只，不如说是他被羊们役使。所以，为了解乏、解闷，更重要的是为了证明自己是活人，每天羊归栏之后，他都要喝上一小杯。他长年累月只喝一种叫竹叶青的酒，酒质清澈，微微泛绿，有冷冽的净洁。所以，那时我虽然是个刚记事的童子，也觉得他好玩儿，就很有兴味地看着他喝。这似乎就招惹出他的爱意："不愧是羊倌儿的孙子，屁大的一个小破孩儿就馋酒。"他一边笑着，一边用筷子头儿在杯里蘸了一下，毫无商量地戳进我的嘴里，让我品啊。那种酒真是绵软，儿童的味蕾只是热了一下，并没有过于辛辣的刺激，我便一边吧唧嘴，一边傻笑，好像很享受。这让他吃了一惊："邪了，这孩子天生就有酒性。"这就更刺激了老年人的顽劣，他每次喝酒都会招呼我："过来，过来，爷爷再给你蘸一筷子，让你呡一呡，过过瘾。"后来我上了小学，有了一点自主意识，便觉得祖父每次都只喝上一小杯的喝法，真是没意思，既然没有酒量还要喝，简直就是猪鼻子里插大葱——装象（相）。因为不屑，便在一个无人的时候，偷偷地拿出了他的酒瓶，毫不犹豫地倒满了一小杯，毫不犹豫地一饮而尽。一杯酒下肚，竟毫无感觉，便又倒上一杯，依旧是一口喝下，还是毫无感觉，便索性再喝下第三杯，然后，就坐等着醉意袭来。醉意竟久也不来，我便乐了，原来这个酒没劲儿，一味地绵软与甜，即便是儿童，也是麻不翻的。但是乐着乐着，我的心不禁阴了一下：既然酒不酷烈，也无后劲儿，根本就没有醉酒之虞，祖父居然也喝得那么节制，那么，就与酒量大小无关了。

这就是我酒的滥觞，筷子头上的玩弄，虽近乎游戏，里边却有懂与不懂的东西。

我入职的第一个单位，是一个乡镇的科技站。机关的干部几乎都是本地人，每到晚间，人去楼空，黑洞洞的一片。孤独之下，便随手翻阅科里订阅的几张报。不期报上有副刊，副刊上有小说，就读了下去。读罢，觉得那小说真是稀松，自己一旦写，肯定强其许多。漫漫长夜做何为？莫不如就写；写来不精又何为？莫不如就写得精。于是就抻过一张白纸，用心地往上涂抹。涂罢，率然地投入邮箱。十天之后，文字居然见诸报端。意外之喜是动力，便一篇一篇地涂抹。发表得多了，居然被县领导关注，县委组织部的主管亲自下来考察，说县里缺笔杆子，正待发掘。那个领导有老农样相，年龄与祖父相仿佛。他的考察很特别，与镇书记了解情况之后，便差人把我叫到书记的办公室。他冲我一笑，说："时已中午，咱们仨一起吃个饭，随便聊聊。"他从随身带的人造革皮包里拿出一瓶酒，居然也是竹叶青。每个人都倒上一小杯，就漫谈。因为他喝竹叶青，又有老农的样貌，我便有与祖父坐在一起的感觉，所以我就不紧张。东拉西扯了一个中午，也不见他杯中的酒见底，我觉得真没意思，便抄过瓶子，想再给他满上，以督促进度。他赶紧把酒杯攥进手里："不满了，不满了，我每次只喝一小杯。"见让不下酒，就转而去让书记。书记像被烫了一下，赶紧抄杯躲闪。我知道，他有看齐意识，县领导都那样节制，他岂敢放肆！我一笑，说："既然领导们都不再满，那我就不客气了，因为这个酒我知道，它爱蒸发，一旦打开，就要喝掉，不然它自己就会跑干，岂不可惜了。"县领导点点头："你尽管喝，不必拘谨。"我一杯一杯地喝，镇书记一眼一眼地剜我，他觉得我真是不懂事，关键时刻也不知收敛。看到我把余下的大半瓶酒都喝干净了，县领导哈哈大笑，冲我摆摆手："你去忙吧。"镇书记把我送出门来，对我说："你算是完了。"我反问道："怎么就完了？"半个月之后，我的调令来了。"你小子真是命好。"镇书记把调令递给我，告诉我，那天我几乎是把一瓶酒都喝了，他以为组织部领导会很反感，没想到领导却说，这很好，说明这小伙子朴实、率性，心无杂念，不市侩。

事后我想，真要感谢竹叶青，因为它是竹有节，又绵软清醇，既不会毁人，又给人以风骨的暗示，能让我喝得坦然。

调到县里之后，我每天都住在机关，还是独处的生活。这时的我，在孤独面前已有了自主的意识——从被动的排遣，转化为主动的安享——喝过半瓶竹叶青之后，在青灯黄盏下走笔。因为酒性绵柔，不麻倒人，反而微醺邀灵感，让我写得流畅。几年下来，成稿无数，广播影响之下，居然成了《青年文学》的封面人物，诗人、散文家王久心编《中国当代青年散文八人集》时，还把我列入其间，让我堂而皇之地走出了京西。

多少年之后，县委组织部的领导已转任县人大常委会主任。他在春节去慰问新中国成立前老党员时，我的祖父也正好是他慰问的对象之一。当得知我们的关系之后，主任大喜，对祖父说："老哥，你孙子现在是名人了，所以我中午就留在你这儿吃饭，咱们哥儿俩得好好喝两杯，因为他的出名跟我有关。"

"喝什么酒呢？我这儿可只有竹叶青。"祖父赧然地说。

"这正好，我平时也只喝竹叶青。"主任眼睛一亮，"咱哥俩可真有缘分，从酒到人。"

喝酒时，主任首先举杯："老哥，我敬你，你不仅在历史上是功臣，眼下也很了不起，因为你给咱地区培养了一个领军人物。"

祖父的笑脸立刻就收敛了，气哼哼地说："喝酒就喝酒，您少给我提他，好不容易有了一点儿出息，能让我吹吹牛逼、显摆显摆，可他却贪污了我的姓氏，叫什么高一块低一块的凸凹！你说他妈的他气人不气人，哼!"

主任先是一愣，后来哈哈大笑，连眼泪都流出来了。

事后主任告诉了我，我说："虽然都是喝竹叶青的，究竟是不同，他不过是个放羊的，而您码的是人。"

主任说："你少给我放屁，你且给我记住，这人，到什么时候，都不能忘了做人的本分。"

酒事杂忆

管士光

作为一个祖籍是山东梁山的男性,喜欢喝酒似乎是顺理成章的事,何况后来读到李白的《月下独酌》,更找到了喝酒的"理论根据",李白是"诗仙",也是"酒仙",他在诗中写道:"天若不爱酒,酒星不在天。地若不爱酒,地应无酒泉。天地既爱酒,爱酒不愧天。……三杯通大道,一斗合自然。但得酒中趣,勿为醒者传。"每当我端起酒杯的时候,就常常想起李白这一类诗句,自会发出会心的一笑。我有时想,如果没有杜康的发明,人们的生活该减少多少乐趣啊!说到所谓"酒事",记忆中难免会跳出一些片段,就像平静的水面,漂浮着一些花瓣和浮萍。

我最早见识酒的魅力还是读中学的时候,那已经是五十年前的前尘往事了。那个时候,物资极为匮乏,一般人能喝上一口白酒,是一件奢侈和快乐的事,更不要说还有当时并不常见的美味佳肴佐酒,更是一种难得的享受了。我的一位语文老师平时喜欢喝两口。那时我的学习成绩不错,特别是语文成绩突出,作文更是我的长项,每次作文差不多都能成为范文由老师在课堂上讲评,老师自然对我比较偏爱,到我家家访的次数也就多一些。每次老师家访,我父母都备好白酒并摆上"老三样"——炸花生米、炸虾片和松花蛋。当时我母亲在部队军人服务社上班,买这些东西还比较方便。每次老师来,我父亲就陪着老师说话，我母亲就会去厨房忙活一阵子，她总是会炸上一盘焦黄的花生米，再炸上一大盘虾片——这是一种用虾汁加淀粉制成的膨化食品，数量不多就能炸出一大盘，很能充数，加之，五颜六色，煞是好看，吃起来松脆有味，是当时佐酒的佳品；再切上几个松花蛋，像花瓣一样摆在盘子里，上面撒一点儿姜末，倒一点儿酱油和醋汁，在当时，这也是人们喝酒时的标配。是不是还要炒一两个素菜，我不记得了。我父亲虽然和老师一样面前摆着酒杯，但他不善饮酒，只是时不时举一下酒杯做做样子，和老师聊着我的学习，也聊一些社会新闻。老师开始还比较拘谨，父亲劝他才肯喝一口酒，慢慢地就渐入佳境，开始自斟自饮，话也多了起来，血液逐渐充上脸颊，黝黑的脸上泛起一层层红晕。这样的一顿酒差不多总要两三个小时，话说了不少，酒也喝了不少，"老三样"见了盘子底，舌头也不太听使唤了，有些话也总要重复好几次。这时，老师红着脸，带着几分醉意，慢慢站起来告辞，我父亲总是让他再喝一杯水，然后送他下楼。这样的场景往往过两三个星期再来一次，我从没有看到老师真正醉倒，也没有看到父母有一次表现出不耐烦或者不快的神色。差不多每次老师到家里来，父母都要备饭，每次吃饭都要喝酒，而每一次喝酒都会有"老三样"奉陪。我虽然不能上桌参与饮酒，但却从老师饮酒时和饮酒后的神态上，感受到酒这个精灵的魅力，看到了一个爱酒的人从这无色液体里得到的快乐和惬意。我想，老师定期来我家家访，当然是因为对我的关心和偏爱，而饮酒的快乐也是一个原因吧？这也许就是我对酒的魅力最初的启蒙。当然，其中体现的父爱和母爱更是尽在不言中。斗转星移，时光流逝，后来我每年春节去看望老师，都会带几瓶好酒，与酒相伴的还有对过去岁月的美好回忆。可惜我的老师几年前已经到了另一个世界，祝愿他老人家在天堂仍然能够享用美酒佳酿！

我第一次正式喝酒的情景至今还记得很清楚，那是我当兵的第一个元旦之夜。我的发小同军约了几个新兵，在晚上班务会后一起来到新兵连驻地外的野地里。放眼望去，隐隐约约还能看到几座坟头，天气很冷，刮着北风，我们靠着一个土坡围在一起，一个劲儿地把军棉衣裹紧。有人掏出从家里带来的罐头，同军拿出早已准备好的两瓶"桂花陈"，我们拿出自带的缸子喝了起来。这是当时比较流行的一种果酒，乍一入口甜得有些发腻，但很顺口，不知不觉间就容易喝多，这种酒来势挺猛，很容易上头。记得那晚留下两个深刻的印象，一是我们一边大口喝酒，一边东张西望，生怕被人发现，因为这样做是违反纪律的，如果连长或者排长撞见了，还不知道要受到怎样的训斥甚至处罚呢；二是酒喝得很急，两瓶酒很快就见底了，我们都感到晕晕乎乎的身上没劲儿，加之野外气温太低，北风又一阵紧似一阵，我们没有耽搁多长时间，好像完成了一个仪式，便一起站起来匆匆忙忙离开了。我带着酒意悄悄回到新兵班，找到自己的铺位就和衣躺下了。好在新兵连的管理没有那么严格，也没有人注意到我。我一觉睡到第二天起床号响起，爬起来的时候还感觉头疼得不行，但是哪里敢露出破绽啊，只能像正常人一样跑步进入早操的队列。虽然这次喝酒颇为狼狈，用当时比较流行的一个词叫"仓皇出逃"，一点儿也谈不上从容淡定，但却使我们这些刚刚走出校门的小子体会到自由的快乐，也第一次品尝了一个成年人才能享用的特殊滋味，它像一次成人礼，在我们的人生道路上留下了一个永远不会忘记的印记。

说到"酒事"，必然会说到醉酒。就像没有一个将军敢说自己百战百胜一样，没有一个喜欢喝酒的人敢说自己从来没有醉过。我自认还是有一定的"自控力"的，何况自以为也有几分酒力，虽然在酒酣耳热之际，也难免话稠语密、词不达意，甚至有时"酒后吐乱言"，得罪了好朋友，事后想来颇为后悔。但真正醉酒的次数却并不多，现在想起来每次醉酒都事出有因，自有不得不醉的理由。比如大学毕业前夕的一次醉酒是因为感伤而醉。说起来已经快四十年了，那时我们这些最小刚二十出头而最大已经是四个孩子父亲的同学们，经过四年同窗将各奔东西，对大学生活的留恋，夹杂着对朝夕相处的同学们的难舍之情；对未来生活的向往，掺和着对走向社会的几分担忧，大家开怀畅饮，互诉衷肠，从中午开始，一直到夜幕降临，最后躺倒了不少，我也是其中一个，真是"醉后失天地，兀然就孤枕"，至今想起来那次聚餐的情景还历历在目，那时的青春朝气和同学情谊总是引起我的怀念。

再比如二十年前的一次醉酒是因为兴奋而醉：当时我所在的出版社与一个民营企业家发生了经济纠纷，对方为了逼我们就范，用各种杂物堵住我们书库的大门，对我们的发货造成很大影响，我们必须采取果断的行动，才能保证图书市场不断货。经过研究，我们决定另租新库，化解危机。任务艰巨，时间紧迫，该怎么办呢？后来我们向军民共建单位原北京军区某部首长求援，部队派出一个汽车连前来帮助我们。在社里员工和解放军同志的共同艰苦努力下，我们只用了三天就完成了搬库任务。那一天晚上，我们设宴欢送部队的同志，大家兴奋异常，不停地唱歌，也不停地喝酒，而作为被委派处理经济纠纷和搬库行动的负责人，我的感激之情和兴奋之情，又岂是语言可以表达的？兴奋至极，何以表达，唯有杜康！我和每一个向我伸过酒杯的人碰杯，一杯复一杯，直至趴在餐桌上不再说话，大有"人生大笑能几回，斗酒相逢须醉倒"的气概。现在有时年轻同事想了解出版社发展的历史，常会提到那一次的搬库，我颇有"白头宫女说玄宗"的况味，没有了回忆的兴趣，而那一次的畅饮却常常使我回味，犹如一坛好酒，储存越久，味道越为醇厚。

还有一次醉酒是因为心中有事、有求于人，这次醉酒虽然也过去许多年了，却仍然使我常常想起。我们出版社有一份"社办报纸"，为了生存，想尽办法灵活经营。好不容易拉来一个治疗泌尿系统疾病的"医疗广告"，刚登了几期，工商部门就找上门来了。没有办法，我只得出面陈情，希望能够得到有关部门同志的理解和谅解，处罚得轻一点儿。那时还讲究"酒杯一端，政策放宽"。我的同事安排我们在单位附近的一家杭州餐馆见面，记得那天喝的是当时很流行的"小糊涂仙"。也许是心情不好，心里有个"小九九"，酒喝得不专心，加之彼此频频敬酒，喝得太急，虽然当时没有倒下，但回到办公室立刻躺到沙发上起不来了。一会儿肚子里就翻江倒海闹腾起来，据说连上一层楼的同事都听到了动静。后来我为了掩饰这次的"败走麦城"，宣称是酒的问题，"看来是假酒"。对我的自我辩白，大家只是笑笑，并不多说什么。这对一个自恃有一定酒量的人来说，多少有些尴尬。看来喝酒时心带杂念，别有所求，既缺少乐趣，也很容易被放倒。

喜欢喝酒的朋友都知道，尽情饮酒的过程是快乐的，但醉酒后身体的感受却并不美妙，虽然李白用"不知有吾身，此乐最为甚"的诗句描写自己醉酒后的怡然神态，其实还是那句老话，即"谁难受谁自己清楚"。醉酒不舒服，但还不算可怕，有些酒后的情况现在想来实在是让人心惊肉跳，再也不敢重复。记得那时还没有"酒驾"一说，酒后开车是一种常态。有一次，我在郊区开会，会后与会者难免推杯换盏，联络感情，聚餐结束时已经接近午夜。因为第二天一早单位有事，当晚必须赶回城里，虽然当时已经有了几分醉意，但我还是发动汽车上了路。幸亏当晚喝酒有所节制，加之夜里路上几乎没有什么车，我一路不时提醒自己："小心！小心！"实在万幸，经过近两个小时的疾驰，总算到了目的地，因为近处停满了车，只得把车停在比较远的地方。第二天醒来，想不起昨夜把车停在什么地方了，在楼下转了几圈，才在一个偏僻的角落找到了车。仔细想想，这样的行为多么危险！现在国家有了规定，酒驾和醉驾属于违法甚至是犯罪行为，不仅要受到严厉的处罚，严重的还要依法追究刑事责任。这是社会文明和进步的体现，我举双手赞成！

"但得酒中趣，勿为醒者传"，喝酒的乐趣，不喝酒的人往往很难体会得来；当然，过量了，"喝高了"，就只有痛苦和难受，喝酒的乐趣也就大大地褪色了。喜欢喝酒的朋友，难免都有几次醉酒的记忆，但更让我们享受的还是与朋友"把酒言欢"的惬意，还是"微醺适量"的愉快，大醉伤身而小酌怡情，这是酒友都明白的道理。喝酒得到的乐趣是其他饮料，比如茶或咖啡代替不了的。有人说，喝酒要讲究酒、酒菜和酒友，这固然不错，但在这"三美"之中，我对酒和酒菜没有什么要求，对"酒友"却颇为在意。为了某种目的组织的酒局，虽有好酒好菜，但参加者未必是彼此熟悉的好友，而且还各怀心事，这样的酒局是最让人伤神和感到乏味的。比较而言，只有三五知己或七八好友相聚喝酒才是真正快乐的事情。在这三五知己或七八好友中也是性格各异，颇为有趣。我印象最深的是两位好友：一位哥们儿，你说他喜欢喝酒，不如说他更喜欢喝酒的氛围。他酒量其实不小，但每次喝酒，他都不停地说话，天南地北无所不谈，天文地理面面俱到，被朋友讥为"话痨"而不恼。在他"话密"的时候，你不知不觉喝干了一杯又一杯，他却酒杯略一沾唇又放下，继续着刚才的话题讲起来。结果是你已经有几分醉意了，他却连一杯酒还没有喝干净呢！后来家人每当劝我少喝酒时，都会让我向他学习，但我生性急躁，见不得酒在杯子里久留，往往嫌他"磨叽"。可惜这位朋友已在五年前离开了我们，使我在生活中失去了一位好兄弟，在酒桌上失去了一位好酒友！还有一位朋友是酒桌上的"闹将"，他自己酒量不行，却喜欢"挑起事端"，寻找各种借口让别人多喝酒，有他在，酒桌上就十分热闹。后来大家发现他或"挑动群众斗群众"，或"王顾左右而言他"，便达成共识，即"以其人之道还治其人之身"，凡是在他挑起事端时都强迫他"同饮一杯"。这招还真灵，这位老兄自知酒量不行，后来收敛不少。可惜他为了避免引火烧身，往往隐忍不发，不像以前那么爱"挑事"了，酒桌上也就不像以前那么热闹了。这几年和我常在一起的朋友们渐渐兴起了"不劝酒""不拼酒"的"酒桌文化"，这自然是一种进步，但我却有时会怀念起过去那种酒桌上的热闹和豪爽，怀念这位朋友当年营造的那种喝酒的氛围。凡事有得有失，看来在酒桌上也能验证这个道理啊！

辛弃疾有词句说"白发多时故人少"，在我而言，这个感受逐渐强烈，前几天，我的一位大学同学心脏病突发倒了下去，有同学说这和他平时饮酒较为"豪放"有关。我想，到了我们这个年龄，应该尽量多与老朋友聚聚，珍惜每一次相聚的时光，因为你不知道下一个路口谁会走失。据说专家认为每周至少和朋友聚会喝两次酒，才能保证身心健康，这也算是朋友相聚喝酒的新的理由，用来说服家人，不知是不是能够奏效？当然，这个时候，喝酒应该更"婉约"一点儿，不要喝醉，微醺最好。白发增多，添了一个毛病，那就是喜欢回忆过去的事，和酒事一起，难免想起一些人、一些事，通过这些人和事，也许多少能够看出社会的变化和发展，这就是此篇"酒事杂忆"的由来。

拒酒者说

徐　风

不会喝酒。这句话在酒桌上是受蔑视的。你矫情，不够仗义，太爱惜自己，不肯对朋友掏心掏肺，故而不可深交。

涉世几十年，忆起无数次"酒精"考验的经历，有点惨不忍睹。且说早年，有一次，一位领导给我倒了满满一杯酒，只说了一个字：喝。我脱口说，不会。他加重语气，依然还是一个字：喝！我说我真的不会喝酒。此时场面有些尴尬，领导的脸色略变，拿起给我倒的酒，一仰脖子，自己干掉了。然后又倒了满满一杯，放到我面前，语气变得严厉：喝！！

这是我人生的一个小小关卡。我不是不肯喝这杯酒，而是根本就喝不了。我的不会喝酒，不是推托的虚词，而是实情。自小我就对酒精过敏，只消几口酒就可以把我放倒。其实我也不怕被放倒，甚至不怕呕吐，不怕头昏脑涨，但我受不了喝酒以后浑身奇痒到无处逃遁乃至没有一刻安生的那种感觉。无论什么情况下，我总是本能地死死守住这个底线。

那杯酒最终我还是喝了。但领导并不高兴。他吐出一个观点：喝酒见人心。不知是不是酒精的作用，我突然冒出一句无比错误的话：您撤了我吧，我真的不会喝酒。领导勃然大怒：你是多大的官，还轮到我来撤你！

这句话很霸气，很经典。我一直想着要用到某篇小说里。那天晚上我彻夜未眠。我享受着比浑身奇痒更难受的一种滋味：那就是迫不得已的屈辱。在一杯权力酒面前我低头了，我的一身傲骨变成了一副摇摇晃晃的衣架。百爪挠心甚至万念俱灰。

据说有目击者旁白：一次绝好的机会，被他白白浪费！

是的，如果我善饮，如果我让领导喝高兴了，结果是什么我自然知道。酒与男人，俨然天生绝配，无论行走江湖，还是归隐田园，酒都是安身立命的依靠，也是精神上的抚慰。故人感叹，本是青灯不归客，却因浊酒留风尘。酒其实是人生不可或缺的一根精神上的拐杖。无论是"杯酒释兵权"的传奇，还是"青梅煮酒论英雄"的佳话，都让酒成为一种旷远的文化，一种无法替代的魔法与神奇。

每当那些海量的朋友在美酒面前纵横捭阖、挥洒自如时，躲在酒场边上的我总是望尘莫及、低眉噤言。不知从何时起，"不会喝酒"仿佛一枚标签，插在我的后脑勺上——此人寡味得很，因为他不喝酒；此人世故莫测，因为他不喝酒；此人过于爱惜自己的羽毛，因为他不喝酒。

有人说，酒量是练出来的。可是我这个没出息的人屡试皆爽。私下里练酒量，当然是基于世俗的考虑，但可能是酒本身并没有给我带来哪怕半点乐趣，练酒的记录写满了沮丧且伴随着感官上的难受。有一次，乡下的亲戚送来一桶自酿的米酒，打开之后确实有一股诱人的醇香。我有点心动，倒了一杯自斟自饮，入口的感觉很是不错，但温儒的米酒其实后劲很大，仿佛有一头小兽在用其锋利的爪子挠我的后脑勺，然后开始发痒，从头顶到脚跟，浑身上下没一处自在。为什么酒神这么不爱我呢？为什么这把贱骨头如此不堪消受呢！既然如此，徐某人也就不伺候了，栏杆拍遍，唯酒不沾。哪怕天荒地老、离群索居。

也有朋友这样教我，喝酒时，先不要自乱阵脚，挂免战牌，这会让大家扫兴。你就小口抿着，趁着大家短兵相接、各展其能，你就悄悄吐到毛巾里或酒桌下。当然，也可以在酒里掺水。有一种"红粉知己"，就是把葡萄酒跟饮料掺在一起，颜色还挺好看。

酒桌上如此喝酒的大有人在。类似偷梁换柱、瞒天过海这些成语，安在某些人身上，会无比生动，但我从不仿效。固然人生有很多无奈，比如，不得已时也会跟着讲几句假话，明明厌恶的东西也要说喜欢。但在喝酒这件事上弄虚作假，我觉得比不会喝酒本身要恶心很多。我不善饮，却不憎恨酒，一口好酒来到世上，不是用来被糟蹋的。同时我也鄙视那些饮酒无度的醉客，他们不但糟蹋了自己的身体，也糟蹋了酒。

人到壮年，心气愈加平和。战火纷纭的酒桌上，不会喝酒的我，照样笃笃定定。先把一杯白开水放在自己面前，开明宗义；然后用一个小杯斟满酒，先干为敬。这是我以最大的"酒量"来表示自己对宾主的敬意。然后，一杯白开水自始至终。窃以为在特定的情景下，酒和水都是液体，只有浓淡之别，不应有贵贱之分。能饮酒者，决不要放过一分一毫的快乐；以水代酒的，也不要矮化自我而保持一份怡然的自在。

某次与友戏言，自己的一生磕磕绊绊，多半与不会喝酒有关。但是，只要心诚，朋友还是多的。中年之后，对酒的理解又增加了一层。酒，就是冥冥之中让彼此放下、走近、交心的一种媒介。人生不可替代的一味，就在天南地北的美酒之中。于我而言，酒可以不喝，但不可不备。但凡南来北往的文坛朋友到宜兴，我总是把最好的酒拿出来款待。我很享受朋友喝得微醺的那种样子，我羡慕他们。但我不喜欢在酒桌上撒泼、设局、搬弄心机的酒客，人生苦短，到了酒桌上还不肯放过别人，非把别人弄趴下而欲罢不能，何必呢！还有一种人，酒壮色胆、以权纵酒，专门在酒桌上欺负女同胞。借着酒劲占便宜，一句"喝多了"便蒙混过去，过后依然正人君子，酒成了他的盾牌与盔甲。至于酒驾醉驾的瘾君子更不可取，好端端的酒，流到那样的囊袋里，添灾惹祸，制造人间悲剧，酒若有灵，该作何想？

仗剑长歌诗与酒，无欢无散不人生。每当读到这样的句子，我的心头总是无感。但若展开一下想象，文字背后的那一圈饮酒人，脸一定都是红红的，印堂发亮，每一根须发都沉浸在享受佳酿的快乐中。如此，心里就会掠过一阵淡淡的怅惘。当下我的生活基本上远离酒场，以粗茶淡饭而自甘。久而久之，我的性情里是否也会有某种缺失？如果这是肯定的，那么我也无怨无悔。因为你不可能拥有人生的全部。祝福那些驰骋酒场的朋友，人生得意须尽欢，莫使金樽空对月。酒，一定要喝好，好好喝。

最小单位与最长流水

鲁　敏

　　我不爱亦不善杯中物，只叶公好龙式地追慕着与酒有关的周边，人物、话题、原理以及各种怪力乱神的酒徒酒鬼酒仙酒神故事。我甚至不自量力地在《六人晚餐》里塑造过一个无权无势的酒鬼。他不够有钱，但经年累月中，他尽一切可能地，集邮一般，在他的床底下，收藏各种名贵好酒，每晚在浓郁的酒香中沉沉睡去，并做起他的黄粱美梦。他有一个对酒的执着理解，功能式的，也是功利性的：酒乃万能万有之物，可以表达至高无上的情谊，故而可以所向无敌地，达成他想托人帮忙的升官发财……小说里，各种阴差阳错之下，他所珍藏多年的美酒，一瓶也没能送出去，诸种功利想法也一样未能达成。这可怎么办呢？巨大的同情之下，我摇动笔杆，行使我作为一个写作者的权力，让他把床下的所有藏酒全都拿出来自己喝了，愤懑地喝，勇猛地喝，不要好地喝。苦涩而嚣张的酒香中，他头一次像个真正的酒鬼那样烂醉如泥，肉身轰然倒地，而他那些世俗之想也终于在混沌中飘浮起来，越飘越高。

　　当然不能以虚构来混谈酒事，讲两个非虚构的小故事吧。

　　一是苏童老师的。应当是2010年下半年，第五届鲁迅文学奖在绍兴颁奖，仪式结束后，我跟苏童老师同一趟火车回宁。我心中暗暗地美着，座位挨着，岂不是可以聊上一路，他可是我的大前辈啊，虽然同在一市，讲话机会也少得很，我比他们都晚太多，觉得够不上。不过坐下之后，交换了一些有关火车或旅程的信息之后，他很快掏出了一本书，释放出不倾向于聊天的信号，于是我也讷讷地掏出了我带的书。我们像是无意中跑到同一间自习教室，同窗共读起来。窗外景色奔涌而过，售卖汽水饮料的列车员来来回回，或者也会向我们这也算娴雅的角落投来尊敬的目光吧，我瞎想着。

不久，我用余光发现，苏童老师似乎有点不安或不适，身体挪动了好几下，终于，他站起来，勾下行李架上的包，从里面取出两样东西：一小袋带壳原味花生，一小瓶浅棕色XO酒。然后他不紧不慢地，以一种长居久安，仿佛在自家客厅的那种从容，拧开瓶盖，撕开包装，剥出一小撮花生米，讲究地搓净上面的粉红色花生皮，扔到嘴里，然后下一口XO。他没有跟我让酒或花生，也没有过渡性或延伸性地阐释什么。他表情安详、自然，实在太平常了。平常得让我觉得，我也应当从什么地方掏出酒和花生来吃一吃才对。有食品车推过，我问，要再买点别的什么吗？他摇摇手里的花生，说够了足够了。被他的日常性所感染，我于是默然地继续看书，听他轻微的咀嚼声。心里稍微感到纳闷的是，明明只是很小一袋花生，差不多一个巴掌大，而那一小瓶XO干邑，更是只有半个巴掌大，他可真是喝得蛮久的，剥几粒，啜半口，停上很久，好像沉入一种遥远且回味深长的思索。

不知何时，发现我们在聊天。我向他表达最近的苦恼，手中的一个长篇，已经写了七万字，还是觉得不对头，整天背着电脑四处走，徒劳地企图挽救，真挺绝望。他点点头，也讲了他手中的一个长篇，光是开头那两万字，就改了无数稿，简直要了老命。都一样，开头总是最难的，解决好了，后面就全好了。当时我想，可能是他随口说说以示劝慰吧，现在看来，也可能是实情——过了两年多，《黄雀记》出来了，再过两年，此书获得茅奖。不管怎么说，将信将疑中，我嘘了一口气，心中居然觉得安慰多了。当时的交谈风格就是这样的，温和但曲折。比如聊到我手中《嫌疑人X的献身》，东野圭吾作品，他表达了对此书的喜欢，还有同名电影，拍得挺不错。电影好就对了嘛，他附和了一下，但差不多是相反的意思，其实最好的小说改不了好电影，这种书建议你也就火车上看看，完了最好就扔在车上不要带走了。紧接着，他兴致颇高地跟我推荐了好几本"值得一看但不必收藏"的悬疑小说，我向来有书单之癖，马上高高兴兴地记录下来……挺感谢那半个巴掌大的一瓶酒，它使我们都随意多啦。到南京了，下车前，我跟他说，把那空瓶子给我可以吗？干什么？觉得好玩呗，想留着。其实那瓶子再普通不过，但我至今还留在家里呢。写到这里，我去看了一下容量：五十毫升。这恐怕得算这个专栏里单位规模最小的酒事吧。

2020年疫情期间，我一边读伯格曼极为精彩的自传《魔灯》，一边顺着拍摄时间挨个儿看他的代表作，那个过程简洁而漫长，劲道无穷，完了写了一篇长文，谈伯格曼自传读法，篇名即是《就花生米下酒》。对，这可能是我喝酒的方式。而真正的酒席我没有发言权，为了表示一点参与和存在感，我比较热衷于替左右夹菜或添酒，在他们满场奔走之时，与另外几位真正"吃菜"的人士，本着不要太浪费的原则，互相劝说着，多吃一些，再多吃一些。

但好歹算是见过一些稍大阵仗的酒事，算是流水席。也得是十来年前了，可能是在鲁院读书期间，也可能有什么大活动，或者是杂志或行业上的笔会，总之记不清具体背景了，或者当时在我们这样的外省人看来，那就是一种京城范儿的聚会常态？不要多问，免得露怯，只管装着非常习惯就是。

而今只模模糊糊记得，大冷的冬天，有相熟者扯着，一路走，还一路打电话往房间叫人，凑到三四个，挤挤挨挨塞满到车上，有人报出一个陌生地址给司机。摇摇晃晃一路开到地头，进去一看，两三桌均已是人仰马翻、杯盘藉然，浓烈的烟酒气、蒸热气和喧哗声，直叫人碰一个大跟头。

但新来者必得到极真诚的欢迎，并激起新一轮热情，有人唤来店小二添菜添茶添杯盏，有人到酒箱子里又开出新的一瓶，咕咚咚倒起，然后大家都举起杯来，以 N×（N-1）的数列集合有来有往地彼此招呼。久慕大名。好久不见。哥们儿你头发哪儿去了？寄给你的书收到没？——辨认与介绍中，写诗的，写小说的，搞翻译的，做出版的，编剧的。老前辈，小青年，飘荡者，极亲昵的老友面孔，极出名但初见的面孔。室内也穿着厚毛衣的南方人，热腾腾一件短衫的北京地主老儿。不管，只要一碰杯，大家好像就全熟了。

这种席面有几个特点：一是其实并没有人在意你到底喝了多少或者喝不喝，但总也有人非常实在地迅速高了，摇摆着高声嘶吼起老摇滚，或一言不发找个角落呼呼睡去，或者被架到车上不知所往。也有不少人大体保持清醒，一会儿跟这个递名片，一会儿跟那个讲其酝酿中的写作计划，或是谈起什么伟大的电影项目。二是总体人数保持着一种神秘且自然的恒体总量，新来的一拨夹带着寒风刚坐下不久，吆喝没几圈，就有一拨子老客，脸色红红地穿起外套来，有事要"先走一步"，而这边厢又有人想起某几个朋友，正把手机传来传去的，一连声威逼着对方："叫个车！马上过来！我们等你！"反正三桌两桌的，总归满席，总归热闹，像是永远不可能散似的。于是这流水席便继续以一种混沌、粗放的方式漫长而稳妥地运转着，可能是从下午四五点开始（一说，打上午就开始了），直延展到凌晨一两点，这也是它的第三个奇异点，无所谓始，无所谓终，亦无所谓主客，无所谓亲疏，先来的人，喝了几杯，就成了半个主人，招呼新来的客人，而新客人不久就会熟门熟路地招呼起更新的客人，如此接引迢递，连主人也被当成客人招呼了也未可知。

常常地，在出发前或告辞后，为着承情，我问扯着同去的人，哪位做东啊今天？酒谁带的呀，好几大箱子就那么虎头虎脑地堆着？不知道哇，是某某吗？不对，好像是某某某。身边人轻微争论着，似乎也都是不明所以的情形。但开心吗痛快吗？是真的，仿佛有一种天下已然大同、往来皆是兄弟的豪迈，更不要讲文学大业与酒事盛名了，俨然功成，千古壮哉。

走近茅台

姚文放

　　早年就听说有一种贵州名酒叫作"茅台"，人们谈起它总是带有一种神秘感。后来本人不无茅台之饮，也不乏贵州之行，还曾有在贵州品尝茅台的过往，但尚未有走近茅台的机会，日前参加一学术活动，终于如愿以偿。

　　但这回旅程却并不顺畅。中午从北京起飞，在合肥中转就已晚点，飞到茅台机场上空被告知下面有雷阵雨无法下降，飞机绕了两圈又折返贵阳备降，此时已是夜里零点以后了。当时有两个选择，一是蜷曲在飞机上继续等待，二是下来打车自行赶往茅台。我选择了后者。虽然备受折腾，但也有所得，能够在深夜从陆路进入茅台，当别有一番感受。经过两个多小时车程已渐近茅台镇，开始感觉扎进了一个长长的狭谷，两旁的山崖像迎宾队列似的当面挤压过来，在车灯照射下林木繁茂、郁郁葱葱。进城后发现马路无比开阔，灯光璀璨宛如白昼，但因夜深而空无一人。再往前进入商业街，一家挨一家看不到头全是营销茅台酒的门店。空气中弥漫着浓郁的酒香，那种熟悉的酱香味道，沁人心脾、令人沉醉。在车上曾向驾驶员问起，此酒为何称"茅台"，他含糊其词地说由于它产于茅台镇所以叫"茅台"。我来之前做过功课，坊间有多种说法。依我的理解，茅台酒产于赤水河畔，最早先民依水筑台、取茅为柴、馏糟煮酒，故称"茅台"。至于地名，应是因酒而得名，正如江苏的东台，也是因筑台建灶、煮海为盐而取名，都是非常接地气的称谓。

清晨起床，登高远眺，只见得茅台一镇群山环绕，犹如一个被赤水河拥入怀中的婴儿安睡在摇篮之中，鳞次栉比的高楼大厦、市廛村坊铺满河谷，正是这一特殊的地理形势为酿造美酒提供了难得的地利。此地终年温热少雨，日照绵长，紫外线丰富，据说土壤中饱含多种稀有元素，极为适宜酿酒微生物的繁衍生息。这种飘荡在空气中的精灵们看不见但闻得着，让人整天沐浴其中的酒香其实就已透露了个中消息。这种千百年来盘踞此地的菌丝就是茅台酒的灵魂，它们无所不在，无时不在，渗透在、浸淫在、涵濡在每一个角落、每一个瞬息之中，正如《周易·系辞下》曰："天地絪缊，万物化醇。"同样的材料、同样的做法，如果要挪到别的地方，缺少了这些有生命有个性的活物，那绝对化育不出茅台酒的神韵。

东道主热情，将我们安排在茅台镇上最受游客欢迎的酒店，之所以受到欢迎，是因为全镇唯有这家酒店可以为住客每人每天提供一瓶平价茅台酒。因之在此开会都会根据酒店的安排，在会议议程中留出一个"买酒"的环节。这无疑是大家极为兴奋、极为欢乐的时刻。到一指定地点，严格按照程序办理，然后工作人员会熟练地打开包装，取出那烫印着敦煌壁画飞天形象的小盒子递到你的手中，看得出他们是在履行着一件庄重的职责。会议当中的"茶叙"也非常特别，是由主办方茅台学院的大学生给大家勾兑不同规格的茅台酒、调制各色惊艳的鸡尾酒。我干了两小杯茅台酒并无感觉，又取了一款"蓝色妖姬"鸡尾酒，进口挺爽，未至喝完这一大杯就感到微醺了。听说这些学生所学的专业十分抢手，未毕业就被用人单位预订完了。入夜，也就是古镇最热闹的时候，大酒店面对全镇最大的广场，霓虹闪烁、歌声悠扬，人头攒动、摩肩接踵，最抢眼的是各色酒业广告，层层叠叠、高耸入云，在赤水河的映照下波光粼粼、宛若仙境。三五好友走乏了，欲找一茶馆小憩而不可得，鳞次栉比的仍然只是酒业门店，连饭店都很少。这让人想起浙江温州，夜晚绝少休闲场所，全民的心思和兴趣都在投资兴业之上。

茅台酒从来不缺少新闻。赴茅台前网上有两条新闻冲上了"热搜"。一是说茅台酒酿造过程中"踩糟"程序一律由未婚的少女来完成，经过她们美足的踩踏和揉搓，会将其体香糅合在酒糟之中。这则新闻还附有照片，一时传为美谈。但我们在考察茅台酒厂的制作工艺时并未发现有什么美女，隔着密封玻璃倒是只见若干壮汉用大铲反复倒腾一座座小山般的酒糟垛子，经过蒸馏的酒糟热气蒸腾，车间里想必温度不低，工人们轻衣薄衫，只有穿着草鞋才能落脚。这是一种强体力活儿，不是一般人能够胜任的。不过像许多传统工艺一样，酿酒过程中人们手脚并用原不是什么稀奇事儿。在酒厂门口见到招工告示，要求应聘者必须身心健康，聘用前有严格的体格检查。故虽然未必是美女踩踏，对其产品的卫生质量大可放心。当天网上还有一条新闻，说茅台集团总工程师申请工程院院士最终落选。这在茅台人心中引起了不小震动，我问茅台学院科研处的随员当地对此有何看法，她说，作为茅台人，当然希望院士能够申请成功。窃以为，毕竟在业界举足轻重的茅台产业具有很强的技术内涵和工艺要求，也在科研引领和技术创新方面显示了广阔的提升空间和发展前景，在院士评审这种学术荣誉的认定方面起码应与其他食品产业一视同仁。

说到茅台产业的科研创新，那就不能不提培养专业人才的茅台学院，也不能不提该校的封校长。在他从贵州其他教育管理职位上退下来以后，即应茅台集团之邀，以创业者的身份重启人生，筚路蓝缕、以启山林，摩顶放踵、利天下为之，以数年之功，使这座全新的应用型普通本科高校在仁怀市南部新城拔地而起。走进校园，令人极为震撼的是居于中心位置的图书馆，有如一只巨大的方尊。"尊"在青铜文化中是一种酒器，又是一种礼器，乃国之重器也。后作"樽"，即所谓"金樽清酒斗十千""莫使金樽空对月"。总之，这一宏伟建筑的整个形制寓有以酒为业培养人才之意。若干年来，该校为本地及全国培养和输送了酿酒产业链多学科的大量专业人才。其中值得大书特书之事颇多，在此谈点酒事之花絮。1997年"烟花三月"之际，本人承办中华美学学会和全国青年美学会的年会，咱师门兄弟麇集扬州，封兄也参加了此次盛会，其乐何及！但因会务人员在编辑会议论文集时张冠李戴将封兄的论文题目印错，令其不快，也令我汗颜。相隔若干年后，我再次在扬州承办中华美学学会的年会，邀约封兄光临，并保证这次不会再出此等糗事，封兄允之，但到会期靠近时他却因公无法与会，我只能表示遗憾而已。不意会前收到封兄委托茅台集团驻扬专卖店送来一箱茅台酒，还特地说明这是他个人掏腰包敬各位师兄弟的。这让大家快乐了好几天，至今引为佳话。封兄待人就是如此实诚，这次我赴茅台旅程周折，未及赶上报到，错过了晚上的小酌，但酒店提供两瓶原装茅台，也算满载而归、不虚此行了。

闲话酒事

胡学文

曾经有位乡镇干部，闻知我的村庄名字时，双目突然放光，原来他与我们村有一段故事。20世纪80年代，他与另外两名干部下村检查，中午村支书请他们到家里吃饭，自然也要喝酒。村支书的酒量略差了些，且以一对三，渐渐力不从心，陪不下去了，就有些冷场。在外屋烙饼的支书女人提出代丈夫敬酒，乡镇干部欣然同意。她敬了他们一轮，他们又敬她一轮，她站着，他们坐着。他们想把她灌醉，结果反倒是他们醉倒，其中一人当场翻到地上，极为狼狈。支书女人接着烙饼，当然他们没一个人吃得下去，退休的乡镇干部说不得了呀，没见过那么能喝的女人！

那个女人我叫她婶婶，少年时代，我见过她喝酒。在田野上，她与几个男人拼酒。菜是直接从地里拔的胡萝卜和大葱，酒杯权用自行车铃铛代替。那一铃铛怎么也有二三两吧，她直接喝下去五"杯"，然后照旧割麦，没有任何异常。

塞外大地，善饮的男人多，喜欢的女人也多。在我老家，和酒有关的故事数不胜数。一个醉汉对着电线杆撒尿，系裤带时把自己和电线杆绑在一起，他不知自己为什么动不了，大呼小叫，恰在僻静处，没人理会，后来抱着电线杆睡着了。另一醉汉找不见家，其实始终在自家附近转悠。妻子出来寻他，他双眼蒙眬，没认出来，向妻子问路。妻子生气骂他，他亦恼火道，我就问个路，你不告诉就算了，咋还要骂人？

身为塞外人，我当然醉过。醉不是因为喝多，而是酒量实在太差，差到自己都感到羞愧。我的喝酒史，说起来真是挺好笑的。

第一次喝酒在师范期间，我和同学到张家口市配眼镜，去餐馆就餐，见周围吃饭的都喝扎啤，我的同学心痒，各要了一扎。几口下去，脑袋便被点燃了。同学比我好点，但显然没有享受的感觉，每次端杯都咬着牙关。我说别喝了吧，他扫扫四周，说咱可是花钱买的。然后为我也为他自己鼓劲，喝，一定要喝完！那样子就像要上战场。豪言壮语没起多大作用，他喝了三分之二，我饮了也就一半。就这，两人都半醉了，晕头晕脑。餐馆距汽车站不足五百米，结果走反了方向，竟跑到了桥东。多年后，再和同学见面时，他出息了，白酒啤酒红酒样样都行，而我仍在原地踏步。

参加工作后，我其实很"用心"地练过，怎奈实在不是喝酒的料，怎么雕琢都不行。随便拎出一个人都能成为我的师傅，而我也曾拜师学艺。课间休息十分钟，两位同事用青盐粒当下酒菜，喝掉一瓶高度白酒。够厉害吧？其中一位就是我的师傅。师傅说喝酒靠练，在他的演示下，我怀着憧憬和悲壮，抓起酒杯一饮而尽。足足有三两。师傅挺满意，说只有这样才能练出来。他或想让我喝第二杯，然我已是天旋地转，扎在床上，再动弹不得。中午喝的酒，直到傍晚才醒过来。那天是周六，原本要上县城，错过时间，事儿也就错过了。次日清早，仍觉脚底发飘。师傅再传经验，喝醉了一定要勾一勾，不然，原有的量会耗减。所谓的勾就是在醉意没有过劲的时候接着喝。一句话说得我内心又蠢蠢欲动。横竖是醉了，那就勾勾。在教学上我也下了许多功夫，拿过几张奖状，论喝酒，也是拼了全力，但没有丝毫进步。师傅没有放弃，在不同的场合仍加以鼓励示范，可我渐有自知之明，石头只能是石头，变不成翡翠。

我极羡慕海量的朋友，比如王祥夫。每次看到他举起酒壶一饮而尽，然后将酒壶倒过来时，我常想象那个人是我，可以连饮三壶五壶，在他人的喝彩声中，满面飞光，豪壮地叫阵，谁还来？如我这般，也只能在梦里痛饮，醒来回味了。

王祥夫是我结识的最有趣的作家。同时，他还是画家、收藏家。他的小说有着独特的王氏腔调，我极喜欢。他的画也甚有个性，而他的收藏无价可估。但如果能让我从他身上选一样，我一定会选他的酒量酒胆。

王祥夫本就好玩，喝了酒就更好玩了，神采飞扬，嬉笑吟唱。喝到状态，他定要唱歌的。王祥夫生活的城市大同和我的老家张家口地理相邻，文化相近，他唱的二人台我都熟悉。他不唱悲情的《走西口》，都是欢快的，如《挂红灯》。好像他就是拉着妹妹的手去看红灯的情郎，他沉醉其中，幸福得马上要入洞房的样子。寻常歌曲，他也能唱出情爱的味道。某次在浙江，从餐馆到宾馆的路上，他非要给某个女作家献歌，唱的是她老家的歌。因歌词太含蓄，于是他辅以动作。我没见过谁和她乱开玩笑，但王祥夫敢。更厉害的是，没有哪个女性因王祥夫开了他人感觉过界的玩笑而恼火。反正，我没见过。虽是平路，但车亦显颠簸。他本就站立不稳，颠簸起来就更不稳了，不时撞到座椅上，几次差点摔倒。即便如此，他还是唱得很投入。那天的歌与牡丹有关，他努力在胸前比画牡丹绽放的样子，直到宾馆。旁边有朋友拽他，想把他摁到座位上。他原本三摇两晃，一碰反而生了根，不但拽不动，反有被他扯住的可能。被他扯住可不得了，他要缠着人家唱歌的。于是就没人敢惹他了。他欢悦着，也给他人带来快乐。不喝酒的王祥夫也有趣，但半开半合，进入半醉后，他彻底绽放，"童"言无忌，洒脱不拘，带来一路欢笑。这样的人，朋友们都喜欢。王祥夫具有独特的能力，就如魔性而神奇的火柴，可以点燃冰块，亦可以驱赶风寒。这是从他的性格里生长出来的，别人学不来，也仿不来。也正因此，某位诗人说王祥夫是恶魔般的情人。

善饮的作家朋友很多，酒故事也多，我这样无趣又无量的，只有羡慕的份儿。我与王祥夫的缘分与写作有关，更与酒有关。如果是刚参加工作那阵，一门心思练习喝酒，我一定会拜王祥夫为师傅，练不出也快活吧。现在我有自知之明，做他的酒徒弟，我是没资格的。唯有看他痛饮，任由羡慕嫉妒恨在心底暗生。

同事老康

王怀宇

老康退了，就是那个爱喝小酒的老康。回想起当年手上办着杂志的日子，老康总是表现出很实在的意犹未尽，常苦笑着说：累是累点儿，但那时候的小酒儿喝得有意思。

老康当年办的杂志叫《群众文化研究》，不过就是省群众艺术馆主办的内部刊物。《群众文化研究》发行量虽小，但并不影响全省各地文化馆、文化站的"群众文化论文"从四面八方寄送过来。《群众文化研究》的主编由省群众艺术馆的领导兼任，领导大多数时间都是忙于各种行政事务，极少有时间字斟句酌地看稿子。这样一来，干具体活儿的编辑部主任——老康就既是三孙子，又是大判官了。

中学语文教师出身的老康为人厚道，早在十几年前就当上《群众文化研究》编辑部的主任了。当上主任的老康也和当年做普通编辑时一个样儿，一点儿架子也没有。老康一直很清楚自己的平凡造化，虽说再往上走一步就是副馆长，但那绝对不关老康的事了。老康深知，自己不具备那好高骛远的本事。在单位所有人的眼睛里也是这样，如果不出大的意外，老康会十分稳定地一直坐在编辑部主任的位置上，直至有一天从这个位置上安静地退休。

天生本分的老康除了认真工作之外，就是喜欢读外国文学作品。在全国范围的群众文化工作者里，常年自费订阅《译林》和《世界文学》的人也不会很多，但老康肯定是其中的一个。老康唯一的毛病就是好喝点儿小酒儿，所以，下边人来送稿子时，就顺便找他喝点儿小酒儿。只要老康时间上能安排得开，他基本上都不会拒绝。

"好事儿啊，喝小酒不是好事儿吗？"老康欣然前往时也从不扭捏造作。

如果喝完酒回来发现稿子实在太差的话，老康也不后悔。那就不给发呗，也没啥大不了的，这个问题老康从来不怕；老康就怕那种情况发生——拿到手里的是有点玩意儿又没啥大意思的稿子。一碗鸡肋似的，没啥可吃的，又舍不得马上扔掉。遇到那种情况，好心的老康就得费上两三个晚上来慢慢帮着修改。因为老康一向办事认真，又不会抄近道。有时，老康几乎就是为人家重新写了一篇，直到稿子四脚落地发表出来才算了事。

时间长了，下边人也摸透了老康的脾气，不管什么稿子他们都敢给老康拿上来。碰上老康心情好，就可能帮着改一改。等到哪一期实在缺稿子时，没准儿就能以打打补丁的方式给用上。万一呢？下边人也想开了，这样的稿子发了算捡着，不发也没啥损失。不就是请老康喝顿小酒儿吗？大老远来到省城了，就算不发稿子不也得借机喝点儿吗？再说了，自己不是也跟着喝了嘛，不也一起高兴了吗？真的没啥。甚至还有人觉得占到了大便宜，让老康这么有意思的厚道人陪着喝点儿小酒儿，不给人家掏出场费就不错了。人家那可是省群众艺术馆的大主任啊，寻思啥呢？

省群众艺术馆的同事有时就看不下去了，见老康汗巴流水地趴在办公桌上改那些破稿子时，有人还表现出了难得的同情："老康，你这是图个啥呀？有的小酒啊，咱干脆就别喝了，这是何苦呢！"

老康就慢条斯理地边吧嗒嘴边开玩笑地说："这小酒得喝，这小酒可不能不喝，这小酒要是不喝了，那还哪有群众文化了？"他有意把"这"说成"zei"，并说成又长又重的去声。接下来，老康会停顿一下，再吧嗒几下嘴，意犹未尽地接着说："但这小酒呢，也不能白喝，这小酒要是白喝了，不喝出点儿感情和感觉来，以后的群众文化工作还咋做了？再难，这小酒咱们也得坚持喝下去……"老康把玩笑话说得很认真，恨不得也要就此写出个论文似的。

大家听着是玩笑话，可仔细一琢磨，老康说的似乎又非常在理，甚至可以说很精辟。搞群众文化工作，整天苦巴苦业的，没啥油水不说，也不怎么风光，那还不兴图个乐和呀？大家不都是人吗？谁不想让平凡枯燥的生活多点儿乐趣呢？

也许是因为老康平时太老实的缘故，小酒喝大了的时候，本分的老康就常常有点儿走板儿，就多多少少表现出一些穷文化人的臭毛病来。比如，一本正经地和别人撒着小谎啦，把平时的文明词儿恰到好处演化成模棱两可的脏话啦，和单位那几个已经没啥姿色的中老年妇女开几句半荤半素的玩笑啦……但随着年龄的增长，老康已开始注意克服自己的毛病，尽量控制喝小酒次数，也尽量控制自己不往大里喝。

那些年还没有八项规定，党风廉建抓得还不够严格，群众文化人的一些小酒儿就睁只眼闭只眼地喝了。就算实在的老康不想喝大了，但盛情之下还是经常有喝大的机会。喝大了从外面回来的老康，就留下了不少经典画面。

有时候他晃晃悠悠，神仙一样走在省群众艺术馆并不宽敞的走廊里。由于脚底下发飘，远远望去，他就像在东一下西一下无比亲切地抚摸着群众艺术馆那长长的走廊……用老康自己的话说，他在画腾云的大龙呢。每当这时，省群众艺术馆整个走廊就都是老康的了。

老康喝小酒后的开门最为经典：老康个头儿不高，钥匙用一条不太长但很油亮的枪纲拴在裤带上。办公室的钥匙孔稍高一些，平时老康脚后跟一抬，钥匙准确入孔，没问题，开门绝对是件很轻松的事儿。这天老康小酒儿真的喝大了，想和平时一样去开门，可开了好半天，就是无法把钥匙插到锁孔里去。看着老康摇摇晃晃，后脚跟一抬一抬地开门，管收发的胖姐的粗腰都笑弯了，一身肉也跟着乱颤，就把很多人都笑出来看热闹。有人就喊："老康你这是干啥呢，开个门赶上配老牛费劲了?"老康则旁若无人的样子,脚后跟又从容不迫地抬了无数次,最后总算把门打开了。还一边往里走一边叨咕:"世上无难事,就怕坚持人。啥事你都急不得,你得坚持到底,这不就成了,干群众文化工作不坚持哪能行呢?"

玩笑归玩笑,但老康酒后开门还是给人们留下了深刻的印象。老康的确没啥太出众的地方,老康就是常有让人一想就笑的绝活儿——尤其沾了点儿小酒。

"好事儿啊,喝小酒不是好事儿吗?"尽管有时出点洋相,但老康事后还是那个样子,从不扭捏造作。有时他还主动和大家提起自己的糗事:"事情也不能完全怪我老康,那都是小酒造成的临时状态。"

老康退了,就是从编辑部主任的位置上安静退休的。省群众艺术馆的走廊还是从前那个走廊,细长的,回响着来人的脚步声。可是如今的脚步声,听在耳朵里都显得既守秩序也讲节奏,听不到七扭八拐的"画龙步"了。跟老康共事过的人也都不年轻了,大家还是时不时提起老康。现在被说起的老康,还是每天按时上班下班的那个人,还是认真地编着《群众文化研究》,还是经常汗涔涔地给下边的作者改着稿子——可这些都不及那个爱喝小酒的老康更让大伙津津乐道。

《群众文化研究》还在办,烂稿子还是经常收到。每当这时,有人就会说:"要是老康还在这儿,又得一顿小酒改一宿烂稿了。"

有人就会接话说:"那是,那是,酒后开门,咱们又有热闹看了。"

经常鸦雀无声的办公室于是响起一阵笑声。还没笑罢,老康喝过小酒后的声音就隐隐响了起来。那个声音说的还是从前的老话:"这小酒得喝,这小酒要是不喝了,哪还有群众文化了?但这小酒呢,也不能白喝⋯⋯"

酒中事

黄　梵

　　酒代表我过去生活中的隐秘一章。当高傲的爷爷顺从做搬运工的命运，当他为前来求教诗词的人答疑解惑，酒就是化解他身份悖论的巫师。每天他从担黄沙的白日征途归来，不管多么累，第一件事是洗澡，之后让中式对襟长衫，回到他身上。他知道奶奶已在餐桌上摆好了小酒盅，哪怕是在家里，哪怕他刚从一场灾难中归来——从跳板跌入江水——他也从不打破铁律，就像从前去别人家赴宴那样，必须穿戴得体面干净。我每天在桌子对面看着他落座，他的郑重其事让我觉得，像极了奶奶拜佛的仪式。他的面前并没有像样的下酒菜，肉丁雪里蕻或炒蚕蛹，就是他最满意的菜了。多数时候，只有萝卜干、蔬菜，充作下酒菜。我知道他一喝酒，就从搬运工变成了历史教师，酒让舌头挽着历史，来到那已破败的小屋。平时他沉默寡言，可是一小盅劣质的烧酒，就能让他滔滔不绝，让历史在我面前历历在目。他颇以楚人自豪，喝得满脸通红，眼神迷离时，常会讲些楚国的事。记得有一回他讲起项羽，当说到项羽在乌江自刎，几乎泣不成声。我从未见他为自己的命运落过泪，他寥寥的几次落泪，都是为历史人物，都是酒帮他把隐秘情感的门扉，突然在我面前敞开。多年后我才意识到，他文弱书生的体内，原来一直藏着豪迈的英雄情结。这也解释了他为何看李白、苏轼的诗，觉得哪里都比杜甫强，毕竟"十步杀一人，千里不留行"的侠客气概，可与项羽自刎列为一类，哪怕爷爷自己的境遇和气质，倒更接近杜甫。通常，借着酒足饭饱的微醺，他是要吟唱诗歌的。我那时费尽脑筋也没想通，他酒气熏天吟唱的古调，究竟有什么好听的？直到后来我也成了所谓的诗人，夜间静听内心声音的时候，那抑扬顿挫的古调，就像夜游的古代诗人，穿越时空，跑来检查我的新诗音调，面对古调吟唱的优雅，我再也无法保持镇定。我小时差不多拒绝了所有爷爷想教我研习的古典文化：书法、四书五经、唐宋诗词、《史记》、《资治通鉴》……却没想到，那灌注了酒气的历史和诗歌，悄悄入耳生根，让我"天然"地喜欢李白、苏轼，"天然"地像爷爷那样，把英雄情结暗暗压成内心深处的琥珀。不能说我后来写诗，不是爷爷日日酒课造成的结果，酒让他的舌头，帮我摆脱了大人的刻板说教……

　　我相信，爷爷的酒课也对父亲产生过影响。据说父亲初中时，爷爷就让他尝酒。这一尝，可不得了，让父亲的酒瘾和英雄情结，破土而出。50年代大炼钢铁时，他不顾朋友的劝阻，原本要两人抬的钢坯重担一头，他偏一人扛起。那天他喝了烈酒，扛着钢坯担子，健步如飞。事后背痛，去医院拍片，发现一节脊椎骨，足足压矮了一厘米。后来，他有次探亲回乡，也把X光片带在身边。他让亲朋好友观看胶片上的脊椎轮廓时，让人觉得仿佛那不是他的骨头，遭受痛苦的仿佛不是他，讲解时他得意扬扬，把脊椎压矮一厘米，视为自己的荣耀。这小有实践的英雄情结，也孕育出跟爷爷很不一样的喝酒情态，父亲几乎每喝必醉，醉态会持续一夜，每次被人抬回家，会号啕大哭。小时，我最怕他的哭，从没见过大男人这般哭过，哭得我特别难为情，生怕被同学撞见。现在知道，他那时的心里装满了憋屈，酒帮他造了一个泄洪阀，让他把难受一泄了之。抛开他每醉必哭的时刻，他平时给人的印象，是十分乐观的，甚至正常到过于保守，不能不说，这同样也是酒的功劳。爷爷总算等到机会，也让我尝酒。我十六岁考上大学时，爷爷为我饯行，他怂恿我第一次喝了酒。大概觉得年轻人紧跟时尚，他让我尝了当时时髦的啤酒。这第一尝，决定了我后来的喝酒风格——只喝啤酒。大概父亲的哭，让我过于担惊受怕，成了我心里过不去的一道坎，我就不轻易让自己醉到失态。记得唯一一次喝酒"失态"，发生在大学毕业前的湖北同乡聚会上。区区两瓶啤酒，就让我飘然欲仙，像孩子做错了事，脸涨得通红。那天，酒向我奉献了奇观：我伸向菜盘的两根筷子，分岔成了四根，我该动用哪两根夹菜呢？酒毕来到十字路口，眼前的四条路分岔成了八条，哪条该是回去的路呢？那是一个有趣的暗示，暗示酒可以改变我眼中的生活。大概还是父亲的哭，让我更倾心爷爷喝酒的克制风格。如果不借助酒来挣脱生活法则，那么后来我以诗代酒，就是在审美上改变眼中生活的一种努力。

　　说来也怪，我一直担心的哭，从来没有发生在朋友身上，让我感到，酒对不同人的激发，各不相同。记得有一次，傅元峰、安雅、我难得意见一致，都想喝欧洲啤酒，见多识广的马铃薯兄弟，把我们领到南师大附近的小巷。酒吧门面不大，顾客只能坐在外面，却整整齐齐摆着上百种欧洲啤酒。我那时酷爱德国黑啤和黄啤，就点了巴伐州的黑啤和黄啤，四人挤在路边小桌喝起来。我完全忘了那晚都聊了什么，却记得元峰酒后的有趣反应。他已醉眼蒙眬，身子始终站不稳，我和马铃薯兄弟打算打车送他回家，他却惦记着骑来的自行车，执意要骑回去。双方争执不下时，马铃薯兄弟提出一个解决方案：如果他能骑车沿巷路顺利下到坡底，我们就不管他。他摇摇晃晃爬上车，没想到一上车竟稳如泰山，他一路冲到坡底，向左边的路一拐，就不见了。我愣了半晌，才回过神与马铃薯兄弟商量，是否应该追上去。马铃薯兄弟以他颇多的酒后见识，认定元峰不会有事，我们才散去。数日后再次见到元峰，问他路上骑车的情况，他完全没有记忆，他只记得回家倒在床上的那一刻。元峰醉酒的故事不少，却有一个神奇，他总能让自己到家后，再不省人事……2007年春天，加拿大汉学家石峻山要回国，临别前的一聚，他提出想去马台街的夜市。那晚一行四人就坐在路边摊，一直喝到凌晨四点夜市打烊。一听听的青岛啤酒，激发出了一场对阿赫玛托娃的拜神仪式，四人都认定她是超越国家和时代的诗神。石峻山和安雅还乘着酒兴，用俄语朗诵了她的长短诗，让我第一次意识到，俄语乐感是如何参与了现代诗的建设。那是我戒酒前最后一次"任性"喝酒，哪怕路边摊到处是垃圾，石峻山和我仍认定，到露天并不干净的夜市喝酒，是中国当代市井生活中最具魅力的事之一。

浅酌杯中物

姜琍敏

没有酒的人生是苍白乏味的。醉生梦死的人生是惨不忍睹的。

这就是我对酒的理解。其实酒之利弊无用我多说，喜欢喝的自有其切身体验。文人雅士也多好杯中物，且少不了写几句关于酒的感受。但不少是附庸风雅或故弄玄虚之言，梁实秋的《喝酒》倒颇获我心。他于六岁就有过酩酊体验，兀自起立于椅子上，用汤勺舀了勺高汤，不慌不忙浇在父亲衣襟上，然后倒头呼呼大睡。他对酒的评论也中肯："酒实在是妙，几杯落肚之后就会觉得飘飘然，醺醺然。平素道貌岸然的人，也会绽出笑脸；一向沉默寡言的人，也会议论风生。再灌下几杯之后，所有的苦闷烦恼全都忘了，酒酣耳热，只觉得意气飞扬，不可一世；若不及时知止，可就难免玉山颓欹，剔吐纵横，甚至撒疯骂座，以及种种的酒失酒过全部都呈现出来。"

三百六十行，行行出状元。喝酒是不是也该评出些状元来，我把不准。但我把得准的是，善饮在中国历来是可以令人崇敬、堪与世上任何国家一争高下的壮举，也是一件可以派上大用的（比如"酒杯一端、政策放宽"）、有时甚至关系到生死存亡的大本事。多少有些煞风景的是，凡事都过犹不及，好事也常会乐极生悲。喝酒也就每每被异化成某种不那么让人愉悦的文化来。洋人拿XO当琼浆，假模假式地在鼻尖上嗅啊嗅，在舌尖上滚啊滚的，十天半月也不舍得喝下一瓶去。

咱一口就是一大杯，一干就是一大瓶。洋人也有酗酒嗜烟的，但却小气巴拉地舍不得劝酒敬烟，也没怎么听说有敢和人拼酒的。咱可了不起，不断有"生命诚可贵，人格价更高。若为斗酒故，两者皆可抛"之士前赴后继。自己好醉的人，多半可能是想浇酥胸中什么顽固的块垒吧？只不明白为什么还好让别人与他同醉。比如晋代那个以斗富名垂青史的石崇，在喝酒上也足为典范。他逼人喝酒的手段可谓登峰造极，竟以杀人相要挟。你喝不喝？不喝，就杀一个丫鬟给你看；再不喝，就杀一双……当代则不用说了，多少万物种都已灭绝或濒临灭绝了，席上还在叠盆架碗地猛上珍禽异兽。豪饮之风亦推陈出新愈演愈烈。民谣不也说吗："能喝半斤喝四两，这样的干部不能要。能喝四两喝半斤，这样的干部要重用。"其实，喝上四两半斤的在现实中实在太稀松平常。有个号称一斤漱漱口、两斤刚刚好的朋友，被人无限深情地敬之为"牛一缸"。他也颇为之自豪。而实际上，不见得真能论"缸"喝，但至少在人前，谁也没见他孬过。有回我亲眼见他和一个号为"马三瓶"的较上了劲。席间四个喝白酒的，三瓶空了后，老牛说再开几瓶，马三瓶说：光喝那不是真功夫，我们混着玩，换点稀的清清嗓子。老牛眉头没皱一下就问：啤的还是红的？马三瓶说，随你便。于是叫服务员一气先开八瓶啤的，老牛就和马三瓶对着吹。吹完第三瓶，马三瓶脸色灰白打了个嗝，红红绿绿的酒啊菜啊也波涛滚滚地跟着那嗝儿一块儿往外泛。老牛哈哈一笑，用指头向他点了点，又把第四瓶倒进了嘴里——我得为老牛作证，虽然舌头不那么利索，但老牛是自个儿摸出饭店的。只是回家后怎么样，第二天是不是感冒般恹恹地病酒，我不得而知。醒过的都明白，想来他是好过到哪去的。

显然我个人是不太欣赏这类壮举的。酒喝得再多，顶多算个酒鬼，有啥子荣耀的呢？但我得坦承，我也是个喜欢整几盅的人，尤其是入席应酬，众人皆醉我独醒并不是好滋味。让我光举个橙汁站起来坐下去陪那帮呼喝喧天、称兄道弟的酒客老半天，未免太无聊，满桌珍馐也总觉无下箸之处。至于我喝酒的水平，则从不敢也不欲夸耀。正所谓"花看半开，酒喝微醺"足矣。对酒的品位我也不太讲究，只要酒真、好喝就行。比如许多地产之酒，我都喝过。价虽不高，感觉却都不错。故我觉得喝什么酒并不是最重要的，关键还在"酒逢知己"和"知止"上。而酒的本质还是一剂医心疗神之药。不仅能解忧，还能提神解乏，且可娱情悦性、润滑人际关系，妙处可谓多多。但对症有度即良药，滥饮无度则毒药。

其实人生何止饮酒，凡事都离不开个"度"字。而国人原本是最推崇中庸的，却不知为何，总难把握好这个度。或许这和人之现实处境或天性有关？就像钟摆，我们免不了总会于一种不是患得就是患失、不是贪婪就是恐惧的两极状态中摇来晃去。

愿我们好自为之。

遇酒且呵呵

格　非

在我幼年的记忆中，每逢喜事节庆，村里那些"会喝酒的"成年男性，照例是不屑与妇女同桌吃饭的。妇女和孩子们通常被安排在一起用餐——为公平起见，一种名为"封缸"的丹阳甜酒，被推荐给了他们，权作谈笑之助。尽管我们这些半大不大的孩子都是喝"封缸"酒长大的，但无时无刻不在觊觎父辈酒桌上的那些"双沟"和"洋河"。中国古代的成人礼，比如男子加冠、女子及笄，到了20世纪60至70年代，早已荡然无存。在江南地区，男孩子被正式当作成人来对待，通常是从被允许坐上父兄的酒桌，合法地品尝那些六十度的烈性白酒开始的。

不过，在喝酒这件事情上，大人们为我们树立的榜样并不光鲜。他们常常为八仙桌的某个尊贵的位置（一般是指桌子正对着大门一侧的右首）而争得不可开交。每到过年，我母亲都要为是否应该请某位亲戚来家中做客而发愁。因为，如果这人没有被安排在上首入座，他通常的做法，是等酒菜上齐之后突然发作，掀翻桌子，拂袖而去。但如果让他坐上首呢？同桌的那些比他年长且地位、资历殊胜之人，据说也会倍感屈辱。另外，大人们在酒桌上猜拳行令，吆五喝六，借酒撒泼，伴之以种种繁复虚夸的说辞乃至机巧的作弊手段，其目的无非是将某位（或多位）特定的对象"放倒"。好好的一顿酒宴，时常会演变为持续五六个小时的无聊戏剧，既不能增佳兴、遣悲怀，更不能收拾身心、畅叙友情。

村里的姑娘出嫁后，大多会在婚礼后数日携丈夫回门省亲。既然是新姑爷婚后第一次上门，娘家人自然会郑重其事，大宴宾客。我们当地将这种风俗称为"请女婿"，可谓准确地抓住了问题的本质——因为整个宴席招待或针对的，其实仅仅是女婿一人。目的明确，戏码相似，最后总是以女婿的酩酊大醉而宣告结束。自从"女婿不吐，娘家不富"这一恶俗的谚语开始广泛流传以来，娘家人对女婿暗中加以保护的屏障也就不复存在了。他们请来的陪客，皆是能说会道、酒量奇大且久经征战之辈，其用意不言而喻。每当正月新春，来自外乡的新女婿出现在村头时，围观的村人总是会对他们给予深切的同情。因为，这些人不论高矮胖瘦、贵贱穷通，待会儿到了酒桌之上，一律都是任人宰割的羔羊。

大概是由于儿时在苏南乡村所体验的饮酒文化过于刺激，我在成年后对于酒桌上的斗气逞能之事，素来没有什么好感，避之犹恐不及。可这并不等于说我不爱喝酒，也不是说，我喝酒从来不醉。

直到现在，每当我回想起自己第一次醉酒的经历时，都会觉得有些不可思议。那时，我还在上海的华东师大读本科三年级。为了庆祝期末考试结束，我们寝室里的七个同学凑钱买了几瓶"尖庄大曲"，又去食堂买了小菜，将方凳拼在一起当酒桌，围坐在一起，饮酒聊天。没过多久，忽见同班同学李少榕飘然而至。我们跟少榕很少来往，对她也缺乏了解。她平常与我们说话都很少，更别说亲自光临我们的寝室了。我们出于礼貌邀她入席，没想到她也不推辞，大大方方地坐了下来，开口就提出，要和我们比一比酒量，一时让我们几个面面相觑、手足无措。

说起我们寝室的善饮者，来自江西赣州的邓明、来自湖北黄冈的刘伯高都是海量，就算要推举一位代表出来应战，怎么也轮不到我。可那天与李少榕拼酒的为何是我呢？其中的原委，实在有些记不太清了。我只记得，当满满两大茶缸的"尖庄大曲"放在我们俩面前的时候，我其实并不相信弱不禁风的李少榕真的能喝白酒，因此心里也不怎么慌乱，而是试探性地问了她一句：

"要不，您先来？"

少榕一声不吭地端起了茶缸。她喝酒竟像喝白开水一样，咕咚咕咚，不一会儿就喝得一滴不剩，大家一下都傻了眼。在众人的起哄声中，我心中的恐惧和尴尬可想而知。我满脑子都是新女婿在酒桌上被人灌得昏死过去的画面，但我知道，眼前的这茶缸酒，无论如何都得喝下去。最后能宽慰我的，也只有"豁出去"这三个字了。

在喝完酒后二十多分钟的时间里，我、李少榕、寝室里的另外六个人，还有在门口悄然聚集起的一伙围观者，都在静默中等待。等什么呢？我虽然感觉到房间转动的速度在加快，但还是能隐约听见他们的窃窃私语："你觉得，谁会先倒？"

为了不让他们看我的笑话，我挣扎着站起身来，扶着墙壁往外走，想一个人躲到屋外的树林里去醒酒，却终于在走廊的拐角处仆倒在地。恰巧从那儿路过的一位四川籍同学张林，将我拖入了他的房间，并将我安置在他那整洁的床铺上。从那以后，我与淳朴厚道的张林同学遂成莫逆之交，以至于今。

这件事给了我两个重要的教训。第一，在美丽的女性面前，尤须戒惧谨慎，保持冷静，"豁出去"这样的想法，根本要不得。第二，虽说小酌可以怡情，但醉酒没啥好处，痛苦加狼狈，整个一濒死体验，以后应当尽量避免。

总的来说，我觉得自己还算得上是一个喜欢喝酒的人。这里说的酒，特指中国白酒，酱香、浓香、清香皆宜。其他如啤酒、黄酒、葡萄酒、白兰地、威士忌之类，虽说也能喝，但没什么特别的好感。洋酒之中，仅有产于古巴的朗姆酒（三十年的尤好）以及苏俄产的伏特加颇合我的口味。我的原则是，有酒即喝，来者不拒，以不醉为前提。

如果实在没人请我，在家藏几瓶好酒，与妻儿对饮，亦为人生乐事。我对于善饮者、酒量大者从不羡慕，在他们面前也不自卑。你喝你的，我喝我的，各有所乐。说起来，古往今来的饮酒者，如杜甫、苏轼、陶潜等人，酒量都不大，但这并不妨碍他们无酒不欢，无酒不成诗文。我的导师钱谷融先生，喜欢把"座上客常满，樽中酒不空"这句话挂在嘴边，其实酒量也很一般。

说到饮酒的理由和乐趣，我想大抵是言人人殊。不过在我看来，除了纯粹生理上的满足、麻醉感或酒精依赖之外，喝酒作为一种象征性的文化行为，与人的处世哲学或生活态度，往往也有很深的关联。

中国古代与饮酒相关的诗词歌赋，不论其基调是豪迈激越，还是低回悲凉，大多都与个体对"有限时间"的深刻体验有关。从曹操的"对酒当歌，人生几何"，到韦庄的"遇酒且呵呵，人生能几何"，唱的都是同一个调调。在波斯的《鲁拜集》中，类似的哀矜之辞亦比比皆是。我们通常会认为，文明、文化、道德所提供的意义是一种"真"，而美酒虽好，却总是给人带来某种幻觉或幻象。不过，我的看法刚好相反。文化或文明本身才是不断制造幻觉或幻象的机器——正因为我们承担不了太多严酷的真相或真实，我们才会求助于文化或文明的保护。酒本身虽是致幻剂，但它的催化作用，恰恰可以帮助我们重返"本真状态"。周邦彦或者杜甫，在劝人"莫思身外，长近樽前"时，实际上是在提醒我们看穿身外功名利禄的虚幻，珍惜时间中的当下，绝非仅仅是让人及时行乐。罗隐那句妇孺皆知的名句"今朝有酒今朝醉"，语近俚俗，却把这层意思说得更为直白，从而具有了存在论哲学意义上的智慧——只有斩断对于未来的恐惧和忧虑，"现在"和"当下"才会真正产生。因此，如果说喜欢饮酒的人更偏好从根本上来理解生活和生命，从而有更多的机会看到并接受人生的本相，并非无稽之谈。

在当今社会中，与人生相关的所有事件或事物，都在趋近于数学和计算，趋近于高度的理智和冷静。用齐美尔的话来说，自从"货币"

这种东西被发明出来之后，人类社会即已迈向高度的理智化和体系化。情感要么受到越来越多的压抑，要么就在加速贬值。"感情用事"往往被用来形容病态或不合时宜的人格特征。在日常生活中，很少有什么领域为情感的表达预留位置和空间。而我们在习惯了锱铢必较的算计、筹措和担忧之外，情感本身也好像真的枯竭了。人们聚在一起的饮酒行为，成了当今"超理智社会"中为数不多的情感交流渠道，酒也成了情感联络的助推器或润滑剂。有一年我去某地开会，发现那里的同行大多不苟言笑，矜持而冷漠，心中难免怏怏不乐。可到了晚上，当这些人端着酒杯，搂着你的肩膀，说着坦率而亲热的话，且不时朗声大笑时，我才真正感受到那些同行的质朴与好客。

按照我的观察，平常喜欢喝酒的人，似乎更不易罹患现在比较时髦的忧郁症。根据弗洛伊德的研究，人的精神之所以会出问题，原因之一是"超我"或良心的"自我惩罚"过于严厉——被文明植入我们意识的审查官，通常具有暴君的性格。尤其是当我们遇到挫折时，它对"自我"的责罚常常会大大超过必要的限度。而人在饮酒时，其良心对自我的约束和审查，通常比较宽大，或者说，我们在喝酒时，更容易接受自己的不完美，更容易原谅自己的过失。另外，在饮酒时对二三知己敞开心扉，讲述自己的故事，也具有相当的疗愈效果，有助于维持身心平衡。

如果要说到饮酒为我们最为熟知的功能，大概就是所谓的"助兴"了。人生的确艰难，且充满了痛苦。但平心而论，生活中值得高兴的事，也还不少。朱敦儒的"幸遇三杯酒好，况逢一朵花新"，很形象地提醒我们，要找到理由喝杯酒，让自己放松或高兴一下，其实也不难。快乐如果不来找你，你去找它也是一样。克尔凯郭尔好像也说过，他是从田野上怒放的百合花那里，学会了不要去忧虑。事实上，酒与鲜花，本身就是生活中美好事物的象征，兴之所至，一杯在手，谁不谈笑风生呢？

最后，我还想说的是，我之所以酷爱中国的白酒，恐怕也与儿时的乡居经历有关。正因为只有在过年时，我们才能从空气中闻到甘醇浓烈的酒香，反过来说，到了成年以后，无论我走到哪里，只要一闻到白酒的香气，就会立刻沉浸在儿时过年的氛围中，引动思乡之情。白酒飘香，一次又一次，带着我重返故乡，重返春风吹拂的村庄和田野，时光倒流，仿佛生活依然充满了勃勃生机。

晃动的酒杯里重现旧人的身影

王慧骐

20世纪90年代初，我从风流一代杂志社调入江苏文艺出版社，在那儿工作了八年。之后又去了新单位。那八年如今在我的记忆里，已是一张张定格了的老照片。今晚想起那些旧日的同事，有一些是和酒有关的事。当然若换一个话题，记忆里出现的或是另外一些面孔。

现在的文艺出版社，名字前面加了"凤凰"两个字，当时还没有。那个年代，应当说在国内文艺类图书出版方阵里，江苏文艺是有些实绩也有些名气的。比如为健在的中青年作家出文集，江苏文艺不说首开先河，也是走在前面的。记得汪曾祺先生最早的一套文集就是江苏文艺出的，汪老当时十分感激。做这件有些规模的事，我以为和彼时的出版社社长吴星飞的胆识、魄力有很大关系。此前给某一个作家出文集，一般都在其身后，有盖棺论定的意思。江苏文艺可能是最早破这个规矩的出版社。吴星飞和我是扬州师院中文系七七级的同学，他鼓动我从青年杂志出来，是想把出版社先前因故停掉的一本期刊能重新申请，再搞起来，他认为一个像样的出版社应当有一本叫得响的杂志。干工作他身上有一股风风火火的劲，三句两句一"烧"，能让你坐不住，好像不干点什么就对不起他似的。吴星飞读大学以前就当过兵，还是汽车兵，这段经历对他后来的人生无疑有不小的影响。吴星飞能喝酒，且有很好的酒量，白酒半斤是打不倒的。那几年他住在童家巷省出版局招待所里，傍晚前后我去看他，他在巷口熏烧店剁一点鸭子，称半斤牛肉，再拎几瓶啤酒，和我一对一地在他宿舍里咬着瓶口"吹"。若再有一两个人来，那就去出版社附近的小饭店，炒几个菜，拿一瓶白的。经常喝的是"尖庄"，五粮液系列的，早不生产了，当时的卖价是十七块五一瓶。有一道菜我们俩都喜欢点：韭菜炒肉丝。再普通不过的家常菜，它最大的特点是下饭。都从六七十年代过来，少时贫乏的物质生活一定程度限制了我们肠胃的想象力。

我1992年7月调来出版社，被安排和蔡玉洗同一个办公室。蔡是总编辑，不过当时他已脱产去南大读博士了，平时很少见到。我们俩在一块喝酒，已是好几年以后的事了。我已调到新华日报报业集团，负责图书编辑中心的工作，北京一家出版社的领导带人来南京，和我对接，聊起来他们和老蔡也熟。那天晚上在清凉山公园一处很幽静的饭庄，蔡总做东。浓浓秋意里，也让我领略了蔡总非同一般的酒中豪气。他老家是江苏沭阳，周边挨着几个酒乡，打小闻着酒香，能没几分英雄模样?! 蔡总读完博士后去了译林出版社做社长，后来又做凤凰台饭店的老总，在图书出版上他也颇多创意，是个有建树的人物。

文艺出版社要论喝酒，不可不提朱建华兄，他是当时理论编辑室主任，同事们戏称他"酒仙"。倒不是酒量有多大，而是对酒他有几分"馋"，不可一日无此君。若不让他喝，整个人就跟被霜打似的，提不起精神头。只要两口一咕嘟，脸上就发光了，一会儿便成红面关公，话也刹不住车了。不过他喝酒归喝酒，干活也是一流的，那几年编过一些有影响的学术书。还记得文艺社曾和清华大学汪晖等合作（汪读本科在扬州师院，与吴星飞同班），出过几年《学人》丛刊，朱建华是具体的操作者。有一年，社里让我带队去成都参加全国图书订货会，发行部主任和朱建华等与我一块去的。订货会期间，吃饭问题由各单位自行解决。因此那几天我们就在成都的一些小酒馆打游击，一餐换一个地方。这样的吃法，正中朱建华的下怀，中午晚上他都可以弄点小酒喝喝，我也陪他碰过几回。会议结束我们由成都乘夜车去重庆，凌晨两三点了，我们几个都靠在椅背上打瞌睡，唯有朱建华还神采奕奕的，手上捏着个小瓶二锅头，剥几粒花生米，然后有滋有味地抿上一口。我在想，晚饭时不是喝过嘛，怎么又喝上啦？这个老兄！后来我调离文艺社，与朱建华联系不多。有一天在报社门口碰到文艺社同事，问起才知建华君早几年已病逝了，走的时候五十岁好像还不到。满腹经纶的一个才子，太为他可惜了。是不是叫酒害的？我不好妄下结论。

还想说一说张昌华。90年代他是文学编辑室主任，后来做了副总编辑。这是一个非常敬业、所有事情都能做到极致的人。他的组稿能力特别强，1993年前后由他策划后来用了好几年时间陆续付诸实施的"双叶丛书"，是他编辑生涯中最令人瞩目的一个亮点。当代文坛一批有影响的夫妇作家请他们自选写人生、家庭、亲情的散文，合在一集，前后都是封面，文字以颠倒的样式来排，从两头往中间读，这在当时很有新鲜感。巴金、冰心、萧乾、吴祖光、柏杨、林海音等十六对夫妇作家均拿出了各自的力作。那几年里我在社里较多精力主管期刊，与昌华的编辑业务交集不多。我们相互走近是在他退休以后。他被南京一家地产集团请去做一本文化月刊，这让他以前在工作中呕心沥血所培植的强大的人脉得以充分发掘，一大批享有盛名的文化老人为他编的那本杂志写稿，我也因此和他有了较频繁的走动。昌华写得一手好字，我时不时地会替朋友向他讨字，他也从来都不打回牌。他行事向来低调，十多年里不声不响地写了《曾经风雅》《民国风景》等多部文化名人随笔集。他的勤勉和坚守是一般人望尘莫及的。日记坚持写了六十年，每一年都装订成册；与文坛诸友之间的函札，保存不下两千通。当然做成这些事，酒在其中起到了很好的作用。他的文章里有不少谈到了与一些名人喝酒的事。我和他也有过几次开怀畅饮。最近的一次是在今年5月，我去他府上拜望，他拿了瓶存放近三十年的法国葡萄酒，被我喝掉近五分之四。酒桌上他一再说年龄不饶人，再好的酒也不敢贪杯了。昌华兄长我十岁，筋骨还很硬朗，虽是昔日同事，但在我眼里他是极有学问的先生。

酒精过敏者说酒

沈乔生

写毛笔字的人都喜欢抄点古诗词，我抄得最多的古诗中有两首是直接说酒的。皆是千古绝章。一首是李太白的《将进酒》，显示了谪仙豪迈、奔放、傲视一切的非凡气概。另一首是曹操的《短歌行》，表达了他苍茫的"去日苦多"的戎马生涯，说实话，我看《三国演义》，对曹操从来是恨的成分多，然而，《短歌行》抄多了，不知不觉有些改变。

但谁想得到，我这个时常抄《将进酒》《短歌行》的人，竟然是一个酒精过敏、喝一点酒就脸红得像鸡冠似的人。

想起半个世纪前的事情，那时我在黑龙江七星泡农场当知青，下乡半年后，知青分工种，我分到菜园子，一个朋友却分到酒窖烧酒，那天我到酒窖找他玩。一进那间土木混建的小屋，立时热得我头昏脑涨，汗水像小河一样往下淌，就和后来进桑拿房一样。朋友说，土法制酒，都要高温。他早脱了衣服，光着膀子，只穿一条短裤，忙拉我躺下，平躺在地下，说是热气往上走。我照此办了，四肢和后背都紧贴地面，果然凉快些。

随后喝酒。朋友说，这是纯粮食做的酒，好酒，度数很高，足有五十八度。说着从刚出炉的酒中舀了一勺，让我喝。我喝一口，好辣，立时脸红脖子粗。这个时候才晓得我是酒精过敏的人。那朋友一脸嘲笑，仿佛我是极无乐趣的人，不识人间佳酿。他一口接一口喝，喝尽了又去舀，原来他是个酒鬼，让他去烧酒，好似老鼠掉进了米仓。我说不清他当时喝了多少酒，反正他是舌头不好使了，走路摇摇晃晃，临走前，他又偷偷灌一茶缸。

我们睡的是南北大炕，一屋子睡四五十号人，到了半夜，忽然闹将起来。我起身看，只见那朋友赤条条从上铺跳了下来，满脸通红，胸口也红彤彤，高声嚷着，满口胡言，几个人上前拦他，都拦不住。这时我才知道，他把茶缸里的酒又喝光了。通铺的上铺有点斜，用一根铁棍支着，朋友伸手一抓，那铁棍就抓在手里了，他舞了起来，众人纷纷躲避，他嘴里嚷着，苏修打来了，他要去打苏修。就往门外走，看着他手中的铁棍，没人敢拦他。

他走进了夜天，跌跌撞撞，没有几步，就一头栽在雪地上。从此以后，他眼神总有些混浊，思维也易出问题。有人说，他这一醉，十年没醒，离开农场前还没醒过来。

那时候，农场风行喝酒，每年春耕秋收，分场之间都会相互支援。来支援的人都须好酒招待，结果，每年都要喝死人，于是，在秋收成熟的空气中，时常飘着黑色的讯息。知青不懂，以为是新闻，后来才知道，已然成了习惯，就不大惊小怪了。

有个朋友和我讲，他和哈尔滨知青一起上饭店，坐上了，菜也端上了，却不让夹菜，先要喝三杯酒，还不是小杯子。他只得听命，三杯酒下肚，他就倒了。后来上过什么菜，他一概不知。

那时，有个天津知青，拿了一本书，记得是苏联作家裴定的小说《城与年》，他指着扉页上一句话，让我看，什么意思？我仔细读了，是这么写的：如果我喝的是酒，那我喝的是水。

我想了想说，不就是像喝水一样喝酒吗？那就是喝酒无度呀。天津朋友说，你说得不错，是这个意思，不正是说我们当下？

是啊，那是个离奇的年代，是个醉醒难以分辨的年代。大概也就在那时，我第一次读到了《短歌行》中的句子：何以解忧，惟有杜康。也遇见了我一生中见过的喝酒最厉害的人。

那是九三局召开的宣传会议，各个农场宣传科都有人去。散会时照例要喝酒，都互相敬，一时闹哄哄的。这时，站起一人，脸白皙，个子偏高，却不见强壮，别人都拿小酒盅，他却用喝水的杯子，别人喝一盅，他喝一杯，那可是土制的烈酒呀。而且，他都是自己先喝了，再光着眼看别人喝，要是别人赖了，他也无奈，只得再去找下一个对手。最后满屋子的人都坐下，不作声了，他还拿个杯子在转，脸依然是白的。我找他说话，没想到也是上海知青。我说，你从哪里来的上海人，上海从没见过你这么喝酒的！他有些不好意思，说，可能是遗传的，一个家族的人都特别能喝，喝下去没感觉。他说他曾经喝了两斤，再去开拖拉机的。

我叹为观止，又想起裴定的话：如果我喝的是酒，那我喝的是水。

我在场部宣传科做事，喝酒机会比较多，常常很尴尬。特别是当农场来一个新领导，他请你喝，如果你说我不能喝，那等于说你看不起这个领导，以后不准备跟着他好好干。这可是天大的事。所以，我一个酒精过敏者常常呕吐不止，折腾得痛苦。

怎么办？慢慢想出了招。我就备下一个酒盅，同时用两个酒盅。给你倒酒时，我左手拿一个酒盅，让他斟满，然后放下左手，抬起右手，掌心窝着个空酒盅，迎合大家，放到唇边，在叫嚷声中假装一饮而尽。同时，左手往地下一泼，全酒在地下，或者干脆泼在领导的鞋子上裤脚上，大家穿得厚，没有半点感觉。

就这一招，屡试不爽。虽然不地道，但也是一个酒精过敏者不是法子的法子。

这都是过去的事情，现在不同了，大家讲养生，讲文明。喝酒文雅得多，喝多少都随意。前两年，我们农场机关的人在威海聚会，在座的不少是东北人，虽然也闹酒，但劝酒却很少见了。

当下，在很多人眼里，喝酒成了优雅的象征，总不能让我们老是回忆艰难的生活、憋气的生活，于是，就有种种选酒、储酒、醒酒的法子，有高尚的喝酒格调，十分精致，林林总总，我是不太懂，看起

344

来像搞艺术一样。

　　同时，我也知道，像我这种沾一滴酒就脸红的人，是身体里缺少一种分解酒精的酶，确实不应喝酒。这样的人不多，所以不影响酒家生意。

　　我酒精过敏，但并不妨碍我常抄饮酒的绝唱——

　　"人生得意须尽欢，莫使金樽空对月，天生我材必有用，千金散尽还复来……古来圣贤皆寂寞，惟有饮者留其名。"

　　"对酒当歌，人生几何！譬如朝露，去日苦多……何以解忧，惟有杜康……山不厌高，水不厌深，周公吐哺，天下归心。"

　　我从小看《水浒传》，最佩服的是武松。梁山武松最英雄。可不知道，他打虎前喝的是什么酒？我想他喝的或许不是土法烧的烈酒，可能是米酒，度数不高，但后劲足，要不然能喝十八大碗吗？又想，他可能喝的就是烈酒，就像我遇上的那个脸白皙的上海知青，要不然哪来这么大的力气，一顿拳头打死猛虎呢？这就不得而知了。

一路酒经

罗伟章

大学快毕业，我也不知道自己能喝酒。有天从阅览室回来，渴得心慌，寝室里却滴水没有，只有放在桌上的小半瓶白酒，便抓起酒瓶，朝嘴里灌。灌起来就不停，直到酒瓶空了，不得不停。酒是另两位同学的，几分钟后，二人买了卤肉和一瓶老白干回来，疑惑地盯住桌上的空瓶子。我说是我喝了。全喝了？我说一口就喝了。两个家伙忙对我打躬作揖，连称"甘拜下风"。

小半瓶下去，我一点没醉。

从此我对酒改变了看法。这意思是，我以前很讨厌它。寝室里住四个人，夏、花、孙、罗，爱喝酒的是夏和花，每喝必醉，醉了就互打，有时打得头破血流，以为他们将结下仇怨，免了我和孙的灾殃——不仅打，还吐，吐得满屋是，我和孙要清扫，要把两摊烂泥捧到床上，要泡在酒臭里入睡——可酒醒之后，两人又是牢不可破的哥们儿。多次想换寝室，但夏、花醉名远扬，无人愿来。

没想到快毕业，才知道酒本身是个好东西。

我第一次喝酒，是把它当水喝的，它满足了我对水的渴望，还把水底唤醒，我脑子里，奔流着光怪陆离的想法，是平时不可能产生的奇思妙想。

我是在重庆念书，后来实习，是去两个多钟头车程外的郊县。二

346

十天后，学校带信过来，说市委宣传部将举办"重庆市大学生校园之春"大型文艺晚会，要我当晚写首主题诗，明天有专人来取。我想这玩意儿咋写呢？一片空白之际，就想到酒。于是去买来一瓶。这是我第二次喝酒。酒瓶见底，诗也收尾。半个月后，那首诗在重庆一家四开大报上发了半个版，却没给我一分钱稿费，这事至今让我耿耿于怀。当年的报纸不像现在，当年的报纸很红火。

如俗话所说，有了再一再二，就不愁再三再四，再三再四过后，我爱上了酒。毕业分配，我去了川东北一家煤矿。煤矿卧于万山丛中，气候寒湿，酒既是粮食的液体，也是一种药，男人喝，女人也喝。当感情融入需要，一切便都显得自然而然，也理所当然；作为我，便在快乐中日常，也在日常中快乐。

那家煤矿，当年分去八个大学生，六男二女。每到周末，只要天晴，八个人就结伴游山，每人背着个挎包，包里不是酒，就是下酒菜。翻过一座山头，再翻过一座山头，走得腿软了，肚子饥了，就找块平整岩石，坐下喝酒。八个人来自不同的地区，说着不同的方言，酒却成为共同的方言，半碗下肚，不管你说啥，别人都懂，你的喜悦，你的忧伤，你平时深藏不露的梦想，这时候讲出来，别人都能理解和分担，并受到衷心鼓励。喝得醺醺然，就躺在石头上睡。若是热天，阳光透过枝叶，洒落在身上；若是冬季，醒来才见，纷纷扬扬正飘着一天大雪，山野白了，身上也白了。那时候年轻，寒天暑日，都敌不过青春。

但这样的日子，只维持了一年。

一年后我调进了市里，另外七人，陆续谈了恋爱。某些周末，我坐三小时汽车，回去找他们喝酒，竟来不齐整：他们不仅恋爱了，还结婚了，有了各自的日子要过。"朋友一生一起走，那些日子不再有。"惆怅日深，我就不再去了，只跟新结识的朋友喝酒。市里有条大河，将城市劈为南北两半，南为新城，北为旧城。同样的周末，三个五个，七个八个，去船上，或出城去农人的油菜花地里，举杯痛饮。但和我举杯的人，跟我说话的人，再不是以前的人了。慢慢地，"以前的人"由实体变为影子。淡忘，成为生物性选择，推着人继续往后的人生。偶尔，我会在酒杯里看见他们，一口喝下去，让他们和我的身体一同燃烧，而眼里见的，却是新朋友，嘴上说的，也是新鲜的话题。

新朋友刚刚成为老朋友，再次被他们的爱情和婚姻，从我身边带走。

又一年过去了。

接着两年过去了。

这年的8月，有个全国性的行业培训，地点在四川乐山，那是个安静的城市，除了河吼，就很难听到声音。河是两条，岷江与大渡河，都有名有姓，烟波浩渺。两河交界处，即是乐山大佛。培训班约五十人，过着清淡的生活，清淡到不仅菜不够吃，饭也不够吃，当然更没有酒喝。某天上午，学员坐了大巴，去眉山的三苏祠，午饭也在那里吃。桌上终于变得丰盛，只是依然没酒。到了苏东坡的地方，不喝两杯显得不够意思，我就出去买来两瓶，往桌上一放，同席者举臂欢呼，结果都想喝。我万万没想到，自己的举动，差点害死一个人。

是个女子，在我们邻桌。她对酒极度过敏，闻到酒味，就胸口发紧，呼吸艰难。我们这边因酒精刺激欢声笑语，她却跑了出去，连东坡肘子也没吃成。当时开会是两人一间房，其室友见她脸色不对，跟了出去。她坐在苏东坡塑像旁边，已说不出话，只手指医院的方向。幸亏不远，室友将她送了过去。医生一见，就知缘故，连忙朝她静脉里注射可的松，这才活过来。

这件事发生得静悄悄的，除了她和她室友，都不知道。我是两年后才知道的。两年后她调到了我们单位，过些日子，我和她恋爱了，又过些日子，我和她结婚了。而对爱情和婚姻，我本是抵抗的，因为这两样有深度联系的"物质"，都会带走我的朋友。她听我谈起那些淡出的朋友和淡出的缘由，说：在乐山那次，虽然我们不认识，更没对过一次眼、搭过一句话，但你肯定是有了预感，就想把我害死，断了自己恋爱和婚姻的路。想起来或许是这个道理。

不过恋爱和婚姻也是美好的，我们都在其中改变和成长。我的心思不再漂浮不定，她也可以闻酒味而不犯病。后来我调到报社，认识的人多了，酒局也多了；以前是跟朋友喝，现在是跟客户喝。在酒事江湖，我这点量实在不足挂齿，醉着回去的时候日渐频繁，她竟也能像我和孙收拾夏和花一样，把我收拾上床。

当然，是边收拾边骂。

在报社干了几年，我突然辞职。说突然，是我自己也从未想过这事，猛然间冒出个想法，立即就写了辞职报告，并且动员妻子也辞职，带着三岁的儿子，一起到了成都。我是到成都写小说来了。念大学时，除学校发放的少许补贴，基本靠着稿费维持生计，大学毕业，再没写过一个字，心里痒了。写小说不必离开旧地，之所以离开，当时没想过，现在想来，多半就因酒局太滥的缘故。

成都我一人不识，加上少于出门，无从与人结交，没人跟我喝酒，我也就懒得喝。待我重新端起酒杯，才发现，我的酒量已大不如前，以前能喝一斤的，现在喝上三两，就有些力不能支。喝二两最好，血液喧哗，神清气爽，往书桌前一坐，能写出特别可爱的文字。

我曾滴酒不沾

艾　伟

　　写下这个题目，我就笑了。这看起来好像我如今已成了"无人不晓大酒仙"。我还是不能，不过我现在愿意力所能及喝一点。在酒桌上，要是一口不喝，特别没发言权。有一次和一位朋友在网上聊天，我说，昨天和谁谁谁喝酒了。结果被嘲笑一通，你那点酒量也算喝酒？

　　我无语，也认了。我确实天生不胜酒力，很长时间滴酒不沾。我父亲能喝一点黄酒，量也不大。小时候除夕之夜，父亲会让我尝尝，我没喝几口就倒下了。母亲还为此觉得父亲多此一举，让我错过除夕良宵。

　　读大学时，我虽不喝酒，有次开学带了几瓶黄酒。因为同学们都读过鲁迅的《孔乙己》，知道孔乙己只要有了钱就往咸亨酒店跑，他们想体验一下孔乙己当年排出铜钱喝黄酒的感觉。我的同学来自全国各地，他们觉得黄酒难喝，像中药，并说，这就是料酒啊。我说，黄酒是用糯米做的，真正的大地精华，很滋养身体，我们那里的人，无论男女能喝酒的都喜欢喝一点，小菜再差，黄酒一热，生活气息就来了，好像人生的滋味就在这碗黄酒里。

　　那天喝酒，大概因为我做东，有话语权，我和一位湖南的同学争论文学家更牛呢还是政治家更牛。我上虞人，属绍兴，绍兴是个出文人的地方，并且出了鲁迅先生这样的"民族魂"，所以，我方观点是文学家比政治家更厉害，也更具永恒性，并断言鲁迅将会万世流芳。历史上的政治家我们能记得几个呢？即便记得，我们有谁真正知道他们有什么丰功伟绩呢？湖南同学不服，湖南出政治家的地方，他那天有点小看黄酒，喝得多了，大着舌头说，历史就是政治家写的，文人算个屁。他不但小看黄酒，还小看黄酒的后劲，他那天回家时走路东倒西歪，靠着我们搀扶才回到宿舍。

这次争论本身没有任何意义，只是表明了我和这位同学的价值观有差异。人的一生作为确实是价值观驱动的。后来，这位同学走上了仕途，成为官员，而我成了作家。

我是工科生，大学毕业，在某项目指挥部工作，曾参与过一个国际采购项目。一次，我跟着副指挥和一位总工去青岛考察。我们坐海轮去的。我们下午上船，海轮在海上航行了一夜。我第一次见到了一望无际的大海上的日落和日出，真是无比壮观。但更壮观的是在后面，山东人喝酒时名目之繁复，气势之恢宏，令海上的日出日落黯然。我当年初涉社会，一纯真青年，根本无法抵抗山东人的滔滔雄辩的劝酒辞令，第一次喝了白酒。虽是自己把酒倒到嘴里，实际上是被灌。这是我此生喝得最多的一次，开始我只觉得肚子里像着了火，又好像没事，没多久就整个儿不行了，感到肚子里有什么东西在往上冲。我吐掉了。那一次，我头痛了两天，整个人都不好了。更令我不安的是，这次出差几乎是领导在照顾我。这令我特别不踏实，发誓以后再也不喝酒了，喝酒误事啊。

这之后的很长时间，我几乎滴酒不沾。不胜酒力这件事是天生的。天生的事情你得认。

可是在酒席上不喝酒是件痛苦的事。对于善饮者，酒桌上的时间是不存在的，即便多么漫长，那也就是个瞬间。不喝酒的人就不一样了，时间停止了一样，开头一小时还好，后面时间进入广义相对论状态，我仿佛进入另一个时空隧道，把时间的流逝放大到纤毫毕见，好像我看到了时间本身。这倒还好，更令人不安的是，我是酒桌上最清醒的那个，我被隔绝在热闹之外。朋友们在酒后，即便两个臭男人，也会彼此搂着，说一些平时说不出口的肉麻的话。真的是三杯下肚，四海之内皆兄弟。酒确实能打开人身上那个理性的壳，打破原本的秩序感，并迅速拉近人与人之间的距离。

我对善喝的朋友特别羡慕，称得上崇拜。有一位北方的朋友曾同我说起过喝酒的感觉，他喜欢喝黄酒，说冬夜喝黄酒，灵魂会出窍，会飞起来，感觉美妙。另一位朋友向我描述，一年需要喝醉个两次，醉过后精神会特别放松，就像生命重启了一样。还有一位朋友告诉我，每个民族都有酒这玩意儿，不管什么肤色最终都被酒精征服，无一例外。

关于醉酒的感觉，不但听朋友说，书中的记载那也是相当迷人的。苏东坡是这样描述的：我洗干净酒盏，几杯下肚，腰酸背痛腿抽筋的毛病全好啦。我感到自己吞下了三江的汪洋，江中鱼龙和鬼神都游入我的肚子里。脑子里醉梦旖旎，我变得痴痴癫癫的，整个人都不对啦，好像摇起了桂木船桨，叩开了仙宫大门，醉卧松风，手捧春水……

我太想体验这种感觉了。

是的，我曾偷偷练过喝酒。如果我灵魂没出窍过，如果我没像苏东坡那样叩开过仙宫大门，此生不是太遗憾了？但是我得说实话，练的结果是我从来没有体验过朋友们描述的那种感觉。酒从来没带给我飞升感，而是压抑和麻木（负担）。在酒桌上喝得稍猛一点，我就上头，然后我成了最沉默的那一位，我说话变得迟缓（平常我的语速已经够慢了），条理还是相当清晰。我再次认了，喝酒后传说的那种境界对我而言相当于我的彼岸、我的海市蜃楼。

好在有一些善饮者同我说，他们虽然酒量惊人，他们的身体其实并不喜酒，也是不能飞升的。既然这样，我也没什么好遗憾的了。

对一个写小说的人而言，往往是缺什么补什么。在小说里，我写过很多酒醉后的感觉。修辞万岁。通感万岁。我可以把别的快感用在醉酒者身上。这完全合法嘛。小说偶尔也要写到吸毒后的感觉，难道以身试毒吗？显然不行。

我写过一个醉鬼的故事，叫《乐师》。这个嗜酒如命的家伙，因醉酒无意中杀死了自己的老婆。我的主人公是位乐师，把声音和酒联系在了一起。他说："音乐你知道吗？这东西不能碰的。这东西会缠着你，耳边总是有一些声音缠来绕去，你老是想去捕捉这样的声音，但你会发现，你根本抓不住。那是空的，就像人喝醉了酒时的幻觉，都是空的。"

中国文学史有太多关于酒的诗篇。要是没有酒，中国诗歌史可能就不太成立了。小说可以用修辞解决关于醉酒的经验问题。但诗歌不行，诗歌同人格密切相关，需要直接面对自我，心里有什么才能写什么。所以，我相信诗人们关于酒的句子得自他们真实的体验。

在我的朋友中，诗人们大都善饮，且很多海量。小说家有能喝的，但我觉得总体而言酒量比不过诗人们。

酒 话

赵本夫

  我祖上并没有人贪酒。三位祖父只有三祖父爱喝一点。他当过兵，爱交朋友，喜为人排除纠纷，是场面上人，喝点酒是常事。有时，他也会倚住杂货柜台，打二两散酒自饮。但我没见他醉过。

  二祖父平日从不喝酒，只喜欢养鸟。他院子里一棵黑槐树下，老挂着几只鸟笼，有画眉、百灵。出门总提一只鸟笼，或用一根小竹扁担挑两只鸟笼，悠悠颤颤，往野地里走，那里人少。二祖父是个散淡的人。我的祖上曾很富有，是丰县城西有名的"大瓦屋"家。但曾祖父三十九岁就去世了，曾祖母一个女人，带着一大片土地和一大群儿孙，在兵荒马乱的年代，日子过得异常凶险。三个祖父以及父亲、叔叔们，先后十四次被土匪绑票，曾祖母走投无路，只能一次次卖地赎孩子。后来三个祖父长大后不甘受辱，曾筑起高墙大院，买枪建炮楼，试图和土匪对抗，结果更惨。家乡丰县地处四省交界处，土匪太多，防不胜防。无奈之下，三个祖父改为应酬土匪，以保家中平安，却都染上了抽大烟的恶习。到新中国成立前，家道终于败落。这段家族史，我曾在小说《地母》三部曲里写过。曾祖母是个要强的女人，家道败落后，她一直鼓励儿孙们重振家业。但二祖父却心灰意冷，几乎不问家事，也不和人来往，只专心养鸟。后来父亲告诉我，二祖父其实酒量很大，当年应酬土匪时常用大碗和人拼酒。但他养鸟后就不喝酒了。

父亲说他是怕酒气熏坏了鸟儿。20世纪50年代,二祖父自杀了。那天,他还挑着鸟笼在田野里遛了一下午,傍晚回家后就上吊了。他上吊前破了戒,喝了很多酒,一屋子酒气,门外都能闻到。当时,我只有八九岁,就站在门外,看着父亲和几个叔叔把二祖父从梁上放下来。事后我问父亲,无缘无故的,二爷爷干吗要自杀?父亲叹一口气,淡淡地说,他活腻了。

我的祖父是长子,父亲是长子长孙。也许因为是长门,天然有家族中兴的使命感,一生都在辛勤劳作,拼命挣钱。祖父因应酬土匪,染上吸大烟的恶习,新中国成立初曾在县城里戒毒所关一年多。"文革"爆发时,曾有人在大会上揭发祖父解放初蹲过监狱,应抓起来批斗。母亲性情刚烈,当场站起来怒斥说,胡说八道!你懂不懂?去的是戒毒所,不是监狱,两码事!祖父年轻时还喝点酒,从戒毒所回来后,不仅戒了大烟,也戒了酒。他的生活不再有任何闲情,只有忙忙碌碌。在我的记忆中,祖父就没有一步步走过路,总是手里拿着锄头镰刀什么的,一路小跑,路上看到一根柴棒树枝,弯腰捡起再跑,仿佛时间永远不够用。父亲也极少喝酒,只在特别劳累或帮人办红白喜事时,才会喝几盅,绝不贪杯。他一生最大的爱好是听戏。新中国成立前后的几十年里,他一直四处飘荡,挑着担子或推着独轮车,在苏鲁豫皖四省交界的十几个县做小生意,贩卖粮食、布匹、麻油、糕点、香烟等,生意不大,但总能赚钱。父亲做生意的信条是"不拒微利"。当然,也有路上被人打劫的时候。那时乡村小镇常有小戏班,父亲每到一地歇脚,晚上必定去听戏。他比祖父更会忙里偷闲,享受生活,也是苦中作乐。父亲晚年常到县城我家小住,只要买一张戏票,就让他心满意足。有时我也陪他去剧场听戏。父亲听戏就是"听戏",对舞台道具灯光不感兴趣,就是低头坐在那里听。他几乎精通所有的古典戏曲,内容、唱词全都烂熟于心。他听戏只是"听角"。同样一出戏,不同演员会唱出不同味道,一开嗓就知高下。偶尔,他会抬起头,突然喊一嗓子:"好!"引得众人回头笑起来,知道这是个老戏迷了。父亲并不经常喊好，他见识的"角"太多了。他有自己喜欢的角，曾多次向我说起。

父亲兄弟二人，我还有个叔父。叔父出生时，祖母已没有奶水。恰好我二姐出生，叔父便吃我母亲的奶长大，正是长嫂如母。叔父自小贪玩，尤爱玩鸟，比之二祖父尤甚，偌大一座院子，挂有几十只鸟笼，小鸟叫得像鸟市。叔父爱喝酒。他有很多朋友，时常小聚。酒后脸红红的，呼着酒气，继续侍弄小鸟。这和二祖父的养鸟之道截然相反。我问过他，你不怕酒气熏坏了鸟儿吗？叔父说不会，鸟儿闻到酒气，会叫得更欢更忘形，能叫出和平日不同的声音。我不由得笑起来，立刻想到杜甫的名句："李白斗酒诗百篇。"敢情鸟儿微醺才会尽情欢唱？叔父说的也许有道理。我有一个短篇小说《绝唱》，被李国文先生主编的《中国当代小说珍本》收录其中，还被翻译到法国、日本等国家。这篇小说就是讲一只百灵和一位名伶一位名票的故事。其中的知识和灵感就是从二祖父、父亲、叔父那里得到的。叔父去年去世。去世当天，他院子里几十只鸟笼被大家哄抢一空。叔父一生爱鸟如命。如果有在天之灵，他最想念的一定是他的鸟和那些酒友。

我从年轻时就小有酒名。因为爱喝酒，且独爱高度白酒。20世纪70年代，我还在家乡工作，因不愿害人而得罪领导，被连续六年派驻农村工作队。

记得有一年工作队结束任务，下着大雪，村里摆酒送行，有村干部，也有村民代表。三桌二十四人。酒过三巡欢送仪式后，开始拼酒。二十四只一两的酒杯，集中起来全倒满，我带头一气喝光，除去泼酒，足有二斤酒下肚。然后大家轮流喝，当场倒下七八个。我当时二十多岁，毕竟年轻，没有当场倒下，却哭了。那正是我最苦闷的几年。但在乡下，村干部和村民没有歧视我，却待我为上宾和亲人。正是那六年，让我真正深入到农村最底层，懂得了何为生命的卑微、高贵和韧性，为我后来的文学创作打下深厚的基础。

1981年，我以处女作《卖驴》获当年全国优秀短篇小说奖，得奖金三百块。当时是一笔大钱了，我那时月工资才三十几块。消息传到我在工作队时驻过的六个公社，许多人奔走相告，说本夫写小说全国得奖了，发财了！咱们去县城找他喝酒去！于是他们结伙成群，带着送我的大米，坐着手扶拖拉机，来县城我家喝酒。在一个多月的时间里，我接待了一拨又一拨，一气花掉八百多块，亏大了。可这种情谊的酒，得喝，借钱买酒也得喝！如今四十多年过去，我有时还会在梦中见到他们：陈支书、黄队长、金玉、金荣弟、怀贝弟、小岳、为我做饭的二嫂……你们都还好吗？希望有一天还能重逢，再喝一场酒。都上岁数了，咱们不拼酒了，少喝点……

泪滴春衫酒已醒

雷　雨

　　家乡西边有一产酒的地方，是宝丰，所酿者，宝丰大曲也。叶县往南，有南阳社旗，所产白酒，称作赊店老酒。宝丰大曲也好，赊店老酒也罢，也都只是久闻其名，并没有机会品尝，虽然它们在家乡方圆很是盛行，非常知名。

　　家中苦寒，颇为拮据。父亲不喝酒，不抽烟，母亲给爷爷用酒泡些补品，也是金贵得很，所散发出来的酒香，兄弟几人也只有眼馋的份儿。暑夏纳凉，冬夜漫漫，听父亲给我们讲说小说旧事，多属三国故事，或水浒英雄。关羽单刀赴会，张飞喝酒误事，更有曹操邀请刘备喝酒，所谓青梅煮酒论英雄，真有点类似鸿门宴的紧张刺激，还有点彼此英雄相惜的有惊无险，给我们留下了至为深刻的少年记忆。后来，我和哥哥去许昌大姑家里玩，还在许昌城内兴致勃勃到处寻找过曹孟德邀请刘豫州喝酒的地方呢，却找到有一春秋楼，几经兴废，据说是关云长夜读《春秋》的地方，但曹操请刘备喝酒的旧迹，是无论如何难觅踪影了。物换星移，桑田沧海，刘备与曹操喝酒畅论天下究竟在许昌何处，也只能是临风想望了，哪里还有半点遗存？弟兄两人，乡村少年，还颇为此而惆怅遗憾了一番。

　　但我们觉得最为心醉神迷的故事人物，还是施耐庵的水浒人物。鲁智深喝酒，李逵豪饮，武松酒后壮胆单身越过景阳冈，难以忘怀的还是林冲被发配沧州之后的雪夜沽酒。风雪山神庙，火烧草料场，朔风凛冽，大雪弥漫，各种针对林冲的阴谋追杀臻于巅峰。在这样的决绝时分对决时刻，有风，有火，有大雪，岂能无酒？在微醺时刻的林教头终于知道了事实的真相，明白了一切的缘由，也才有了一不做二不休的彻底了断，彤云密布大雪纷飞中的林冲，被逼入绝境彻底决裂奔向水泊梁山的林冲，想当年八十万禁军教头一直隐忍压抑委曲求全的豹子头林冲，在这样的时刻，有了酒的相助，有了酒的激发，有了酒的壮胆，终于仰天长啸怒吼三声，一不做二不休，入伙梁山去了。这一番佐酒文字，传颂迄今，令人叹惋，设若无酒，怎能成如此绝妙文章？

　　一直做民办老师的父亲，因为国家政策的调整，才有了进大学读书的机会，而此时的大哥也考上了师范。在乡里人看来，转了商品粮，算是国家的人了，也是大喜事，理应庆贺一番，要置办酒席，答谢师友乡邻。但母亲说，不着急的，家里还有两位学生呢，等他们都考上学了，热热闹闹地一起来办，才好。也算天遂人愿，苍天有眼，虽然时日艰辛，多有风雨，但大学录取通知书还是次第而来。父亲母亲商量，就在家里的乡村集市，采办菜蔬果点、鱼虾猪肉。酒，也就是家乡的这些名酒，宝丰大曲、赊店老酒之类，由近族里曾开饭店的祖孙绰号碰兴儿掌厨，忙乎了几天，请一些故旧亲朋、多年师友同事一起聚聚，热闹一番，也是酬谢。

　　这样的乡间场面，这样的故里机会，喝酒是重要环节，是露天聚会的高峰亮点，是彼此话旧联络感情的难得机会。猜枚行令更是必不可少，端酒礼数也是格外讲究。大哥毕竟见过世面，带着我和弟弟给大家一一端酒，追述过往，感恩关照，诚挚恳切，言语周正；端过了一圈酒后，还要打通关，还要陪着再喝，这样的你来我往，彼此客气谦让，很热闹喧嚣，很放浪形骸，也很温情款款，乡情弥漫，但没有人酒喝高后的失态乱言，更没有人借故发酒疯使性子的丢人现眼。弟弟要去读书的城市是西安，但他毕竟在市区读的中学，酒桌经验，似乎也有一些，一切看上去比我老练许多。酒桌之上，印象最深的是高明杰先生，他与江会云先生、姜朝选先生、杨天新先生等，都是父亲的同事，也都是我的老师，他们开怀畅饮，他们完全放松，人情练达，应付裕如。什么职称的烦恼，调动的纠结，学校里的纷争，全都抛到九霄云外去了。此时此刻，何以解忧，唯有喝酒。

父亲去读大学后，我在镇上读书，就住宿在高明杰老师的办公室里。他当时教我们政治与历史，对我要求很严，待若子侄。他会弹琴、拉二胡，当然，也喜欢饮酒。他课堂之下，有点口吃，而一旦上了讲台，却话语滔滔，流畅无碍。他平时饮酒，全无讲究，就点花生、咸菜就行。喝一点酒后，他就会与我拉家常，说我父母的为人对他的影响，说我的考学如何的重要，说他的老家本在襄城王洛，说着说着，就会打起鼾声安然入睡了。此番多人场合，他喝了不少酒，也很尽兴，是由衷地为我们弟兄三个考上学校而高兴，他还兴致勃勃抑扬顿挫地与其他几位先生相互比试背诵起苏东坡的《后赤壁赋》来。高明杰先生摇头晃脑道：

> 是岁十月之望，步自雪堂，将归于临皋。二客从予过黄泥之坂。霜露既降，木叶尽脱，人影在地，仰见明月，顾而乐之，行歌相答。已而叹曰："有客无酒，有酒无肴，月白风清，如此良夜何！"客曰："今者薄暮，举网得鱼，巨口细鳞，状如松江之鲈。顾安所得酒乎？"归而谋诸妇。妇曰："我有斗酒，藏之久矣，以待子不时之需。"于是携酒与鱼，复游于赤壁之下。江流有声，断岸千尺；山高月小，水落石出。曾日月之几何，而江山不可复识矣。予乃摄衣而上，履巉岩，披蒙茸，踞虎豹，登虬龙，攀栖鹘之危巢，俯冯夷之幽宫。盖二客不能从焉。划然长啸，草木震动，山鸣谷应，风起水涌。

江会云先生则毫不示弱，接口而出：

予亦悄然而悲，肃然而恐，凛乎其不可留也。反而登舟，放乎中流，听其所止而休焉。时夜将半，四顾寂寥。适有孤鹤，横江东来。翅如车轮，玄裳缟衣，戛然长鸣，掠予舟而西也。须臾客去，予亦就睡。梦一道士，羽衣蹁跹，过临皋之下，揖予而言曰："赤壁之游乐乎？"问其姓名，俯而不答。

杨天新先生是我的英语老师，特别内秀、缄默。喝了一点酒，他也进入新的状态，当仁不让予以总结道：

"呜呼！噫嘻！我知之矣。畴昔之夜，飞鸣而过我者，非子也邪？"道士顾笑，予亦惊寤。开户视之，不见其处。

天下没有不散的宴席。起坐离席，反复再三。彼此道别，说着反复多遍的话，叮咛着似乎老套的嘱咐。到了外地读书，要处处小心，要待人和善，也不要受人欺负，云云。说到后来，明杰先生、会云先生、朝选先生、天新先生竟然还送我一个他们事先准备好的很精致的笔记本，本子扉页写满了他们祝福祈愿的话。手捧着本子，妈妈流泪了，我也无语哽咽。这些乡村里默默无闻的先生啊。

此后，我负笈江南石城，在此读书就业成家，也少不了有些应酬，学会了喝酒。难忘的是，与爱人成婚，并没有如时下年轻人大张旗鼓颇费周章地拍些照片置办很夸张的酒席，也就是在颐和路附近的一家路边小店，邀几位大学同学，简简单单的一桌酒菜，而已。酒是江苏"三沟一河"中的一种，也有红酒、啤酒，所谓"三种全会"。从杭州赶来的同学买了一束鲜花，简单素雅，朴实无华。那天喝了不少酒，也的确真是因为年轻气壮，起初还能扛得住，但经不住同学们的各种敬酒，最终还是烂醉如泥。新婚的妻子，还有同学们是如何把我送到光华东街寒舍，这也是我与妻子的新婚之家，真是一无所知了。我当时在南京草场门附近上班，每天要穿越南京这座古城的一条对角线往返，那个时节哪有地铁？乘坐公交车又嫌不断转车费事，就只能是骑自行车了。但当时的自行车不断被盗，自行车轮胎还经常被扎破，南京路边修补自行车的摊位也特别多，据说这都是破碎的啤酒瓶子惹的祸，也没有看到有关方面就此给予权威解释是否如此。穿行在光华门与草场门之间，最为开心的时候，莫过于去参加宋词先生召集的酒局了。

宋词先生的酒局，非功利，无主题，纯属文人雅集，令人毫无负担。酒局起因，或因白桦自沪上而来宁，或因黄宗江从京华南下，或为他与董健久未谋面，等等，不一而足。此种晤面小酌，他总是让我叨陪末座，也的确受益匪浅。聚会地点或在户部街、羊皮巷，或在火瓦巷、绿柳居，或干脆就在他家细柳巷。几杯酒后，海阔天空，无拘无束，无话不谈。宋词先生会吟咏顾贞观的词、黄仲则的诗，董健先生则会娓娓道来田汉、陈白尘的如烟往事。经常参与这样聚会的还有苏位东先生、徐兆淮先生，等等。如今，董健、宋词、白桦、苏位东等前辈都已驾鹤西行，唯有徐兆淮先生还健在了。

"时光只解催人老，不信多情，长恨离亭，泪滴春衫酒易醒。梧桐昨夜西风急，淡月胧明，好梦频惊，何处高楼雁一声？"前文提到的高明杰与江会云、姜朝选、杨天新等先生也都早已退休，也都彼此多有走动，小酌怡情，正在安度余生。

醉界杂谈

高洪波

酒场上的怪事很多，顶有意思的是凡喝酒的人十有十个不愿醉，总是七谦八让九捣鬼，能少喝绝不多饮。常说酒场如战场，于是正面佯攻侧面迂回兵不厌诈虚虚实实，想着法子把对手灌醉。

醉了的人呢，极少有乖乖吐出过个"醉"字的，对这类人侯宝林先生的相声里有过极逼真的描绘，不说也罢。

醉酒有几种醉法，有文醉武醉，还有真醉假醉，似醉非醉。再往深处说呢，有喜醉悲醉忧醉愁醉无奈醉，加上狂醉疯醉和酒不醉人人自醉，总之，醉酒里面有大学问。

李白斗酒诗百篇，自然是典型的文醉；武松醉打蒋门神，当是出类拔萃的武醉；林教头风雪山神庙，把个酒葫芦挑在枪尖上，属似醉非醉里面的无奈醉，依他的酒量，恐怕五个酒葫芦也不够他醉的。

杨贵妃独宿空房，拿皇帝丈夫的风流脾气没法子，借酒浇愁，醉成海棠花，这应归入忧愁醉类。至于狂醉疯醉喜醉悲醉，总之是代代豪杰逃不脱的干系，仍然不说它了。

醉酒的人，其实大不惬意。十八岁时我初醉人生，足足睡了三天，起来后头重脚轻，在云南一座军营里寂寞地思乡，心里委屈得不行。我是被退伍的老兵们灌醉的，半斤白酒下肚，心里明镜似的，可舌头就是不听使唤，脚后跟也像被人剁去了一半，于是只好亲吻母亲般的大地。同时让胃里旅行的一堆东西重见天日，那一阵喷射状的呕吐，极像脑震荡的症状。严格说来，这首次醉酒是一次灵魂的脑震荡，它使我摆脱了少年人的稚气，吐尽了学生娃的怯懦，从此成为一名真正的军人。

以后仍有多次醉酒，在撒尼山寨、苦聪村庄，我为木薯酒的清香诱惑，遂沉醉不起；在傣家竹楼、景颇木屋，我被醇香的米酒吸引，曾烂醉如泥。1977年的春节在贵州开阳征兵，正值醉酒狂欢的正月，走村串寨，翻山越岭。酒乡的醉意之浓烈，醉情之厚重，足足让我醉思绵绵，至今难以消散。

我在贵州学会了划拳，一种典型的中国特色的智力游戏，划拳为我的醉酒增添了许多有声有色的诗的氛围。或者说，它们本身就是绝妙的诗，是酒徒祖先们集体创作、率意吟哦而又传诸后世后代不朽的杰作。赢拳时的自豪与输拳时的沮丧，其实质绝不亚于任何一场心灵的角逐。划拳的效应是酒不醉人人自醉，醉在划拳的吆喝声与手势里。

似乎扯远了，还是聊醉。

古人对醉是下过功夫研究的。读明人曹臣的《舌华录》，记载过皇甫嵩一段"醉论"，他声称："凡醉各有所宜，醉花宜昼，袭其光也；醉雪宜夜，清其思也；醉得意宜喝，宜其和也；醉将离宜击钵，壮其神也；醉文人宜谨节奏，畏其侮也；醉俊人宜益觥盂加旗帜，助其烈也；醉楼宜暑，资其清也；醉水宜秋，泛其爽也。"可以说是深得醉中之三昧的高论。

但我想这位皇甫君在醉的质量上没有细说，人生难得几回醉，说的正是这一点。当代著名诗人郭小川曾在大森林中与伐木工人痛饮，朗声吟道："豪情，美酒，自古长相随。"醉得痛快，醉得洒脱，醉的质量当数上乘。可谓当代诗坛第一醉！

惜小川早逝，酒歌难唱，醉也就成为一种难得的奢望了。当然，有酒，有诗，有生活，便有醉，这也是历史的必然。"唯愿长醉不愿醒"，我指的是一种心灵的沉醉，微悟与清纯的诗句给人以美的熏陶。

有趣的是：我曾给某大报投稿，谈到自己军旅生涯中的首醉人生，谈到自己因为老兵灌酒被醉得一塌糊涂的往事，当文章发表的时候，我惊奇地发现，文中的"酒"和"醉"字消失了，"酒"被置换成"辛辣的饮料"，"醉得一塌糊涂"变成"豪放得一塌糊涂"，这固然符合某种规矩，但让懂酒的朋友会看得云里雾里。这其中固然有编辑的苦心，甚至还有巧妙的借代，但毕竟离醉界是越来越遥远了。

何事酒最醇

刘醒龙

天下善饮之人可分为五种境界。

最无趣者，每有山珍海味，便欢呼着将酒拿来助兴。

最糊涂者，无论佐餐菜肴是甚，均要来上三两二两。

最清醒者，并无任何佐餐之物，与朋友对谈并对饮。

最快活似神仙者，举杯朝向空无一人的对座，认认真真地三邀四请，大大方方地颂扬对方，且与之同酌共饮。

最是一种人，一杯饮尽，略一闭目便小梦一场，醒后又饮，再梦再饮，如此不管天高地厚，其意什么都是，什么都不是，什么都明白，什么都不明白，什么都得到了，什么都没有得到，酒即是自己，自己也即是酒，一杯一杯饮下去的也都是自己。

现实中，还有一种境界。疫情过后，每逢朋友小聚，自己常说，待治好眼疾，再与大家好好喝一顿。这话没有半点推辞之意，自己真的想好好喝上几杯。武汉封城之初，有朋友告知，某医学权威人士说，白酒对防御新冠病毒有意外的效果，这在医学上尚无证明，只存在于鲜活的人生中。比如前些年闹"非典"，但凡每天要喝上二两的人，没有一个中招。封城七十六天，自己天天记着这话，每每晚上都要来两杯六十三度的衡水老白干。而且还都开着视频，与隔着半座武汉城的朋友一起痛饮。这样的境界，想一想都觉得沉重，是我们不希

366

望重现的。

　　说到底，自己还是不善饮。只是时间长了，总听人说酒，也总看别人醉酒，还总看别人痴情于酒，免不了跟着琢磨，居然也有这么一些体会。

　　在一段时间里，曾不厌其烦地与人说，人一辈子要做三件事，第一是喝一次珠峰矿泉水，第二是坐在剧场的前十排看一场杨丽萍的舞蹈，第三是人到中年后真正忘我地读一遍《红楼梦》。阅历丰富时读《红楼梦》才能读出真正的人生况味，在剧场的前排近距离观赏杨丽萍的舞蹈可以看见人的灵魂就在那指尖上，珠峰泉水则说来话长。某次在拉萨被朋友带去朋友的朋友家喝茶，三巡过后，主人见我还没开口评价他家的茶，便从里屋拎出一桶刚从珠峰带来的泉水请我品味。三杯两盏下去，感觉并无什么特别。朋友的朋友这时拿出一瓶市面上出售的矿泉水，依其吩咐，喝下一口，顿时觉得一向在市面上口碑甚好的这种矿泉水，居然如此酸涩。朋友和朋友的朋友们顿时开怀大笑。凡事对境界有了高一层的体察，才会明白既往的不足与欠缺。我说这些本是为了对抗那些醉醺醺的话题，想不到后来又生发出人一辈子要做的第四件事：一定要与最好的朋友一起喝一场真正的好酒，然后留下一星半点，直接作用于书法中。

　　曾经沧海难为水，除却巫山不是云。只要是与人有关的事，这话从来不会失灵，从来不会不到位。

　　1977年，是我当工人的第三个年头。受工厂委派出差途中，在重庆火车站旁边的饭店里，第一次发现一角钱一碗的鲜啤酒原来如此清爽，比之前在县里喝到的青岛啤酒好上一万倍。那个年代，青岛啤酒一路辗转运到南方某座小县城，又在县城某处仓库里待着，直到凭着县委书记手写的纸条到达某个餐桌上，早过了保质期。弄得县城里喝过啤酒与没有喝过啤酒的人，都以为天下最有名的青岛啤酒都有一股尿臊味，别的啤酒更不能喝了。从重庆往南再回头向北，于国庆节前一天来到湖南湘潭县的韶山冲。因为毛主席逝世才一年，去参观的人特别多。当然是那时候的特别多，而不是现在的特别多。那时候只有政治经济学，还没有旅游经济学，去韶山冲的人，多是因公到长沙，顺便来看一看。不比别处的游山玩水，看看韶山冲，无论多么刻板的单位，都不会拒绝报销差旅费。所谓人多，远不及现如今，从韶山火车站开始就是铺天盖地的人流。那一年的情形，也就是从清水塘边开始，直到那处乡下小屋之间的泥土路上，南腔北调的行人络绎不绝。而在那普通的乡下小屋里，还能挪出半间，用于售卖来自全国各地的名特商品。

进工厂三年，自己的工资，已由最初的十八元，调整到二十二元。此行出差，由县城至武汉、信阳、开封、西安、成都、自贡，再至重庆、昆明、贵阳、柳州、长沙，然后经武汉回到县城，二人同行，全部差旅费也四百元，却被毛主席故居里摆着出售的八元五角一瓶的茅台酒吸引住，最终在周围人群的一阵惊叹声中，掏出十元人民币，将一瓶茅台酒连同找回来的零钱一并收入囊中。实际上，这是自己生平第一次见到茅台酒实物，也是第一次用自己挣的钱买的酒。在回武汉的绿皮火车上，因为人多，因为怕摔，将其用网袋装着挂在车窗旁的衣帽钩上，火车一晃荡，酒香从瓶子里溢出来，来来往往的旅客，无不重重地吸一下鼻子，盯着网袋说一声，哟，茅台酒！

回到县城，这瓶茅台酒送给了儿子的外公，那是一位善饮的长辈。想起来，当年自己之所以敢于掏出钱包买上一瓶茅台酒，部分原因是内心觉得不能错过这不需要县委书记写纸条就能买到茅台酒的机会，才如此奢侈一回。天下善饮者自然不会全都迷倒在茅台酒香之中。1999年春天的一场喜宴上，自己给每一桌备了一瓶茅台酒，想不到应邀来的上百名宾客，居然有些人不对酒路，嘻嘻哈哈地用一瓶茅台换两瓶当地产的白云边来饮。此后的很多年，这事一直是朋友相聚时的趣谈。其间，涉及的相关酒文化，完全能够上升到美与审美范畴。

在我们家，父亲是最善饮的，一辈子从未醉倒。只要父亲拿起酒杯，那酒经由舌尖流入肠胃，十几分钟后，就变成津津汗水由脚底下淌出来。父亲多次夸张地说，每次喝酒，最吃亏的不是肝脏，而是脚上的鞋和袜子。相比父亲的酒品，自己于酒的行为实在愧对家风。一个人但凡不善饮，总是相对所有酒类，并非单指某一种。曾经以为自己也是这样，无论是纯度高达七十度，还是只有百分之八九，只要是酒，都会是自己的毒药与天敌。比如那年躲在大别山主峰天堂寨下写自己的第一部长篇小说，大功告成之际，放开肚量饮一场当地出产的老米酒。当地人说老米酒从不醉人，轮到我时，却大醉一场，惹得别人说我一连三天都是半梦半醒的鬼样子！

2005年初夏，与熟识的十几位作家一道，重走长征路，由瑞金出发，到达贵州铜仁时，好客重文的当地人拿出他们的土特产来款待我们。一路走来，自己始终滴酒不沾，到这一刻，同行的一位兄长忽然貌似严肃认真地说，到了这里，就相当于当年红军到了茅台镇，不来几杯茅台酒就不是真正的长征！兄长的话虽然有道理，关键是自己心里本来就有几分犹豫。之前这么多年，也不是没有喝过所谓的茅台酒，由于市面上鱼龙混杂，李鬼比李逵闹得还起劲，偶尔拿起酒杯，心里就发虚发慌，担心遇上伤身子的假货。在铜仁这里，真茅台酒易得，假茅台酒反而难寻。酒桌上的事，由不得想太多，说话间，自己已经饮了三杯。说来奇怪，往日若是三杯下肚，身子就会有这样那样的不舒服。这一次，不仅没有不舒服，周身有一种温暖在盘旋，下意识地摸一下额头，竟然水淋淋的满手汗珠。之后在贵州地界，只要有机会，自己就会主动索要酒杯，且屡试不爽。从铜仁那一次起，这么多年来，自己这口舌简直成了试金石，三杯下去，如果有汗冒出额头，一定是真茅台酒。如果不见动静，肯定不会再动第四次酒杯。

人都会有某种独门绝技，开发得早的人往往会少年得志，发现迟了则大器晚成。还有一身潜能的人，不仅别人没发现，连自己都没有发现，如此是为怀才不遇。所以，世间之事，天时地利人和，缺一不可。天下山水，美不胜收。偏偏有人只喜欢山，另有一些人只喜欢水。世间美人再多，真正适合自己的只有一个。否则为何前赴后继的帝王们，分明后宫佳丽三千，却要专宠某位贵妃？酒这东西也是如此，山西汾阳、四川宜宾、陕西凤翔，还有湖北松滋、台湾金门等等，那百样千般的美酒，各自拥有棒打不散的知己。比如四川洪雅，那地方本就不太知名，县里的一个小镇更不用说了。就在那个不到现场永远也不可能发现的小镇上，一家小酒厂酿造的才十元钱一瓶的白酒，让一帮同行心都醉了，将赞美之词洒落一地！

不善饮终归还是不善饮，那在真的茅台酒面前主动有所表现，还有自己后来与这赤水河边充满灵气的尤物别样相逢，只算是半个知己。某个时刻，也是趁着饮后余兴，将杯中没有饮尽的茅台，点点滴滴洒进端砚，再在宣纸上行文。那一刻里的墨迹，突然出现前所未有的韵味，凡是心里想要表达的，比如要比云重一点，比如要比水轻一点，比如要比电缓一点，比如要比风急一点，比如要比岩石灵动一点，比如要比飞泉老成一点，如是如斯，没有不随心所欲的。往后再用其他酒试着比较，都达不到此等神效。自此凡有重要作品书写，都会这么来做。每每写到舒心时，那种醉，身手系于原野，心神直达天外，从早到晚，一口气未歇，竟不知疲惫为何物。

早年间，那十来个朋友硬要将茅台酒换成白云边，其过程止于纯粹酒事，没有丝毫其他意思。饮酒之事，只有口味对不对，没有喜欢或不喜欢的问题，即使是由于各种原因而与世界上最珍稀的美酒无缘，也不会缺少相对敬重与思慕，就像那善饮的第五种方式，哪怕不再触碰酒杯，也一样能够醉天醉地。好酒的人常常自称懂酒，懂酒的人则认为酒是一种文化。2020年春天，因为疫情封闭在武汉，家中没有任何消毒杀菌的东西时，万般无奈之际只好将六十三度的衡水老白干当成普普通通的消毒酒精使用。由此可见，善战者无赫赫之功，善医者无皇皇之名，善饮者无夸夸之词，如此最好。

喝杯黄酒解乡愁

周大新

我小的时候，在故乡河南邓州，说到喝酒，其实就是喝黄酒。

那时，白酒很少，而且贵，一般人喝不起。重要的是，喝黄酒是祖辈子传下来的规矩，故在我少时的记忆中，人们说喝酒，指的就是喝黄酒。

黄酒是用小米中的酒米，也就是酒谷酿成的。每年的秋收过后，一般人家都要做一缸酒放在家里。记得那时我父亲总是在母亲的帮助下，先把酒米淘洗干净，然后开始蒸煮，在闻到米被蒸熟的香味之后，开始把酒曲拌在米里，之后舀放在酒缸里，在酒缸的缸盖和缸身上蒙上棉织物，再用麦草将酒缸围住，放在屋子一角发酵。过了一些天，满屋里就开始飘起了酒香。逢到这时，父亲就会打开缸盖，用勺子舀出一碗，用开水兑了让我们品尝，通常是一人尝几口，并不让多喝。那时我对酒没有兴趣，也没感觉到它有什么好，只是觉得它有些甜而已。尝过之后，父亲就会把缸盖封好，准备留到春节时再喝，以庆祝最重要的节日。酒缸挺大，如果春节时喝不完，剩下一些，父亲会用软泥把缸沿封住，一直留存到盛夏再喝。

黄酒很有营养，体虚的人热一碗兑了水的黄酒，在酒里再打两个荷包蛋，是很好的治虚之品。我们那儿有些分娩后的少妇，也用这个法子来恢复身体。

大约因了它有营养，故一般人都认为，黄酒不会醉人，它只是一种有营养的饮品罢了，可以放心喝。常听到酒桌上有人劝他者喝黄酒时说：喝吧喝吧，黄酒还能把你喝醉了？其实这是一种误解。我就吃过这话的亏，记不准是几岁了，反正是在一次乡村的酒宴上，有人抓住在酒桌间乱跑的我，开玩笑地要我喝黄酒。可能是口渴了，也可能是那天上桌的黄酒比较甜，我就大胆地喝起来。乡村里喝黄酒，都是大碗，我一口气把一大碗黄酒全喝了下去，我听见有人喝起彩来，叫：这小子行，将来是个喝酒的料！大概是为了逞能，为了再听到表扬声，我又端过桌子上一个邻家叔叔的酒碗，咕嘟咕嘟又喝了几口。之后，我在众人的喝彩声中走离酒桌，我当时只觉得两腿发软，身子开始摇晃，可能走出不到十步，就不由自主地向地上扑去，在倒地前的最后一瞬，我听见了我母亲的惊呼声，听见了有人朝我跑过来的脚步响动……

我酒醒已是第二天的中午了。

记得醒后我有点迷糊，呆呆地看着母亲。母亲这时则哭开了，摇着我的胳臂抹着眼泪说：你要把我吓死了！你怎么敢喝那么多酒？你是个憨瓜吗？他们叫你喝你就喝？我有点不理解母亲的愤怒，胡乱地笑了一下就爬了起来。母亲扯住我的耳朵交代：以后再不准喝酒了，记住了没有？我点点头，母亲还不放心地吓道：再见你喝酒，我会打断你的腿！

这次醉酒的经历留到了我的心里。

醉酒的难受没有记住多少，母亲的忧心和愤怒一直记得很清楚。大概就是因为这个，此后我一逢喝黄酒就非常小心，跟大人们学着推让，在心里警告自己别喝醉。不管谁叫我喝黄酒，我通常只喝半碗。我自信半碗黄酒喝不醉，上次醉酒主要是喝了一碗多，量太大。但有一次过春节走亲戚，在亲戚家我只喝了半碗黄酒，竟然刚走出他家院门，风一吹我的头，我就又两腿一软坐在了地上。本来午后就要返家的，只好推迟到晚饭前回家。到家没敢给母亲实说晚回家的原因，只说有事耽误了。我长大后才知道，喝黄酒醉不醉不在你喝多少，而在你喝的酒酽不酽，也就是浓度高不高。如果让你喝的全是酒汁，没有兑一点水，即使喝的量不多，只有半碗，也仍然能把你喝醉，让你迎风倒下。后来还知道，做酒时若用小曲多，酒的浓度不会高，喝醉人的情况比较少；若用大曲多，酒的甜度会降低，但度数会升高，能喝酒的人会觉得喝着过瘾，但这种酒容易拿头，造成迎风倒。

这两次醉酒让我懂得了：喝黄酒不能大意！

但对喝黄酒，我自此也有了兴趣。

当兵到部队后，没有了喝黄酒的机会，凡遇酒宴，上的都是白酒。这与我自幼对黄酒的喜好相去甚远，加上在野战军当兵，外出训练经常吃凉饭喝凉水，胃的消化本领大大降低，白酒的刺激性又强，我对喝白酒的兴致便越发不高了。每次坐上酒桌，端起白酒杯，应付几下场面就了事了。

有一年到一个朋友家做客，朋友大概知道我爱喝黄酒，从屋里抱出了一箱古越龙山酒说：黄酒发端于北方，光大于南方，前些天我去绍兴，有好友送了我一箱八年陈，咱们今天不喝茅台，就尝尝这个！

我一听是喝黄酒，兴致来了，急忙动手去开酒瓶。当兵后虽然知道了绍兴酒是黄酒中的名品，比我们邓州黄酒在全国的影响还大，但真正喝它，那天还是第一次。

因为加了姜丝和话梅，酒又加了热，故绍兴的黄酒喝进嘴里的确口感很好，几乎没有任何刺激性。这让我失去了警惕，心开始放松，人开始兴奋，话开始增多，手开始舞动，一杯连一杯地与他人碰杯喝下，不知不觉间，我一个人喝了近两瓶。待到要上饭时，我已感到头开始晕，拿筷子的手忍不住想摇动。我在心里告诫自己：你可不能倒下，今天你是主客，陪客中还有女士，你要是倒下那可就太丢人了！我抓紧吃主妇端上来的一碗面条，期望用饭来把那股想要掀翻我的酒劲压下去，但我感觉到状况越来越不好，吃下去的面条在胃里翻腾不已，一副想要冲出口的样子，重要的是双眼看东西也有重影了。我得马上撤退！我假装看了一眼手机，说：对不起了，家里来信息说出了点急事，我得马上回去处理，你们继续聊，我这就告辞了！边说边站起身来，尽量让双腿不打晃，走出房门后，勉强回头抱拳作了个揖，让送行的众人留步。坚持到刚刚上了出租车，车还没有开出一百米，我就哇的一声吐了，吐得车里一塌糊涂，吐得出租车司机怒火万丈高声抱怨。后来，给了出租车司机三百元才算完事……

自此，我喝黄酒的次数也少了。

吐酒，太难受太难堪了！

不过，逢了河南老家有人来京带来了黄酒，还是会忍不住喝上几口，因为一喝了黄酒，我就会想起故乡的老屋、田畴、猪羊、河渠、小桥，想起挂在屋檐前的柳枝、苞谷和辣椒，想起长长的牛叫和零乱的狗吠，就会解了我对家乡的思念，心里会特别舒服安恬。

只是量，再也不敢多了！

酒，缠不休

叶　弥

　　小时候，我妈打我，总是要夸我一句：你倒是像个共产党员。

　　言下之意就是我坚强不怕死。

　　我妈打人的板子，是我爸专门从上海买来的一种木尺，上海货结实耐用，名不虚传。板子被我藏到米缸里，还是被我妈一眼发现了，我再把它扔到河里。我父母都不会游泳，自然没法下水去找。但后来又出现了同样的板子，还是上海货。

　　我妈打我，不外乎是语文不及格，数学不及格，打了人家了，骂了人家了……

　　我会的东西比我父母多，我自己学会了游泳、骑车、爬树、爬屋顶，和同年龄的小孩打架，我也是一把好手。用苏北方言骂人，骂得比当地的孩子顺溜。这些，我家里人都不会。他们下放到了苏北农村，还是习惯像苏州人那样生活。他们的语言尤其简单，如果骂人，翻来覆去只有"放屁"二字。比不得乡村里的语言那么丰富多彩，骂人的话也是极尽有趣。

　　我在游泳爬树打架骂人中建立的自信，只要我妈举着板子出来，我的自信顷刻化为乌有。我的策略就是咬牙忍受，不像我弟弟那样求饶、讨好，白白地消耗力量。我妈教书，也做着赤脚医生。她的口音和一本正经的样子，常常被我和小伙伴们私下取笑。赤脚医生比教师更受人尊重，我妈这个职业给我带来的好处是，她懂得屁股上肉多，打起来伤不到神经。而且她要求被打者趴到床上，这样伤害就更少。

我小学毕业后，我妈从此没有打过我，变成写检查。写到十六岁，不写了。紧接着我就成了一名文学青年。我妈年轻时收藏的书，成了我写作的启蒙。我最爱的是普希金的《致大海》。我最早写的小说叫《十八九岁》，想写成中篇小说，没写结束，自然也没有去投稿。

那时候苏州的文学青年比现在的老板还要多。文学青年在一起，难免要抽烟喝酒。绝大多数时候，抽烟喝酒是为了标新立异，不会抽烟也要摆个架子，要的是别人侧目而视。不会喝酒也要壮胆大喝，追求一醉方休。而我是为了反抗一些什么。这种反抗，隐隐地有那把木板子的缘故。

随着社会的发展，人们也越来越宽容，年轻人抽烟喝酒不再受到责难，也就没有了标新立异的价值。这样，抽烟喝酒就从最初的反抗或标新立异发展到新的阶段，就是灵魂的需要。半瓶"雷司令"喝下去，肉体很难受，但精神上超凡脱俗，很是愉悦。这种感受，同样爱喝酒的人心知肚明，而不爱喝酒的人，你是无法与之沟通的。怎么说呢？心里总是跳跃着星星点点的光斑，那些光斑引逗着你去寻找阳光。而酒意上来，星星点点的光斑就成了一道自天而降的光带，从宇宙深处而来，神秘莫测，带着新生的密码，无边无际的创造欲望……酒醒了，光带消失。此次结束，下次再来。

我外公是个酒精爱好者。我从他的身上发现，真正爱喝酒的男人，吃东西绝大多数都很节制和干净，不邋遢。那些不爱喝酒的男人，十有八九吃东西很有点邋遢。我外公常常在门口放一张小桌子，桌子上一般只有一样佐酒菜，煮花生或者豆腐干。他很郑重地喝，很珍惜地吃。喝完吃完，菜碗和酒杯就像洗过的浴缸那样干净。喝酒的人一般不喜欢用咸的菜，淡菜配辣酒。

真正爱喝酒的女人，我没有发现过。爱喝酒，有一个衡量标准，就是在家里一个人能有滋有味地喝。女人酒量大的，都在外面的场合，大概都属于巾帼不让须眉的一类，并不是真正的酒精爱好者。我年轻时到过一个朋友聚会的场合，碰到一位陌生的年轻女子，突然两个人就闹起来了，赌气把一瓶白酒一分为二，装两只搪瓷大茶缸，身后各站一帮支持者，在起哄声中，我俩开始喝。那时候有许多聚会，根本不记得那些聚会是干什么的，谁召集的。那位和我叫板的年轻女子，我们并不认识，以后也没见过。为什么喝起来，原因也忘记了。大约是互相看不顺眼，就喝起来了。为什么看不顺眼，不知道。年轻真好，可以什么都是模糊的，什么都不知道。

年轻的女人，常常为爱所困而喝酒。我有两位好闺蜜，都是不会喝酒的人。一位半夜三更打电话给我，告知她独自喝得找不着家门，在马路上瞎转。我只能爬起来出门找她，再送她回家。另一位喝得送了医院抢救。大凡为爱喝成这样的女人，基本上这段爱情都没有好的结局。而那些在爱情中不喝酒只喝茶的女人，爱的结局会很不错。我喜欢那些想用酒扑灭爱情火焰的女人，酒精与爱情一起燃烧，就如灵魂失火，如果生还，那就是凤凰涅槃。

我平生第一次大醉是在苏北。我六岁跟着父母去苏北下放，十四岁独自一人回苏州。二十二岁找了一位苏北男友，又回苏北去了。来回地过长江。我爸对我说，现在女孩子流行过太平洋，你怎么又打回长江去了？

从苏北回苏州的人，谁愿意再回苏北呢？应该很少。我的男友也是我如今的丈夫，他当时在响水县公安局治安科。我第一次去他那里时，他的领导摆了一桌酒席。我不知他们的规矩，但凡我端起第一杯酒，那就表示我能喝酒。主人就要敬我三杯，我要回敬主人三杯。为了表达对我的敬意，别人也要敬我三杯，然后我还是要回敬三杯……那场酒喝得我天旋地转。喝完了在陌生的苏北小镇上散步，满天的星斗，海边的风清冽异常，与苏州的软风大不一样。我第一次感到了人生有了不同的内容。我以往的人生也许是散漫无序的，需要我娘的板子来提醒，而我又时不时地反抗我娘的板子。但从此后，我不再与我娘的板子纠缠不休，我有了新的纠缠内容。

人生就是一场又一场的纠缠，没有值不值，只有愿不愿。喝酒也一样，有些人和酒纠缠了一辈子，别人说他是酒鬼，他说酒中乾坤长。

秋高气爽我行走在古周原的大地上

刘　阳

如此秋高气爽。

经过夏天雨水的洗礼，除却满身尘埃杂质，来到秋天。

抬望眼，大气如此澄明，碧空万里，天高云淡；

俯周遭，空气这番清新，秋之微凉，天气爽朗。

如此秋高气爽。

秋高气爽我行走在古周原的大地上。

此行，我心明净清凉。怎么少得了以酒助兴。

好长时间以来，我越来越喜欢传统方式、中国方式。比如喝茶，比如饮酒。喝茶崇尚与朋友家人喝，喜亲和放下；饮酒是酒逢知己千杯少那种，比较讲究诗朋酒侣，时有大醉而不辞……

忽然在眼下的时令，顿然觉悟，我的人生，不再在浪漫之春，不再在热烈之夏，而是已然入秋，已然当秋。

入秋好啊，当秋好啊，秋之景色多好，秋好！

秋好请喝酒吧。

与君喝酒，此行就喝西凤酒。

行走周原大地，再好的酒也不比西凤酒。

行走周原大地，喝了西凤酒脚下平坦路好走。

　　这款凤香，本就与古周原共生共长久。这款源于上古商周的古佳酿玉液琼浆，滋生绵延于民间，未曾间断而悠长。

　　三千年了！三千年凤香，三千年西凤！

　　当年的西凤，蝶蜂闻而醉地。

　　你看这酒色，空而无色，空即是色，空色。而它挂杯，透色。

　　你闻这酒香，纯而纯，纯而馥，清浓酱，独到香，凤香。

　　三千年的酒，喝上千杯也不够吧。

　　何况有叶辛、克敬、久辛、步升、晓东，后来又加上梦玮这几位，相貌各文野内心皆君子的几位饮者，能饮，善饮，会饮，盈盈杯盏交错，谈笑各领风骚。酒让人兴起，人让酒更浓，不用喝千杯，一杯当千杯，酒不醉人人自醉也哉。

　　这越三千年的酒，曾用商时的青铜鼎装过，曾用周时的青铜尊装过，当然也用汉唐的金盏玉杯装过。酒乃何其庄严之物，祭天祭地祭祖先，保佑江山社稷家园。

　　而今我以拇指大的酒杯，不豪饮，仅品酌，小杯小杯吱溜下肚，酒态恰好，陶醉怡然。以酒浇除身上的俗气，以酒荡涤内心的火气，是我修身养性之法之道，吱溜吱溜，吱溜复吱溜，人便干净清爽起来，我便干净清爽起来。

　　吱吱溜溜凤鸣声！有佳人这么一说，我便即这么一用。有凤鸣声啊，吹箫引凤，凤箫和鸣。这是多好的佳话，多美的传说，贯通融会几千年的尚酒文明，美妙的酒之赞歌。

　　西凤果真好，酒果真好，滋润每个细胞滋润我。我微醺，微醺，复微醺。

　　微醺，微醺，复微醺，我行走在古周原的大地。

　　周原博物馆、扶风湿地公园、法门寺、东湖，这一圈下来，让我微醺的已不是西凤酒了，让我沉醉的还有这里的风光山水，这里的古今绵延，这里的天宽地阔，这里的博大辽远。

这一圈下来，总还觉得没够。总觉得采气吸气，吸吸吸吸，就觉得差一口气，还差一口气，差最后一口气，最后一口呼之而出、呼出来的气。

心提在嗓子眼，怀揣一种预感，去最后参观宝鸡青铜器博物馆。

青铜器博物馆当然全是青铜器，鼎、尊、爵、壶、盆、盘、钟、鼓等等，大小各异器型有别。还是提着的心放不下来。

我在等待什么，什么在等待我。当遇见何尊。遇见何尊，这口气下来了。这口气呼吸接上了。这口气呼吸于心吐纳时空。这口气呼吸吐纳。

原来是等待遇见。遇见。遇见何尊。

何尊静置在那里。静静等候我。久久等候我。

被牵引，我走到尊之面前。我是微笑了一下，睁大眼睛，颔首注视，像重逢久违的友人。这一件并不张扬的饕餮铜尊，典型的酒铜器物，为酒尊更是祭器，能不盛酒吗?! 遥想它不多不少盛满着西凤，我分明闻到越千年历久弥新的馥香。

尊诞于西周初期何之手，故名。通高三十八点八厘米，口径二十八点八厘米，重十四点六公斤，造型如"亚"字。圆口棱方体，长颈，腹微鼓，高圈足。颈部饰蚕纹图案，口沿下饰蕉叶纹。整个尊体以雷纹为底，高浮雕处则为卷角饕餮纹，圈足处亦饰饕餮纹，体侧还装饰四道镂空扉棱。青铜的厚重使其端庄而严肃，花纹的纷繁令其神秘而悠远。

我注目尊之仪态良久，一个青铜器大国，何尊之造型和纹饰算不上极突出。而它成其为国之重器，镇国之宝，源自何处。

我随考古学家的慧眼，探及尊之内底的铭文，目光所及，我来不及平静欣赏十二行一百二十二个金文的铭文技法和内容记叙，而激灵被一颗滚烫的心灼到。三千年前两个年轻人滚烫的心，励精图治之心，亦即"德"之"中国"，我称之为德之中国心。

我一眼看见了"宅兹中国"。金文的"中"字多可爱，一杆上下有飘带的旗，旗杆正中竖立，这是城邦中心树的旌旗；金文的"国"字作"或"，由城池和兵戈构成，会意"执干戈以卫社稷"，当时"普天之下莫非王土"，故没有国界、范围的疆界。这两个古老美丽的象形会意字，历经漫长怎样彼此寻找碰到一起，不腾挪避让，不欲扬先抑，就那么典雅天成组成了"中国"一词。"中国"这一词组就此诞生。中国由此而生。最早的中国，泛着酒光的中国，青铜坚固的中国，有穿透力的中国，穿越时空的中国。

我还看见"德"字第一次出现的面目。那么出自心，深入于心。之前的器物，青铜器或甲骨文，皆"德"字无心，无论表示得到还是表示道德，皆为"得"。自何尊始，道德有"心"，可见自周王朝始我们的祖先就以德治邦永固江山，给每个中国人心中烙下一颗中国心。

这一非凡器物的非凡意义，何止酒气弥漫、酒意蒸腾；更作用于中国及其文化有了得以延伸繁衍的基本词源和逻辑空间，为中国人对于精神的追求和铸就打下了心理根基，成为梦想的起源。

中国，中国心，三千年前镌刻于方寸之间，深埋于地下。三千年后，埋藏它的泥土和这片大地，已然被它命名为中国，德之中国。这铭文是写给祖先的文字，更是写给数千年后中国人的文字，我感受到蕴藏千年的底气，历久弥坚的精神底气。

这一下，我的气息顺下来，我的心强劲跳动。金秋，如此秋高气爽。秋高气爽我行走在古周原大地上，柔情有了出处，情怀有了着落，我行走在古老周原大地上。

行走在古周原大地，我找到了中国，如同找到自己。原初的中国，远古的中国，朴素的中国，顽强的中国。荡漾在胸中的除了酒，更有激荡的心。我向何尊再一微笑，再一颔首，将何尊放到了心里。

我收拾好自己，以酒壮怀，继续行程。

老子的酒

周荣池

我从小就看着父亲喝酒，他的眼神比酒还辣。

父亲的叫声远远地都闻到酒气，令人不寒而栗。他喝的酒叫"粮食白"——"任教气得哭，不喝粮食白"，而"粮食白"对他的日子来说已经不错了。母亲把鸡蛋聚到三五斤的时候卖掉，得钱给父亲"打酒"。父亲经常酒后打骂母亲，但她仍然认为男人喝酒是天经地义的事情。

其时我不知道酒有什么好——他没菜的时候也要喝，一把花生，一段甘蔗，一条萝卜干，若有一只咸鸭蛋就能喝几顿，甚至说"老子拿根洋钉蘸酱油酒也可以喝半斤"。父亲说自己小的时候，他的外公用筷子蘸酒塞在他嘴里，他都没有皱过眉头。他可没有对我这般"慈爱"。我没动过他的酒，想过但始终不敢。

我十六岁离开那个家徒四壁但不缺酒味的地方。他一手端着酒碗一手拍着桌子说："你给老子好好念书，老子拆屋卖瓦也供你上学！老子没有什么别的，就好口酒！"这并不是糊涂的狂言，对于我上学他是十分支持的，也为此喝过许多酒。早在村小的时候，他放学后去找我的老师喝酒——这些老师都是他从小一起长大的"半个泥腿子"。他央求着让我和先生们一个桌上吃饭。他以为这样我可以多学一点，他也想日后我也可以成为这样的先生。他酒喝多了骑车回来掉进冰冷的河里，像他养的鸭子失魂落魄地扑腾上来，瑟瑟发抖地不知道究竟对谁说："老子就好这口酒。"

我离家求学后偶然回家也只是因为囊中羞涩。他总是愁容满面地端起酒碗，仿佛那杯子里有万能的办法。我非常想尝一口这种剧烈的液体，看它如何能解决一个男人的万般无奈。但我不敢要钱又喝他的酒，他抓着酒碗说："你是儿老子！"儿老子就是把儿子当老子，这是辛酸的无奈之语。

老子会喝酒，儿老子不喝酒，我当然是不甘心的。

但喝酒是一件需要莫大勇气的事情，不似烟草顷刻消散而去。它是要留在心胸里的，就像是悲伤、愤怒或者自卑。一日，一个复读插班的王同学找我借钱，其时我身上只有二十块钱，借给他我将半个月无以为继。但我和自己老子一样好面子："你真要急用，我就这二十块钱。"王同学笑了笑说："我知道你没什么钱，但那些有钱的同学都说没有钱，我知道他们有，我也有……"他拿出一张有两万多存款的存折晃了晃，此前他是去沪上打了几年工觉得辛苦才又回来读书的。自此，王同学在镇上租了个房子，邀我同去住并教他英语。他教我喝酒——卤菜店买一角鹅子，一瓶"稻花香"。第一次喝了半斤没有醉，我对自己的酒量就有了数。

烟是即兴的亢奋，酒是渐入的佳境。王同学的酒以及挑灯夜读的辛苦持续了半年我们就各奔东西。毕业后再也没有见面喝过一场酒，可是再见面又能喝出什么滋味呢？

二十岁又去盐城读书，离父母就更远，喝酒便更自由起来。但我仍不喝父亲的酒，也不和他喝酒。估计父亲也看不上我喝酒的样子。他对自己的酒事非常得意，有一次竟然这样说："我这辈子喝的酒可以动船装了，死也可以闭眼睛了。"他大口地喝酒，母亲说这是"灌鼓"。这个词生动，似能听到他喉咙里的声音。那时候的男人们都肯喝，喝醉了就倒在门口的草堆边呼呼大睡。他们用大碗喝酒的样子，像极了传说里武林中的汉子。酒进了男人的肚子，能让他们暂时忘了世界，又似乎把心里的不快都勾引出来，这被称作"倒短"。年节的时候办酒，孩子们吃着吃着就散了，留着男人们斗酒拼饭，最后都是吵得不欢而散。父亲有个妹婿话不多，酒多了也不吵，独自拿了老虎钳钻进桌肚里，非要把一枚硬币扳变形了才快活。我觉得他对生活也是有极大不甘心的。

母亲看惯了这些，叹了口气说："你老子就好口酒。"

我喝酒样子随父亲，喜欢大口噇。日后读《水浒传》中晁盖骂一大汉："畜生！你都不径来见我，且在路上贪噇这口黄汤！"《红楼梦》中又有贾母骂道："下流东西，灌了黄汤，不说安分守己地挺尸去，倒打起老婆来！"可见灌酒虽然不雅但自古以来已是常态，酒后打人甚至打老婆虽然不对，但也是常有的事情。

我在大学里和先生们喝，盐城那地的人酒风也彪悍，他们也豪爽地说"噇酒""兜酒"。院报的周维功先生好饮，闲来师娘常包了饺子把我们叫去打牙祭。我逞能与他拼酒，只见他笑着与我大口喝下，那种风采令人艳羡。一次中午喝多了在草坪上睡去，醒来满世界都是酒意，像一棵蘑菇快活地在草丛上立着。

我成家之后，父亲常在周末来城里看我们。进门听说我前一日喝多了，喃喃自语道："还说我常喝多了，自己也不曾有数，老子的酒量比你有数多了。"他年龄大了酒量小了，但仍喜欢大口喝。我每每和他通话，各自多定有一句："少喝点酒！"而我们依旧各自喝，未曾有过改变。

汪曾祺先生讲他的老师闻一多赞赏"痛饮酒，熟读离骚，便可称名士"的饮酒观，但据说汪先生自己好酒但不常豪饮，半斤酱香便乃酩酊。愿意喝点酒的人，酒后身心放松，多不隐藏言语心思，甚至常吐心中块垒，愚以为心性都不会是太坏的。汪先生不大口狂啖，是小口的"抿"，但他老人家的士绅风范是学不来的。他的乡人如我等还是乐于端杯"咽"，几杯下肚快活起来，也曾对自己的女儿说："老子就好这口酒。"养种像种——这也是没有办法的事情。

喝的故事

东　西

　　我是到四十岁才开始喝酒的，喝得不多，但渐渐喜好。之前，我一直不喝，原因是身体排斥，思想也排斥。身体排斥是觉得酒苦辣，难以下喉，勉强喝两小杯就满脸通红，假如被人硬劝多喝了几杯，那整个身体就绷紧了，好像吃错了药似的，不但精神恍惚，胃也动荡不安。思想排斥是小时候常常看见酒鬼被家人高声数落，说他们呕吐时醉倒时既不体面也误事情，给孩子们树立了坏的榜样。所以，四十岁以前我对酒并无好感。

　　但是，我的朋友圈里却有几位爱喝之人，每次饭聚他们几乎都要喝酒，如果饭桌上无酒，那他们就一言不发，仿佛憋了一肚子的意见却碍于情面不敢释放。菜的好坏他们无所谓，酒的质量才是一切。三杯下肚，他们的声音渐渐洪亮，脸上慢慢泛光，语气越来越真诚，内容越来越义气，困难不在话下，烦恼抛之脑后，一旦斗起酒来，就像战场上的叫阵，你来我往，豪气干云。喝到高潮时，他们给对方和自己都倒上满满的一樽（又名小钢炮），然后双方把酒樽高高举起，期待着大家的目光和掌声。等到掌声噼噼啪啪地响起，他们一举杯，一仰头，把满满一樽酒一口干掉，回头自豪地看着诸位，这时掌声往往更为激烈，喝酒的人顿时有了英雄般的待遇。有时我甚至想，他们不是真的想喝，而仅仅是为了获得这种待遇。这种待遇包括他们在证明彼此的关系，在渴望进一步加深关系，当然还包括彼此的征服。但那些鼓掌者，一个个满心喜悦，像看戏那样兴致勃勃，掌声比任何场合都来得真诚。为什么呢？我认为其中也有恶作剧的成分，也有挑动群众斗群众的嫌疑，当然更多的是对喝者的佩服。

我的朋友甲乙丙都是爱喝小钢炮之人，每次喝酒都有故事。

朋友甲喝醉之后喜欢打的回家，但一上的士他就忘了自己住什么地方，司机一边问一边绕圈，绕着绕着他就像躺在摇篮里那样睡着了。司机只好把车开回始发地，停在路边等待。朋友甲一觉醒来，发现的士的收费表已经跳到了几百块，再扭头一看，自家就在马路对面。他责怪司机为什么没有叫醒服务？司机一肚子火气，说："你明明住在对面还打什么的？我要是叫得醒你还用等到现在？"没办法，他只能一边骂司机"凡尔赛"一边付费。就这样，他每次醉酒后的打的费都差不多是半瓶酒的价钱，其夫人每次帮他洗衣服，都会掏出一沓厚厚的的士票对他数落："甲呀甲，有这么多钱你在家都能喝成神仙了，干吗老是出去喝？"他想想也是，便暗下决心拒绝酒约。但三天后，朋友来电撩他，说："今晚出来喝两杯？"他说："喝不动了，现在还躺在床上病着呢。"朋友报上酒名，立刻就听到他对着屋外喊："儿子哎，快扶我起来试试。"

朋友乙喝醉之后回家，无论时间多晚，无论他夫人睡得多踏实，他都会把夫人叫醒，向其汇报思想，主要是汇报自己如何对她好，如何对家庭负责，甚至会把平时隐瞒的经济收入一股脑儿地说出来，说到高兴时，便掏出手机来给夫人转账。转多了，夫人高兴，同意他继续出去喝。转少了，夫人的脸色突变，说："你这哪是转账，分明是转小费。"他定睛一看，连忙解释："对不起，我少摁了一个零。"他多次少摁一个零之后，夫人就怀疑这是他平时给小姐转小费的额度，便趁他喝醉时审问他："老乙，听说你在外面有人，是真是假？"乙说："哪有呀，别听人家胡说。"夫人说："都老夫老妻了，即便你承认，我也不会生气。"乙说："真的没有，我从来没做过对不起你的事情。"夫人说："这样吧，我也不让你白承认，你只要承认一个，我奖励你一千块钱。"乙说："唉，我现在又不缺万把块零花钱。"

一位苗姓朋友喜欢一边喝一边检测人性，一次酒至半酣，他突然举起杯子，说："没有情人的请站起来。"一桌人全都愣住，但马上齐刷刷地起立，都在争分夺秒地证明自己没有情人。丙站到一半忽地坐下，说："凭什么我跟你们站起来？"大家面面相觑。丙借着酒劲开始控诉："老罗，你女朋友就坐在你身边，凭什么你敢站起来？老谭，你前次带来喝酒的小雷难道不是你的女朋友？你怎么好意思站起来？老孔，你老婆不是因为你有外遇才跟你闹离婚的吗？你也有脸站起来？老苗，你那个助理难道不是你的女朋友？别以为你出了一道考题就能证明你没有外遇……"众人被他说得体无完肤，愧疚地纷纷落座。但当大家落座时，丙就像触电似的弹起来，誓死不与这群人同流合污。直至散席，大家站着丙就坐着，大家坐着，丙就站着，似乎受了天大的委屈。

我做了十多年的酒局看客，看到了不少有趣的故事，觉得甲乙丙苗都十分可爱，但也明白自己达不到他们那样的境界。年过四十后，不知道什么原因，我在不知不觉中有了喝一点小酒的渴望，特别是在劳累的时候，或者在完成一个作品的时候，或者有朋友从远方到来的时候，或者有喜事值得分享的时候……这种时候如果不喝上两杯，就觉得对不起朋友也对不起自己。由于酒量不大，虽然喝了十多年，却没有喝出什么故事。小时候，我那个有文化的三伯曾引用《增广贤文》里的那句"药能医假病，酒不解真愁"来教育我，我深以为然。因此，我在忧愁的时候从不喝酒，而只要主动邀喝，多半是有好事发生。

饮之尴尬

南　翔

在古代汉语中，饮即喝，喝可以是喝水、喝汤，却常常特指喝酒。

你看"饮"之词源，在商代的甲骨文里，"饮"是这样写的："歙"，这是一个会意字，一个人伸手扶着酒坛（"酉"），张口吐舌向一个坛子舔饮的形状。古代酒器之名称或种类，有二十多个，如觥、罍、樽、觞、钟、盅、爵、斗、白、觯、角、觚、酌……简直比饭碗菜盘的类别还要多得多。

我在各博物馆看青铜器，那些不大的物件，一字儿排开，隔着人高的玻璃大柜看不仔细，我便往酒器上猜，虽不中，亦不远矣。

在不同的酒宴场合，我曾多次听到桌边朋友挡酒时说：本人滴酒不沾。

我是一点酒量也没有，可是从未将"滴酒不沾"这个词说出口，因不觉得这是一个褒义词。既然老祖宗给我们留下这许多类别的酒器，可见，饮酒之风不仅古老，而且紧要，它就是我们日常生活的一部分，也是传统文化中一块不可生生剥离的血肉。

皇皇古典文学中，饮酒跟多少豪爽之人、豪放之事、豪迈之举相关联啊。

一部《水浒传》，好酒之人比比皆是，感觉不善饮，就距离梁山好汉远矣。武松在景阳冈下连饮十几碗酒，也只有五分醉。其他如朱武等三人，一顿饭就各自"吃了十数碗酒"；鲁智深是另一位有海量的英雄，他最著名的一次饮酒是大闹五台山，做了几个月和尚，馋得不行，偷偷跑下山买酒喝。人家不卖酒给他，他就用暴力，踢倒了卖酒的汉子，自顾自吃了起来：鲁智深把那两桶酒都提在亭子上，地下拾起旋子，开了桶盖，只顾舀冷酒吃。无移时，两大桶酒吃了一桶。

试想，鲁智深如果不是如此这般好酒量，哪能在东京大相国寺给几个泼皮开眼，借着酒劲，阻挡他们爬上大树去赶走聒噪的乌鸦，使劲一拔便连根拔出来一棵粗壮的垂杨柳？武松如果不是十几碗酒下肚，上山见到一头吊睛白额大虫（老虎），只怕会先失胆魄，再失蛮力，如此，哪里还有武松？小说还怎么写？

水浒里头，连扈三娘、孙二娘都是好酒量，遑论一大群落草为寇的豪杰。

如果说《水浒传》里的主角都是雄强之辈，不免以饮酒为快事，那么言情小说《红楼梦》呢？有人统计，直接书写喝酒的场面多达六十多处。作为全书一个肯綮的第五回《游幻境指迷十二钗　饮仙醪曲演红楼梦》里，宝玉被带到秦氏房中，便觉甜香袭人。唐伯虎的《海棠春睡图》两边，是宋朝大学士秦观的一副对联：嫩寒锁梦因春冷，芳气袭人是酒香。先是仙醪，再是酒香，可见酒之迷人。即便弱柳扶风一般的林黛玉，在魁夺菊花诗一幕里，吃了点螃蟹，觉得心口微微地疼，此时不是想吃点姜醋，而是想到"须得热热地喝口烧酒"。宝玉忙着接茬："有烧酒。"

古人无论男女皆能饮，能这么欺负不善饮乃至不能饮的当今的男子汉吗？

故而，我从来不说自己滴酒不沾，即便不善饮不能饮，一不以过敏为遮掩，二不端茶以代饮，总是端着一只小酒杯，里面的白酒浅浅盖底，却也每每不能一饮而尽。

犹记得，八九十年代，我应邀到杭州开个笔会，初见面的老朋友余小沅带我去他一位法院的朋友家吃饭。举箸之间，我才喝了一小杯啤酒，第一口饭菜刚下肚，胃肠里便翻江倒海，终于没忍住，跑到人家的厨房里乱吐了一气。到一个陌生人家里吃饭，没开吃就吐了，那种尴尬非言语所能形容。脸红了半边，那不是酒劲，是羞愧。

更早的一次，是我念大学前，在火车站当工人，单位到家里有两个小站路程。一次在家里喝了点葡萄酒，乘车返回单位，刚上火车，就在角落里吐开了。一名女乘务员赶紧拿着扫帚和铁箕子过来，在我脚下清扫，她的那个白眼，令我一直不能忘记。

有了几次这样的经历，我即便喝一点点酒也小心翼翼。尽管同桌客人总是鼓励，酒量是练出来的，可我相信，总有一种人，酒量练不出来，即便送他一本包含各种酒功秘籍之《葵花宝典》，也是徒然。

我从来不反感酒，一是如上引经据典所述，再是我父亲能饮。

一位好父亲，纵使平凡，也是儿子从小膜拜的对象。

忍辱负重的父亲，从未苛责过儿女，不仅在单位财务室是领衔轧账的好手，从未有过差池，更未闻有过贪腐之失——在那个无比峻严的时代经受住了各种审查。他还是家务事里的里手，包括开荒种点自留地，"种瓜得瓜，种豆得豆"。父亲不抽烟，不打牌，如果说有点小嗜好，一是喜欢吃水果糖，再是乐意喝点小酒。

我小时候所在的那个赣西铁路边的小镇上，副食品店里多用一溜儿坛子盛酒。我每次带空酒瓶去打酒，便见那个天热只穿一条裤衩的肥胖老头把持。他揭开坛子上的沙袋，用竹勺子舀酒，半斤的、一斤的竹勺子都有，舀酒的竹勺子，在离开酒坛的那一刻，总会掂一掂再倒入空酒瓶子里。我就下意识地盼望，仁慈的胖老头，你别老掂酒勺啊！让那些顺着竹勺流回酒坛的酒，顺着漏斗流进我的空酒瓶吧。

那是物资匮乏的时代，每逢过年，我工作的火车站除了分猪下水，还会分点烟与酒。白酒是樟树的四特酒，黄酒类是上饶的清华婺、九江的封缸酒或抚州的麻姑酒。

能给父亲带一些市面上不容易买到的酒回来，他喝着高兴，我看着他喝而高兴。这就是一种过年的感觉。我曾经问过父亲，他喝醉过没有，他说从来没有。是他喝酒有节制，还是他酒量实在太大了？我只记得别人喝酒是头上冒汗，他是脚底冒汗。莫非酒都变成汗水，从脚底发散了吗？

现如今，基本上什么样的酒都能买到、喝到了，父亲却不在了。这也是每年清明去他灵前祭奠，我姐弟都会给他奉上一杯酒的缘由。

很多秉性和能力都有遗传，为何喝酒没有遗传呢？

谁能告诉我？

相期以酒

刘　琼

　　"燕山雪花大如席"，窗外，雪花飘了一整天。约酒吧，"能饮一杯无"？在北京生活，各种忙碌，各种奔波，因为雪，于是不顾了，东南西北朝一起凑，凑齐后，能喝不能喝，都端起了杯。这是北京人的局气。不过，我永远都是酒场上那个有豪气无能力的千年小白。

　　说千年固然夸张，但二十五六年，确实是有了。那个时候，刚到北京，刚刚结婚，准单身汉的日子，免不了就有各种饭局。我是零起点，又从南方来，长得瘦弱，自然没有人会跟我端杯。能端杯的姑娘多了去了，是真能喝，面不改色，四五两白酒就下肚了，还能悠悠扬扬地唱上几首。能喝，能唱，还能写，说话也痛快。到北方，就得有北方人的样子，干新闻也应该这样，心里真是羡慕，便暗下决心，要全方面学习。当晚就从街对面的超市买了一瓶红葡萄酒，忘了是王朝还是张裕。不能喝，也不懂行，不知道红酒要醒一醒，端起杯就喝。结果，到了嗓子眼，硬是下不去。这瓶红酒在餐桌上待了大半年，年底大扫除时，想了想，还是原封不动地送进了垃圾箱。事后聊起，大家大笑不已，说不会喝酒的人很多，像我这种不认酒命、憋着劲练的人还真不多。我对酒的决心也只有这么大了。

　　说到底，还是不服气。按说我是有"酒基因"的人。我们老刘家，特别是男丁，到了一定的年龄，似乎都是酒场豪杰。记得小的时候，晚饭前半小时，雷打不动，是祖父的快乐喝酒时光。祖父喝酒不需要陪伴，也不需要多高级的下酒菜。祖母一辈子都在伺候祖父，把祖父的口味研究得透透的，炸个花生米、炒个辣椒酱，祖父都能喝上两小杯。两小杯，不多不少，是祖父的量。然后祖父自己收杯，有没有人陪，都是这样。蹭酒或陪酒的人最后往往自己把自己喝高了。父亲年轻的时候不喝酒，也反对祖父喝酒。父亲总说祖父要是不喝酒，会活得更久。

那年春天，我们家刚刚由干休所搬到绿影小区，祖父很开心，便来住几天。想到端午将至，孙女就要回来了，祖父陪祖母逛菜市时说"买点粽叶吧"。我爱吃粽子，每年端午，都一定要吃上几只纯糯米裹的白粽子。包粽子是祖母的拿手好戏。那天晚上，祖父也是喝了两杯小酒，突发脑梗，当晚便告别了人世。

有意思的是，从前竭力反对祖父喝酒的父亲退了休以后，对于酒的兴趣突然大增，酒量也还不错。父亲的"变法"，成为家中打趣的话柄。大姥姥说这是老刘家的遗传，我们家把"姑妈"喊作"姥姥"。这个遗传，难道传男不传女？我这个大姥姥也很豪放，某年春节，曾经端着酒杯，要跟比她大十几岁的小嫂子也就是我母亲一较高低，结果，没喝几杯，就倒在了餐桌上。老刘家的媳妇酒量比姑奶奶大。

中国式家庭，出面应酬的通常是男性，许多女性自己不喝酒，也反对男性喝酒。酒后失德，酒后乱性，酒后误事，酒后闹事，等等，反对的原因很多。我不反对。我不仅不反对，我有时甚至觉得男性就得有点酒量，不必常喝，不必多喝，真喝起来，最好千杯不倒。

我赞成喝酒，还不完全因为老刘家的熏陶。事实上，无论东方，还是西方，酒这种杯中物，不仅历史悠久，而且始终都在人们的日常生活中占据重要地位。会喝且能喝到一定境界的人，西方叫酒神，文艺理论还繁衍出酒神精神。东方则叫酒仙。酒仙是东方式审美追求。酒能浇愁，又能燃兴、助兴、尽兴。有酒助兴，人们方能从日常的理性和拘谨节奏中解放出来，感情获得尽情抒发。特别是中国人，诗酒文不分家，这才有"李白斗酒诗百篇，长安市上酒家眠。天子呼来不上船，自称臣是酒中仙"，这才有"金樽清酒斗十千，玉盘珍羞直万钱。停杯投箸不能食，拔剑四顾心茫然"。仅从流传的文本看，从李白、杜甫到苏东坡、辛稼轩、李易安，不仅诗词写得好，酒量似乎都还不错。把酒言欢，"醉能同其乐，醒能述以文者，太守也。太守谓谁？庐陵欧阳修也"，每每读至此处，虽不能喝，心向往之也。

同样是饮料，茶和咖啡则明显没有这个功能。许多人用咖啡提神，这个"提神"，相当于更加清醒。多年以前，空腹连喝三杯咖啡之后，我亲历了一次"醉咖啡"。咖啡不可连续喝，不能尽兴而归。心脏狂跳、濒死般的难受让我长了记性。茶里虽有咖啡因，但量不大，连续喝没大问题。

比较起来，只有酒，能很快放松情绪，打掉伪装，有效地拉近人和人日常绷着的距离。所以，许多人喝酒都喜欢成群结队，酒桌上许多趣闻也由此产生，一些有意义的事，也会发生。记得当年看鲁迅日记，对鲁迅饭局的多少以及参加饭局的人、菜式和酒量都尤其感兴趣。鲁迅是绍兴人，绍兴产黄酒。绍兴黄酒，男男女女都喝，女子喝得似乎更加普遍。我在浙大读骆先生的硕士研究生时，最爱干的事就是去他家蹭饭。骆先生的母亲，其时已经八十多岁了，烧得一手好菜。每天中午，菜烧好了，老太太就拿出小酒杯和烫酒壶，烫的就是黄酒，还要打进去一只生鸡蛋。我才知道黄酒养生。老太太是绍兴柯桥人，活了将近一百岁。

鲁迅对酒不考究，绍酒、白干、红酒，似乎都喝。喝酒时，也谈文章，也谈国事。这是成群结队喝酒的好处。

还有一种喝酒是独自喝，享受的是另一种境界。"花间一壶酒，独酌无相亲。举杯邀明月，对影成三人。月既不解饮，影徒随我身。暂伴月将影，行乐须及春。我歌月徘徊，我舞影零乱。醒时相交欢，醉后各分散。永结无情游，相期邈云汉。"李白式的独自喝，看起来是闷酒，其实是浪漫主义的自得其乐。且不叨扰他人，是真正的放松。祖父的晚年就爱喝这种独酒。在祖母的嗔怪中，一边喝，一边与小孙儿逗笑几句，再听听新闻，看看报纸。

南方的箬叶开始分株了。一喝酒脸就红、好脾气的小老头，去世已经整整三十年了。这个春天，我想陪父亲去祖父的坟头祭上一壶老酒。

鸿雁长飞

冯秋子

早前，看过多遍《搭错车》。这部影片，差不多植入了记忆。

那首《酒干倘卖无》的歌子，似乎只有苏芮唱才是正唱。一首歌，和片中人、歌者，那样契合，甘苦、冷暖、长短尽然，也是天人合一的创造。而《鸿雁》，一支三百年来流传于北方高原的敬酒歌，能犀利地穿越时间和人的生命，使歌者与倾听者的灵魂，在那一时间执着地向前、向上升耀，自觉丢弃沉疴于心的恼恨和萎靡，虔诚地敬畏有尊严地活着之信念。

在内蒙古出生、长大，酒就在周边，我见过街巷里东倒西歪喝了酒的人，也听过、见过寒冬冻死在雪地里的醉酒者。听长兄讲起，几个人开一辆大卡车北上锡林郭勒盟选购旧历年节食用的羊，因远行前所加汽油被贪念者掺杂水分，未能抵达目的地，搁浅雪野。冰雪夜，天高地远，万般无奈。他们烧尽随身携带的大小物件取暖，最后不得已卸下汽车轱辘点燃，黑色胶油和雪水凝结成灼眼的冰丘，裹着他们硬邦邦的遗体和那辆趴伏的解放牌嶙峋残车。

类似的受困灾难，曾时有耳闻。

冬季，天寒地冻，零下二三十度，甚至更低，酒有多好，可想而知。

我在北京，气候温暖得多，还是有意无意攒下几个不锈钢或者锡制小酒具，想着需要时盛了酒揣在身上。当然，主要还是喜欢那些精致的制造。

　　我母亲说，50年代初，父亲工资相对高些，每月拿到工资，便邀法院他的同事们改善一次伙食，在全旗那家国营饭馆请大家"敞开吃"。自然有酒。那时候的白酒通常高达七十多度。母亲说，有一次父亲与同事聚餐后到家，意犹未尽，说笑间，借着酒力，左脚起、右脚出（母亲讲父亲喝了酒爱说笑），一个二踢脚，把报纸糊的四米五六高的顶棚弹开一个大洞。母亲第二天桌子摞凳子，晃晃悠悠站上去糊顶棚那个洞口。这个段落，母亲什么时候说起什么时候笑。父亲军人出身，从南下的部队转业支援地方，再从落脚的城市申请来到边远的北疆，这个他选择并热爱的半农半牧旗，这是父亲难得因酒而有兴致的一回玩闹。至今忘不掉另一回，父亲的同事来家，显然他喝了不少酒，父母不在家，我两个哥哥说，叔叔你回你们家吧，爸爸回来我们告诉他你找他。他不肯离开，来来回回说舌头拐不了弯的醉汉寡话。我和妹妹吓得躲在炕角不敢出声大哭。爸爸到家，一把将他提拎起，扔出门外六七米远。这是我父亲真实的态度。他呢，笑呵呵地重复刚才叨唠的不成句的闲言碎语，慢腾腾爬起，一溜歪斜回家去了。以后，我又见过几回，这位叔叔喝醉酒从街边往自家的方向晃悠。

　　饭桌上，有时朋友会说，内蒙古人不喝酒哪能呢。是啊，鸿雁长飞，酒的确长在。可我还是很少饮用白酒，盛情难却时，也尽量少饮。品赏白酒，我喜欢稍慢些节奏，饮酒过程，天长地久，安和慈明，不失为享受。迅猛的饮法，有过，稀少，基本是在被打动或想要替再喝不了酒的朋友喝下的时候。在我，不想喝的话，一滴酒也可能会晕、会难受。大部分时候，喝与没喝，身心放松，与朋友在一起，彼此分享着欣悦，内心宁静而美好。

　　酒分不同品级，好酒与普通的酒，带动着每个人的愿景、情境、或集心约力，推动着情绪，在高度的和谐中，默契地交流、体会、理解，相互启发，诚实促动，甚至精神的开示也会悄然生发；或安静地默守着现状，于朴直、简易的可能性里，惺惺相勉、相惜。当然流淌

398

的酒水中，偶尔也难免有虚妄之感……杯中滋味，简洁有，复杂也有。但是，多好的酒，与朋友分享，再普通的酒，是倾其所能，即便只可佐以一碟花生，幸福的感受可能长之久远，如雁子的长飞。听过朋友讲，哪年的哪一回，在我当初居住的筒子楼烤着火炉席地毯围坐的聚会，吃我烧制的牛肉、做的沙拉，喝我自酿的陈年果酒，品尝以自制的陈年果酒调制的奶酒，是此生最美好的记忆。同样，他们也留给我长久珍视的美好。

有时聚会，因酒实在金贵，我有点舍不得喝。看朋友们兴致劲好，能再多一些快乐，快乐更持久一些，比我喝酒更让我欢喜。是这样。好东西在兹，尽情分享朋友的快乐，感觉更幸福。其实天性中，我比较享受好的物品、好的制作、好的饮食。假若条件有限，很愿意尝试做点什么，再不济，想方设法制作一点东西出来，让美好的感觉陪伴自己度过需要面对的那段时间。比如现作鲜果、啤酒、雪碧和柠檬的饮料，为之我备着好几个好看的可盛这类鲜饮的器具。曾经，在没有多少钱买饼干和点心的时候，动手制作镶嵌花生粒或核桃粒的饼干和点心给小孩吃。那些漫长的年月，市面上见不到、买不到好看的宽幅窗帘、床单布料，我买回窄幅的白布拼接，小针密线绣出百看不厌的窗帘、床单和枕套。天空阴晴圆缺，地面处，个人的日子一脚一个印子走就是。鸿雁长飞，喜悦和念想长在。我母亲爱讲前面这句。劳动中，确实感受到许多结实、安宁的美好，是那些美好，鼓励自己支撑起生命的枝蔓，为不断经风历雨的主干滋养出更多勇气和信心。

我保存了不算少的自酿陈酒，置于房间不同地方的酒器不下六十件，不包括原装的干红一类，指自酿的二十斤装、十五斤装、十斤装、五斤装、三四斤装的酒坛酒罐酒瓶。有时候和朋友聚会，不是特别正式的话，我会带去一两种，时间来得及，再调制一两种奶酒带上。文学界有几位女友，若有机会在北京见面，开会或者是其他机会，我会为她们带一些自酿的果酒，晚间个人的时间，我们见面品酒、叙谈。上年底的第十次全国作代会，因防疫，省、自治区、直辖市代表团一簇一簇分住四个饭店，事先懵懂，我带的自酿酒只能与我住同一饭店的两位朋友分享了。平时，只在想起来的时候小饮一杯。我制作的橄榄酒，色泽、味道，至尊至幻。而想念奶酒时，调制一瓶，享用一小杯，那一瓶存入冰箱。有过一段时间，饮用自调的朗姆酒为基础酒，附以花盆里栽种的薄荷叶（冬季用干薄荷叶片），再加其他一些材料调出的鸡尾酒，它魅力无穷。

每见识一种食材，我下意识想到用它酿酒。2009年在四川阿坝的四姑娘山区，见到当地嘉绒藏族姑娘手里握着一把小红果枝，一面是我的同伴招呼我赶快上车，一面是那位美丽姑娘手里吸引我的不知名的红果枝，犹豫片刻，最终痛苦地放弃红果枝，扭头跑回车里。剩下的日子就是不断回想那把果枝和挂结在上的小果子，没能知道它的名字，没能尝一下它的滋味，只能一直惦记着它、想念它。

十五六年前，我买到可以盛下三四十斤葡萄酒的一口瓷缸，一直等待机缘，做一缸红酒。我在南疆牧民家里喝过的家酿红葡萄酒美妙滋味挥之不去。我的房子小，没处放置这口不大不小的瓷缸，只好置于窄窄的厨房过道，我绕着葡萄酒缸在厨房做活，来回来去十五六年，无悔无怨过，直至去年下半年所居塔楼旧楼改造，工人进屋干活时间长，腾出空间成为不得不面对的解决办法，我只好忍痛移出酿成的红葡萄酒，让这只酒缸，和醇香的红酒，一起离开。

十多年前，一位诗人朋友割爱把珍藏的一册制酒古法的书与我。它立在书柜宝贵的地方。

我小孩工作以后，有一天回来，带了一些酒气，他说和同学聚会，喝了不少白酒。我知道，以家族的遗传，小孩的酒量不会多差。可是，酒之于人来讲，有节度是重要的。是时候跟他讲一些话了。我说，开车，不要喝酒，你要对我承诺。巴顿承诺。你不希望妈妈做的，对吗？他说，是。永远不要。我说，妈妈也向你承诺，不会那样。还有，我说，喝醉酒，让人难过。偶尔，可能出现意外的情况，比如喝醉酒的人失态，其他人对其无可奈何。喝醉酒的人脆弱地在那里挥霍，撕裂自己，肢解自己，没有节制地放任自流，在正常人群里，非正常地行使不能自已的行为……那种情景，妈妈经见过，不忍再睹。那种心痛，深远无垠。而实际上，一个人不承担自己，别人无论如何也不能代替他去承担他自己。喝酒的人有形状，对酒才算是尊重的。尊重酒，始终如长。孩子和酒的关系，身为家长，能说的就是这些。

每个人生命可以伸展的空间十分有限。我愿意动手去做，迈步去探究一些路径。我能做的，自己深知少而又少。对材料，是敏感一些。曾用收留的不同纸质、色彩的材料，制作过一些想象中的画。每天，我能看到书架前面、下面……可能置放的地方，大大小小有六十余种悄没声息坐卧的酒桶酒坛酒瓶，许多瓶子晶透着纯美的色泽，还有油画、水粉、水彩画幅和各类速写。

这个家里，除了书、写字桌，还有画架和酒。

三十六年前的两次酒

林　白

年轻时一切酒非我所愿，常时痛饮的，是诗与电影。

那时在广西电影制片厂文学部，领导命我赴柳州下剧组，与宣发科的玉珊合写一篇宣传文。我百般不愿。我把小说和诗歌之外的文字统统视作大石头，我不愿石头压我。

我说我不去，"我又不是宣发科的"，结果挨一顿剋。含泪去了，却发现下组有趣得很。

电影明星屠茹英，与她同屋住了一夜，见她总是静静看书，便生起好感，偶尔聊几句，给我看照片和工作证，并说起她丈夫，恋爱十几年，三十二岁没生孩子。小郭，演史湘云的，走路去买药，一身白衣。说本来她演薛宝钗的，后来换了史湘云，整整一年不快活。现在她认为湘云是最完美的人物，演下来改变了自己的性格。我问她："演林黛玉的陈晓旭如何？""她行，写了很多小诗，还发表了。"

又来了诗人顾工夫妇，我和玉珊去陪客。亢进副厂长说我哭鼻子不愿来。顾工说，他们这代人都不行，忧郁型的，他儿子顾城也是这样，现代派。他说自己二十岁的时候也想自杀。亢进说，让顾工开导开导你。

晚上亢进讲他的初恋，是个日本女子，叫黑田枝子，冰冻麻醉，左手无名指的整个指甲都没有了，他说我没有动过她，连接吻都没有。

402

玉珊不时唱几句，我听得惊艳。完了她说，你不要在女人面前讲这个故事，这样你的形象很坏，太自私。亢进说，那个时代不允许。玉珊说人总是人。女人有情有义。男人也应该有情有义。"……那指甲，我的命（中的一些东西）也没了"，亢进还沉浸在他的思绪里，有些前言不搭后语。他说将来定要写一篇小说。

玉珊的爱人小慈来，两人感情很好，大学时谈恋爱被开会批判，小慈被学校开除回隆林氮肥厂当工人，她那时候跟他结的婚。玉珊不在，亢进就愁眉苦脸的。他说："真苦，读剧本《紫裙河》。""你差点吃不下饭了。"我笑他。"我吃了两碗。"他说。"那是因为玉珊及时赶回。"我揭他一句。

小慈来了，亢进就喝醉了，提前退席，要我陪他去给夫人买一件玉珊那样的衣服。我不去，说："我又不是玉珊，跟我去没意思"。

他真醉了，我和玉珊散步回来，他躺在床上，看见我们进来很高兴，说："刚才敲门你们不开，你们弃我而去，我很难过。"玉珊悄悄跟我说，他这几天心情不好，看见她和小慈爱情美满，想起自己青年时代的爱情，想起小黑田，那个日本女孩。

"我这一生，青年时代的理想被战争毁灭，中年又蹲了牛棚，现在到了晚年，又当这个破厂长，我遇到你们两位（玉珊说：真的喝多了），你们放心，我是受过高等教育的，不会对你们怀什么心。小林呢，是我的希望，我这辈子完了，我的女儿也不行，女婿也不行，小林聪明，能继承我的事业。玉珊是我的靠山，给我欢乐，跟你们在一起我感到非常愉快。"玉珊母亲般地把湿毛巾敷在他额头上。

"我头脑很清醒，没喝醉。"又谈他青年时的博士梦想，腮腺炎病毒、不育症、世界人口平衡、自愿节育和强制节育。玉珊跟我说，亢进其实是要我们陪他，有我们陪，他就感到愉快，并不是真要我们干什么活。我这才恍然大悟。

组里还有一个小沈，《一盘没有下完的棋》饰过阿明，一个帅气小伙子。他端然气沉，无轻浮相，只说有机会请推荐他。小沈要走了，给所有人斟酒，斟两滴表示感谢。不管谁他都要斟，眼看斟到我了，我赶紧捂住酒杯，连连说我不喝酒，小沈坚持，他站着。旁边有人说，你不喝酒不要紧，表示个意思，是摄制组常规告别仪式。我才吞下这两滴酒。是白酒，有点辣，但比辣椒的辣好多了。

过了个把月，桂林有个诗会，我把两个作者撇下，自己跑桂林去了。一个张，从南昌来，写喜剧；一个王，从长沙来，写艺术片。之前亢进副厂长给我王的本子，让写个意见，说张军钊若愿意搞这个电影，就跟他一块去长沙找王谈，结果王自己跑来了。

在桂林我和王小妮住一个屋，王小妮是刘迅的中学同学，刘迅是我大学同学，他给我看过她的信，用铅笔写得飞快那种。我至今写诗还保留着用铅笔飞快手写的习惯，大概就是那时养成的。晚上王小妮在黑暗中胡乱写小说，她说没有灯她也能写。我想她是怕影响我睡觉，她连床头灯都不开，把纸放在自己膝盖上，摸着黑。下半夜突然起风转凉，她从柜子里拖出了两床棉絮，一床还像棉絮，另一床则可以称为渔网，里面几乎是空的，只剩一些纵横网线互相缠着。王小妮把好的那床棉絮盖到我身上，她自己用了那张渔网（我时常会想起这些，也写过几次）。

顾城谢烨两口子也来了。"总要活着。"顾城常嘟囔这句。我听他和王小妮聊天，说梁小斌神经不正常从家里跑了，他夫人其实很好的，杨炼去了趟西德，总是高高兴兴。谢烨说，顾城不能接受暗示，比如暗示说门是假的，他马上就会两眼发直，他看电视会钻到床底下，等等。谢烨很耐看，纯粹又有思想，可爱极了。顾城整日穿一件旧的中山装。

王小妮老说要开一次纯粹的诗会，都是年轻人，在一个很有特色的小县城开，湖南或四川，她与谢烨谈骆耕野开的咖啡馆。大会发言，顾城也讲了讲，死亡、生命、蒙娜丽莎的微笑，说她既是母亲又是妻子又是女儿却无可奈何，因为就是这样，死亡无所不在。之后任洪渊发言，背了他的几首诗，极好的诗，好得跟他的外貌不相称。他的诗我以前就喜欢。他谈余光中的诗句，"天空非常希腊／姑娘很四月／吐鲁番了一夜／如果我如果不芭蕾几下人家就不会注意我"等等。

顾城有个怪念头，说不要孩子，他自己做自己的孩子，而且吃东西又可以吃两份。芦笛岩伏波山，山上人极多，与王小妮谢烨一路。顾城精神恍惚。总让人觉得会走丢，于是让一个一米八八的大个子拽着他，他是绝对的内心体验型。

正玩得开心，忽接厂里电报：速回厂。我独自站在走廊，并肩走着的另一位广西女诗人被人请走了，把我一个人晾在那发呆。这时谢烨一下从屋里走出来，她把我搂进他们的房间。"票买到了吗？"她抚着我的肩膀，声音柔软而温暖。1993年10月的一个下午，我在报社副刊部正看校样，忽闻顾城谢烨的惨事，只觉得眼前一片发黑。

回到南宁，亢进说，你回来了，现在有五件急事你听着：张的本子通过了，你不在，我帮你打埋伏，代你当责编，代你念推荐意见，代你记录，明天你去财务室领六百块钱（天哪！相当于我一年的工资）的编辑费，还要记得帮张报销差旅费。还有一件很重要的事情，会上五个头一致同意你正式调来，机不可失，一定抓紧，这对你是一个大事。你星期一去找莫书记谈话，然后填一个表，记住！切切！还有，王的本子他再改一次就拿去打印。最后一件，厂里分橘子，十斤橘子，小丫头！王的本子高厂长看了，很满意，说争取拿金鸡奖，看来也会通过。这样一下子通过两个本子，日子就很好过了，钱也有了。

我见到王作家，跟他起劲谈文学，他说在湖南他和韩少功何立伟挺熟的，韩少功是寻根文学的领军人物，我便与他说起我们的"百越境界"，越说越兴奋，王作家说我们应该去喝啤酒才对。但到底啤酒喝了没有，我始终想不起来了。

三十六年过去，亢进、玉珊、顾城和谢烨、刘迅，还有任洪渊老师，写出"天空非常希腊"的余光中先生，以及张军钊导演，他们已陆续离开人世。

人生何其短暂，对酒当歌可也。

子不语

穆　涛

　　袁枚在《子不语》中，记述了三个酒鬼故事。尽管都是不着边际的道听途说，但文字的背后，潜隐着世道人心中的一些硬道理。

偷酒的夜叉

　　滦河的上游叫闪电河，再逆流上溯，就到了发源地，内蒙古草原与河北山地的混成地带，形貌奇异，风啸常年不止。河水经多伦县折头向东南，走承德，穿燕山，沿迁西、滦县、卢龙，在乐亭县汇入渤海。《水经注》里记载滦河为"濡水"，由发源地写起，"濡水从塞处来"，一直到独流入海止笔，整条路线图被描绘得婉转跌宕、九曲回肠。

　　在中国古代，凡入海的河流都尊为大河，皇帝每年要亲祭的。皇帝祭"四渎"，黄河、长江、淮河、济水。滦河入海却不在其列，是因为这条河的"出身"，"濡水自塞外来"。在西汉之前，塞外是匈奴胡人的领地，与中原相抗衡。

　　滦河出燕山之后，到入渤海之间，如今是唐山和秦皇岛的地界。在清朝，这一片区域称直隶永平府。河水进入这一阶段，势头汹涌，浩大湍急，急流之间有险象，这一桩故事就这样发生了。

渤海龙王脾气不好，但谱大，好铺排，每年都要修筑龙官，增置楼堂馆所。所用的工程材料，均走水道由滦河运达，担任河道运输总管的是黄白二龙。燕山古北口内生长一种百年老树，这是龙官的重要建材，龙王选用建筑木材，与人世间不同，不仅取树干，还要有枝丫，而且须是"百枝木"，每棵树一百条枝丫，多一枝少一枝均不可。龙王派遣一位夜叉在山地督查选定树木，并司职守护。"百枝木"砍伐妥当之后，由黄白二龙负责运走。

"百枝木"在滦河水中运输，是直立航行的，树枝上悬挂着一盏红灯，但凡人的肉眼只见灯不见树。关外的商客贩木材进关内，要等到每年滦河水势高涨时候，方能放木排顺流运输成行。商人们以红灯为航标，尾依而随，可以安全避险。就这样，人神两安地过了多年。

夜叉是护法神，也称"捷疾鬼"，行动神速，可以超音速飞驰，千里万里一念即到。夜叉面貌独特，两只眼睛在脸上不是横列，而是上下竖排。坊间比喻女子为"母夜叉"，不是指丑陋或凶狠，而是形容性格不稳定，脾气随时爆发。夜叉神脾气是差了一些，但心态达观，也乐观，震慑人而不祸害人。由夜叉神担任基层领导，对老百姓是一种福音。龙王选任干部，还是挺有水平的。

长话短说，这一天，"百枝木"运抵龙官后生了变故，验收时发现缺失一枝。一路倒查回去，问题出在原产地。龙王大怒，责令夜叉寻找。夜叉做样子的功夫非同小可，接到上级指令，执行起来不过夜的，雷厉而行，一时间风雨大作，山石皆飞。样子做足了之后，夜叉潜入一山民家中，把酿造的八缸酒，一夜偷喝个干干净净。山民们恐惧再有可怕的事发生，连夜伐了一棵"百枝木"，置于滦河中，故事就这么有头有尾地结束了。

这位夜叉，以这样的方式了断一件惊天的案子，够智慧的。

贪酒鬼

一个杭州人叫袁观澜，四十岁未娶。邻家女儿靓丽出众，一来二去两人私订了终身事。邻居却嫌弃袁观澜家境贫寒，严厉割断了两人的往来。女儿心忧成疾，痨病而逝。

故事就从这里开始了。

袁观澜夜夜以酒浇愁，无声而泣。这一晚又持酒独酌，恍惚间，见墙的角落里，半蹲着一个蓬头人物朝他微笑，手里还牵着一根官绳，却看不见牵着什么。袁观澜初以为是官府的差役，招呼说："老爷，想喝一杯吗？"蓬头人接连点头，于是倒了一壶端过去，他嗅了一下，却不肯饮。又问："是嫌凉吗？"又点了点头。袁观澜把酒热了，再端过去，蓬头人仍是嗅而不饮，却一嗅再嗅，渐而满面通红，口大张着，不再合上。此时袁观澜已知是异类，壮着胆子把杯里的酒慢慢倒入张着的口中，每倒入一滴，蓬头人身子一缩，一壶酒倒毕之后，身子小如婴儿，痴迷不动，但官绳仍紧握在手中。袁观澜牵动官绳，见到那一端系着的竟是邻家女儿。欣喜之中，急忙搬出酒瓮，把蓬头人投入其中，又画了八卦符镇厌锁定。

一切料理妥当之后，解开官绳，与女子相拥入室，拜堂成亲。年壮正四十的袁观澜，全不惧此时的邻家女已然异类，精神焕发。女子更是悲欣交集，海枯石烂着不顾一切。两情不舍，一个背水陈兵，一个魂牵魄萦，受尽了煎熬的一对痴男怨女，隔着尘世做了被底鸳鸯。

这女子也是稀奇，夜里声形俱现，太阳升起，只闻其声不见其形，这么半阴半阳的日子过去了一年。有一天，女子兴奋地告诉袁观澜，"我终于可以再生了，与君郎做一世光明正大的夫妻。邻村有一个富家女，明天气数告尽，我可以借她的身体复活。君郎按照我的办法去做，还可以得到一笔丰厚的陪嫁"。

第二天，袁观澜赶到邻村，果然见到一户人家刚刚丧女，他对陷于悲痛欲绝的父母说，"如果你们把女儿许配与我，我有丹药救活她"。全家大喜过望，当下答应了婚事。袁观澜让一家人回避，俯身在女子耳畔低语了片刻，女子竟跃然起身，活泼如初。全村人都跑来祝贺，敬天谢地贺新人。当天就操办仪式入了洞房，一件丧气事化成了喜事。

这故事看着荒唐，却也是在讲一个道理，两个真心相爱的人，是能感天动地的。造物主派了贪酒的差役，做了一回稀里糊涂的月下老者。

官话鬼

这一个故事的缘起，是一场庙会。

河东运使吴云从，升职做了刑部郎中。初到京城，一切都觉着新鲜。这一天恰逢庙会，家人抱着小公子去凑热闹，逛的时辰长了，小公子在路边撒了一泡尿。尿过之后，孩子却哭闹不止，家人怎么哄也没有结果。败了兴致，只好废然而返。

半夜时候，小公子忽然开口说话，声音却是陌生的，操着官府腔，一口北京话："怎么小孩子这般无礼，尿在我头上？我跟你没完！"接下来吵闹纠缠了一夜，天明方止。

吴云从很是气恼，知道儿子误撞了难缠鬼。早上起来到城隍庙烧一纸文书投诉："我南方人也，无辜小儿撞着说官话鬼，猖獗可恨，托为拿究。"吴云从是刑部郎中，以公文格式作文书，城隍见后，纵是阴阳两界，但官心相通，立即令查处，这一夜于是相安无事。

第三天晚上，小公子病又发作，这次说话声音由一个变成多个，仍是北京话，"你不过是个官儿罢了，竟这样糟蹋我们的老四，咱们兄弟今日来替他报仇出气，快备些酒来喝喝"。夫人迫不得已，急忙应酬，"给你们喝，给你们喝，但不要闹"。于是一鬼喝毕，一鬼又喝。其中一鬼还嚷嚷着讨要前门外的杨家血灌肠做下酒菜。这个细节露了馅，杨家血灌肠是南方的物产，以血和糯米混合灌制而成。吴云从是南方人，知道血灌肠的来历，判断这几个鬼也是南来客，于是上前扇了几个巴掌，说："狗奴才强转舌根，学说官话，再说还打。"

天明之后，吴云从再到城隍庙投诉沟通："说官话鬼又来了，求神惩治"。这一天晚上，吴云从听见院子里鞭挞声不断，几个鬼连连求饶。

自此以后小公子病愈体安，一家人再无忧心事。

官话，通常指官府话，也指京城的方言。但明清两朝有些例外，明朝的官话是南京话，尽管第三任皇帝朱棣迁都北京，但南京官话的习俗一直袭用，而且一直沿用到清朝中期。在相当长的时期里，北京城的高端聚会场所，所流行的不是京片子，而是江淮方言。《子不语》的编纂者袁枚，生于康熙末年（1716年），卒于嘉庆初年（1798年），享年八十三岁。这个时间段内，正是清朝政府极力推行北京方言为官话的时候。官话鬼这个故事，呈现的即是南京官话与北京官话交织变化的语言气氛。

图书在版编目（CIP）数据

酒事江湖 / 丁帆，舒晋瑜主编. -- 北京：作家出版社，
2022.11

ISBN 978-7-5212-2054-4

Ⅰ.①江… Ⅱ.①丁… ②舒… Ⅲ.①散文集–中国
–当代 Ⅳ.①I267

中国版本图书馆CIP数据核字（2022）第193105号

酒事江湖

主　　编：丁　帆　舒晋瑜
责任编辑：朱莲莲
装帧设计：覃　汐
出版发行：作家出版社有限公司
社　　址：北京农展馆南里10号　　邮　　编：100125
电话传真：86-10-65067186（发行中心及邮购部）
　　　　　86-10-65004079（总编室）
E-mail:zuojia@zuojia.net.cn
http://www.zuojiachubanshe.com
印　　刷：唐山嘉德印刷有限公司
成品尺寸：152×230
字　　数：360千
印　　张：26.75
版　　次：2022年11月第1版
印　　次：2022年11月第1次印刷
ISBN 978-7-5212-2054-4
定　　价：50.00元
